I0656002

LE

MÉDECIN

à la corde

PAR

THEODORE HENRY

PARIS

E. DENTU, ÉDITEUR

Libraire de la Société des Gens de Lettres

PALAIS-ROYAL, 15-17-19, GALERIE D'ORLÉANS

ROMANS ET NOUVELLES, COLLECTION A 3 FR. ET 3 FR. 50 LE VOLUME

GUSTAVE AIMARD Vol.
La Forêt-Vierge 3
La Belle Rivière 3
Cardénio 3
Le Chasseur de rats 3
Les Bois-Brûlés 3
ALFRED ASSOLLANT
L'Aventurier . . . .
Rachel . . . .
Le Seigneur de Lanterne . . . .
La Croix des Prêches 3
XAVIER AUBRYET
La Vengeance de Mme Maubrel .
Philosophie Mondaine . . . . .
PHILIBERT AUDEBRAND
Le Drame de la Sauvagère . . . 3
L'Enchanteresse 3
HENRI AUGU
L'Abbesse de Montmartre 3
Le Mousquetaire du cardinal . .
Vengeance d'une comédienne . .
Mme OLYMPE AUDOUARD
L'Homme de Quarante ans . . .
L'Amie intime . . . .
Le Secret de la Belle-Mère . . .
Les Nuits Russes . . . .
ELIE BERTHET
La Famille Savigny . . . .
L'Œil de Diamant . . . .
L'Année du Grand River . . . .
ADOLPHE BELOT
Mademoiselle Giraud . . . . . .
L'Article 47 . . . .
Le Parricide . . . .
La Femme de Feu . . . .
Hélène et Mathilde . . . .
Le Secret terrible . . . .
Les Mystères mondains . . . . .
Folies de Jeunesse . . . .
GONTRAN BORYS
Les Forçasseur de Paris 2
Le Beau Roland . . . .
Finette . . . .
F. DU BOISGOBEY
Le Coup de pouce . . . .
La Jambe noire 2
L'As de cœur . . . .
ED. CADOL
Le Monde galant . . . .
Rose . . . .
EUGÈNE CHAVETTE
Défunt Brichet . . . .
Le Rémouleur . . . .
Héritage d'un Pique-Assiette . .
La Chasse à l'Œuf . . . .
JULES CLARETIE
Les Muscadins . . . .
Le Beau Solignac . . . .
Le Train 17 . . . .
Le Renégat . . . .
AMÉDÉE DE CÉSÉNA
Les Belles Pécheresses . . . . .
Une Courtisane vierge . . . . .
CHAMPFLEURY
L'Avocat trouble-ménage . . . .
Le Secret de M. Ladureau . . . .
La Petite Rose . . . .
A. DECOURCELLE
Un Homme d'argent . . . .
ALPHONSE DAUDET
Jack 3
Aventures de Tartarin . . . . .
Robert Helmont . . . .
ERNEST DAUDET
Le Prince Pouzoutine . . . . . .
Le Roman de Delphine . . . . .
Henriette . . . .
Raymond Rocheray 2
ALBERT DELPIT
Jean Nu-Pieds 3
Mystère du Bas-Meudon . . . .
CHARLES DESLYS
Henriette . . . .
Le Serment de Madeleine . . . .
CHARLES DIGUET
Amours parisiens . . . .

CHARLES DEULIN Vol.
Contes d'un buveur de bière . .
Chardonnette . . . .
Histoires de Petite Ville . . . .
ÉTIENNE ENAULT
Comment on aime . . . .
L'Enfant trouvé 2
L'Amour à vingt ans . . . . . .
Mlle de Champrosay . . . . . .
Gabrielle de Célestange . . . .
H. ESCOFFIER
Le Mannequin . . . .
Les femmes fatales . . . .
ALPH. ESQUIROS
Les Vierges folles . . . .
L'Ancien Régime . . . .
PAUL FÉVAL
Le Capitaine Fantôme 2
La Cavalière . . . .
La Duchesse de Nemours . . . .
Madame Gilblas . . . .
Les Belles de nuit 2
Bouche de fer . . . .
Le Drame de la Jeunesse . . . .
La Fabrique de mariages . . . .
L'Arme invisible . . . .
Le Cavalier Fortune . . . . . .
Contes bretons . . . .
Les Mystères de Londres 2
La Province de Paris . . . . . .
La Rue de Jérusalem . . . . . .
La Tache rouge . . . .
Le Paradis des femmes . . . . .
Le Chevalier de Keroumour . . .
Le Bossu . . . .
Cavotte . . . .
Les Cinq . . . .
La Bande Cadet . . . .
Aventure de C. Quimper . . . .
FERDINAND FABRE
Le Marquis de Pierrerue 2
Barnabé . . . .
La Petite Mère . . . .
OCTAVE FÉRÉ
Le Juge médecin . . . .
Le Médecin confesseur . . . . .
FERVAQUES
Rolande . . . .
Mémoire d'un décavé . . . . . .
Sacha . . . .
Madame Lebailly . . . .
FORTUNIO
Le Roman d'un Prince russe . .
Les Amours de Geneviève . . .
Le Roi du Jour . . . .
ÉMILE GABORIAU
L'Affaire Lerouge . . . .
L'Argent des Autres . . . . . .
La Corde au Cou . . . .
Les Cotillons célèbres . . . . .
Le Crime d'Orcival . . . .
La Dégringolade 2
Le Dossier n° 113 . . . .
Les Esclaves de Paris 2
La Clique dorée . . . .
Monsieur Lecoq . . . .
Petit vieux des Batignolles . . .
Le 13e hussards . . . .
La Vie infernale 2
L. M. GAGNEUR
La Croisade noire . . . .
Chair à canon . . . .
Les Crimes de l'amour . . . . .
Les Droits du Mari . . . .
EMMANUEL GONZALÈS
Les Gardiennes du Trésor . . . .
Le Chasseur d'hommes . . . . .
La Belle Norice . . . .
Les Danseuses du Caucase . . .
ARSÈNE HOUSSAYE
Lucie . . . .
Aventure de bal masqué . . . .
Roman des femmes . . . .
J. LERMINA
Les Loups de Paris . . . .
La succession Tricoche . . . . .

CHARLES JOLIET Vol.
La Vicomtesse de Jossey . . . .
Trois Hulans . . . .
Jeune Ménage . . . .
La Foire aux chagrins . . . . .
Les Fils d'amour . . . .
A. DE LAMARTINE
Flor d'Aliza . . . .
LÉON GOZLAN
La Virandière . . . .
H. DE LESOUD
Les Chns de la Mouche à miel .
La Dragonne . . . .
P. LUDOMIRSKI
Chaste et infâme . . . .
Par Ordre de l'Empereur . . . .
HECTOR MALOT
L'Auberge du Monde . . . . . .
Un Mariage sous l'Empire . . .
La Fille de la Comédienne . . .
Une Belle-Mère . . . .
Un Curé de Province . . . . . .
Les Victimes d'Amour . . . . . .
MICHEL MASSON
Daniel le Lapidaire . . . .
CHARLES MONSELET
Les Frères Chantemesse . . . .
La Belle Olympe . . . .
XAVIER DE MONTÉPIN
Le Secret de la Comtesse . . . .
Le Ventriloque 2
La Maîtresse du Mari . . . . . .
La Sorcière rouge . . . .
PAUL DE MUSSET
La Chèvre jaune . . . .
V. PERCEVAL
Monsieur le Maire . . . .
Le Roman d'une Paysanne . . .
Dix Mille francs de Récomp . . .
Le Secret du Docteur . . . . . .
CAMILLE PÉRIER
Les Chercheuses d'amour . . . .
La Belle Dupérin . . . .
PAUL PERRET
Les Bonnes filles d'Ève . . . . .
La Belle Renée . . . .
La Fin d'un Viveur . . . .
PONSON DU TERRAIL
Le Chambrion . . . .
Les Drames de Paris . . . . . .
Rocambole Exploits . . . .
Mystères de Londres . . . . . .
Un Crime de Jeunesse . . . . . .
Les Gandins . . . .
La Jeunesse du roi Henri . . . .
Nuits de la Maison Dorée . . . .
Nuits du quartier Bréda . . . . .
Pas-de-Chance . . . .
L'Auberge des Enf.-Rouges . . .
Les Fils de Judas . . . .
Mémoires d'un gendarme . . . .
Le Paris mystérieux . . . .
Les Mystères des bois . . . . . .
Les Voleurs du grand monde . .
Le Forgeron de la Cour-Dieu . .
Le Filleul du Roi . . . .
ÉMILE RICHEBOURG
L'Enfant du Faubourg . . . . . .
La Fille maudite . . . .
SAINT-GEORGES
Les Yeux verts . . . .
PAUL SAUNIÈRE
Le Lieutenant aux Gardes . . . .
L'Agence Aubert . . . .
ALBÉRIC SECOND
Mystères d'un prix de Rome . .
La Semaine des 4 Jeudis . . . .
La Vicomtesse Alice . . . .
Les . . . . du Roncay . . .
ZACCALA
. . . . d' . . . ourdhui . .
. . . .
PIERRE COGNY
. . . . . . Fin nationale . . . .
. . . de Ro . . . avant . . . . .
. . . .

LE
MÉDECIN.
à la corde

8°.Y²
1737

Paris, — Alcan-Lévy, imp. breveté, 61, rue de Lafayette

LE

MÉDECIN

à la corde

PAR

THÉODORE HENRY

PARIS

E. DENTU, ÉDITEUR

Libraire de la Société des Gens de Lettres

PALAIS-ROYAL, 15-17-19, GALERIE D'ORLÉANS

—

1878
Tous droits réservés.

LE
MÉDECIN A LA CORDE

PREMIÈRE PARTIE

CHAPITRE PREMIER

Le Retour.

Bien que l'homme puisse être heureux ou malheureux à toutes les époques ou dans toutes les saisons, il
semble que la nature s'associe volontiers aux tristesses
ou aux joies du cœur. C'est ainsi que l'on s'imagine
facilement le bonheur par un gai soleil, et les chagrins,
les angoisses par un temps sombre. L'azur convient à
l'espérance, les couleurs mornes au désespoir.

Ce qui produit cet effet, c'est que le bonheur laisse
comme une trace lumineuse dans le souvenir et a réellement l'étonnant privilège de transformer les lieux
qu'il visite.

Véritable magicien, il change les ténèbres en clarté.
Il transformerait une cabane en palais, en temple même,

1

si ceux qu'il touche de sa baguette enchantée voulaient bien se donner la peine de regarder autour d'eux.

Mais ils préfèrent fixer les yeux sur une seule chose, celle dont la réussite leur cause tant de satisfaction. Le reste leur est indifférent ou plutôt tout leur sourit sans qu'ils se rendent compte. Que leur importe après tout! N'ont-ils pas ce qu'ils désiraient particulièrement?

Georges Béraud et sa femme ne s'apercevaient donc pas que cette matinée d'octobre 1843 était pluvieuse, que le ciel était d'une tristesse glaciale, que Rouen, ses monuments admirables, ses vieilles maisons et ses habitants étaient perdus dans le brouillard.

Tout entiers à la joie de se revoir, ils eussent juré, si on les eût interrogés, qu'il y avait partout des rayons comme dans leur âme, mais, comme on ne leur posait pas de questions à ce sujet, ils étaient bien loin de songer à la température.

Ce à quoi ils pensaient, c'était qu'ils étaient réunis après une longue, bien longue absence, pleine de périls pour l'un, pleine d'anxiété pour l'autre.

Georges était capitaine dans la marine marchande. Il y avait, en ce moment, dans le port du Havre, un lourd navire qui, depuis huit ans, lui obéissait docilement malgré vents et tempêtes.

Ce navire, appartenant à MM. Lerois, Maurel et Cie, avait en grande partie contribué à faire la fortune de cette importante maison, grâce aux riches cargaisons qu'il avait transportées avec un bonheur inouï. Béraud lui-même, intéressé dans les opérations, avait gagné une somme de 120,000 fr., réalisée dans le dernier voyage et qu'il avait rapportée en or et en billets de banque dans sa valise.

Cet argent, dans l'esprit d'Adrienne, ainsi s'appelait madame Béraud, devait empêcher son mari de courir de nouveaux dangers, de retourner dans des pays lointains. Il devait pour toujours le fixer auprès d'elle et Georges, quoique plein d'activité, quoique aimant son métier avec passion, n'était pas loin de consentir à rester à Rouen auprès de sa femme et d'un petit être qui avait aussi une bonne part de son affection.

M. et madame Béraud avaient en effet une fille âgée de trois ans seulement, le plus charmant despote blanc et rose que l'on pût imaginer.

— Oh ! non, tu ne me quitteras plus, disait Adrienne, tu ne t'en iras plus en me laissant chaque fois l'horrible crainte de ne plus te revoir !

— Je suis toujours revenu.

— Il ne faut qu'une tempête... et j'en mourrais !

— Tu m'aimes donc bien ?

— Tu le sais. Tu es tout pour moi, ma providence, mon amour, mon mari !

En disant ces paroles, elle pressait contre son cœur Georges Béraud qui souriait et la couvrait de baisers ainsi que son enfant.

La petite fille ouvrait bien de grands yeux en voyant cet étranger dont on lui avait cependant appris le nom ; car, depuis qu'elle pouvait bégayer un mot, sa mère lui faisait répéter celui de *papa*. Elle ne pouvait se rappeler le marin, car l'absence de celui-ci avait duré seize mois, mais elle sentait qu'il fallait être gentille avec lui et qu'il y avait maintenant dans la maison quelqu'un qui y manquait auparavant.

Georges Béraud devait lui plaire ensuite, car les enfants, sans se rendre compte pourquoi, se sentent attirés par ceux qui ont l'air bon et ouvert. Son père avait au plus haut degré la loyauté et la franchise empreintes sur le visage. Ses traits étaient énergiques, mais il n'avait, dans les allures, rien de brusque ou de bourru.

Il était brun, tandis qu'Adrienne était blonde. Les extrêmes se touchent plus qu'on ne le croit. Celle-ci était un peu craintive, c'était pour cela qu'elle avait été séduite par cet homme habitué à braver le danger et qui ne connaissait pas la peur.

Il y avait quatre ans qu'ils étaient mariés. Béraud avait, à cette époque, trente ans ; Adrienne en avait dix de moins que lui. C'était au Havre qu'il l'avait rencontrée. Elle y était venue avec sa mère passer quelque temps chez une parente.

Ils se plurent tout de suite et l'union, vite arrêtée, fut célébrée à Rouen, pays de la jeune femme.

Quinze jours après le mariage, Georges partait pour l'Océan-Indien. A son retour, il put entendre les premiers cris de l'enfant qui venait de naître. Après le deuxième voyage, le capitaine trouva sa femme très-affligée. Elle avait perdu sa mère et déjà lui demandait de ne plus l'abandonner. Il s'engageait presque pour la fois suivante si le succès continuait à couronner ses efforts.

Or, il avait été cette fois encore plus heureux que d'habitude. Devait-il tenir sa promesse et céder à ces tendres prières, à ces douces supplications ?

— Je suis bien heureuse, aujourd'hui, bien heureuse, disait Adrienne, et cependant il me semble que j'ai au fond du cœur une vague inquiétude.

— Quelle bizarrerie ! je suis dans tes bras, qu'avons-nous à craindre ?...

— Je ne sais...

— Le présent est plein de sourires, puisque nous sommes ensemble et l'avenir est à nous...

— L'avenir !...

— Oui, nous sommes riches, à l'abri du besoin... Si je travaillais encore, ce serait pour augmenter notre fortune.

— A quoi bon ?...

— Nous ne sommes pas seuls, nous avons une petite fille... il lui faudra une dot !

— Oh ! dit Adrienne en souriant, nous avons le temps d'y penser.

— Cent vingt mille francs, ce sera assez peut-être pour elle et pour nous, mais qui sait ?... Ne serons-nous toujours que trois ?...

Cette fois la jeune femme se détourna en rougissant.

— Enfin, dit Georges, à demain les préoccupations ! Je suis chargé aussi d'une mission par divers camarades... Ne songeons aujourd'hui qu'à nous réjouir... Notre petit appartement me semble embelli... Il faudra cependant le quitter...

— Pourquoi?

— C'est que cette humble demeure de la rue du Merisier ne convient guère à des capitalistes comme nous !

— Je la regretterai à cause des voisins. Ils ont été si bons pour moi, ils m'ont entourée de tant de soins et d'égards ! Ils ont participé à ma douleur quand ma mère est morte, ils m'ont consolée quand je pleurais en me sentant si éloignée de toi...

— Tu pleurais ?..

— Lorsque dernièrement je leur ai annoncé ton retour, ils se sont montrés joyeux comme si c'était un des leurs qui revenait.

— Les braves gens !

— Regarde comme ils sont discrets. Après être venus t'attendre avec moi à la voiture et nous avoir accompagnés, ils se sont arrangés pour nous laisser seuls, bien qu'il fût entendu qu'ils devaient déjeuner avec nous.

— C'est vrai, j'oubliais...

— La table est mise, je vais les appeler...

— Rejoignons-les donc, nous avons le temps de nous voir ensuite....

— Surtout si tu ne t'en vas plus!

— Oui, dit Georges, peut-être!.

— Mon mari!

— Ma femme!

CHAPITRE II

Les remèdes de Thibert.

Le déjeuner fut des plus gais. Les voisins du jeune couple étaient réellement de braves gens.

Adrienne avait désigné, sous ce nom de voisins, une famille alsacienne dont le père était mécanicien sur la ligne du chemin de fer de Paris à Rouen, inaugurée en 1842.

Cette famille était composée de cinq personnes : le mécanicien Herman, sa femme, la mère de celle-ci et deux enfants en bas âge : une petite fille et un petit garçon. Elle logeait au deuxième étage de la maison qui d'ailleurs n'en avait que trois en y comprenant les mansardes.

Le premier était habité par madame Béraud. Il y avait sous les toits une chambre où un vieillard plus que septuagénaire vivait seul. Ce vieillard, d'humeur gaie, était appelé familièrement dans le quartier le père Bouchor.

La boutique du rez-de-chaussée avait été quelque temps occupée par une sorte de chiffonnier brocanteur, nommé Thibert, qui y vivait avec sa femme.

Cet individu, dont la réputation était fort mauvaise, avait été condamné, en 1841, à deux ans de prison pour vol.

Il avait fini sa peine récemment, mais, le propriétaire de la maison de la rue du Morisier ayant refusé de lui louer de nouveau, il était allé se fixer dans la rue de la

Rose, près du faubourg Saint-Hilaire, à la grande satisfaction de tout le monde.

Le mécanicien fit à table la remarque qu'il avait rencontré plusieurs fois, les jours précédents, Thibert dans la rue du Merisier.

— Il est même venu dans la maison, observa madame Béraud.

— Ce n'était pas, je suppose, pour m'y voir, dit Herman. Il se doute de l'accueil que je lui réserverais.

— Il vous a donc fait quelque chose? demanda le marin.

— Il a voulu essayer de me guérir!

— Tiens, il est médecin!

— Il prétend l'être, ou du moins avoir le don de débarrasser de tous les maux ceux qui s'adressent à lui.

— Ce ne serait pas désagréable...

— C'est un imposteur, n'est-ce pas?...

— C'est aussi un voleur, car il cherche à s'emparer de ce qu'il trouve à sa convenance dans les maisons où il pénètre. On l'a condamné pour cela...

— En vérité?

— Oui, il avait persuadé à un nommé Lesourd qu'il ferait disparaître une foule d'infirmités dont celui-ci était atteint.

— Que lui ordonna-t-il?

— Il lui conseilla d'abord de faire une neuvaine pendant que lui-même ferait une quarantaine, puis il lui recommanda d'acheter une grosse corde et un tire-fond.

— Ah !

— Il se rendit chez Lesourd, fixa la corde et le tire-fond à la muraille près d'une tête de lit, puis se mit en prière !

— Hypocrisie et mensonge!

— Cela va souvent ensemble. Quand Thibert cessa ses momeries, il dit à Lesourd qu'il allait composer une eau divine pour laquelle il fallait diverses drogues qu'il désigna. Tandis que le malade était dehors pour les acheter, il le dévalisa complétement.

Georges Béraud se mit à rire :

— Le procédé était simple !

— Malheureusement pour le brocanteur, il ne le garantissait pas de l'impunité. Lesourd porta plainte. On arrêta le voleur qui alla réfléchir pendant deux ans, dans la maison centrale de Beaulieu, sur les inconvénients de s'emparer du bien d'autrui.

— En était-il à son coup d'essai ?

— Ma foi, je l'ignore, mais ce que je sais, c'est qu'il n'a pas réussi avec moi.

— Racontez-nous cela.

— J'avais, dit le mécanicien, des douleurs. Ceci se passait quelques mois avant que Thibert fît sa tentative malheureuse chez Lesourd. Ma femme, ayant entendu parler de prétendues cures du brocanteur, imagina de m'envoyer à lui. Je ne voulais pas d'abord, mais elle insista tellement qu'il fallut bien la satisfaire. Le soi-disant médecin parut enchanté de ce client qui lui arrivait sur le bruit de sa réputation, et m'interrogea longuement sur ce que je ressentais. Je le lui expliquai, et il me parla de neuvaine et de quarantaine...

— A vous aussi ?

— Je commençai à me demander s'il ne se moquait pas de moi. Cependant, je ne dis rien. Il m'engagea à venir, le jour suivant, chez lui, avec une corde.

— J'avais bien envie d'arrêter là mon expérience, mais ma femme avait rencontré dans l'intervalle celle de Thibert qui lui dit que celui-ci se faisait fort de me guérir. Bref, j'étais le lendemain chez mon homme avec la corde dont il m'avait fixé la dimension. Elle était large comme le petit doigt et longue de deux brasses.

— On aurait pu vous pendre avec !

— Je l'aurais bien mérité pour ma naïveté... Thibert

se contenta de me la faire brûler devant lui tandis qu'il faisait toute espèce de signes. Quand cette opération fut terminée, il enferma la cendre dans un sachet qu'il me prescrivit de garder sur la poitrine pendant trois jours, ajoutant que j'en éprouverais un grand soulagement.

— Et vous l'avez porté?...

— Je l'ai porté..., toujours grâce à ma femme.

— Vous êtes-vous trouvé mieux?...

— Inutile de dire que cela n'a produit aucun effet, si bien que je me suis décidé, le quatrième jour, à jeter le sachet en me repentant de ma crédulité et en me jurant que je n'irais plus voir le médecin à la corde.

— Là s'arrêtèrent sans doute vos relations avec lui ?

— Eh bien, non... Ne croyez-vous pas qu'il eut l'audace de se présenter chez moi pour savoir de mes nouvelles? Moi qui avais sur le cœur ce fait d'avoir eu trois jours sur la poitrine un sachet renfermant de la cendre de corde, je l'engageai assez brusquement à me laisser tranquille. Il me réclama alors des honoraires... Je le menaçai de le faire passer par la fenêtre... et je l'eusse fait certainement, tant j'étais furieux, s'il n'avait pas fui épouvanté !

— Il a dû trouver que vous manquiez de procédés aimables ?

— Aussi suis-je persuadé que, même après deux ans passés à Beaulieu, il ne recherche pas ma société, meilleure cependant que celle des coquins avec lesquels il était enfermé.

— Je le crois sans peine.

— Mais alors, demanda Adrienne, pour qui était-ce?...

— J'y suis, dit madame Herman, le père Boucher se plaint, depuis quelque temps, de crampes qu'il ne fait cesser qu'en se ligaturant les jambes avec des peaux d'anguilles... C'est pour cela sans doute qu'il consulte...

— Comment! fit le mécanicien, le père Boucher serait

aussi naïf que je l'ai été moi-même? Cela m'étonne de sa part.

— Sa sœur me disait hier qu'il était sujet parfois à quelques dérangements d'esprit.

— Cela ne l'a pas empêché de gagner une petite fortune qui met sa vieillesse à l'abri du besoin.

— C'est aussi, dit Georges Béraud, un bon et excellent homme... Je m'étonne qu'il ne soit pas encore venu...

— J'en suis d'autant plus surpris, moi, fit observer Adrienne, qu'il m'avait parlé d'attendre avec nous mon mari à la diligence du Havre.

— Quelqu'un de nous l'a-t-il aperçu ce matin?

— Personne!

— Pourvu qu'il ne lui soit pas arrivé malheur!

— Je vais voir, dit la belle-mère du mécanicien, s'il n'est pas chez lui.

— Si vous l'y trouvez, appelez-moi : peut-être sera-t-il bien aise de recevoir chez lui l'ami qui n'est de retour que depuis ce matin.

CHAPITRE III

Crime ou suicide.

Il y avait un instant à peine que la mère du mécanicien était au troisième étage, lorsque les convives
entendirent un cri perçant qui les glaça d'effroi. Ils
s'empressèrent de monter et virent la pauvre femme
toute tremblante sur le palier.

Pâle, effarée, elle désignait un objet qui était la
cause de son alarme, dans la chambre dont elle venait
d'ouvrir la porte.

Le mécanicien entra le premier et eut une exclamation. Béraud voulut retenir Adrienne, mais celle-ci
avait vu le funèbre spectacle.

Le père Bouchor était pendu à une grosse corde
attachée à une forte fiche fixée à l'un des sommiers du
plafond. Le cadavre était déjà froid ; néanmoins Herman
s'empressa de couper la corde et de porter le corps sur
le lit. La mort devait remonter à un certain nombre
d'heures.

Chacun gardait le silence, tant la stupéfaction et la
consternation étaient grandes.

— Que les enfants ne voient pas cela! dit enfin
madame Herman.

— Ils sont restés en bas!

— Du secours, il faut du secours!

— C'est inutile, madame Béraud, fit Herman. Il a
bien rendu le dernier soupir!

— Il est nécessaire, en tous cas, remarqua le marin,
de prévenir la police.

— Oui, nous devons avertir le commissaire et la famille... Il faut user de ménagements pour sa sœur.

Un moment après, l'appartement de Boucher était rempli de monde. Le bruit du malheur qui était arrivé s'était répandu dans le quartier, et on se livrait à des commentaires en présence même du corps.

— C'est un suicide, n'est-ce pas?

— Quels motifs avait-il de se tuer?

— On ne sait pas.

— Je crois qu'il avait la cervelle un peu détraquée.

— C'est possible. Il y a quelque temps il me racontait quelque chose et je lui répondis : « Père Boucher, vous radotez. » Je ne me doutais pas que ça le mènerait là...

— Il était cependant dévôt.

— Si on lui avait rappelé que l'Église n'assiste pas à l'enterrement des suicidés, je suis sûr que cela aurait suffi pour le retenir.

— Sans doute, dit un loustic, mais il n'y avait, au moment où il allait se pendre, personne pour lui faire cette observation.

Il y eut quelques sourires parmi les curieux. Un personnage, qui depuis le commencement de la conversation écoutait sans rien dire, prit un air mystérieux :

— Je sais pourquoi Boucher s'est donné la mort.

— Ah!

— Voyons...

— Oh! ce n'est pas la première fois que je vois des individus se tuer pour cela.

— Dites.

— Eh bien?...

Le personnage mystérieux regarda autour de lui :

— Boucher avait des opinions politiques... Il était bonapartiste!...

Il n'y eut aucune observation. Ceci, qu'on y fasse bien attention, se passait sous le règne de Louis-Philippe.

A ce moment, l'appartement se remplit de cris et de gémissements. La sœur et la nièce de Boucher arrivaient. Le mécanicien Herman, toujours dévoué, s'était bien rendu chez elles pour leur annoncer avec des précautions le malheur qui avait eu lieu, mais il les avait déjà trouvées prévenues, car elles habitaient dans le voisinage, et il n'avait pu les empêcher de venir chez le défunt.

La sœur de Boucher alla s'agenouiller avec des plaintes bruyantes. Elle avait quelques années seulement de moins que son frère, âgé de soixante-dix-sept ans. Sa douleur sincère avait besoin d'être accompagnée de quelques grimaces. La nièce, encore jeune et jolie, pleurait silencieusement.

La police vint naturellement la dernière. Avec le commissaire se trouvaient un membre du parquet et un médecin.

On fit évacuer immédiatement l'appartement. Seuls, Géraud, Herman et la belle-mère de ce dernier restèrent, ainsi que la sœur et la nièce de Boucher. Ils étaient nécessaires pour les constatations légales.

Le médecin examina d'abord le cadavre. Rigidité complète. La mort datait de quinze à seize heures. Il se fit expliquer par Herman, qui avait coupé la corde, comment le corps était placé.

Le suicide était probable, quoique peu de distance eût existé entre la tête de Boucher et le plancher. Ce fut le membre du parquet qui fit cette remarque.

Une circonstance frappa encore. Le crâne du défunt portait la trace d'un coup violent, mais ce coup pouvait s'expliquer par une chute que Boucher avait faite soit antérieurement, soit en mettant son projet de suicide à exécution.

On jeta un coup d'œil sur l'appartement. L'affluence des curieux avait changé la disposition de certains meubles. On n'avait pas cependant touché à une table sur laquelle était placé un vase renfermant du pain taillé pour la soupe. Le bouillon était encore sur le feu dans la marmite.

Il semblait étonnant que, au milieu de tels préparatifs, Boucher se fût décidé à son funèbre voyage dans l'éternité.

La victime jouissait de 600 livres de rentes gagnées dans le commerce de la mercerie au détail, mais elle avait d'habitude fort peu d'argent chez elle.

On trouva les titres représentant la petite fortune du défunt, plus une quarantaine de francs, dans une armoire dont la serrure était intacte et dont on prit la clé sur Boucher lui-même.

Les magistrats crurent pouvoir conclure que le vol n'avait pas été le mobile de l'assassinat, bien que le commissaire de police fît connaître une circonstance singulière.

Quelques semaines auparavant, il avait constaté le suicide d'un vieillard de 65 ans nommé Lerond, qui avait été accompli dans des circonstances identiques.

Comme Boucher, il avait été trouvé pendu chez lui à une grosse corde attachée à une forte fiche. L'heure à laquelle ce malheureux avait accompli son dessein était à peu près la même et, nouvelle coïncidence, on n'avait appris sa mort que le matin.

Cette ressemblance surprenait le commissaire. Mais alors il fallait admettre un monstrueux scélérat accomplissant, à peu de distance l'un de l'autre, deux crimes de la même manière, dans un but que l'on ne connaissait pas?...

Cette hypothèse fut bien vite repoussée. On s'informa si Boucher n'avait pas d'ennemi. On interrogea longuement sa sœur. Personne, d'après elle, ne nourrissait d'animosité contre le pauvre homme qui était doux et bon.

Les héritiers étaient elle et sa fille, mais, depuis longtemps, elles avaient une si bonne part des rentes touchées par Boucher qui dépensait très peu pour lui, que réellement elles n'avaient aucun intérêt de hâter sa mort. D'ailleurs, c'étaient d'honnêtes gens jouissant d'une excellente réputation.

La nièce avait vu son oncle chez elle la veille, à six heures du soir. Il était venu lui demander un peu de bouillon qu'elle lui avait donné dans la marmite que l'on voyait encore sur le feu.

Evidemment Boucher préparait son repas du soir lorsqu'il avait eu l'idée fatale du suicide. N'y avait-il pas été poussé par des souffrances très vives provenant des crampes auxquelles il était sujet, ou n'avait-il pas été victime d'une hallucination?

Un nouveau fait acheva de faire croire au suicide. La justice ayant entendu deux ou trois autres témoins, l'un d'eux déposa avoir vendu la veille même à Boucher une fiche et une corde qu'il reconnut fort bien pour celles qui avaient servi à la pendaison. La corde seulement avait été dédoublée parce qu'elle était trop grosse.

— Lerond aussi, murmura le commissaire de police, avait acheté lui-même la corde et la cheville avec lesquelles il s'est tué.

Le substitut dirigeant l'enquête avait renvoyé toutes les personnes qui avaient pu donner quelques éclaircissements sur ce drame. Il n'y avait plus, auprès du cadavre, qu'Herman, les parents et les magistrats, qui se disposaient eux-mêmes à se retirer, lorsqu'il se produisit un incident bizarre.

Soudain, on frappa à la porte. Quelqu'un alla ouvrir et on vit apparaître un individu de petite taille, dont l'état de maigreur était réellement peu ordinaire.

Le visage de cet individu avait une expression sinistre qui frappa les assistants. Le nez et le contour de la bouche indiquaient la ruse. L'œil, enfoncé sous l'orbite, avait de la vivacité, mais il hésitait à regarder en face, ce qui donnait au personnage un air de fausseté qu cadrait avec l'ensemble de la physionomie.

On sentait que l'on avait devant soi un misérabl
plein d'astuce et de ruse.

Herman reconnut immédiatement Thibert le brocan
teur, et il eut un geste méprisant. Le commissaire d
police connaissait aussi l'étrange médecin que le tribu
nal avait condamné pour avoir volé son client.

— Comment avez-vous pu pénétrer jusqu'ici? lu
dit-il. N'y a-t-il pas des agents qui interdisent l'entr'
de la maison?... Que voulez-vous?...

Les regards de Thibert étaient tout de suite allés
la victime étendue sur le lit, les yeux et la bouch
grandement ouverts, et dont la pâleur n'était pas pl
livide que celle du brocanteur.

— Moi... Je ne savais rien... J'ignorais... On ne m'
rien dit...

— C'est insupportable! La surveillance est mal fait
en bas, fit le substitut.

— On aura pensé qu'il logeait ici.

— En définitive, que désirez-vous?

— Pourquoi êtes-vous venu?...

— Il est donc mort, ce pauvre Boucher!

— Pouvez-vous fournir quelques renseignements s
son suicide?...

— Moi... Je ne sais rien... absolument rien. J
m'imaginais le trouver plein de santé et de vie... Q
se serait attendu à une chose pareille?...

— Quel était le motif de votre visite?...

— Ah! voilà!... Ce n'est pas la peine d'en parler!

— Faites-nous connaître toujours la cause...

— Figurez-vous que j'ai vendu à Boucher de
bonnets de coton et un pantalon... Et tenez! c'e
précisément celui qu'il a encore sur lui... Il me deva
pour cela 3 fr. 60 que je venais réclamer ..

— Ah!

— Puisqu'il n'est plus...

— Eh bien...

— Je me recommande à sa sœur et à sa nièce que j
vais...

— Plus tard... Respectez au moins la douleur...

— Oui, certainement, quoique je sois un pauvre homme, pas heureux du tout...

Thibert s'en alla en hochant la tête et en répétant :

— Du tout, du tout.

Quand il fut sorti, le substitut et le commissaire de police se regardèrent comme s'ils se fussent demandé ce qu'ils devaient penser de l'apparition du brocanteur, mais ils ne dirent rien.

— C'est drôle !...

Herman murmura : Je jurerais que Thibert n'ignorait pas autant la mort de Boucher qu'il a bien voulu le prétendre...

La fin si inattendue du vieillard avait fait une profonde impression dans la maison de la rue du Morisier.

Adrienne en éprouva surtout une vive émotion parce que la découverte du suicide avait eu lieu le jour même du retour de son mari, alors même qu'on le fêtait dans un repas.

Elle rapprocha cette circonstance des pressentiments qui avaient empêché que, dans sa première entrevue avec Béraud, sa joie fût sans mélange.

Elle se dit que le triste événement qui venait d'arriver était certainement un funeste présage, qu'il indiquait peut-être que ce serait la dernière fois que Georges rentrerait à Rouen si elle le laissait repartir.

Les craintes qu'elle avait si vives au fond de son cœur s'éveillèrent plus grandes que jamais, et le capitaine s'efforçait en vain de la rassurer.

— Allons, dit-il, je vais te prouver que tout cela n'annonce rien pour nous... Tu as peur d'une catastrophe pour mon prochain voyage?... Eh bien! je ne partirai plus...

— Oh!

— Je ne laisserai plus ma petite femme, mon enfant aimée...

2.

— Bien vrai... Tu me le promets?...

— Je te le jure!

— Que je suis heureuse!

Et la pauvre femme sentit l'espérance et le bonheur remplacer de nouveau en elle les angoisses.... Elle ne songeait pas qu'il y a dans la vie des tempêtes terribles qui n'épargnent pas même ceux qui sont au port. Le marin n'avait pas besoin d'être sur l'Océan pour que la fatalité aveugle le choisît pour victime et brisât son esquif!

CHAPITRE IV

La veille de l'échéance.

Nous n'avons fait qu'entrevoir jusqu'ici Rouen, où se passe ce drame, et nous n'avons même pas jeté un coup-d'œil sur cette ville où les siècles disparus luttent à chaque pas, pour ainsi dire, contre le siècle présent.

Le moyen-âge, le quinzième et le seizième siècles, ne sont pas toutefois sur le point d'être oubliés dans l'ancienne capitale des ducs de Normandie. Ils y ont laissé des monuments impérissables qui hérissent de tours, de flèches et de pyramides la belle cité que sépare de son plus important faubourg la Seine, semée d'îles verdoyantes et couverte de navires.

En vain on perce de grandes voies; il reste encore assez de rues étroites et tortueuses pour perpétuer le souvenir de l'ancien système de défense qui, en imposant des enceintes, obligeait les habitants à vivre resserrés, les uns sur les autres, et empêchait tout accroissement. Rouen sut cependant, comme Paris, renverser souvent le mur la murant. Elle eut six enceintes successives, dont la première tracée par les Romains.

Il fallait la grande Révolution pour la débarrasser entièrement de toute entrave, pour faire disparaître ses fortifications, moins cette tour élevée, faisant partie d'un château bâti sous Philippe-Auguste et que la France a préservée par une souscription nationale, afin de perpétuer le souvenir de la captivité de Jeanne d'Arc.

Rouen plus à l'aise, plus aéré, n'a donc pas perdu

tout à fait son antique physionomie à laquelle la pop
lation tient bien un peu puisque on n'a pas enco
cessé de sonner le couvre-feu depuis Guillaume-l
Conquérant.

La *Cloche d'argent*, placée dans la tour du Beffr
invite tous les soirs, à neuf heures, les habitants
rentrer chez eux. Autrefois ils devaient obéir ; tant p
pour eux maintenant s'ils ne le font pas. Cette cloc'
a un son argentin, assez étrange, qui laisserait croi
que la tradition qui lui a valu son nom, et d'apr
laquelle on aurait jeté des pièces d'argent dans
métal en fusion, ne serait pas entièrement inexact
L'histoire, il est vrai, n'est pas d'accord avec la trad
tion. Elle dit qu'elle ne contient pas du tout d'arge
et fut seulement payée de l'argent levé sur les hal
tants, ce qui est assez l'habitude.

Il y a également, à la cathédrale de Rouen, une to
de soixante-dix-sept mètres de hauteur que l'o
appelle la *Tour du Beurre*, mais que le populaire d
signe volontiers sous le nom de la *Tour de Beurre*.

Les savants vous affirmeront que cette tour n'e
pas de beurre, ce que nous croyons sans peine,
qu'elle fut élevée de 1485 à 1507 avec le produit d
aumônes faites par les fidèles à qui l'on avait accor
la permission de faire usage de beurre pendant le c
rême.

Merci aux savants de cette explication, mais ne le
en demandons pas d'autre pour le moment, ne l
interrogeons même pas sur l'étymologie d'une r
placée non loin de la tour du Beffroi et qui a l'avantaç
comme une rue de Paris, de s'appeler *rue aux Ou*
Sans doute, jadis, les montreurs d'ours avaient l'hal
tude ou l'obligation d'y loger, mais contentons-nous
cette supposition.

La rue aux Ours est particulièrement habitée p
des commerçants aisés.

Il y a de beaux hôtels et de belles maisons modern

mais, comme le passé ne perd jamais à Rouen ses droits, on y voit aussi la tour Saint-André, qui tire son nom d'une vieille église qui n'avait pas encore été atteinte par les démolitions en 1843.

A cette époque, un des négociants de la rue aux Ours était M. Dorgeval, dont les comptoirs se trouvaient dans la partie voisine de la rue du Grand-Pont. La maison de M. Dorgeval avait une ancienne réputation de probité. Elle existait depuis soixante ans et avait été fondée par le grand-père du chef actuel.

Celui-ci était à peine âgé d'une trentaine d'années; il avait succédé depuis cinq années à son père, mort à la tête d'affaires très-florissantes.

Le bruit courait vaguement que la prospérité avait diminué depuis, et que les opérations avaient été moins bonnes, sans doute par suite de l'inexpérience d'un jeune homme qui ne possédait ni les qualités, ni les aptitudes de ses prédécesseurs.

M. Dorgeval avait un caractère froid, un ton sec, qui était plutôt fait pour éloigner que pour attirer les clients. Aussi ceux-ci, disait-on, s'en allaient peu à peu. Toutefois, il n'avait cessé de remplir ses engagements et la signature de la maison n'avait été jamais protestée.

D'ailleurs, M. Dorgeval, peu de temps après la mort de son père, avait fait un brillant mariage, épousé une orpheline qui lui avait apporté une magnifique dot. mademoiselle Amélie Gérin, très-recherchée parce que l'on savait qu'elle était aussi bonne que belle, aussi vertueuse que riche, l'avait préféré à un grand nombre de rivaux.

Avait-elle eu lieu de se féliciter de ce choix ? On assurait que non, on prétendait qu'elle n'avait, pour se consoler de l'indifférence de son époux, qu'un enfant qui était né une année après le mariage.

Huit jours environ après la mort du père Boucher, nous trouvons M. Dorgeval dans son cabinet. Il est neuf heures du soir. Tous les employés se sont depuis longtemps retirés. Le chef de la maison est resté seul. Une lampe éclaire son visage bouleversé et portant au plus haut degré l'empreinte du désespoir.

Par moment, M. Dorgeval se lève et parcourt l'appartement d'un pas agité. Il murmure des paroles confuses, puis revient s'asseoir, les poings crispés.

Une pensée incessante poursuit cet homme et, sans relâche, lui enfonce un aiguillon dans le cœur. Soudain un mot s'échappe de ses lèvres, et ce mot semble résumer toutes ses angoisses, renfermer l'explication de tout ce qu'il ressent :

— La faillite !

Oh ! quelle révolte, quelle amertume il y a dans l'accent avec lequel il a dit cela. Un condamné qui serait forcé de prononcer lui-même son arrêt ne ressentirait pas en lui une plus sourde protestation !

Cependant, il y a, en Dorgeval, plus d'orgueil blessé que d'honneur révolté.

La faillite !

Être un failli, au lieu d'être un négociant que l'on croit riche. Être obligé de s'incliner devant ses créanciers, leur abandonner ses biens, la direction de ses affaires, subir leurs conditions !

Lui qui avait reçu une maison prospère, renommée par la sécurité qu'elle offrait, allait être obligé d'avouer que, par son incapacité, il avait non-seulement compromis, mais perdu sa situation !

Il sentait qu'il ne serait plaint de personne, car il n'avait cherché à se concilier aucune sympathie. Au contraire, on se réjouirait de sa chute ; il laisserait le champ entièrement libre à ses concurrents et à ses rivaux.

— Et cependant, murmura-t-il, je pourrais être sauvé !... La réussite de cette dernière opération que j'ai tentée est infaillible... Le bénéfice est assuré... Les capitaux engagés là dedans seront quadruplés... C'est du jeu, soit ! Mais c'est du jeu à coup sûr.

Il ouvrit un registre placé devant lui et en vérifia assez longuement le contenu.

— La baisse imprévue qui m'a tout fait perdre la semaine dernière m'empêche de pouvoir parer à l'échéance de demain... Voilà l'écueil contre lequel vont se briser toutes mes combinaisons... Aucun moyen d'empêcher... Je suis perdu !

Il laissa retomber sa tête qu'il avait levée avec animation.

— Deux cent mille francs ! ce serait ce qu'il me faudrait pour payer tous ces billets, pour sortir d'un mortel embarras... Où les trouver?... Il ne reste plus rien à ma femme... Sa dot a été entièrement dissipée par moi... Ah ! des bijoux !... Elle en a pour une vingtaine de mille francs à peine... Il serait nécessaire qu'on allât à Paris pour les vendre, car, ici, les bijoutiers diraient... A quoi bon?... Cela ne me sauverait pas et ce serait une ressource pour l'avenir dont je me priverais. L'avenir !... L'avenir !... Oh ! il est beau l'avenir pour moi !

A ce moment on frappa doucement à la porte.

Il y eut dans l'œil de Dorgeval une lueur de colère.

— Qui est là?... Que me veut-on?

— C'est moi, mon ami, moi ! dit une voix timide.

— Ne peut-on me laisser tranquille?...

— Je désirerais vous parler.

— Le moment est bien choisi...

— Si vous voulez, je reviendrai....

— Que ce soit maintenant ou plus tard... Enfin !

Et Dorgeval se leva en grommelant pour aller ouvrir.

CHAPITRE V

Un ange.

Ce fut madame Dorgeval qui entra. Elle tenait à la main une lampe qu'elle posa sur la cheminée.

La jeune femme était blonde. Elle portait une robe de chambre bleu clair qui, dissimulant sa taille, n'empêchait pas néanmoins de comprendre que celle-ci était fine et élancée. Elle avait dû être très-belle et elle l'était encore, quoique le chagrin eût pâli son visage. Son regard avait un éclat un peu fiévreux, mais l'expression en restait charmante.

En ce moment l'inquiétude soulevait son sein, faisait battre son cœur plus précipitamment.

Quoique son mari ne lui eût rien dit, elle avait deviné tout et peut-être lui prêtait-elle de sinistres desseins!

Son premier regard se porta sur une boîte de pistolets qui était déposée sur une console. En la voyant à sa place, elle respira et ne put que s'asseoir dans un fauteuil sans prononcer une seule parole.

Mais Dorgeval n'était pas disposé à lui laisser beaucoup de temps pour se remettre de son émotion.

— Qu'est-ce qu'il y a?... fit-il d'un ton brusque.

Elle leva sur lui ses yeux qui s'obscurcirent de larmes et elle se mit à pleurer sans prononcer un seul mot.

Le négociant eut un mouvement d'impatience.

— Que voulez-vous, Amélie?... Expliquez-vous ou laissez-moi.

Le ton avec lequel furent prononcées ces dernières paroles fit tressaillir madame Dorgeval.

— Jules, dit-elle, vous êtes bien cruel pour moi !

— Pourquoi venez-vous me déranger ? Vous me savez occupé, très occupé et vous ne craignez pas d'apporter du retard...

— Il y a plusieurs jours que je ne vous vois plus...

— C'est la preuve...

— Vous restez enfermé dans ce cabinet...

— Eh bien ?...

— Vous avez des soucis, des ennuis graves et vous ne me les faites pas connaître...

— A quoi bon ?...

— Je sens un malheur planer sur cette maison et vous ne m'en informez pas.

— Vraiment !

— Peut-être pourrais-je essayer de faire renaître en vous l'espérance ?..

— Vous croyez ?..

— Ce serait, en tout cas, mon devoir de le tenter. Une femme doit, en partageant les chagrins de son mari, l'aider à en supporter le poids. Est-ce que vous manqueriez de confiance en moi ?..

— Je ne puis répondre que de moi-même.

— Vous êtes bien dur pour moi qui vous ai prouvé que j'avais foi en votre loyauté.

— Vous êtes-vous repentie de m'avoir pris pour époux ?..

— Je ne dis pas cela.

— Qu'est-ce alors que ces récriminations ?

— Oh ! vous refusez de me comprendre ! Je sens que vous souffrez et je viens réclamer ma part de vos souffrances... Vous êtes seul à chercher la solution d'une difficulté et je viens vous proposer mon aide, si faible qu'il soit. Je veux, en un mot, remplir mon rôle d'épouse et d'amie !

— Puisque je vous assure que cela ne servirait à rien !..

— Qui sait ?...

Il y eut un moment de silence ; soudain il parut prendre une résolution.

3

— Voulez-vous tout savoir?

— Oui.

— Je suis ruiné!

Il s'attendait à une explosion de pleurs et de sanglots. Elle ne dit rien et vint se placer près de lui...

— L'honneur sera-t-il sauf? demanda-t-elle.

— Je serai certainement mis en faillite.

— C'est cela surtout qu'il faut empêcher.

— Faites-le si vous pouvez!

— Ma dot...

— Il n'en reste rien. Vous vous rappelez bien les signatures que vous m'avez données...

Elle n'eut pas une plainte, pas un murmure contre l'homme qui l'avait indignement dépouillée, avait disposé de son avoir, et regardait cela comme tout naturel.

— Cette maison...

— Elle est vendue conditionnellement à la fin du mois, le nouvel acquéreur en prendra possession si...

— Notre propriété?...

— Elle est hypothéquée pour le double...

— J'ai mes dentelles, mes bijoux...

— Leur valeur ne formerait pas le dixième de ce que je dois payer demain seulement. Ne faut-il pas garder d'ailleurs quelque chose?... Vous devriez plutôt songer à les mettre en sûreté.

— Oh! pour cela, non! dit-elle avec indignation; nous serons malheureux, mais nous ne serons pas coupables, et tout ce qui est à moi comme tout ce qui est à vous servira à désintéresser le plus possible nos créanciers.

Il haussa les épaules.

— Vous résistez déjà à mes volontés... Vous me remettrez vos parures et j'en ferai tel usage qui me plaira...

Elle ne répondit pas.

— Maintenant vous êtes instruite... Croyez-vous que vous m'ayez donné plus de force et que j'aie les deux cent mille francs qui me seraient nécessaires pour l'échéance?...

— Deux cent mille francs! répéta-t-elle avec découragement.

Elle se leva.

— Il est vrai, dit-elle, je ne vous ai rien fait trouver, mais du moins vous aurai-je donné une assurance. C'est que dans l'adversité, comme dans la fortune, vous aurez toujours en moi une femme dévouée... Vous allez entreprendre une lutte bien plus dure que celle que vous avez soutenue jusqu'ici. Je participerai le plus possible à cette lutte et du moins ne rencontrerez-vous jamais en moi un obstacle!... Mes consolations vous déplaisent?...

— Je n'ai pas dit cela... Elles me gênent, voilà tout!

— Je vais en chercher pour moi alors.

— Où?

— Auprès de mon enfant!

Elle fit cette réponse d'un ton si simple, elle fut si admirable en prononçant ces paroles que Dorgeval fut presque attendri.

Elle lui apparut belle d'une beauté qu'il ne lui connaissait pas. Il eut comme une vision qui lui montra son indignité et comme un élan qu'il réprima d'ailleurs aussitôt.

Il la laissa se retirer lentement, calme en apparence. Il ne se prosterna pas, comme il eût dû le faire, devant cette sublime créature qui, après n'avoir rencontré dans son mariage que désillusions, était ainsi à la hauteur de la lourde tâche que la fatalité lui imposait.

Cet homme n'était capable d'agir que poussé par la vanité. Rarement une autre voix parlait en lui. Cette fois, par extraordinaire, sa conscience lui dit qu'il était uni à un ange qu'il devait aimer et révérer. Elle lui cria faiblement, il est vrai, de rendre hommage à sa bonne et fidèle compagne. Il imposa silence à sa conscience.

— Après tout, dit-il, cela ne me procurerait pas l'argent dont j'ai besoin!

CHAPITRE VI

Macaire.

Dorgeval, un moment après le départ de sa femme, regarda la pendule et vit qu'il était dix heures et demie du soir.

Il sonna et un domestique apparut.

— Vous allez me dresser un lit ici.

— C'est que, Monsieur...

— Eh bien...

— Il y a dans l'antichambre quelqu'un qui désire vous parler...

— A cette heure!..

— C'est urgent.

Le négociant hésita.

— Qui cela peut-il être?... Est-ce une personne qui vient souvent?...

— Je suis trop nouveau dans la maison de Monsieur pour le savoir.

— Il fallait lui demander son nom ou sa carte...

— On a refusé en me disant que c'était inutile et que l'on désirait vous surprendre agréablement...

— En vérité?... Faites entrer.

Le domestique se retira et, au bout d'un instant, introduisit un individu à la vue duquel Dorgeval eut une exclamation d'étonnement et de dédain...

— Vous !

— Oui, moi...

— Quelle audace ! se présenter chez moi...

— Je m'attendais à un bon accueil de votre part,

mon cher patron, celui-ci dépasse toutes mes espérances... Qu'allez-vous faire?

— Je vais appeler un valet.

— Pour me faire mettre à la porte?

— Précisément.

— Vous voyez que je ne manque pas de perspicacité...
Je vous prouverai que j'en ai encore plus que vous ne
le pensez si vous voulez bien m'écouter...

Et le singulier personnage, avançant un fauteuil, le
plaça près de celui que Dorgeval avait quitté.

— Asseyez-vous donc, mon cher patron, vous ne
tarderez pas à montrer plus de patience.

— J'en doute!

— Vous verrez...

Le nouveau venu s'appelait Macaire et avait été employé dans la maison six ans auparavant. Il en avait été
renvoyé pour infidélité et abus de confiance. On avait
jadis prétendu qu'il n'avait pas été livré à la justice
parcequ'il avait détourné des fonds, de complicité avec
le fils Dorgeval, le chef actuel, dont il avait été le
compagnon de débauche.

Ces rumeurs étaient entièrement vraies. M. Dorgeval
père avait étouffé une affaire qui eut pu porter atteinte
à l'honneur de sa famille.

Quand il mourut, son fils s'abstint cependant, malgré
les sollicitations de Macaire, de reprendre celui-ci, qui
était alors tombé au dernier degré de la misère et de
l'abjection.

L'ancien commis de la maison Dorgeval était de haute
taille, fort maigre. Son visage était anguleux, son nez
recourbé en bec de perroquet.

Il n'était pas nécessaire d'être un grand observateur
pour s'apercevoir que l'on avait affaire à un effronté
coquin. Tout en lui révélait l'homme à qui le vice est
familier.

Sa mise était généralement des plus négligées. Il se
présenta toutefois ganté et assez élégamment vêtu chez

3.

Dorgeval qui ne put s'empêcher de le regarder avec un certain étonnement, se rappelant sans doute dans quelle tenue il le rencontrait d'ordinaire.

Macaire vit cette surprise et eut un sourire.

— On n'a pas l'habitude de me voir aussi beau que cela... C'est que j'ai fait un héritage...

— Ah!

— Une pauvre vieille tante qui n'a pas eu le temps de me priver de son avoir et qui m'a laissé quelques centaines de francs qu'elle destinait sans doute aux églises... J'en ai profité pour renouveler ma garde-robe qui en avait besoin...

— Qu'est-ce que cela peut me faire?

— Il est vrai... Cela ne vous intéresse pas... Oh! vous avez été avec moi d'un égoïsme et d'une ingratitude...

— Ingrat! à votre égard?

— Mais certainement... N'auriez-vous pas dû vous rappeler, lorsque M. Dorgeval est mort, que je vous avais rendu service jadis, que j'avais été votre ami...

— Oh!

— Il vous convient de protester... Mon amour-propre n'en est pas atteint... Je commence à être accoutumé... Oh! l'humanité, l'humanité!..

— Est-ce pour me dire tout cela que vous êtes venu à cette heure?

— Si cependant ma conversation vous déplaisait trop...

— Elle me déplaît...

— Je continuerais tout de même...

— Insolent!

— Eh! eh! voilà une injure qui pourrait coûter cher à un autre, mais venant de vous!...

— Vous la dédaignez?

— Je n'y fais pas attention... A propos, vous savez que j'ai des nouvelles à vous donner de Lucie...

Dorgeval pâlit, Macaire continua :

— Elle va bien ainsi que son enfant... Le vôtre ! Elle ne vous regrette plus maintenant car elle vous méprise... Je l'ai rencontrée l'autre jour au clos Saint-Marc.

— Taisez-vous, taisez-vous !

— Peut-être vous repentiriez-vous si je me taisais... Car enfin il faut que je vous explique pourquoi, passant dans cette rue et voyant encore de la lumière à la fenêtre de votre cabinet, j'ai résolu de faire ce soir la visite que l'on m'a empêchée de vous faire cette après-midi, car on a refusé de m'introduire... Ils ne sont pas polis vos garçons de bureaux !

— Dépêchez-vous donc !

— Je serai bref maintenant...

Macaire prit un ton mystérieux :

— Je n'ignore rien ...

— Vous n'ignorez rien ?...

— Oui, j'ai trop gardé de relations avec vos commis pour ne pas connaître quelle est votre situation exacte... On m'a appris...

— Quoi ?

— Que si vous ne touchez pas deux cent mille francs avant demain vous ferez faillite, ne pouvant pas faire honneur à votre signature... Vous voyez que je suis bien renseigné...

— Misérable !

— Une insulte de plus !... Mais qu'avez-vous donc aujourd'hui ?... Décidément vous n'êtes pas de bonne humeur... On ne m'a pas trompé !...

Dorgeval se mit à parcourir l'appartement d'un pas agité.

— Vous vous demandez, fit Macaire, comment vous pourrez vous débarrasser de moi, car vous n'osez plus appeler votre domestique. Vous avez peur que je ne lui dise : « Mon bonhomme, ne prends pas autant de peine pour me jeter à la porte, car tes gages ne seront probablement pas payés, et, en tous cas, ton maître actuel ne va pas pouvoir te conserver. » Vous gardez votre orgueil jusqu'à la dernière heure, jusqu'au moment où il faudra le perdre tout-à-coup... Ah! ce sera dur, car je vous connais, vous êtes pétri de vanité, mon cher patron... Je suis bien aise de vous voir dans cet état-là et vous l'avez mérité...

— Va-t'en!

— Non, je ne m'en irai pas!

— C'est moi-même qui vais te jeter par la fenêtre!

— Je suis plus fort que vous!

Dorgeval s'élança vers la boîte de pistolets.

— Des menaces! Vous emploieriez des armes contre moi qui viens pour vous sauver... Ah! vous êtes surpris, vous me regardez avec des yeux effarés... Pourquoi pensiez-vous que j'étais ici? Pour jouir de votre humiliation?... Que m'importe après tout?... Je désire vous proposer une affaire excellente.

— Parlez.

— Deux cent mille francs vous sont indispensables!... Que diriez-vous si je vous les procurais?

— Vous raillez encore!

— Je suis très sérieux. J'ai quelqu'un qui peut demain, à l'ouverture de vos bureaux, vous confier la somme qui vous est nécessaire... Cela vous donnera le temps de vous retourner... Plus de suspension de paiements!...

— Mais ce serait le salut!

— Ah! vous m'écoutez avec attention maintenant... Dois-je toujours m'en aller par la porte ou par la fenêtre?

— Restez, car j'ai besoin de connaître...

— Voici la chose. J'ai un de mes amis qui a deux cent trente mille francs à placer, cent vingt mille lui appartenant, cent dix mille qui sont à différentes personnes ayant en lui une entière confiance. Cela vous étonne qu'un de mes amis soit possesseur d'une telle somme et soit autant estimé?...

— Cela me surprend, en effet, mais continuez...

— Oh ! j'ai conservé encore quelques bonnes relations... Celui-là est un marin depuis longtemps absent, et qui ne sait pas que j'ai été chassé de la maison Dorgeval parce que je m'étais approprié quelques sommes, ayant pour complice le fils qui, lui, avait signé pour son père !..

— Bandit, va !...

— Je ne suis pas un homme de sac et de corde, vous le savez... Je vaux mieux que vous ; je n'étais qu'un escroc, vous étiez un faussaire... On ne m'a pas livré aux tribunaux, mais on m'a déshonoré quand même, et on m'a enlevé les moyens de gagner désormais ma vie honorablement. Je n'ai pu, en effet, trouver d'autre place quand j'ai été privé de celle que j'occupais chez votre père et que vous ne m'avez pas rendue... Macaire est devenu presque digne du nom maudit que lui avaient légué ses ancêtres... Il a vécu au jour le jour et un peu aux dépens de chacun... excepté peut-être à vos dépens à vous, car vous avez aussi refusé impitoyablement de me secourir...

— Je devais à la considération de cette maison...

— Bah ! Et si j'avais raconté tout ce que je savais et tout ce que savait votre père, qui en est mort, croyez-vous que votre considération n'eût pas été atteinte ? Non, je me suis tu je ne sais pourquoi... ou plutôt parce que j'ai pensé que cela ne me rapporterait rien et qu'il valait mieux garder le silence.

— Si vous reveniez à la personne qui a deux cent mille francs à sa disposition ?

— C'est juste, c'est ce qui vous intéresse !... Écoutez ce qu'il faudra faire et quelles sont mes conditions.

CHAPITRE VII

Le Piége.

On a compris que le marin, qui pouvait fournir à M. Dorgeval les deux cent mille francs nécessaires pour l'empêcher de faire faillite, n'était autre que Georges Béraud.

Il avait jadis beaucoup connu, au Hâvre, Macaire, alors que celui-ci menait une existence honnête. Il avait appris qu'il était entré dans une des plus honorables maisons de Rouen, mais ensuite l'avait perdu de vue. Le jour même où eut lieu l'entrevue de M. Dorgeval et de son ex-employé, Béraud avait, dans l'après-midi, été accosté par ce dernier près de la Bourse.

— Parbleu ! je vous reconnais...

— Moi aussi...

— Depuis le temps que nous ne nous étions plus rencontrés... Est-ce que vous naviguez toujours ?...

— Oui... C'est-à-dire...

Macaire invita le capitaine à entrer dans un café... Là, celui-ci lui fit connaître sa situation, son amour pour la mer, dont les périls et les dangers lui étaient familiers, mais aussi la promesse qu'il avait faite à sa femme, à la suite de la mort du père Boucher.

— Ah ! c'est dans votre maison qu'a été commis cet assassinat ?...

— Ce suicide...

— J'oubliais... c'est vrai !... Eh bien, il y a une

chose bizarre, c'est que, dans la mienne, une mort semblable a eu lieu avant-hier.

Le marin parut étonné.

— Oui, continua Macaire, un malheureux que l'on a trouvé pendu...

— Mais c'est une épidémie! Où habitez-vous?

— Rue des Ramassés...

— Et vous dites qu'un individu y est mort de la même manière?...

— J'ai lu dans le *Mémorial* les mêmes détails. C'est un vieillard...

— Le père Boucher avait soixante-dix-sept ans aussi... La justice devrait être frappée de cette coïncidence.

— La justice est aveugle.

— Pas autant que vous le croyez... Lorsque les magistrats sont venus dans la rue du Merisier pour faire les constatations judiciaires, l'un deux s'est, paraît-il, rappelé qu'un nommé Lorond avait péri dans des circonstances identiques... Peut-être un troisième décès, se produisant peu de temps après, aura-t-il ouvert une voie?...

— Que nous importe après tout?

— Je suis de ceux qui souhaitent sincèrement que le crime ne reste jamais impuni...

— Vous avez raison, ma foi.

Macaire se hâta de changer la conversation, comme si celle-ci le gênait. Il rappela Béraud à ses projets d'avenir et ouvrit de grands yeux lorsque le capitaine lui expliqua qu'il cherchait un placement avantageux pour deux cent trente mille francs.

— Cent vingt mille francs seulement ont été gagnés par moi dans mes courses lointaines. Les autres cent dix mille francs appartiennent à divers camarades qui m'ont prié de m'en charger. Ils auraient beaucoup mieux fait de ne pas me confier ce soin, car je suis gêné... J'ai peur de ne rien trouver d'assez sûr, d'assez

productif... Je tiens beaucoup à mon argent, qui représente le bien-être pour ma famille, mais je tiens encore
plus à celui de ces braves gens... Aussi, depuis huit
jours que je suis arrivé, je m'informe de tous côtés...
Ne pourriez-vous pas me renseigner, car ma femme et
moi sommes ennuyés d'avoir chez nous une somme
d'une telle importance... Ah ! si c'était à mon bord, je
répondrais de mes marins, mais, à Rouen, dans une
grande ville... Je ne peux toujours garder ma valise
sur moi !

Pendant que Béraud parlait, Macaire réfléchissait.
L'homme que le hasard lui amenait avait une somme
considérable... Est-ce qu'il n'y avait rien à faire, rien
à tenter pour s'approprier cet argent, ou du moins s'en
faire remettre une partie !

Ce misérable eut vite trouvé une combinaison, car il
avait l'esprit inventif pour le mal. Précisément il avait
appris le matin, par le caissier même de la maison
Dorgeval, dans quelle situation était le fils de son
ancien patron. Il se dit que celui qui avait été son
complice accepterait tout pour reculer sa chute. Il
conçut tout de suite un plan dont le but était de faire
tomber Georges Béraud dans un piège odieux.

— Quel dommage, lui dit-il, que je ne vous aie pas
rencontré plus tôt...

— En vérité?

— Vous savez que je fais partie de la maison
Dorgeval...

— Une des plus anciennes de Rouen...

— Et des plus solides !.. Jadis j'y avais un emploi
tout à fait sédentaire ; maintenant j'ai des occupations
plus actives... Je voyage même et c'est pour ce motif
que certaines, personnes se sont figurées que je n'en
étais plus... La prospérité de M. Dorgeval est toujours
croissante et il entreprend des affaires vraiment gigan-
tesques pour lesquelles les capitaux disponibles ne
suffisent pas toujours... C'est pour cela qu'il accepte

parfois des fonds dont il paie un bon intérêt et qui participent, dans une certaine mesure, aux bénéfices, quoique ceux qui les fournissent ne courent aucun risque...

— Mais c'est très beau !

— Figurez-vous qu'une personne qui avait prêté trois cent mille francs les a doublés en deux ans...

— Je vois que l'on n'a pas toujours besoin, pour gagner beaucoup d'argent, d'aller dans les pays lointains.

— C'est l'éternelle fable de celui qui, après avoir couru le monde pour chercher la fortune, la trouve en rentrant chez lui endormie devant sa porte...

— Mais se faire payer d'aussi forts intérêts, n'est-ce pas de l'usure ?

— C'est du commerce, car la personne à qui vous prêtez gagne plus que vous. L'argent est une marchandise que vous lui avez vendue et avec laquelle elle s'en est procuré une autre qu'elle a revendue à son tour aussi cher qu'il lui a été possible !...

— C'est magnifique alors !.. Je serais très heureux si, ayant reçu cent dix mille francs de mes amis, je pouvais leur dire dans quelque temps : « Pendant que vous continuiez votre métier pénible, je travaillais, moi aussi, pour vous et voici ce que j'ai gagné. »

— Malheureusement M. Dorgoval n'a pas besoin de capitaux actuellement, ou du moins je ne pense pas... Les dernières opérations ont été si heureuses !...

— Quel dommage !

— Je puis cependant lui parler de vous, si vous m'y autorisez...

— Certainement... Quand me donnerez-vous une réponse?...

— Demain matin, si cela vous plaît, à la première heure !

— Soit! Je compte sur vous. Merci pour vos bons offices !...

4

—Une recommandation! Ne parlez à personne de la démarche que je vais faire pour vous. On m'a déjà prié d'adresser à M. Dorgeval des demandes de ce genre et j'ai constamment refusé, car ce n'est pas dans mes attributions... Je puis compter sur votre discrétion absolue.

— Soyez tranquille.

L'excellent capitaine était entièrement tombé dans le filet qui lui avait été tendu. Il ne restait plus à Macaire qu'à s'entendre avec Dorgeval. Il se rendit aussitôt chez celui-ci, mais il ne fut pas introduit.

Le négociant l'avait recommandé à son personnel et ce fut en vain qu'il prétendit avoir à lui parler d'affaires très sérieuses et très pressées. Il ne put, ainsi que nous l'avons vu, parvenir auprès de lui qu'à une heure avancée et encore grâce à la présence d'un domestique qui ne le connaissait pas.

CHAPITRE VIII

Lucie.

Macaire et Dorgeval s'entendirent facilement après le premier échange d'amabilités auquel nous avons assisté.

Le courtage réclamé par l'ex-employé était énorme. Pour amener au négociant le pauvre Georges Béraud, il exigeait trente mille francs comptant, en argent, et vingt mille en billets.

Dorgeval en passa par tout ce que voulait son complice, croyant absolument certaine la réussite d'une opération qui devait lui donner, dans deux ou trois mois, d'énormes bénéfices et lui permettre de rembourser.

Or, cette opération était des plus hasardeuses, et il était probable que le négociant serait, avant peu, dans la même situation.

Macaire s'en doutait, mais il ne s'en souciait guère pourvu qu'il touchât la forte commission qui lui était promise et qu'il eût le temps de faire escompter les billets.

Que lui importait le désespoir du capitaine quand il apprendrait qu'il avait été volé? Lui ne serait aucunement responsable, puisqu'il se bornait à indiquer un placement.

En quittant son ancien patron, le bandit n'avait plus qu'une crainte, c'était que Béraud eût changé d'idée ou eût appris la vérité sur l'état des affaires de Dorgeval.

Quant à ce dernier, confiant en la promesse que lui

avait faite Macaire de lui conduire le capitaine le lendemain, il se sentait passer du désespoir le plus morne
à la joie la plus vive.

— Cet argent me coûtera cher, dit-il cependant,
mais qu'importe! je rattraperai cela plus tard...
Demain je serai sauvé !

Il fut sur le point d'aller annoncer la bonne nouvelle
à sa femme. Il n'eut fait que son devoir, car, après
l'avoir associée à ses angoisses, il était tout naturel
qu'il lui fît part de ce qui les faisait cesser.

Il réfléchit qu'elle ne manquerait pas de lui adresser
des questions susceptibles de le gêner. Il connaissait
son esprit droit et sa probité sévère. N'allait-il pas
tromper, après tout, un homme qui le croyait riche et
dans une situation des plus brillantes?

— Laissons-la, dit-il, elle verra bien que je ne fais
pas faillite. Elle et mes rivaux sauront que j'ai toujours
les moyens de me tirer d'embarras... Fatale échéance!
M'a-t-elle causé assez de tourments!

Le lendemain matin, Dorgoval attendait avec une
certaine impatience, lorsqu'une jeune femme se présenta dans son cabinet.

Elle leva le voile qui cachait ses traits, et le négociant eut une exclamation.

La visiteuse devait avoir de vingt-quatre à vingt-cinq
ans. On voyait qu'elle relevait de maladie, car
elle était très pâle, très amaigrie, et pouvait à peine se
soutenir.

Elle était brune et avait des yeux noirs expressifs
qu'animait en ce moment une résolution énergique.

Dorgoval mit machinalement la main sur un cordon
de sonnette qui était à sa portée.

— Vous voulez me faire chasser?... Il faudra que
l'on emploie la force et j'essaierai de résister jusqu'à
ce que vous m'ayez entendue... Je suis cependant bien
faible encore, mais je suis décidée à tout braver.

— Je ne vous connais pas, dit Dorgeval d'une voix sourde.

— Vous ne voulez plus me connaître... Eh bien! je vais vous rappeler qui je suis...

— C'est inutile...

— Oh! vous craignez la vérité... Il vous faudra l'entendre quand même... Il y a sept ans, j'en avais dix-huit à peine... Je vivais avec mon père, vieux militaire, et ma mère, une honnête femme!... J'étais sage et déjà fiancée à un brave et loyal garçon qui m'avait choisie et rêvait de passer avec moi une existence calme et tranquille... Je vous rencontrai, et vous jugeâtes à propos de me vouer au désespoir afin de satisfaire un de vos caprices...

— Comme vous exagérez!

— Vous me fîtes entendre des paroles flatteuses, vous me dîtes que je n'étais pas faite pour rester ouvrière.

— Je ne disais que la vérité, fit Dorgeval avec ironie...

— Je vous résistai, quoique vous eussiez produit une impression des plus vives sur mon cœur... Ce fut alors que vous m'avez promis, que vous avez juré de m'épouser.

— Cela n'est pas...

— Je sais maintenant que mon histoire est bien commune et bien banale... Si je la racontais à un autre que vous on en rirait... La légitimation d'une faute n'est pas d'ailleurs pour la faute une excuse.

— Je ne m'étais engagé à rien...

— Vous savez bien que vous mentez...

— Des injures!

— J'avais des principes d'honneur qu'il vous a fallu combattre, des scrupules que vous avez dû vaincre... Mais votre principal crime ne fut pas de m'avoir séduite.

— Je ne vous ai pas séduite!

— Vous me calomniez aujourd'hui comme vous

A

m'avez calomniée jadis... Seulement il n'y a plus cette
fois un vieillard pour vous entendre et en mourir...
C'est vous qui avez tué mon père!

— Silence, malheureuse!

— Lorsque celui-ci apprit tout, j'étais sur le point
d'être mère... Il vint vous voir et vous demanda de
m'épouser. Il vous montra la croix qu'il avait sur la
poitrine... Vous lui répondites que, si vous aviez détourné de ses devoirs une jeune fille honnête et pure,
vous répareriez vos torts... Vous ajoutâtes qu'avant
d'être avec vous, j'avais été la maitresse de plusieurs
de vos compagnons de libertinage... Et comme mon
père protestait avec indignation, vous fîtes venir un
de vos employés, un nommé Macaire, qui parla de moi
en termes tels que l'infortuné s'en alla le cœur brisé et
la honte au visage... Il avait la conviction que son
enfant, qu'il avait tant chérie, était la plus méprisable
des créatures... Sa résolution de ne pas survivre à son
malheur fut vite prise. Il rentra chez lui et bientôt
une détonation se fit entendre... On releva un cadavre
au milieu d'une mare de sang!... Tel était le fruit de
vos mensonges infâmes!...

Dorgeval était devenu livide.

— Sortez, je vous l'ordonne, sortez!...

— Non, pas avant que j'aie terminé!... Ma mère ne
survécut pas longtemps à cette catastrophe, mais du
moins elle ne me maudit pas... Sur son lit de mort,
elle me fit jurer que je n'avais péché que par excès
d'amour pour un misérable et elle me pardonna
en son propre nom et au nom de celui qu'elle allait
rejoindre...

— Que voulez-vous de plus?

— Vous raillez en présence de deux tombes...
Vous ne craignez donc pas que Dieu vous punisse?...

— Je continue à ne pas comprendre... Pourquoi venez-
vous me raconter tout cela aujourd'hui?

— Il est vrai, je ne vous ai pas beaucoup importuné

jusqu'ici... Quand mon enfant naquit, je ne vous demandai rien... je refusai même les secours qu'un reste de respect humain vous engagea à m'envoyer...

— Des secours!... Jamais!...

— Ne m'avez-vous pas fait porter, à cette époque-là, de l'argent?...

— Moi!...

— Quelle est donc l'âme généreuse qui songea à aider votre victime?...

— Je l'ignore, mais...

Dorgeval paraissait réfléchir...

— Votre père peut-être... Il est mort!... Dans votre famille même on devait connaître l'indignité de votre conduite...

— Vous abusez de ma patience...

— Si j'avais su que l'argent que l'on m'offrait venait de votre père, je ne me fusse peut-être pas cru le droit de refuser, tandis que je le repoussai alors avec horreur... Il faut que j'aie bien souffert depuis pour que mes idées soient changées.

— Ah!

— A peine rétablie, je me montrai courageuse... Bravant le dédain de ceux qui m'avaient connue vertueuse, j'allai leur demander de m'employer... Ils refusèrent à la fille-mère, et les ateliers où j'avais été occupée ne voulurent pas me reprendre. De porte en porte, je sollicitai du travail comme on implore l'aumône... Je finis par réussir dans mes démarches, mais l'ouvrage que l'on me procura était si grossier, si peu payé, que je devais passer une partie de la nuit à veiller afin de pouvoir gagner à peine de quoi me suffire... Ma seule distraction, ma seule joie, était mon enfant, mon fils... On ne sait pas que de consolations on peut trouver dans ces petits êtres dont les premiers sourires effacent tant de douleurs! Le mien est particulièrement gentil et aimable. Il va déjà à l'école... on l'appelle Charlot...

— Trêve...

— Je ne pensais pas que vous étiez le plus dur des hommes. Cependant j'espère que vous ne le serez pas dans cette circonstance, car je viens vous voir pour lui.

— Je m'y attendais...

— Je vous assure que cela me coûte beaucoup. Je n'ai pris le chemin de votre maison qu'avec la répugnance la plus vive, mais la nécessité m'y a forcée. Telle que vous me voyez, je suis sortie de l'hôpital la semaine dernière... J'ai fait une cruelle maladie dont j'ai failli mourir... mais Dieu a refusé de me prendre, voyant peut-être que j'étais encore utile à mon fils... Pendant que j'étais sur mon lit de douleur, de braves ouvriers ont bien voulu se charger de lui, quoiqu'ils eussent eux-mêmes de la famille... Ils me l'ont rendu lorsque je suis rentrée...

— Tous ces détails.....

— ... Ne vous intéressent pas, mais il faut que vous sachiez que si j'implore votre compassion...

— Vous avez commencé par la menace et l'insulte... singulier moyen !...

— Pardon si, en me trouvant en votre présence, je ne me suis d'abord souvenue que des catastrophes dont vous êtes la cause... on n'est pas toujours maître de soi...

— Je m'en suis aperçu...

— Je le répète... j'ai recours à vous, contrainte par le besoin... On m'a fait sortir trop tôt de la maison où l'on soigne les pauvres... Il est vrai qu'il y en avait d'autres qui attendaient ma place... Dès que j'ai été chez moi, j'ai essayé de reprendre mes occupations, mais j'ai vu que mes forces ne le permettaient pas encore... Mes regards ne pouvaient se fixer longtemps sur l'ouvrage et des évanouissements suivaient... Je suis encore trop faible pour passer de nouveau des nuits... Et cependant il n'y a rien, absolument rien dans ma demeure, et Charlot me demande du pain !..

— Que m'importe!

— C'est votre fils!...

— Je n'en sais absolument rien.

— Oh! c'est terrible!... Nous sommes seuls et personne n'entend vos paroles... Il ne s'agit pas de me mentir à moi, et du reste je ne désire aucun aveu... Il y a un juge qui nous entend et qui prononce son arrêt... Je ne veux plus vous irriter, mais vous attendrir... J'ai épuisé tout crédit... Je ne peux encore gagner ma vie et notre enfant a faim... Accordez-moi un léger secours. Prêtez-moi, si vous ne voulez pas me donner... Tenez, je préfère même un prêt... Je vous le rendrai.

— Je ne dois pas, par faiblesse et par compassion, excuser une scène semblable à celle que vous venez de me faire... Si je me laissais toucher une fois, vous reviendriez et je prendrais, pour ainsi dire, un engagement que je ne peux pas prendre... Retirez-vous.

Lucie, ainsi se nommait la malheureuse fille, regardait avec une sorte d'effarement Dorgoval.

— Est-il possible d'être aussi insensible?...

Elle voulut faire une suprême tentative.

— Ayez compassion, ayez pitié... Je vous en supplie! Je vous ai blessé, pardonnez-moi... Grâce, grâce pour mon petit Charles!...

Elle était à genoux; elle cherchait à s'emparer des mains de l'homme qui avait fait son malheur.

Mais celui-ci, pour la repousser, eut un geste tel, il la regarda avec une expression remplie d'une telle dureté qu'elle resta persuadée qu'elle n'avait rien à attendre de ce misérable.

Elle se releva, et ses yeux hagards semblaient vouloir sonder la profondeur de l'abîme qui s'ouvrait sous ses pas.

Elle étouffa un sanglot et se dirigea vers la porte en chancelant. Avant de sortir, elle put dire encore :

— Votre fils vous maudira comme je vous maudis!

Elle descendit l'escalier en se cramponnant à la rampe, mais, arrivée dans la rue, elle tomba sur le trottoir.

Quelques personnes s'empressèrent aussitôt autour d'elle.

Lucie n'avait pas encore repris ses sens lorsque madame Dorgeval sortit de la maison. Presque au même moment se montraient Macaire et Georges Béraud.

CHAPITRE IX

L'argent du Capitaine.

Le mari d'Adrienne voulait voir ce qui se passait dans le groupe qui se trouvait près de la porte de Dorgeval, Macaire le retint.

— Nous sommes pressés... Peut-être dans un moment serait-il trop tard pour rencontrer...

— Vous avez raison et je tiens à m'affranchir le plus tôt possible d'un souci... Aussi ai-je apporté sur moi...

Béraud montrait la valise qu'il tenait à la main.

Aussitôt que Macaire eut demandé le négociant, on l'introduisit auprès de lui avec un empressement qui contrastait fort avec l'accueil qu'il avait reçu le jour précédent des garçons de bureau.

L'ex-employé ne put s'empêcher d'en faire mentalement la remarque et un sourire flottait sur ses lèvres quand il entra, avec le capitaine, dans le cabinet de Dorgeval.

Celui-ci se montra des plus courtois contrairement à son habitude. Il dit à Béraud que, sur la recommandation de Macaire en qui il avait toute confiance, il voulait bien se charger de ses fonds, et il lui expliqua les avantages qu'il pouvait lui accorder, l'intérêt qu'il lui paierait...

— Quant aux garanties...

Le capitaine l'interrompit.

— Les meilleures, dit-il, sont l'honnêteté de votre maison... J'ai entendu parler de votre probité dans des pays bien éloignés de la France... C'est une belle et brillante réputation que vous avez... Je vous en félicite...

Dorgeval remercia.

— C'est que, voyez-vous, l'argent que je vais vous remettre m'est doublement précieux. Il y en a une partie qui est, pour moi, l'avenir, pour ma femme et mon enfant, la prospérité et l'aisance, et cependant c'est celle qu'il me serait le moins pénible de perdre. L'autre partie est formée par les économies de mes camarades... Ils les ont confiées à mon honneur, à ma prudence et ce serait une chose terrible si je ne pouvais leur rendre compte de ce dépôt sacré.

— Soyez sans crainte...

— Oh! je le sais et la preuve c'est que je vous prie de recevoir tout de suite le versement.

— Vous y tenez!...

— Oui, car maintenant nous serons tranquilles...

— Il faudra attendre alors que j'aie fait rédiger le traité...

— Je reviendrai le prendre... Provisoirement, un simple reçu me suffira...

Dorgeval s'inclina et rédigea le reçu tandis que Béraud lui comptait deux cent trente mille francs.

Le capitaine était enchanté. Il serra avec effusion l main du négociant et non moins amicalement celle de Macaire qui, pour rester, prétexta être dans la nécessité de parler à Dorgeval de différentes affaires.

— Il est vrai, je vous ai assez dérangé comme cela... mais nous nous reverrons, n'est-ce pas?

— Certainement...

Il est aisé de comprendre pourquoi Macaire tenait à ne pas s'éloigner. Il voulait immédiatement toucher sa part de la somme qu'il venait de faire entrer dans la caisse vide de son complice... Aussi, dès que Béraud fut sorti, il alla vers Dorgeval.

— Et maintenant payez-moi

Celui-ci eut un ricanement.

— Vous êtes bien pressé...

— En effet, je n'ai pas le temps d'attendre... Je veux mes trente mille francs et mes vingt mille francs de billets...

— Si je vous donnais tout en billets?...

— Pas de sottes plaisanteries, fit Macaire brutalement, ou...

— Que feriez-vous?...

— Je rappellerais le capitaine et je lui dirais ce qu'est devenue cette maison Dorgeval en laquelle il a tant de confiance...

Le négociant eut un mouvement qui n'indiquait pas précisément une parfaite tranquillité.

Macaire avait d'ailleurs ouvert la fenêtre et semblait chercher s'il voyait encore dans la rue Georges Béraud.

— Allons ne nous fâchons pas, fit Dorgeval, d'un ton presque amical. Laissez-moi parer au plus pressé...

— Le plus pressé, c'est moi...

— Vous savez bien qu'il y a maintenant là assez pour tous...

— Alors...

Le caissier de la maison, un vieux serviteur, entra et, d'une voix tremblante, expliqua que l'on venait toucher le premier billet et qu'il manquait de fonds pour en régler le montant.

Le pauvre homme avait la mort dans l'âme, car, entièrement au courant des affaires de son maître, il était certain que l'on allait suspendre les paiements. Quelle fut sa satisfaction, sa joie, lorsque Dorgeval lui remit de quoi couvrir l'échéance.

Ce fut avec un véritable orgueil qu'il regagna sa caisse et se mit à payer les billets qui se succédèrent promptement.

Pendant ce temps-là, Dorgeval faisait de vains efforts pour déterminer Macaire à se contenter de quinze à vingt mille francs comptant.

5

L'ex-employé exigeait la somme intégrale qui lui avait été promise et se plaignait de la mauvaise foi dont il était fait preuve à son égard. Il avait pris un ton fort haut et menaçait le négociant malhonnête, lorsqu'enfin celui-ci se décida à lui remettre ses trente mille francs et à lui faire ses billets.

Macaire enferma le tout dans son portefeuille, avec une visible satisfaction.

— C'est égal, vous n'aimez pas à tenir vos engagements.

— Cinquante mille francs de commission pour deux cent trente mille francs, c'est évidemment exagéré!...

— Les auriez-vous trouvés ailleurs?...

— Qui sait?

— Pourquoi n'avez-vous pas essayé?... Je vous ai sauvé momentanément de la faillite et il est de votre devoir de m'en garder une éternelle reconnaissance...

— Oui, une reconnaissance bien vive...

— Tout danger n'est pas fini pour vous et même pour moi. Si le capitaine vient à savoir que je l'ai trompé...

— Il ne le saura pas...

— Malheureusement pour lui, je crois qu'il ne tardera pas à connaître que ses capitaux n'ont fait que retarder une catastrophe...

— Taisez-vous...

— Aussi vais-je passer quelque temps à Paris... Ce pauvre capitaine...

A peine Macaire venait-il de prononcer ces paroles, que Georges Béraud se montrait, pâle, le visage contracté, dans un état qui tenait à la fois de la colère et de la douleur.

Dorgeval frémit.

Macaire songea à s'esquiver, mais Georges le cloua, pour ainsi dire, à sa place, d'un geste.

— Ne bougez pas, car c'est à vous deux que j'ai affaire...

Le négociant essaya de payer d'audace...

— Qu'avez-vous, cher Monsieur, que vous est-il arrivé?... Vous paraissez ému.

— Ce que j'ai, c'est que l'on veut me voler ici!...

— Monsieur!

— Ne jouez pas l'indignation... moi seul ai le droit d'être irrité, car j'ai rencontré quelqu'un qui m'a tout appris...

— Et que vous a-t-on dit?...

— Que votre maison n'a conservé de l'ancienne maison Dorgeval que le nom, que vous êtes dans la situation la plus précaire, que vous allez faire faillite!

— Oh!

— On s'attendait aujourd'hui même à vous voir arrêter vos paiements.

— C'est faux!

— Votre crédit est ruiné et personne n'ignore votre position, pas même ce misérable qui m'a sciemment trompé!

Macaire essaya de protester.

— Oh! je te tuerai, toi aussi, dit violemment Georges Béraud, si on ne me rend pas ce qui m'appartient!

— Impossible!

— Pourquoi?... Je suis bien libre de vous retirer ce que je vous ai apporté tout-à-l'heure.

— Vous vous êtes engagé à le mettre à ma disposition pour une opération...

— Je ne savais pas ce que je sais maintenant, hélas! trop tard!

— On vous a menti!...

— Remboursez-moi...

— J'ai immédiatement fait emploi des fonds...

— Allons donc! je ne vous crois pas! D'ailleurs que m'importe?... Je veux, je veux mon argent!

— Vous troublez l'ordre dans mon bureau... Vous attirez l'attention de mes employés..

— Tant mieux! je désire qu'ils soient informés de ce

que vous êtes, de l'abus que vous avez fait de ma confiance !...

— Je ne vous ai pas cherché... C'est vous qui êtes venu ici !

— Oui, victime de la plus odieuse des escroqueries...

Béraud lança un regard foudroyant à Macaire.

— Cela ne restera pas impuni... Je porterai plainte à la justice, je crierai : « au voleur ! » de telle manière que tout le monde l'entendra ! Je me vengerai sur vos personnes, car enfin vous m'avez même enlevé ce qui ne m'appartenait pas...

— Quelle preuve avez-vous que vos deux cent mille francs soient perdus ?

— Vous refusez de me les rendre.

— Tout de suite, oui, car j'avais le droit de m'en servir, mais d'ici à peu de jours...

— Vous voulez prendre la fuite et vous essayez de gagner du temps avec moi...

Dorgeval montra une certaine hauteur...

— Voilà, Monsieur, un moment que vous m'insultez et que je le supporte... N'abusez pas de ma patience... Adressez-vous à la justice, si cela vous plait, mais, en attendant, n'oubliez pas que vous êtes chez moi et que j'ai le droit de vous en chasser...

Georges Béraud se tordit les mains de désespoir et de rage impuissante.

Soudain il porta la main à la gorge :

— J'étouffe ! j'étouffe ! dit-il.

Les veines de son cou s'étaient tuméfiées, son teint était devenu d'un violet très-prononcé. Il roulait des yeux égarés.

Le capitaine voulut parler encore... Il ne le put pas... Il venait d'être frappé d'une attaque d'apoplexie.

CHAPITRE X

Charité.

Macaire ne perdit pas la tête en présence de cet événement. Il plaça Georges Béraud dans un fauteuil. Avant d'appeler au secours, il mit carrément la main dans la poche du capitaine et prit, dans un portefeuille qui s'y trouvait renfermé, le reçu de Dorgeval.

— Il faut penser à tout, fit-il... C'est égal, la providence vous vient rudement en aide, cher patron... Cet homme va mourir!...

Les bureaux du négociant étaient cependant mis en rumeur par cet événement. On alla chercher un médecin qui pratiqua immédiatement une saignée.

Georges, quoique à un âge où les cas d'apoplexie sont encore rares, était très sanguin. La colère qu'il avait éprouvée, l'impuissance dans laquelle il s'était trouvé pour contraindre Dorgeval à une restitution, avaient fait affluer au cerveau une quantité de sang capable d'entraîner la mort.

Il vivait encore toutefois, mais il ne semblait pas que la saignée, qui avait été assez abondante, eût produit un grand effet sur lui.

Il avait les pupilles immobiles et fixes. La face, devenue bouffie, présentait l'empreinte de la stupeur ; de violette elle était passée verdâtre. Un souffle bruyant et pressé sortait de sa poitrine.

— Mauvais symptôme, dit Macaire qui prétendait avoir été quelque peu carabin.

On alla quérir un brancard et, après y avoir déposé

le capitaine encore inerte, on le transporta à la rue du Merisier.

Il est aisé de deviner quelle fut la douleur d'Adrienne, qui avait vu sortir, le matin, son mari plein de vie et de santé et à qui on l'apportait dans un aussi triste état.

L'émotion, la surprise l'empêchèrent d'abord de faire entendre la moindre plainte. Elle se demandait si elle était le jouet d'un rêve, l'objet d'un terrible cauchemar.

A genoux près du corps de Georges, elle le regardait et ses lèvres remuaient comme si elle eût voulu prononcer des paroles que sa bouche se refusait à articuler.

Rien n'était plus navrant que le désespoir de cette pauvre femme.

Le médecin songea à lui donner du courage.

— Voyons, madame, un peu de force...

Elle le regarda d'un air hébété.

— Vous avez une enfant à qui vous êtes nécessaire... D'ailleurs l'état de votre mari quoique grave...

Adrienne parut revenir à elle.

— Oh! dites-moi qu'il vivra !... Je veux qu'il vive !

— Je l'espère, mais...

— Vous le sauverez, n'est-ce pas, vous le sauverez ?..

— Je ferai tout ce qui sera nécessaire pour cela, mais votre aide m'est indispensable. Ne vous laissez donc pas abattre... Luttons ensemble... Le temps presse !...

Ces paroles furent dites avec un ton de brusquerie qui produisit plus d'effet que de banales consolations.

Le praticien savait que, dans certaines circonstances, il suffit de faire appel au dévouement d'une femme pour qu'elle oublie tout, momentanément, et ne songe qu'à sa part d'action.

Le combat était engagé par le médecin... Et en est-il de plus émouvant que celui livré à une affection aussi rapide que l'apoplexie, dont les victimes tombent comme si on les immolait?

Peu à peu, le visage du docteur s'éclaircit.

— Maintenant, dit-il, je réponds de tout !

Adrienne eut un cri de joie.

Par un hasard singulier, juste au moment où le médecin s'exprimait ainsi, le bruit se répandait au dehors que Georges Béraud avait rendu le dernier soupir.

M. Dorgeval eut connaissance de ce bruit, qui lui fut apporté par un de ses commis. Sa satisfaction fut si vive que, craignant qu'on ne pût la lire sur son visage, il s'empressa de rentrer dans son cabinet.

Quand il en sortit, ce fut pour se rendre dans les appartements de sa femme.

Celle-ci n'avait été informée que trop tard de ce qui était arrivé à l'infortuné capitaine et n'avait pu lui porter secours. D'ailleurs, à ce moment, elle était occupée par une autre bonne action.

On se rappelle qu'elle sortait de la maison alors que la malheureuse fille délaissée par Dorgeval perdait connaissance en pleine rue. Elle ne fut pas la dernière à lui prodiguer des soins, puis, voyant que Lucie tardait à recouvrer ses sens, elle proposa qu'on la fît monter chez elle, sans se douter de ce qu'était la personne à qui elle offrait l'hospitalité.

Lorsque la mère du petit Charles revint à elle, ses regards se portèrent sur madame Dorgeval qu'elle ne connaissait pas.

— Où suis-je ?... Que s'est-il passé ?..

— Ne craignez rien... Vous êtes en sûreté... Qu'avez-vous éprouvé ?...

— Une grande faiblesse... Mon émotion était si violente que je n'ai pu la supporter... Soudain j'ai senti la vie s'arrêter en moi !...

— En vérité ?...

— Je sors à peine de l'hôpital, voyez-vous... Je ne suis pas solide et... Oh ! mais je crois avoir rêvé... Non, ce n'est pas possible ! Tant de dureté !...

Les yeux de Lucie se remplirent de larmes.

— Comment ferai-je ?...

— Vous avez une inquiétude, dit Amélie, si je puis la dissiper...

— Vous me paraissez bonne, madame, je ne veux pas vous attrister... Mon histoire offre du reste peu d'intérêt...

— Je ne vous demande pas de me la faire connaître... Apprenez-moi seulement si je puis procurer quelque soulagement à vos maux...

— Tout me dit que vous êtes une de ces créatures célestes que Dieu envoie sur la terre uniquement pour consoler et qu'il est si doux de rencontrer.

Madame Dorgeval eut un sourire.

— Je ne suis pas ce que vous croyez... J'ai ma part de misères d'ici-bas et je ne veux pas que vous me parliez ainsi.. Il n'est qu'une chose que je désire savoir... C'est, je le répète, de quelle utilité...

— On m'a refusé du pain pour mon enfant et je suis encore trop faible pour travailler autant qu'il serait nécessaire !..

— Rassurez-vous... Je vous aiderai un peu... Moi aussi je ne suis pas riche et je ne m'en aperçois jamais autant que dans de semblables occasions... Néanmoins j'ai des amis possédant de grandes fortunes.... Je leur parlerai de vous... Courage !

— Bénie soyez-vous, vous qui faites succéder la joie au désespoir... Merci, merci !

Lucie voulut baiser les mains de la femme du négociant. Celle-ci s'y opposa.

— Vous avez un enfant... Êtes-vous veuve ?... Y a-t-il longtemps que vous avez perdu votre mari ?...

La fille séduite baissa la tête avec confusion.

— Je n'ai jamais été mariée !

— Ah !

— C'est sans doute pour cela que Dieu m'envoie épreuves sur épreuves... Il me punit d'une faute...

— Diou est clément !

— Il est juste, et c'est pour cela qu'il châtiera aussi celui qui est la cause de tous mes malheurs... J'appelle sa malédiction sur lui...

— Vous avez tort... Il faut savoir pardonner !

— Je ne suis pas méchante, mais pour cet homme...

— Ne parlons plus de cela...

— Je désire, au contraire, maintenant que vous sachiez tout...

Lucie fit part à madame Dorgeval du triste roman de sa vie. Elle pleura beaucoup lorsqu'elle lui raconta le suicide du vieillard déshonoré, la fin de sa mère, et les larmes d'Amélie se mêlèrent souvent aux siennes.

La bienfaisance a le merveilleux don de rapprocher toutes les distances, de confondre les classes et les situations sans jamais rien perdre de sa dignité.

Amélie, alliée au plus haut commerce de Rouen, pouvait, sans déchoir, écouter l'histoire de cette fille perdue, de la bouche même de celle-ci. Ne peut-on pas porter des secours et des consolations dans les lieux les plus abjects, dans les endroits les plus odieux ?

La vertu sort plus immaculée que jamais de semblables épreuves. Son contact purifie. Lucie se sentit consolée, presque excusée, lorsqu'elle entendit la jeune femme la plaindre et l'exhorter à la résignation.

Elle s'était abstenue de donner le nom du héros de ce drame, et madame Dorgeval ne le lui demanda pas, ne cherchant pas à savoir plus qu'on ne lui confiait. Elle se borna à prendre le nom et l'adresse de sa nouvelle protégée après lui avoir remis une somme modeste, mais qui était tout ce dont elle pouvait disposer.

Lucie allait partir quand la porte s'ouvrit et le négociant apparut....

Dorgeval fut, comme on le comprend, assez interdit en voyant sa victime auprès de sa femme... L'étonnement, l'agitation de Lucie ne furent pas moins grands.

Elle couvrit son visage de ses mains.

— C'est son mari!

Amélie était également surprise de l'attitude de Dorgeval et de sa protégée.

— Qu'avez-vous, qu'y-a-t-il? demanda-t-elle à celle-ci.

Mais Lucio, sans répondre, se précipita hors de l'appartement.

La jeune femme regarda fixement Dorgeval.

— Vous connaissez?...

Il comprit qu'elle ne savait rien.

— Je ne m'attendais pas à rencontrer ici une créature de ce genre... Que venait-elle faire, que voulait-elle?...

— Je l'ai recueillie dans la rue... Elle s'était évanouie.

— Ce n'est pas une raison... Ma maison n'est pas un hôpital!...

— Il faut secourir les malheureux...

— Sans doute, mais il est bon de choisir ceux qui sont dignes de l'être... Il y a le malheur immérité et celui qui est le résultat de l'inconduite, du désordre...

— Je connais l'histoire de cette infortunée... Elle serait restée honnête sans un homme qui a lâchement abusé de son innocence...

Il y eut un éclair de colère dans l'œil de Dorgeval.

— C'est elle qui vous a dit cela?...

— Oui, et je considère, en tout cas, comme un misérable, l'individu qui, après avoir trompé la mère, refuse la moindre assistance à l'enfant...

Le négociant crut un instant qu'il avait fait erreur et qu'Amélie connaissait sa conduite. Il ne tarda pas à s'assurer de nouveau qu'elle ignorait que c'était lui.

Néanmoins il se retira singulièrement gêné, embarrassé. A peine fut-il rentré dans son cabinet, que Macaire qui l'attendait alla vers lui.

— Eh bien, le capitaine?...

— Il est mort, n'est-ce pas?...

— Détrompez-vous...

— Comment?...

— Le bruit qui circule est faux... Georges Béraud est sauvé!...

Dorgeval eut un geste accablé...

— Ah! cela vous ennuie aussi... Votre client guérira et il ne tardera pas à être ici... Sans son reçu, toutefois, mais qu'importe?...

— Je suis perdu!

— Vous n'êtes pas dans de jolis draps, c'est vrai, et votre situation...

— C'est toi, misérable, qui m'y a mis...

— Je vous conseille de me reprocher de vous avoir au contraire rendu service... Du reste, moi aussi, je ne suis pas dans une très-belle position... Il a promis de me tuer si on ne lui rendait pas son argent, et je ne peux pas encore quitter Rouen comme je le voulais...

— Que faire?...

Macaire eut un sourire ironique.

— Pourquoi faut-il que l'on soit tombé sur un bon médecin... Il y en a tant qui laissent périr leurs malades!... J'en connais un... Il est vrai qu'il n'est d'aucune faculté...

L'ex-employé s'interrompit, mais Dorgeval avait été frappé de l'accent avec lequel il avait prononcé ces paroles...

— Que veux-tu dire?...

— Cela signifie que, si vous consentiez à faire encore un petit sacrifice d'argent, on pourrait modifier...

— Je ne comprends pas!...

— C'est bien clair...

— Je ne désire pas te comprendre... Va-t'en!...

— C'est bon...

— Et comment faire taire ce Georges Béraud maudit, comment l'empêcher de revenir plus menaçant que jamais?...

— Il n'y a qu'un moyen...

— Oh non!...

— Et ce moyen c'est de lui envoyer, pour le guérir, le médecin à la corde !

CHAPITRE XI

Chez le brocanteur.

Le nommé Thibert, brocanteur, avait sa boutique et son logement dans la rue de la Rose. Nous eussions pu dire seulement sa boutique ou son logement, les deux ne faisant qu'un.

On entrait, en descendant deux ou trois marches, dans une sorte de cave étroite, remplie de marchandises sans nom : chiffons ou débris, loques ou détritus. Il y avait des meubles boiteux, des animaux empaillés, des livres dont les pages étaient éparses, des vêtements déchirés, des uniformes, des plumets, de la ferraille, des lambeaux de tapisserie. des estampes, des fragments de statue, de tout, en un mot, excepté rien de complet, rien de propre, rien qui pût faire envie ou inspirer le désir d'acheter.

Cette pièce était divisée en deux parties par une paire de rideaux qui cachaient une espèce de grabat où reposaient, la nuit, le brocanteur et sa compagne.

Car cet être immonde, qui ne pouvait qu'inspirer le dégoût et le mépris, avait avec lui une créature qui subissait ses caprices et ses volontés, qui lui obéissait et le servait, était à la fois sa complice et sa victime.

Cette créature sale et hideuse était sa maîtresse depuis qu'il avait abandonné sa femme. Les mauvais traitements de Thibert lui convenaient sans doute puisqu'elle s'était empressée de se remettre avec lui lorsqu'il était sorti de prison. Il est vrai de dire que, pendant le temps qu'il subissait sa peine, elle avait été

6

réduite à mendier sur les quais. Deux ou trois fois
elle avait été condamnée pour vagabondage ou rébellion
à la police à qui elle reprochait, lorsqu'elle était en
état d'ivresse, d'avoir pris son amant.

Le jour où nous pénétrons dans ce taudis, Thibert
l'avait outrageusement battue, puis était sorti avec un
jeune garçon, âgé de seize ans et demi, nommé Du-
creux, qu'il avait pris depuis peu à son service, sous
prétexte qu'il allait faire le commerce de rouenneries.

Dès qu'il fut parti, elle s'empressa de tirer un jeu de
cartes crasseux qu'elle avait caché quelque part.

Elle mêla longuement ces cartes, qui étaient des tarots, puis elle coupa :

— Le jugement des âmes!... Pourquoi?...

Elle fit ensuite trois paquets qu'elle découvrit succes-
vement.

— Le fou!... Le pendu!... La mort!...

Ce fut avec un vif effroi qu'elle vit la dernière surtout.

— Voilà trois jours que j'arrive au même résultat...
Le fou... c'est lui, c'est Thibert qui s'engage dans des
entreprises insensées... Le pendu... Ce ne serait pas un
seul qu'il y en aurait si le jeu en avait plusieurs... La
mort... Oh! quel avenir sombre se prépare... Tu peux
me frapper, malheureux, tu ne me frapperas pas longtemps.

Elle essaya de recommencer, mais ce furent les mêmes cartes qui sortirent encore.

La mégère était effrayée.

— Nul ne peut changer sa destinée... la sienne est
de mourir.

Elle tomba dans une contemplation de la carte fatale
représentant la mort montée sur le cheval pâle de l'A-
pocalypse.

Elle fut brusquement tirée de cette rêverie par une
main rude qui se posa sur son épaule.

C'était Thibert qui était entré et qu'elle n'avait pas
entendu...

— Je t'y prends encore, sorcière d'enfer!... Je t'avais défendu...

La femme grommela quelques paroles. Thibert continua :

— Je ne crois pas à tes prédictions... Rien de ce que tu m'as dit ne s'est réalisé.

— Patience!

— Du moins aujourd'hui ce que tu as lu dans ces images est-il plus rassurant?

— Non... toujours le fou... le pendu...

Le brocanteur baissa les yeux.

— Puis la mort, acheva la tireuse de cartes.

Il essaya de plaisanter.

— Pour le pendu?

— Pour le fou...

— Mais je ne suis pas fou, moi!...

— Tu te l'imagines...

— Qu'importe après tout?... Il faudra bien cesser de vivre tôt ou tard...

— Pour toi ce sera bientôt et une mort terrible.

Un frisson parcourut les veines du médecin à la corde.

— Tais-toi...

— Tu vois bien que tu as peur!

— Je sais que tu me fais ces prédictions pour m'effrayer... Tu veux te venger de ce que je t'ai traitée comme tu le méritais.

— Tu cherches à te rassurer toi-même, mais en vain... Et tiens, pendant le temps que tu me parlais, j'ai coupé une dernière fois... Je viens d'apprendre de quelle manière exacte tu finiras...

— Voyons, parle !

— Sur l'échafaud!

Thibert trembla de tous ses membres et devint livide. La colère succéda d'ailleurs très promptement à la crainte. Il s'élança sur sa maîtresse qu'il souffleta et à qui il enleva le jeu.

Il se mit à le déchirer avec rage.

— Voilà ce que j'en fais de tes sottes cartes... Peut-être maintenant tu ne m'importuneras plus !

La sorcière paraissait atterrée. Elle eut cependant un hochement de tête.

— Cela n'empêchera rien, ce que tu viens de faire, et tu seras guillotiné !

Thibert écumait de rage.

— Va-t'en, ou je te tue !

— Je ne serais pas la première personne...

— Va-t'en !

L'expression avec laquelle Thibert prononça ces der-nières paroles fut si menaçante que la femme, qui le connaissait bien, n'hésita pas et se précipita hors de la boutique.

Une fois seul, le brocanteur fut assez long à se cal-mer. Il prodiguait les plus basses injures à celle qui avait eu le pouvoir d'exciter son courroux. Il essayait aussi de repousser les sombres pensées qui l'assail-laient.

— Je ne veux pas, murmura-t-il, je ne veux pas... On n'aura d'ailleurs jamais de preuves !... Et puis je nierais jusqu'entre les mains du bourreau... On n'exé-cute guère que lorsqu'on est bien certain.. Lerond ne parlera jamais, ni Boucher... Ni l'autre, celui de la rue des Ramassés...

Il fronça le sourcil.

— Là, cependant, j'ai été surpris... Mais heureuse-ment... N'importe, cela eût pu être un autre !...

Thibert resta un instant pensif.

— Peut-être eût-il mieux valu que ce fût un autre que celui-là !

On commençait à ne plus y voir dans la boutique. Le brocanteur regarda l'heure à une montre d'argent dont le cadran était orné de peintures. Il la tira de son gousset et l'y remit avec une certaine rapidité comme s'il eût craint d'être vu...

— Si je fermais la boutique... Personne ne viendra

maintenant... Je pourrais... sans même que la femme assistât... C'est cela...

Il prit les planches de la devanture et les posa une à une... Il ne tarda pas à avoir fini... L'obscurité régna tout à fait alors dans la cave.

Thibert, sans allumer de chandelle ni de lampe, s'approcha de la cheminée et, apercevant un reste de feu, s'efforça de le rallumer en soufflant sur les tisons à moitié éteints.

Voyant que sa tentative était inutile, il prit des copeaux dans un tas et bientôt une flamme assez claire brilla.

— C'est maintenant qu'il faut me débarrasser...

Il alla vers la partie de l'appartement que le rideau interdisait aux regards et revint se placer devant le foyer avec un paquet qu'il ouvrit.

Ce paquet était formé par une blouse, un pantalon et une chemise. Tous ces objets étaient ensanglantés.

Ce fut d'abord le pantalon que Thibert jeta dans le feu, puis la blouse. Il remuait avec soin les cendres chaque fois que les flammes avaient accompli leur œuvre destructive. Il se disposait à jeter la chemise, lorsque deux coups violents retentirent et ébranlèrent la devanture.

— Qui est là?... Elle!... Non, elle n'oserait pas...

Il cacha la chemise sous son lit et s'avança vers l'entrée...

— Que veut-on, qui demande-t-on?

— Toi!...

Il reconnut la voix, et ses traits se contractèrent...

— J'allais me coucher... Ne pourriez-vous repasser un autre jour?... Je suis fatigué...

— La bonne plaisanterie! A cette heure-ci se coucher!... Qu'est-ce que cela me fait, du reste?... J'ai à te parler... Ne me fais pas attendre plus longtemps, ou sinon tu t'en repentiras!...

La voix était devenue impérieuse.

Thibert paraissait très vexé. Il hésitait encore lorsque le nouveau venu se mit à frapper avec un redoublement d'ardeur.

— Dépêche-toi, criait-il, ou j'enfonce la porte.

Cette menace, qui avait déjà un commencement d'exécution, décida le brocanteur. Il monta les marches et ouvrit.

Le personnage qui avait fait tant de bruit se montra. C'était Macaire.

CHAPITRE XII

Le médecin à la corde.

Thibert grommelait. Macaire était ironique.

— Tu vois à quoi cela sert, dit-il, de vouloir me résister... Il vaut mieux m'obéir de bonne grâce... Je pourrais me montrer reconnaissant et t'épargner, tandis que, si tu continuais à résister, je finirais par être impitoyable!...

Il s'assit tranquillement devant le feu.

— Que faisais-tu?... Pourquoi as-tu fermé d'aussi bonne heure?... Où est ta femme?... Réponds...

— Ma femme est sortie...

— Cela se trouve à merveille, car, si elle avait été là, e t'aurais prié de l'envoyer promener... Je ne me serais pas soucié qu'elle entendît ce que j'avais à te dire...

— Que vous faut-il?... demanda Thibert d'une voix encore plus sourde que d'habitude.

— Tu ne veux donc pas être aimable alors que tu aurais tant de motifs de l'être avec moi... Désires-tu que je te rafraîchisse la mémoire?...

— Non...

— Je te laisserais parfaitement tranquille si le hasard ne t'avait donné un client dans la rue des Ramassés, précisément dans la maison où je demeure...

— Il est inutile... Je sais...

— Le pauvre homme en question avait un asthme... Après de nombreuses visites, tu finis par le décider à une opération qui ne réussit pas à son gré sans doute, mais qui en tout cas réussit au tien...

— Vous vous trompez...

— C'est vrai, tu ne pus l'empêcher de jeter un cri avant de l'étrangler...

— Fatalité !

— Malgré toute ton habileté et, j'ajouterai même, malgré toute ton expérience, la corde ne l'étreignit pas assez vite pour qu'il ne devinât ton dessein, et sa voix demanda une seule fois du secours. Tu avais sur toi un marteau avec lequel tu le frappas immédiatement sur le crâne pour lui faire perdre connaissance. Il tomba, mais quelqu'un te vit le pendre selon la formule, docteur du diable, et ce quelqu'un qui accourut aux accents malheureux de la victime c'était moi !

— Malédiction !

— Malédiction, fatalité !... Tu n'empêcheras pas que ce qui est soit, que je possède ton secret et que je sois prêt à m'en servir !

— Vous ne le pouvez déjà plus sans être accusé de complicité... N'avez vous pas profité?...

— Le crime était entièrement commis lorsque j'ai sollicité quelques cadeaux de ta générosité... Ni des effets, ni des bijoux ayant appartenu à tes victimes... De l'argent seulement... Tu m'en as donné, mais pas énormément...

— Croyez-vous que j'en avais beaucoup, moi?...

— C'est égal... Un homme dont le silence vous empêche seul de monter sur l'échafaud se paie plus cher que ça...

— Je ne vous donnerai plus rien maintenant...

— Tu auras tort, car enfin, tu as beau dire, je suis sûr d'être toujours bien accueilli de M. le procureur du roi si je lui raconte ce que je sais... On t'arrête...

— Je nie... Je déclare ne rien savoir de ce qu'on m'accuse...

— Alors tu ne peux pas te venger de moi, tu ne peux pas dire que j'ai retiré quelque avantage et, entre nous, tu n'en restes pas moins dans de jolis draps !...

— Maudit soyez-vous!...

— Nous connaissons tes expressions mélodramatiques empruntées au répertoire du Théâtre-des-Arts. Elles ne m'épouvantent pas... Je saurais même m'en servir mieux que toi, car j'ai joué la comédie bourgeoise dans ma jeunesse... Allons, avoue que tu es entre mes mains et que tu n'as aucun moyen d'en sortir...

— Que vous faut-il encore?..

— Je vais t'étonner d'une façon extraordinaire.

Thibert regarda Macaire avec angoisse. Celui-ci sortit une bourse et la posa sur une table...

— Il y a là-dedans vingt-cinq louis... Tu n'as qu'à les prendre et je te promets de ne plus te persécuter, de ne plus demander ma part de... tes opérations, de te laisser la tranquillité la plus parfaite en un mot.

— Oh! volontiers...

Macaire retint la main de Thibert qui allait se poser sur la bourse...

— Ne nous pressons pas trop... Tu comprends que je ne te procure ces avantages qu'à une condition..

— Ah!

— Médecin à la corde, te sens-tu encore capable de faire une cure?... Tu sais ce que je veux dire.. Y a-t-il longtemps que tu n'as envoyé personne au tombeau?...

Le brocanteur tressaillit, et ses regards se portèrent, effrayés, du côté où était cachée la chemise ensanglantée.

Le même soir, Adrienne, la femme de Georges Béraud, éprouvait une grande joie.

Le docteur lui avait dit que le capitaine ne tarderait pas à pouvoir se lever, et la perspective de voir bientôt son époux entièrement rétabli la rendait tout heureuse.

Elle s'empressa d'annoncer la bonne nouvelle au capitaine. L'œil de celui-ci étincela.

— Ah! je pourrai donc bientôt...

Il n'avait rien dit de ce qui s'était passé à sa femme.

A quoi bon la tourmenter?.. Ne saurait-elle pas trop tôt?.. D'ailleurs il avait encore l'espérance d'arracher, lorsqu'il serait guéri, ses fonds aux escrocs qui s'en étaient emparés...

Il avait songé un moment à prévenir la justice, mais il savait que celle-ci, dans un semblable cas, est meilleure pour châtier que pour faire rentrer dans l'argent. Son apparition serait pour Dorgeval la ruine complète, la faillite immédiate. Il ne fallait porter plainte au procureur du roi que lorsque tout espoir d'être remboursé cesserait et non pas détruire soi-même tout de suite cet espoir.

Béraud avait une crainte. C'était que le négociant ne fît banqueroute et ne partît pour l'étranger. Bien qu'il se sentît la force de le rejoindre dans n'importe quelle partie du monde et qu'il lui semblât qu'il saurait toujours le retrouver, cette idée le poursuivait.

Il pria plusieurs fois Adrienne de s'informer si M. Dorgeval était toujours à Rouen.

Chaque fois il lui fut répondu qu'il y était et qu'il ne paraissait même pas songer à faire un voyage. Cela le tranquillisait un peu...

Un moment après que sa femme lui eût dit que le médecin croyait son complet rétablissement très prochain, il lui vint une idée.

— Adrienne, dit-il, où sont les vêtements que je portais la dernière fois que je suis sorti?..

— Dans l'appartement à côté, mon ami.

— Apporte-moi le portefeuille qui se trouve dans le paletot, j'ai à vérifier...

— Ne crains-tu pas que cela ne te fatigue?... Le docteur a bien recommandé...

— Rassure-toi... ce sera promptement fait...

Un instant après, le portefeuille était remis à Béraud. Il eut soudain une exclamation sourde... Le reçu n'y était pas...

— Oh ! ce n'est pas possible!...

Il regarde les uns après les autres tous les papiers.
Ici une lettre de sa femme... Ce petit paquet renferme
des cheveux de sa fille... Il ne songe pas à les baiser
selon son habitude... Il vide tout sur son lit et recom-
mence son examen...

— Malheureux, malheureux que je suis!...

Adrienne assiste avec stupéfaction à cette scène.

— Qu'y a-t-il? Que ne trouves-tu pas?...

Mais il ne pense même pas à lui répondre...

— Va vite voir dans toutes les poches...

Il s'impatiente tandis qu'elle cherche et qu'elle retire
des gants, un mouchoir, un porte-monnaie, mais rien
qui ressemble à un reçu...

Georges Béraud ne peut que murmurer :

— Oh! les misérables, oh! les misérables! Ils ont
profité même... C'est affreux!...

Cette émotion était trop violente pour son état de
faiblesse. Il porta la main à son visage. Ses oreilles
sifflaient... Il perdit les sens...

Cet évanouissement ne fut pas toutefois de longue
durée. Le capitaine ne tarda pas à revenir à lui.

Adrienne, très alarmée, voulait faire prévenir le docteur. Il l'en empêcha en l'assurant que ce n'était rien,
que c'était passé...

Elle l'interrogea ;

— Mais quel était le motif de ton trouble?...

— Tu l'as vu... Un papier que je cherchais et que
je ne trouvais pas...

— Un papier important!...

— Oui, mais je me rappelle maintenant où je l'ai
mis... Ma tête est un peu faible...

— Le médecin a raison en disant que tu dois t'abste-
nir de toute occupation, rester tranquille...

Tranquille!... La pauvre femme ne pouvait se douter
de l'horrible anxiété qui le dévorait...

Quelques heures se sont écoulées... Il est plus de mi-
nuit et Georges Béraud a encore les yeux ouverts. Il ne
peut goûter le moindre sommeil...

Sur ces instances, Adrienne, qui n'a cessé de le veiller depuis la fatale attaque d'apoplexie, repose étendue sur un lit dans la chambre voisine, dont la porte est restée ouverte.

Les plus sombres pensées poursuivent le malheureux capitaine. Il n'a même plus la preuve qu'il a versé de l'argent entre les mains de Dorgeval. Celui-ci peut nier le dépôt, le traiter d'imposteur...

La justice voudra-t-elle le croire lorsqu'il racontera ce qui s'est passé, et ses camarades ne diront-ils pas qu'il les a volés?...

Comment fera-t-il?... Quel plan de conduite arrêtera-t-il?... Il est encore incapable de prendre une résolution, car, dans son cerveau troublé, ne passent qu'images lugubres...

Ses pressentiments sont terribles... Il ne voit que dangers et précipices... Dans l'obscurité, il croit même que des spectres menaçants s'agitent... Est-ce une illusion?... Il lui semble avoir entendu un bruit auprès de lui... Il se dresse sur son séant et veut appeler.

Une main se pose sur sa bouche tandis qu'une corde est rapidement passée autour de son cou... Il veut se débattre .. Un être fantastique bondit sur son lit et un genou étreint sa poitrine. Il retombe sur son oreiller et à la corde se joignent des doigts crispés qui l'étranglent...

Adrienne se réveille en sursaut.

— Est-ce que l'on a appelé?... Est-ce que tu veux quelque chose, Georges?...

Aucune réponse. Ce silence, au lieu de faire croire à la jeune femme que son époux dort, la surprend et l'effraie.

Elle se lève, allume la lampe et se dirige vers le lit où se trouve le capitaine.

Le spectacle le plus épouvantable attend l'infortunée La victime a la tête renversée et affreusement contractée... La corde qui a servi au meurtre est encore au cou. .

Elle soulève cette tête qui retombe aussitôt... Les yeux sont ouverts... Adrienne a de la peine à se rendre compte tout d'abord qu'un crime a été commis, que Georges Béraud est mort.

Et lorsque cette idée se fait jour dans son cerveau, elle y fait naître l'égarement...

Elle pousse un cri si douloureux et si perçant à la fois qu'il va réveiller la maison et y semer l'horreur... L'enfant qui dormait tout à l'heure dans son berceau à côté de sa mère se met à pleurer.

On accourt. C'est Herman, le mécanicien, qui vient savoir ce qui se passe.

— Qu'y a-t-il, madame Béraud?...

Mais elle ne répond pas, elle est incapable de répondre. Un rire sec se fait entendre. Adrienne en est à ce moment où, en face d'une grande catastrophe, la raison s'en va, la folie naît.

CHAPITRE XIII

L'instruction.

Il n'était pas possible qu'en présence d'un si grand nombre de crimes semblables, l'opinion ne s'émût pas. On ne pouvait plus croire maintenant à des suicides...

Mais quelle était la bête fauve qui étranglait ainsi pour voler et dépouiller?

L'assassinat de Georges Béraud avait probablement été fructueux pour elle, car l'on savait que celui-ci avait rapporté de ses voyages une fortune qui lui permettait de renoncer à sa profession. Or, on ne trouva pas de trace de cet argent, pas de pièce qui permît de croire qu'il avait été placé.

Toutefois il n'y avait aucun désordre dans l'appartement, rien qui indiquât qu'un meuble avait été fouillé ou forcé. Dans une commode on découvrit seulement une valise vide et un porte-monnaie renfermant une petite somme.

Deux ou trois jours avant la mort du capitaine, un nommé Durand, employé aux ateliers de Charité, avait également péri et le vol avait été évident.

Pour la première fois d'ailleurs, depuis le commencement de cette série lugubre, l'enquête de la justice avait reconnu et établi tout d'abord le crime.

Le doute n'avait pas été en effet permis. Le cadavre avait été relevé au milieu d'une mare de sang dans son domicile situé rue Saint-Hilaire, 81. Le crâne était horriblement fracturé; la face couverte de blessures d'une nature telle qu'évidemment la victime n'avait pu se les faire elle-même.

Le doigt médius de la main droite de Durand avait
été mutilé et un anneau d'or qu'il portait habituellement
avait disparu. D'après le rapport des hommes de l'art,
les fractures du crâne avaient dû paralyser les organes
de la voix et empêcher l'infortuné d'appeler du
secours.

Les coups avaient été portés à l'aide d'un instrument
tranchant et contondant tel qu'un marteau ou une hache.

Un certain nombre d'objets avaient été enlevés dans
la chambre. On ne trouva plus la montre du défunt
dont le cadran était orné de peintures, ni une petite
bourse en toile grise qui renfermait une somme de
deux cents et quelques francs, fruit de ses épargnes.

Aucun indice ne vint faire soupçonner à la justice
quel était l'assassin. Il en fut de même pour le meurtre
de Georges Béraud. Sa veuve, si elle avait vu quelque
chose, n'aurait rien pu déclarer, car on avait dû la
conduire dans un hospice d'aliénés.

Il fallut que Thibert fît une nouvelle tentative
pour que son arrestation eût lieu.

Le 15 novembre 1843, un vieillard de 81 ans, du
nom de Marais, se trouvait dans l'auditoire du tribunal
de première instance de Rouen lorsqu'il fut abordé par
le brocanteur qu'il ne connaissait pas et qui lui demanda
s'il n'éprouvait pas quelque infirmité.

Marais lui ayant répondu qu'il avait mal à une
jambe, Thibert lui promit une prompte guérison et
s'informa s'il demeurait seul.

Sur la réponse affirmative du vieillard, Thibert
procéda suivant son habitude. Il ordonna au malade
des prières, puis lui recommanda d'acheter un clou
neuf, le plus gros qu'il pourrait trouver, et une corde
solide, grosse comme le petit doigt et longue d'une
brasse et demie.

Le prétendu médecin annonça ensuite à Marais une
visite chez lui pour le soir, sept heures, ajoutant qu'il
ne devait en parler à personne.

Marais ne se montra pas aussi confiant que la plupart des autres victimes de Thibert. Regardant celui-ci comme un voleur, il demanda conseil à différentes personnes qui l'engagèrent à prévenir la police.

Ce fut précisément ce que s'empressa de faire le nouveau client que le médecin à la corde croyait avoir découvert. Le commissaire du quartier fut donc averti.

A l'heure qu'il avait lui-même indiquée, Thibert se rendit chez Marais. Le misérable avait pris quelques informations et savait que le bonhomme avait des économies. On lui avait assuré qu'il les enfermait dans une grande armoire dont il avait toujours la clé dans la poche.

Le brocanteur s'attendait à une bonne aubaine et avait même, avant de partir de chez lui, dit à sa maîtresse :

— Regarde donc tes cartes ! et vois s'il n'y a pas beaucoup d'argent ?

Mais celle-ci lui avait répondu :

— Tu les as déchirées, mes cartes ! D'ailleurs, si je les consultais, tu sais bien ce qu'il y aurait.

— Quoi donc ?...

— Le fou, le pendu, la mort !

Thibert irrité asséna un formidable coup de poing sur la tête de la malheureuse.

Néanmoins, il se sentait assez bien disposé en s'approchant du domicile de Marais. Il choisit, pour pénétrer dans la maison, un moment où il crut que personne ne le remarquait, et il frappa à la porte du vieillard sans se faire donner d'indication par les autres locataires.

— Il me sera aisé de me retirer sans être vu, après avoir fait le coup, pensa probablement le bandit.

Marais était assis près du fou. Il se leva et fit entrer immédiatement Thibert, qui lui demanda d'un ton mielleux s'il avait dit les prières qu'il lui avait proscrites...

— Certainement, répondit le vieillard.

— Vous avez dû alors commencer à éprouver quelque soulagement?

— Non !...

— C'est étonnant !... Mais je vais vous guérir, moi !

Thibert avait regardé autour de lui et avait remarqué l'armoire qu'on lui avait désignée. Il mit nonchalamment la main sur sa blouse pour s'assurer qu'il n'avait pas oublié un marteau qu'il portait d'habitude dessous. Le marteau y était bien.

— Sommes-nous seuls ici?

— Oui.

— Personne ne peut-il nous voir?...

— Pourquoi?...

— Parce que, pour que mes remèdes aient toute leur efficacité, il est nécessaire qu'aucun étranger ne soit présent lorsque je les administre...

— Soyez tranquille !

— Avez-vous ce que je vous ai prié d'acheter?

— Quoi donc?...

— Le clou et la corde.

— J'ai oublié...

Thibert eut un vif mouvement de contrariété.

— Comment voulez-vous que je vous soigne si vous facilitez aussi peu ma tâche?... Peut-on être aussi borné que cela?.. Encore si j'y avais pensé, moi !

Le brocanteur était évidemment préoccupé de cette idée s'il devait assommer Marais avec son marteau ou renvoyer l'assassinat à un autre jour. Cela le gênait beaucoup de n'avoir pas tous ses instruments de travail par la faute de la victime.

Il s'arrêta au projet d'opérer un autre jour. Ce qui contribua aussi à lui faire prendre une décision, ce furent les regards dérobés qu'il remarqua que Marais jetait de temps en temps du côté du lit.

Il ne put même s'empêcher de lui demander :

— Qu'y a-t-il?...

7.

— Rien....

Il regarda lui-même et crut s'apercevoir que les rideaux avaient remué.

— Eh bien, dit-il, puisque vous avez oublié ce qui est le plus indispensable, il faudra renvoyer la chose à un autre jour...

— Soit!

— Et cette fois songez à ma recommandation...

Thibert s'était levé et se dirigeait vers la porte.

— Bonsoir, mon brave homme...

A ce moment, les rideaux s'agitèrent vivement, et un garde municipal qui était caché dans l'alcôve se montra. Le brocanteur éprouva d'abord une sorte de saisissement, puis sourit.

— Ah! je comprends... On s'est méfié de moi... On a cru... Vous avez bien vu le contraire...

— Comment vous appelez-vous? demanda le garde municipal.

— Jérôme Renault.

— Où habitez-vous?

— Rue des Faulx... Vous m'y trouverez toute la journée... Le soir je sors quelquefois... Au plaisir de vous revoir, messieurs!...

— Attendez... Vous allez nous suivre chez le commissaire de police...

— Mon Dieu, c'est que je suis un peu pressé... Si ça ne vous fait rien, j'y passerai demain...

— Si vous n'obéissez pas de bonne grâce, je serai obligé de vous mettre les menottes.

— Comme à un criminel... Qu'ai-je fait?...

Thibert était livide...

— Il s'agit de venir vous expliquer...

— Oh! puisque ce n'est que pour cela, je suis à vos ordres.

Le garde municipal fit passer le brocanteur devant lui. Ce dernier, en voyant toutes les portes de l'escalier s'ouvrir sur son passage et les gens le regarder curieusement, comprit quel piége il avait lui-même préparé. Il se sentit vaguement perdu.

On le conduisit immédiatement chez le commissaire de police, dont le bureau était à peu de distance et qui l'interrogea tout de suite.

Thibert dut avouer son nom et son véritable domicile. Il reconnut qu'il avait été poursuivi pour vol et condamné à deux ans de prison par le tribunal correctionnel de Rouen.

— Il s'agissait encore, dit le commissaire, d'un vieillard que vous vouliez guérir de ses infirmités. Ce fut moi qui vous arrêtai... Vous n'avez pas changé depuis!...

— Cette fois-ci, je n'avais pas l'intention de voler...

— C'est ce que nous vérifierons... En attendant, je vais vous garder...

Le lendemain, Thibert était transporté au tribunal en voiture cellulaire. L'instruction était commencée.

Grâce à la perspicacité du magistrat à qui elle fut confiée, elle donna des résultats inattendus.

L'étrange moyen à l'aide duquel Thibert s'était introduit chez Marais donna l'idée qu'il pourrait bien être l'auteur des derniers assassinats commis.

Un certain nombre de gens furent entendus, entr' autres le sieur Stalin dont la déposition acheva de perdre le brocanteur.

Cet individu avait failli, en effet, être victime d'une des tentatives du médecin à la corde qui avait agi avec lui exactement comme avec Lesourd et Marais. Seulement il avait été beaucoup plus loin.

Stalin avait eu la corde au cou. Thibert la lui avait passée brusquement en lui disant :

— *Quand cela serrera trop fort, vous me le direz.*

C'en était fait du trop crédule malade si on n'avait pas entendu du bruit dans l'escalier et si le meurtrier n'avait pas craint d'être surpris.

Celui-ci retira donc la corde et la rendit en recommandant de la conserver. Depuis lors, Stalin ne l'avait plus revu.

Thibert prétendit d'abord ne pas reconnaître ce vieillard âgé de 80 ans, puis il l'accusa d'être gagné par ses ennemis pour le perdre.

— Voyez, lui dit le juge d'instruction, ces cheveux blancs... Croyez-vous que Stalin voudrait les souiller par un faux témoignage?...

— J'ai connu, répondit-il, à la maison de Beaulieu des prisonniers à cheveux blancs qui n'étaient que plus criminels; les cheveux blancs ne sont pas toujours une marque d'honneur.

Après Stalin vint une pauvre vieille femme presque aveugle, Marianne Peulevey, qu'il avait rencontrée sur le boulevard Cauchoise et que, peu de jours après, il avait essayé de pendre dans sa chambre.

Ces témoignages accablants ne confondirent pas le brocanteur qui continua de nier, mais ils confirmèrent le magistrat instructeur dans son opinion.

CHAPITRE XIV

Deux Complices.

Tandis que la population entière de Rouen se préoccupait de l'attitude de Thibert dans sa prison et de l'instruction de cette affaire, il n'était pas un homme qui éprouvât plus d'anxiété que Dorgeval.

C'est que le brocanteur n'avait qu'un mot à dire pour 'il fût arrêté comme complice dans un des assassinats.

Le négociant ne savait pas ce que Macaire avait fait connaître à Thibert pour l'engager à tuer le capitaine. L'avait-il nommé en remettant l'argent, prix du crime?..

En tout cas, il suffirait sans doute à l'accusé de révéler qu'il avait été payé, afin de donner la mort à Georges Béraud, pour que la justice se préoccupât de trouver les gens qui avaient eu un intérêt quelconque au meurtre.

Elle cherchait déjà, Dorgeval le savait, ce qu'avait pu devenir l'argent qu'elle supposait avoir été volé par Thibert. Dès qu'elle saurait que l'homme qui avait étranglé n'avait pas agi pour son propre compte, elle ne tarderait pas évidemment à arrêter celui qui avait dirigé son bras.

Pour éclairer son incertitude, pour savoir à quoi s'en tenir sur le danger qui le menaçait, Dorgeval aurait voulu voir Macaire. Plusieurs fois il était allé lui-même au logis de son ancien commis, craignant, s'il envoyait quelque employé, qu'on ne s'étonnât de ses nouvelles relations avec un homme auquel il avait si longtemps refusé sa porte.

Le négociant ne trouva jamais Macaire chez lui et il ne put avoir que des détails assez vagues sur ce qu'il faisait.

— Il se cache, pensa-t-il.

La dernière fois on lui apprit cependant que son complice avait quitté Rouen pour quelque temps.

— Il a fui! se dit le négociant.

Dorgeval eut un instant envie de faire comme lui. Il réfléchit que c'était rendre sa perte certaine.

Sa disparition serait tout de suite l'objet des conversations. On en chercherait le motif et il estimait que l'on devinerait bientôt le véritable.

Précisément ses affaires, depuis qu'il avait payé son échéance avec les 200,000 francs de Béraud, avaient pris une excellente tournure. Il avait eu des rentrées inattendues, réalisé des bénéfices considérables. L'opération sur laquelle il comptait avait réussi par hasard. La fortune venait trouver cet homme au moment où une angoisse horrible le torturait.

Ce n'était rien ce qu'avait souffert Dorgeval, à la veille de la faillite, à côté de ce qu'il endurait aujourd'hui. A ce moment-là, il avait à craindre de terribles blessures faites à son amour-propre, la ruine, le déshonneur commercial.

Maintenant, il voyait en perspective l'échafaud, car la loi punit avec autant de sévérité l'instigateur du crime que celui qui l'a commis.

La mort ne l'effrayait précisément pas... Mais que de honte avant que la tête tombât sous le fatal couperet!.. Être arrêté, emprisonné, conduit devant les juges, comparaître devant le jury, assis à côté du plus immonde des scélérats, et cela en présence d'une foule curieuse dont les regards se porteraient sur lui, le meurtrier, lui, l'assassin!

Il songeait peu à l'effroyable attente du supplice, qui est imposée aux condamnés par notre législation; il n'apercevait que le fatal instrument dressant ses grands bras rouges au milieu de gens attendant le patient. Et cet être livide, affaibli par la peur, dont les membres sont liés, qu'un prêtre exhorte une dernière fois à ne pas mourir en lâche, ce serait lui !

Il se disait que, s'il fuyait, il lui faudrait aller bien loin pour ne pas être atteint par l'extradition qui menace les criminels jusque dans les pays les plus éloignés. On la refuse quelquefois pour les délits graves, mais on l'accorde toujours pour des assassinats, lors même qu'il n'y a pas de traité régulier entre les nations.

Dorgeval, cherchant une excuse à sa conduite, se disait qu'il n'avait pas eu le premier l'idée de faire tuer Georges Béraud. C'était Macaire qui avait tout combiné, tout préparé. Il maudissait ce misérable qui n'avait cessé d'être son mauvais génie.

Où était-il lorsque Dorgeval était en proie à de semblables terreurs ? Un matin on l'annonça.

Le négociant alla tout de suite vers son complice, quand celui-ci pénétra dans le cabinet.

— Toi !

— Oui, cela vous surprend ?

— On m'a dit que tu étais parti...

— Ah ! vous avez été assez bon pour vous informer... Quel intérêt !... Merci bien de votre amabalité...

— J'ai été moi-même...

— Vous-même !.... C'est un honneur !..

— Ne plaisante pas.

— Qu'y a-t-il pour votre service ? Je ne suppose pas que ce soit seulement pour avoir le plaisir de me contempler...

— En effet.

— En quoi puis-je vous être utile ?...

— Tu te doutes de ce que je veux te demander... N'as-tu aucune crainte ?...

— Quelle crainte voulez-vous que j'aie ?...

— L'arrestation de Thibert.

— C'est regrettable, très regrettable..

— Tu vois bien!...

—... Pour le brocanteur. Qu'est-ce que ça peut me faire à moi?

— S'il nous dénonçait?

— Ce n'est pas l'envie qui doit lui en manquer...

— Ah!

— Il me déteste assez, moi!...

— Tu ris de cela.

— C'est vous qui me faites rire!... A quoi cela peut-il servir de se faire du mauvais sang?

— J'admire ton calme...

Dorgeval baissa la voix.

— Mais, malheureux, si Thibert parle, c'est pour nous l'échafaud aussi.

— Mon Dieu, vous aimez à exagérer les choses!... Séparons d'abord nos deux situations. La vôtre est certainement beaucoup plus grave que la mienne... Vous êtes, vous, un négociant que l'on croit très honorable... Trompé par cette réputation, un marin se présente chez vous avec l'argent qu'il a péniblement amassé dans ses voyages et celui que ses camarades lui ont confié, vous demande de recevoir cet argent qu'il est bien aise de placer chez vous. Vous acceptez, puis, comme vous ne voulez pas rendre des comptes, comme vous tenez à garder la somme en question, vous faites assassiner le pauvre homme... Si je ne me trompe, voilà bien votre cas. Il est très simple et ne permet pas d'équivoque... Vous employez pour... comment dirai-je?... vous débarrasser du capitaine, Thibert, un misérable disposé à tous les crimes, qui en a déjà commis d'horribles... Il consent volontiers à gagner une somme d'argent que vous fournissez...

— Mais c'est toi...

— Que suis-je, moi, dans cette affaire?... Un nécessiteux à qui l'on peut reprocher à peine d'avoir servi d'intermédiaire... Vous m'avez chargé d'aller voir le médecin à la corde, et vous avez étouffé mes scrupules

avec quelques billets de banque. Je n'ai participé à rien,
je n'ai rien vu. Du reste, mon attitude sur le banc des
accusés serait excellente, je ferais des aveux complets...
Mon humble personnalité serait éteinte par la vôtre et
par celle de Thibert... Si le jury est intelligent, il m'ac-
quittera...

— Il pourrait bien ne pas l'être...

— En ce cas, il admettrait des circonstances
tellement atténuantes que la cour abaisserait à la peine
de deux degrés et que je pourrais bien en être quitte
avec quatorze ou quinze ans de travaux forcés, tandis
que vous iriez tenir compagnie à ce bon Thibert dans
la cellule des condamnés à mort...

Dorgeval fit un geste comme s'il eût voulu éloigner
de lui une image menaçante. Quoique accablé, il eut la
force de dire néanmoins :

— Cela t'irait donc à toi d'aller au bagne?

— Je le préférerais à l'abbaye de Monte-à-Regret.

— J'aimerais mieux, moi, disparaître d'ici-bas...

— Oh! nous savons que vous êtes un *aristo*... Mais
je ne veux pas vous faire perdre tout à fait la tête
maintenant, en attendant ce qui peut nous arriver plus
tard... Sachez donc que nous n'avons pas beaucoup à
craindre des aveux de Thibert. Il est résolu à ne pas
en faire, persuadé qu'on ne l'enverra à l'échafaud que
s'il se reconnaît coupable. Il se prétendra innocent
pendant tous les débats.

— Mais après, lorsqu'il aura perdu toute espérance?..

— Le condamné à mort ne cesse d'espérer... Jusqu'au
dernier moment, il lui semble que sa grâce peut lui
être accordée... Thibert m'a dit qu'il nierait toujours :
ce sera notre salut !...

— D'ailleurs s'il parlait... Il ne me connaît pas!...

— Qu'en savez-vous ?...

— Tu n'avais aucun intérêt à lui apprendre...

— Qui vous l'a dit ?..

— Je ne t'avais pas autorisé...

8

— Ce sont des subtibilités indignes de vous, cher patron.... Croyez-vous que, si j'étais arrêté, je ne me hâterais pas de décharger sur vous une bonne partie du poids de l'accusation... Je vous ai expliqué tout à l'heure mon système de défense.

— Sinistre coquin !...

— J'étais étonné que vous ne m'eussiez pas encore insulté... Comme je ne suis pas d'humeur à vous supporter, malgré mon apparence joviale, et que d'ailleurs je n'ai aucun intérêt... Souffrez que je vous tire ma révérence...

On comprend que cette conversation ne fut pas de nature à calmer beaucoup les terribles inquiétudes de Dorgeval.

CHAPITRE XV

Horman.

La veille du jour où l'affaire du médecin à la corde devait venir devant la cour d'assises, Dorgeval fut soumis à une nouvelle et redoutable épreuve.

On vint lui annoncer qu'un homme paraissant être un contre-maître ou un chef ouvrier désirait avoir avec lui un entretien.

Le négociant, sans méfiance, donna l'ordre de l'introduire. Ce fut le mécanicien Horman qui entra.

L'ami de Georges Béraud se présenta très-poliment.

— A qui ai-je l'honneur de parler? demanda le négociant.

— Je suis mécanicien sur la ligne du chemin de fer de Paris à Rouen... Je me nomme Horman...

— Qu'y a-t-il pour votre service?

— J'étais le voisin d'un pauvre homme assassiné il y a peu de temps...

— Ah!

— J'avais d'excellentes relations avec M. Béraud, capitaine d'un navire de commerce attaché au port du Havre.

Dorgeval sentit qu'un nouveau danger le menaçait, mais il s'efforça de cacher son trouble.

— M. Béraud, continua Horman, a été tué dans des conditions que vous connaissez sans doute. Il était malade, dans son lit... Il avait eu récemment une attaque d'apoplexie... Eh! ma foi, vous devez vous le rappeler car ce fut chez vous, dans vos bureaux, qu'il fut atteint...

— En effet...

— Le médecin dit qu'il venait probablement d'éprouver une émotion violente.

— J'ignore...

— Ce n'était donc pas vous qui l'aviez mis dans cet état d'exaspération....

— Non...

— Ce n'est pas ce qu'il m'a dit...

Dorgeval sentait les regards du mécanicien fixés sur les siens avec obstination.

— Je ne comprends pas... Pour quel motif se serait-il mis en colère chez moi, dans mon cabinet?...

— Il ne me l'a pas expliqué, mais peut-être l'ai-je compris...

— En vérité! je suis curieux de savoir...

Comme on le voit, quoique fort inquiet, le négociant essayait de montrer quelque assurance.

— Mais enfin, monsieur, où voulez-vous en venir?... dit-il au mécanicien.

— Vous allez l'apprendre!... Mon ami a donc été lâchement assassiné et, tout porte à le croire, par le misérable qui est entre les mains de la justice et qui doit comparaître devant les assises... Le vol fut reconnu le mobile du crime. Or, je suis persuadé que Thibert n'a rien pris et même n'a cherché à rien prendre dans l'appartement du capitaine....

— Alors...

— On a eu beau faire des perquisitions chez le meurtrier, on n'a rien découvert qui eût été en possession de Georges Béraud.

— Il a dû cacher de telle manière...

— On a retrouvé des effets, des bijoux appartenant soit à Boucher, soit à Durand, soit à d'autres encore qui figurent sur la funèbre liste des victimes du médecin à la corde. Appelé en témoignage par le juge d'instruction, on m'a représenté toutes les pièces à conviction, je n'en ai reconnu aucune...

— Tous ces détails...

— Ne vous intéressent pas ou du moins vous voudriez bien me le persuader....

— Monsieur...

— Ils m'ont donné la certitude que les deux cent trente mille francs de Béraud n'étaient plus chez lui au moment où on lui a donné la mort, qu'ils étaient déjà placés...

— A-t-on une pièce l'établissant?...

— Qui sait?

— Eh bien alors, si cette pièce existe, il n'y a plus de doute à avoir et la justice connaît ce que l'argent du capitaine est devenu.

— La pièce n'est pas entre les mains de la justice...

— C'est un tort...

— Elle est sur moi...

— Ah !

Les regards des deux hommes se rencontrèrent comme deux poignards.

Dorgeval ne sourcilla pas. Il savait que Macaire avait pris le reçu et, bien qu'il eût refusé de le lui rendre, l'avait conservé.

— Permettez-moi, monsieur, dit-il au mécanicien d'un ton très calme, de regretter que vous n'ayez pas encore produit ce document qui ferait retrouver les économies de l'infortuné dont le triste sort a tant ému .. Il laisse une femme et une enfant, n'est-ce pas?

— La malheureuse femme vit encore quoiqu'il valût mieux sans doute qu'elle ne fût plus de ce monde... Elle est folle, et il n'y a plus d'espoir de lui faire recouvrer la raison... Mais il reste une petite fille...

— Que vous avez recueillie, n'est-ce pas?

— Je ne pouvais supporter que l'on conduisît à l'hospice la pauvre créature, et quoique j'eusse déjà de la famille...

— C'est une bonne et belle action à laquelle je veux m'associer.

Dorgeval mit la main sur la clé de sa caisse.

— Qu'allez-vous faire, monsieur?...

— Je désire contribuer...

— Je ne suis pas venu, dit Herman avec éclat, vous demander l'aumône pour la fille de Georges Béraud... Je ne veux que ce qui lui est dû.

— Adressez-vous ailleurs, car je ne lui dois rien.

— En êtes-vous bien sûr?

— Parfaitement.

— Que pensez-vous d'une lettre que le capitaine aurait écrit à ses camarades pour leur annoncer le placement qu'il a fait en leur nom et au sien?

— Ce n'est pas vrai...

— Cette lettre... la voici!...

Dorgeval, effaré, voulut s'emparer de cette preuve qu'il voyait se dresser devant lui, mais Herman la remit dans sa poche.

— Oh! je ne doute plus maintenant... Vous êtes un voleur, si vous n'êtes pas autre chose, car vous êtes tombé dans le piége...

— Un piége!...

— Votre épouvante vous a trahi... J'ai reçu ce matin seulement une lettre des camarades de Béraud qui m'en communiquaient une autre adressée par le capitaine avant même l'attaque d'apoplexie dont il faillit mourir. Il leur dit qu'il espère que la maison Dorgeval, une des plus honorables de Rouen, voudra bien accepter leurs fonds... Les marins me chargent de voir s'il n'aurait pas été par hasard opéré de versement avant l'assassinat et le vol, si vol il y a eu. Ces braves gens se rattachent à ce dernier espoir, bien qu'il semble fort incertain... Ces lignes ont été pour moi comme un trait de lumière... Je me suis rappelé ce qui s'est passé chez vous, les quelques paroles remplies de courroux que, pendant sa maladie, j'ai entendu prononcer contre vous par votre victime... J'en ai conclu....

— La colère de Béraud avait pour cause le refus que j'avais fait de recevoir son argent...

— Vous étiez à cette époque sur le point de faire faillite... Dans le monde commercial personne ne l'ignorait!... Pourquoi n'auriez-vous pas accepté ce secours?...

— Les conditions étaient trop dures... Votre ami exigeait des intérêts...

— Lui, un usurier!... C'était l'honneur et la probité mêmes... C'est vous qui avez dû lui offrir des avantages exceptionnels... S'il y a eu des scrupules, ils ont été certainement de son côté... D'ailleurs, vous vous êtes révélé à moi tout à l'heure par votre frayeur... Ma conviction est faite, rendez l'argent de bonne grâce ou sinon je m'adresse à la justice.

— Vous avez pris mon indignation pour de la crainte... Je voulais m'emparer de la lettre dont vous parliez pour vous prouver qu'elle était fausse ou qu'elle n'indiquait pas ce que vous prétendiez. Vous voyez bien que j'avais raison! Allez au parquet si cela vous plaît!... Je ne redoute aucune enquête... M. Béraud, je le répète, n'a rien déposé dans ma maison... Voyez mes livres... Ma comptabilité est en règle... J'aurais donné au moins un récépissé quelconque que l'on aurait retrouvé...

— Qui sait si l'assassinat n'avait pas pour unique but la soustraction de toute preuve?...

— Vous abusez trop de ma patience!...

— Vous connaissez maintenant ma pensée tout entière... Avant de faire part de mes soupçons à qui de droit, j'ai tenu à voir votre attitude... Je voudrais être magistrat pour vous faire arrêter tout de suite, tellement je suis sûr que vous êtes coupable... Et qui sait si votre crime n'est pas plus odieux encore qu'on pourra peut-être le prouver... Misérable!...

Horman quitta Dorgoval sur ces paroles. Le négociant se vit tout à fait perdu.

Il eût voulu savoir où se trouvait Macaire pour aviser avec lui aux moyens d'empêcher Horman de le dénoncer. Il se sentait prêt à tout pour conjurer ce terrible danger, même à commettre un nouveau crime, tant il est vrai que, dans la funeste voie où il était entré, on ne s'arrête pas quand on le désire !

Mais où rencontrer Macaire?... Celui-ci n'était jamais chez lui... Les idées de fuite revenaient à Dorgeval, et, cette fois, il les accepta, ou du moins pensa-t-il qu'il y aurait quelque avantage à être à une certaine distance de Rouen au moment où Herman irait chez le procureur du roi.

Il fit appeler immédiatement son principal employé et lui annonça qu'il était obligé de faire un voyage.

— Où faudra-t-il vous expédier les lettres particulières et vous informer des affaires importantes?

Dorgeval hésita.

— Au Havre, à l'adresse habituelle.

Le négociant comptait d'abord se rendre à Paris, la grande ville où l'on peut trouver quelquefois un asile beaucoup plus sûr que dans les contrées les plus éloignées.

— Vous allez donc prendre la diligence?

— Oui, c'est-à-dire... Vous préviendrez madame Dorgeval, car j'ai à peine le temps... Il faut qu'auparavant...

Le complice de Macaire craignait les questions que sa femme ne manquerait pas de lui poser et ne voulait pas la voir...

— Vous lui direz que je serai fort peu de temps absent.

Dorgeval prit sur lui une somme assez importante et se dirigea vers le chemin de fer.

En arrivant à la gare, il s'aperçut qu'il y régnait une certaine émotion. Il s'informa et on lui apprit qu'un déraillement avait eu lieu entre Rouen et Oissel. La catastrophe venait à peine de se produire. Quatre voyageurs avaient été tués, plus deux employés de la compagnie : le mécanicien et un chauffeur.

L'accident occasionnait un retard général dans le départ des trains.

Dorgoval était assez contrarié de ce qu'il regardait comme un contre-temps, lorsqu'il entendit le nom du mécanicien qui était une des victimes.

C'était Horman qui, en quittant le négociant, s'était hâté d'aller prendre son service et dont le corps avait été tellement broyé que l'on n'avait plus relevé que des débris affreux.

Décidément le hasard, Dieu, ou le diable, était pour Dorgoval!

CHAPITRE XVI

La Cour d'assises.

Ce fut le 15 février 1844 que s'ouvrirent, devant la cour d'assises de la Seine-Inférieure, les débats de l'affaire Thibert que la curiosité publique attendait impatiemment.

Dès six heures du matin, la foule se pressait à la porte de la grille d'honneur qui borde la rue aux Juifs. A huit heures, elle avait déjà envahi la salle des Pas-Perdus et assiégeait la porte de la salle d'audience.

Celui qui écrit ces lignes a toujours eu une haute idée de la justice. Il n'est rien pour lui de plus admirable que cette institution des hommes qui a pour base « la volonté ferme et constante de rendre à chacun ce qui lui est dû, de lui faire droit. »

Cette définition est des Instituts. Rendons, nous aussi, aux anciens ce qui est à eux.

Nous aimons la justice, mais nous l'aimons impartiale, inflexible, courbant sous son empire les têtes les plus hautes et les plus infimes, protégeant également le grand et le petit, le puissant et le faible, et disant à chacun cette phrase, que l'on trouve prosaïque maintenant qu'elle est inscrite en tête de la plupart des constitutions, et que nous n'avons obtenue cependant qu'après des siècles de lutte et de misère : « Vous êtes tous égaux devant la loi! »

A la divinité on élève des temples, des cathédrales qui sont souvent les plus sublimes créations du génie humain. La divinité n'en est pas moins muette.

La justice, au contraire, se manifeste tous les jours. Elle prononce ses sentences, ses arrêts, ses jugements, ses ordonnances presque sans relâche. On a sans cesse recours à elle et jamais elle ne refuse son appui.

Elle aussi a besoin d'être entourée de respect et même d'une certaine pompe. Néanmoins, il faut le reconnaître, dans beaucoup de villes, où il existe de très-belles églises, le palais de justice est absolument ridicule et insuffisant.

Rouen est une des exceptions. La vieille Thémis a été installée dans un monument de l'architecture gothique et de la Renaissance, le plus beau de tous ceux qui ont été affectés en France au service des tribunaux.

Notre plume enthousiaste se sent impuissante à décrire ce magnifique chef-d'œuvre dont la façade de 66 mètres de développement présente ce qu'on peut imaginer de plus riche et de plus délicat dans l'ornementation.

Tout est à admirer en détail dans ce fouillis de broderies de pierre. Les piliers angulaires des trumeaux chargés de dais, de statues et de clochetons, s'élèvent depuis la base jusqu'au faîte et séduisent le regard qui ne sait où s'arrêter.

On remarque aussi les ornements multipliés qui entourent les fenêtres, la série d'arcades en forme de galerie qui règne sur toute la longueur de l'entablement, l'élégante balustrade de plomb qui couronne le toit.

Cette façade est coupée par une charmante tourelle octogonale, qui occupe exactement le milieu et rompt la monotonie de la ligne droite.

Est-ce en un de ces rêves où l'imagination enfante les choses les plus merveilleuses, que Roger Ango a vu d'abord ce splendide monument dont il fut l'architecte?...

Le Palais de Justice de Rouen a deux ailes de date plus récente que le corps principal, mais qui l'encadrent bien. En 1844, l'aile droite, qui s'était écroulée partiellement le 1ᵉʳ avril 1812, était en reconstruction. L'aile gauche était, à peu de différence près, ce qu'elle est aujourd'hui. On s'est borné à remettre à neuf, depuis, la fameuse *salle des procureurs*.

L'escalier par lequel on monte à cette salle a été établi en 1607; il cache une partie de la conciergerie et des prisons établies dans le sous-sol de l'aile gauche.

La voiture cellulaire, qui sert au transport des accusés ou des prévenus au Palais de Justice, vient déposer son fardeau devant une des portes pratiquées dans chaque côté de l'escalier que les curieux garnissent alors, se penchant sur la balustrade, pour mieux voir les visages des voyageurs.

La salle des procureurs est ainsi nommée parce qu'en 1515, le Parlement, ne tolérant plus les marchands qui s'y étaient réunis jusqu'à cette époque, y avait installé les procureur avec leurs bancs et leurs écritures. Maintenant elle sert de salle de Pas-Perdus. C'est l'antichambre de la Cour d'assises.

D'ailleurs elle fait l'admiration des architectes. Longue d'environ 50 mètres sur 17 de largeur, elle a une voûte immense de charpente, en forme de carène de navire renversée, et que ne soutient aucun pilier. D'élégantes niches en relief décorent les murs de distance en distance. A l'une de ses extrémités se trouve la table de marbre sur laquelle s'exerçait la juridiction des Eaux et Forêts.

C'était dans cette salle que la foule attendait avec impatience que l'on ouvrît la porte donnant sur l'ancienne grand'chambre du parlement de Normandie, maintenant la cour d'assises.

Les gardes municipaux avaient de la peine à maintenir cette affluence parmi laquelle se trouvait un certain nombre d'habitués, aux figures sinistres, des audiences de la police correctionnelle.

Lorsqu'il leur fut permis d'entrer dans la salle de la

cour d'assises, ils se hâtèrent d'envahir le prétoire.

— Ne vous pressez pas autant, leur disait naïvement le garde municipal de faction à la porte, vous y passerez chacun à votre tour.

Le lendemain, un journal de Rouen faisait remarquer que ce mot avait bien sa valeur, car Thibert, avant son arrestation, était avide de semblables spectacles. C'était même, ainsi que nous l'avons raconté, dans l'auditoire du tribunal de première instance qu'il avait cherché à entrer en relations avec Marais, le vieillard, qui l'avait dénoncé.

La salle de la cour d'assises est bien digne de l'édifice qui la renferme. C'est aussi la plus belle de France.

Elle est grande, spacieuse. Le plafond à comparti-ments et caissons, décoré de rosaces et d'ornements en bronze doré, est d'un bois de chêne que le temps a rendu couleur d'ébène. La corniche et les autres parties de la décoration sont d'un très bon style quoique ne s'harmo-nisant peut-être pas assez avec la destination sévère de cette salle.

Un Christ en croix, qu'accompagnaient les statues de la Justice et de la Force, était encore dans ces dernières années à une des extrémités, au-dessus des siéges de la cour. Il a été remplacé depuis peu par un Christ également en croix, ayant les saintes femmes à ses pieds. Nous ne dirons rien de la malencontreuse idée que l'on eut, sous l'empire, de tapisser les murailles d'abeilles.

Mais rappelons-nous que nous ne sommes qu'en 1844. A cette époque, il y avait, comme de nos jours, du reste, de chaque côté de la salle, un passage séparé de l'en-ceinte par une balustrade. Un de ces passages était utile pour le service. Les accusés, qui entraient par une porte du fond, près de la partie réservée au public, devaient parcourir l'autre en entier, sous les regards de la foule, pour aller prendre place à leur banc.

Les détenus, qui sortent de l'obscurité de la prison, sont quelque peu ahuris en se trouvant tout à coup en

9

ce lieu éblouissant de dorures, en présence de curieux qui cherchent avec avidité à deviner les émotions.

Lorsque Thibert parut, au milieu de gendarmes, une sorte de murmure s'éleva. Ceux qui n'avaient jamais vu l'auteur de tant de crimes s'étonnaient qu'il fût malingre, chétif, qu'il eût le visage pâle et défait.

L'œil du médecin à la corde n'avait cependant rien perdu de sa vivacité et l'on sentait en ce misérable la volonté ferme de se défendre et de lutter à outrance pour essayer d'arracher sa tête au bourreau !

CHAPITRE XVII

Les Débats.

L'affaire Thibert tint quatre séances et les débats furent particulièrement émouvants.

Après la lecture de l'acte d'accusation qui retraçait avec assez de clarté les crimes reprochés au brocanteur et établissait sa culpabilité, le président procéda à son interrogatoire.

Il lui parla de l'assassinat de Durand, de celui de Béraud, de celui de Boucher, de celui de Lerond, des tentatives sur Marais, Stalin, Losourd, Marianne Poulevoy.

Thibert nia tout. En vain on lui montra les objets appartenant aux victimes que l'on avait saisis chez lui, il prétendit les avoir achetés à différents individus.

Les preuves les plus accablantes ne l'embarrassaient pas. Il les repoussait avec une audace sans exemple.

Le sang répandu criait vers lui de toutes parts. Il ne voulait pas entendre sa voix. On l'avait vu essayer cependant de faire disparaître des taches roussâtres.

— Non. Ce n'est pas vrai. Ceci est faux. On a menti ! Tels furent les seuls mots qu'on put lui arracher.

Le président lui rappela qu'il avait été condamné déjà cinq fois.

— Oui, pour vol... Je suis un voleur et non pas un assassin.

Ce fut la seule concession qu'il fit, même pendant les dépositions des témoins, lorsqu'eut lieu le défilé des personnes qui lui avaient échappées et qui racontaient comment il avait tenté de leur donner la mort.

Il attesta qu'il avait ou réellement l'intention de guérir Marais en lui faisant acheter une corde. Le clou rougi et mis dans l'eau avait, d'après lui, des vertus surnaturelles. Il recommandait presque l'usage de ce médicament à messieurs de la cour et du jury.

C'était la note gaie de ce sombre drame.

Quand Stalin fut présent, Thibert persista dans son accusation de calomnie. Il écouta d'un air indifférent Marianne Peulevoy et apprit avec un certain plaisir que Lesourd, le vieillard sur la plainte duquel il avait subi deux ans de prison à Beaulieu, était mort de maladie dans l'intervalle.

— On ne peut pas m'accuser de l'avoir tué, celui-là! dit-il avec cynisme.

Les renseignements étaient déplorables sur son compte. La sœur même de l'accusé vint donner des détails sur sa mauvaise conduite. Un jour qu'il l'injuriait, elle lui dit :

— Tais-toi, tais-toi, tu as la potence dans un œil et la guillotine dans l'autre.

Thibert prit un air triomphant lorsqu'une femme répéta le propos qu'il avait tenu un jour devant elle :

— Volons, si c'est notre idée, mais n'assassinons pas!

Cela venait à l'appui de son fameux système par lequel il espérait n'être condamné que pour recel ou pour vol à cause des objets trouvés dans le taudis qu'il habitait.

Un repris de justice, à qui il prétendait avoir acheté la montre de Durand, lui donna un démenti formel et lui prouva qu'il mentait.

Parmi les nombreux incidents, il y eut l'audition d'un jeune homme qui avait été soupçonné d'être coupable d'un des assassinats de Thibert et qui avait été même arrêté.

— Pendant ma détention, dit-il, les larmes aux yeux, ma mère est morte de douleur!

L'accusé soutint énergiquement être étranger au meurtre de Georges Béraud et ignorer ce qu'était devenu l'argent de celui-ci.

Une partie de cette assertion était vraie et le brocanteur, en la formulant, cherchait dans la salle pour voir s'il n'y avait pas Macaire.

Il n'avait pas remarqué, assis aux places réservées qui se trouvaient derrière la cour, un homme qui ne cessait d'avoir les yeux fixés sur lui. Cet homme frémissait en ce moment et se sentait envahir par une sueur froide.

C'était Dorgeval qui n'avait pu résister à l'anxiété et qui avait préféré voir de près le danger plutôt que de l'attendre chez lui.

L'intérêt présenté par ces débats était si grand que l'on ne faisait pas attention à l'étrange pâleur du négociant, à l'avidité avec laquelle il ne perdait pas un mot de ce qui se disait.

Et cependant il avait fallu un singulier courage de sa part pour oser se présenter dans cette enceinte, devant les regards mêmes du prévenu qui pouvait savoir pour qui il avait *travaillé* et, tout à coup, écrasé par l'évidence, se lever et dire :

— Eh bien, oui, j'avoue, mais voici un de mes complices !

Il fut un peu rassuré quand il vit le brocanteur examiner les personnes qui étaient de son côté et ne pas même faire attention à lui. Évidemment, si Macaire l'avait nommé, Thibert ne le connaissait pas de vue.

L'audition des témoins finit par des dépositions de gardiens et d'employés de la maison centrale de Beaulieu.

D'après eux, l'accusé s'était fait punir souvent, pendant son séjour, pour infraction à la règle du silence, pour insubordination ; c'était un homme perverti, incapable de repentir et de retour au bien.

Ils firent connaître une singulière circonstance : Thibert, durant sa détention, avait tenté de se donner

9.

la mort, par la strangulation, à l'aide de sa cravate attachée aux barreaux.

Ainsi cet homme, lorsqu'il ne pouvait pas attenter à la vie des autres, essayait de s'étrangler lui-même. Qu'on vienne dire ensuite que l'assassin n'est pas un monomane !

Nous n'en concluons pas pour cela que la société ne doive se garder au moyen des châtiments que la loi autorise.

Au commencement de la séance du quatrième jour, le procureur général prit la parole. C'était un magistrat, non dépourvu de valeur, qui avait voulu garder cette affaire pour lui à cause de son importance. Il s'exprima à peu près en ces termes :

« Messieurs les jurés, à ne considérer que la vulgarité de la vie de l'accusé, cette cause n'aurait, certes, rien qui dût la faire sortir de la ligne ordinaire ; mais à voir cette foule empressée, cette curiosité publique qui s'enquiert et s'agite, ces débats si longs et si palpitants d'intérêt, tout nous avertit qu'il se passe en ce moment quelque chose d'insolite. C'est qu'en effet, il se déroule devant nos yeux un de ces drames tout à fait nouveaux dans les fastes de la justice. Il y a là de hauts enseignements pour la société.

« Au sein de la civilisation où nous vivons, il se montre des hommes qui, foulant aux pieds toute espèce de règle, bravent, sans pudeur comme sans conscience, les lois de l'ordre social, qui sont l'égide de la vie et de la fortune des citoyens, pour assouvir leurs brutales et ignobles passions.

« Doués d'un instinct rapace et féroce, ils ne sont incapables de s'assujettir à aucun frein. Pour eux, le travail est une gêne, une sorte de supplice, et ils vivent de vol et de rapine. Pour parvenir à leur but, ils ne reculent devant aucun obstacle, ils marchent à la curée à travers le meurtre et le sang ; ces hommes sont une monstruosité. Tel est celui que vous avez à

juger; aussi ne faut-il pas, messieurs, que la loi reste
désarmée en présence de tels crimes; c'est donc un
devoir pour le chef de la justice, dans ces déplorables
circonstances, de s'associer à ses travaux. »

Cet exorde ne dépassait pas la mesure de l'éloquence
ordinaire des procureurs généraux ou des procureurs
de tribunaux de première instance. Dans ce réquisitoire,
se trouvaient des phrases qui eussent ravi d'aise
M. Prudhomme, et cependant il fit une profonde sensation tant on aime, après avoir constaté l'horreur du
crime, à entendre la voix qui demande la répression au
nom de la société.

« Au point où en sont les débats, dit le procureur
général, raconter c'est prouver, messieurs les jurés.

« Les charges de cette accusation se dressent de
toutes parts pour accabler l'homme qui est à votre
barre. Il est pris, il est enlacé dans ses propres con-
tradictions; la lumière jaillit de tous côtés, jamais
culpabilité ne fut mieux établie. Cependant, je ne veux
appeler votre attention que sur les chefs principaux. »

Le magistrat commença à exposer successivement
les faits et les circonstances dans lesquels s'étaient
produits les crimes de Thibert. Il discuta le système de
défense de l'accusé, le mit en contradiction avec lui-
même et le prit en flagrant délit de mensonge dans les
diverses réfutations qu'il avait tentées.

M. le procureur général eut la satisfaction de faire
frémir d'horreur à différentes reprises l'auditoire. A
côté de Dorgoval, une belle curieuse qui était venue
élégamment parée, comme on va au théâtre, crut le
moment opportun pour s'évanouir.

Protestons, en passant, contre la curiosité malsaine
qui pousse des dames du meilleur monde à se presser
dans le sanctuaire de la justice en certaines circonstances. C'est bien peu comprendre le rôle de la femme
dans la société que rechercher de semblables spectacles.

Le procureur général, un instant interrompu, reprit :

« J'aurais pu passer sous silence ces scènes lugubres. L'accusation était assez formidable par elle-même, mais mon devoir m'imposait l'obligation de réhabiliter les victimes et de dissiper le blâme qui pouvait s'asseoir sur une tombe. »

Ici le magistrat prouva qu'il était clérical.

« Vous le savez, messieurs les jurés, Boucher et Lerond ont emporté dans l'autre vie la tache du suicide. Il a fallu qu'une famille en pleurs fît un pieux mensonge pour leur faire rendre les honneurs de la sépulture chrétienne. Vous savez maintenant si ces malheureux vieillards qui avaient horreur du suicide ont violé les lois de la morale et de la religion ?

« Vous savez si Thibert avait passé par là. Thibert qui, avec le tact de l'oiseau de proie, savait au premier coup-d'œil distinguer sa victime, la fasciner, la caresser pour mieux l'étrangler dans ses serres.

« Sans doute cette enceinte a vu se développer bien des mystères du crime, mais je ne sache pas que plus de forfaits se soient jamais accumulés sur une seule tête ; ici, tout se réunit, le mensonge, la lâcheté, l'hypocrisie, l'orgie crapuleuse, la débauche infâme, la férocité.

« La société demande une expiation exemplaire. L'attention que vous avez apportée pendant tout le cours de ces débats, la sagacité dont vous avez fait preuve, nous sont une garantie de la justice ! »

Pendant ce réquisitoire, Thibert avait une attitude assez indifférente ; on l'entendait murmurer cependant plusieurs fois :

— Mais puisque je n'avoue rien !

Quand le procureur général eut cessé de parler, le brocanteur regarda son avocat. Il avait l'air de lui dire :

— Faites maintenant votre métier ! A vous de prouver que je suis blanc comme neige.

L'avocat avait été nommé d'office. Ce client ne devait l'intéresser d'aucune façon. Il se leva et se borna à déclarer qu'il s'en rapportait à la décision du jury.

Thibert eut un mouvement de colère. Il demanda la parole pour sa défense.

« Messieurs les jurés, dit-il d'une voix ferme, les paroles que vient de faire entendre M. le procureur général ne m'ont nullement épouvanté.

« Je suis connu de vous comme voleur, mais je ne fus jamais assassin. J'espère vous prouver que je suis innocent de tout ce qu'on me reproche aujourd'hui. »

Durant un plaidoyer d'une heure et demie, Thibert discuta pied à pied toutes les charges de l'accusation. Il récrimina contre divers témoins et se plaignit amèrement de l'instruction de l'affaire.

« Je n'avoue pas, et je n'avouerai jamais, parce que ma conscience est nette. Je ne crains pas la mort, messieurs les jurés; point de circonstances atténuantes; elles prouvent qu'on est à moitié coupable et à moitié innocent, c'est une transaction avec la conscience. Si vous me trouvez coupable, punissez-moi, je ne m'en plaindrai pas; si je suis innocent, rendez-moi à la liberté! » ·

Ces dernières paroles furent dites avec une certaine énergie. Thibert avait du reste fait preuve dans tout ce plaidoyer, où l'on remarquait bien à la vérité quelques répétitions, d'une grande intelligence.

Le président résuma ensuite les débats, c'est-à-dire prononça sans doute un nouveau réquisitoire.

Nous regrettons de le dire, mais, sauf de rares exceptions, les conseillers qui président des assises se croient obligés, alors que l'avocat ne peut plus parler, de venir en aide au ministère public et d'introduire dans leur résumé les arguments qui leur semblent surtout en faveur de la culpabilité. Large est la part qu'ils font à l'accusation, insignifiante est celle de la défense.

Ce n'est pas ce que veut la loi. Nous croyons qu'elle ordonne le calme et l'impartialité. Le magistrat nous paraît manquer à son devoir, à l'équité, s'il ne se borne à rappeler toutes les phases du débat, à faire l'analyse du crime et à poser les questions au jury sans essayer de les résoudre lui-même d'avance.

La tendance des présidents d'assises à se faire accusateurs est tellement connue que, sur le bureau de la dernière Chambre des députés, une proposition de loi fut déposée pour la suppression du résumé.

Dans l'affaire Thibert, l'opinion du jury était faite. Il ne lui fallait pas une longue délibération.

Après quelques instants seulement, il rentra en séance avec un verdict de culpabilité sur toutes les questions qui lui étaient soumises.

Une sorte de frémissement s'éleva dans la salle lorsque Thibert, que l'on avait fait retirer selon l'habitude, apparut pour connaître le sort qui lui était réservé.

Le misérable parcourut, au milieu d'un redoublement de curiosité, l'espace dont nous avons parlé, et qui était séparé de la partie réservée au public et aux témoins par une balustrade. Tout le monde était debout et se penchait avidement pour le voir.

On disait déjà : voilà le condamné !

Lui avait le sourire sur les lèvres. Il en était arrivé à se persuader qu'il en serait quitte pour une peine relativement légère et, bien que le séjour de Beaulieu, pendant quelques années, le séduisît peu, il l'acceptait avec assez de philosophie.

Il était enchanté de lui-même, de la manière dont il s'était défendu.

— Les avocats sont des fainéants, avait-il dit aux gendarmes, dans la salle où on lui avait fait attendre le verdict. Le mien surtout... Heureusement je n'en avais pas besoin pour le triomphe de la vérité et de la justice... N'est-ce pas que j'ai bien parlé ?...

Il se sentait tout fier.

Quand il entendit les réponses affirmatives et que la condamnation à mort eut été prononcée, il ne donna aucun signe d'émotion. Il fut en réalité comme anéanti, mais rien dans ses traits, dans son maintien, n'exprima ce qu'il éprouvait. Le sourire disparut cependant.

On lui mit les menottes; il se laissa faire. On l'emmena sans qu'il prononçât une seule parole.

Pendant ce temps, la foule se retirait, faisant, comme de coutume, des commentaires plus ou moins indifférents sur cet homme qui devait bientôt être retranché du nombre des vivants.

CHAPITRE XVIII

Le soixante-neuvième jour.

Thibert, après sa condamnation, fut conduit à Bicêtre, maison d'arrêt et de correction de Rouen, qui a été convertie depuis en caserne pour un bataillon d'infanterie et remplacée par une prison qui porte le nom de Bonne-Nouvelle.

C'est dans ce dernier endroit que maintenant les condamnés à mort apprennent ce qu'on leur annonçait jadis à Bicêtre, c'est-à-dire qu'ils vont subir leur peine.

La désignation de la nouvelle prison, située d'ailleurs près du lieu d'exécution, qui s'appelle aussi place Bonne-Nouvelle, doit leur sembler à ce moment singulièrement ironique.

Thibert fut installé à Bicêtre dans une cellule beaucoup plus confortable que celle qu'il occupait auparavant. Il avait droit à des égards désormais. N'appartenait-il pas au bourreau?

On lui demanda ce qu'il désirait manger, mais il déclara qu'il n'avait pas faim. On lui servit néanmoins un potage dont il absorba quelques cuillerées.

Il dut mal dormir cette nuit-là, car le lendemain il pouvait à peine se soutenir. Le directeur de la prison le prévint qu'on allait, à cause de son attitude résignée, lui enlever la camisole de force qu'on lui avait fait mettre la veille.

Au premier acte de rébellion, ou à la première tentative de suicide, ses membres seraient de nouveau enfermés dans ce véritable instrument de torture.

En même temps, Thibert apprit que certaines distractions lui étaient permises. On mit à sa disposition un jeu de cartes et un jeu de dames. Il pouvait faire autant de parties qu'il le désirait, soit avec un gardien, soit avec deux autres détenus, spécialement chargés de sa surveillance.

Ces faveurs bannirent un peu les sombres préoccupations dont il était d'abord la proie. Il avait signé son pourvoi en cassation et disait hautement qu'il n'avait pas été régulièrement jugé.

— On a eu tort de me reconnaître coupable, car je n'ai rien avoué. N'est-ce pas que l'on ne fait jamais monter les gens sur l'échafaud, lorsqu'on n'est pas bien sûr de leur crime, lorsqu'ils prétendent toujours être victimes d'une erreur?..

Ordinairement, les détenus que l'on place auprès d'un condamné à mort sont ce que l'on appelle en langage de prisons des *moutons*, c'est-à-dire des dénonciateurs. Ils cherchent à obtenir des confidences de leur infortuné camarade et à le faire entrer dans la voie des aveux.

Chose singulière, un de ces individus, au lieu de faire consciencieusement son métier, engageait sourdement Thibert à se méfier de ceux qui l'entouraient, même de l'aumônier qui venait le visiter quelquefois, et à persister dans ses dénégations.

— On n'osera pas t'exécuter, lui disait-il tout bas, si tu nies toujours, si tu nies sans cesse!

— Sois tranquille, répondait Thibert, je n'avouerai rien.

Précisément, parce que ce prisonnier lui tenait un semblable langage, le brocanteur l'avait pris, pour ainsi dire, en affection. Il lui témoignait une confiance qui cessa brusquement le jour où l'autre lui demanda à brûle-pourpoint :

— A propos, ne connaissais-tu pas un nommé Macaire?..

Le médecin à la corde crut que le détenu avait caché jusqu'ici son rôle de *mouton* et flatté ses idées uniquement pour mieux gagner sa confiance, lui faire raconter ses crimes et le trahir ensuite. Il répondit qu'il ignorait ce qu'était ce personnage, et se tint désormais sur une réserve encore plus absolue, évitant entièrement de parler de son procès, excepté pour répéter de temps en temps que l'on avait frappé un innocent.

Il n'était pas éloigné de croire que la justice se doutait qu'il avait eu des complices dans l'assassinat de Georges Béraud.

Les jours s'écoulaient sans qu'il modifiât sa manière de voir. Mais, pendant ce temps-là, que faisaient Macaire et Dorgeval?...

Le premier était à Paris. Le second était tombé malade.

Les angoisses avaient épuisé les forces de Dorgeval. Dans des accès de fièvre, il eut le délire, et sa bonne et sainte femme l'entendait prononcer des paroles dont elle était loin de soupçonner la portée.

— Tais-toi, maudit, ne parle pas!... disait le négociant. Je ne le veux pas, je te le défends... N'est-ce pas assez qu'il m'apparaisse, lui... lui... avec sa face contractée?... Tais-toi, maudit, tais-toi!...

Une fois, la pauvre Amélie eut comme un soupçon de la vérité! Dorgeval la regardait d'un air égaré. Il la saisit par le bras et lui dit :

— Que voulez-vous, madame, ce n'est pas moi qui l'ai tué... J'ai au contraire refusé d'y consentir... Thibert prétend à tort que je lui ai donné de l'argent... Ne l'écoutez pas... Ce n'est pas vrai!...

Il la repoussa brusquement.

— Qu'est-ce que je fais donc là? Je perds mon temps à essayer de la persuader... Elle est folle!

Madame Dorgeval repoussa avec horreur l'idée que son mari pouvait être complice d'un des crimes de Thibert, même indirectement. Elle pensa plutôt qu'il avait gardé une impression profonde de ce procès qu'il avait suivi avec un vif intérêt.

Elle se garda bien de parler de ce qu'elle avait entendu lorsque Dorgeval alla mieux.

Cette amélioration dans l'état de santé du négociant coïncida avec une tentative que fit Thibert pour se donner la mort. Comme dans la maison de Beaulieu, il tenta de s'étrangler avec la lisière de sa couverture.

C'était à peu près ce qu'il avait fait à la plupart de ses victimes. Ses instincts le poussaient décidément à se servir de ce moyen de tuer.

La force lui manqua pour accomplir entièrement son œuvre; il fut trouvé râlant par un gardien. On le transporta à l'infirmerie et on lui fit revêtir la camisole de force.

On crut qu'il avait appris le rejet de son pourvoi, mais cela n'était pas. Ce monomane avait dû avoir un accès dans lequel il avait tenté de se détruire lui-même parce qu'il n'avait plus de vieillards sous la main.

Lorsqu'il fut en possession de toute sa raison, Thibert n'en continua pas moins à croire que le roi lui ferait grâce, si son procès n'était pas cassé et s'il n'était pas renvoyé devant un autre jury que celui de la Seine-Inférieure qui avait été d'avance influencé par « les journaux. »

Certes, ce misérable n'était digne d'aucun intérêt, mais on eut tort de lui faire attendre son châtiment, soixante-neuf jours, du 10 février au 27 avril 1844. Le pourvoi en cassation avait été rejeté le 21 mars. Fallait-il trente-sept jours pour que le roi Louis-Philippe Ier eût le temps de signer un arrêt de mort?

Le matin du soixante-neuvième jour vint enfin. On éveilla Thibert à 6 heures et il parut assez surpris quand il apprit que son heure était venue.

Il ne dit rien d'abord et se laissa habiller en silence. Le détenu qui l'avait encouragé à ne pas faire d'aveux lui glissa dans l'oreille :

— Il est arrivé qu'on a fait grâce sur la guillotine... Continuez à ne pas parler.

Il le regarda d'un air hébété.

Bientôt à ce mutisme succéda une sorte d'expansion bavarde dans laquelle il raconta une foule de choses, excepté ce que la justice aurait désiré savoir.

L'aumônier le conduisit à la chapelle où il s'entretint longtemps avec lui. Lui dit-il là toute la vérité, lui énuméra-t-il ses victimes?... C'est un secret qui est resté entre l'abbé Quesnel et Dieu!

Thibert n'en continua pas moins en sortant du saint logis à prendre le ciel à témoin de son innocence.

Dans la salle où se firent les terribles apprêts du supplice, il adressa un petit discours aux personnes présentes :

« Mes bons messieurs, dit-il, je souhaite, si vous avez des enfants, qu'ils ne se trouvent jamais dans la position où me voilà ; empêchez-les de fréquenter de mauvaises connaissances. Je sais bien que tout le monde me croit coupable ; mais si je l'étais, je ne serais pas d'un aussi grand calme. Un scélérat tremble toujours dans un moment pareil, moi j'ai du courage, parce que je sais bien que plus tard on reconnaîtra l'erreur. Je ne fais pas de bravade, vous voyez que je suis faible, que je suis malade, mais ne m'abandonnez pas! »

Thibert ne tremblait pas, en effet, mais une pâleur livide faisait ressortir encore plus ses traits anguleux et très prononcés. Il paraissait en ce moment si frêle, si chétif, qu'on s'étonnait qu'il pût montrer autant d'énergie.

Aucun mouvement ne vint trahir son émotion pendant qu'on lui liait les bras derrière le dos, à l'instant même où il sentait le froid des ciseaux avec lesquels l'exécuteur coupa ses cheveux et sa chemise.

Lorsque la *toilette* fut terminée, l'idée lui vint de solliciter des assistants une collecte pour sa femme. Il parut satisfait de la somme recueillie et remercia ceux qui l'avaient fournie.

— Si j'avais commis tous les crimes et tous les vols que l'on me reproche, dit-il, je serais riche, et je n'aurais pas besoin de m'adresser à votre charité pour cette pauvre créature.

C'était évidemment afin d'en arriver à cette conclusion qu'il avait eu l'idée de la quête.

Il s'attendait à ce qu'on arrêtât à chaque instant les funèbres préparatifs et à ce que l'exécution fût tout au moins ajournée.

Hélas! il fallut monter en voiture et, dix minutes après, il gravissait les degrés de l'échafaud établi sur les quatre pierres qui sont en permanence au milieu de la place Bonne-Nouvelle.

Il est inutile de dire que l'affluence était énorme. Non seulement il y avait autour du funèbre instrument une partie de la population de Rouen, mais on était venu d'un certain nombre de villes environnantes, d'Elbeuf même.

Cette foule débordait dans toutes les voies adjacentes. Elle grimpait sur les arbres et couvrait les toits.

Un sourd murmure s'était fait entendre à l'arrivée du condamné que l'on vit apparaître ensuite sur la plate-forme de la guillotine.

Là il éprouva encore le besoin de faire un discours et on le laissa faire pendant six minutes.

Il répéta ce qu'il avait dit déjà sur son innocence des assassinats, tout en se reconnaissant coupable de vols. Il parla encore du malheur qu'il avait eu de fréquenter des misérables, des voleurs dont l'exemple l'avait perdu.

— Oui, dit-il en terminant, oui, je meurs innocent. Ce couteau servira bientôt à d'autres qui sont les auteurs de ce qu'on me reproche. J'ai été un voleur, un recéleur, j'ai acheté et vendu des marchandises volées, mais je n'ai jamais assassiné, je le jure devant Dieu et devant les hommes!

A ces paroles, son confesseur lui dit quelques mots;

10.

il l'écouta comme il avait fait jusque-là, avec une sorte
de déférence, puis il ajouta :

— Il faut en finir ; *je meurs glorieusement !*

Il se tourna alors vers l'exécuteur, qui était celui
d'Evreux :

— Prenez-moi, je suis prêt !

Il regarda encore une fois la foule comme s'il se fût
attendu à ce que le cri de : grâce ! sortît de son sein,
et peut-être à ce qu'un messager sauveur apparût.

Aucun mouvement ne se produisit. Ses regards se
reportèrent sur le couteau qu'il n'avait du reste guère
perdu de vue depuis qu'il était sur l'échafaud, et
l'épouvante et l'horreur se peignirent pour la première
fois tout à fait sur ses traits.

— Arrêtez, dit-il en luttant contre le bourreau qui
l'avait saisi. Je veux faire des révélations...

Mais déjà il avait été placé sur la bascule et le
glaive s'abattait...

Un homme avait suivi plus avidement encore que les
autres cette scène lugubre,

Cet homme était Dorgeval relevant de maladie,
pouvant à peine se soutenir, et qui était venu, néanmoins, poussé par l'âpre curiosité qui l'avait fait assister
aux débats de la cour d'assises.

Lorsque retentit le bruit qui indiquait que justice
était faite, un soupir d'incroyable soulagement s'échappa
de sa poitrine :

— Enfin ! murmura-t-il.

Mais à ce moment, on lui frappa sur l'épaule. Il se
retourna vivement et Macaire lui apparut :

— C'est moi ! cher patron... Vous êtes content qu'il
ne puisse plus rien dire, celui-là ! Vous oubliez que je
reste, moi, et que, si vous n'êtes pas gentil, le cas
échéant, je puis me servir de notre secret !

FIN DE LA PREMIÈRE PARTIE.

DEUXIÈME PARTIE

CHAPITRE PREMIER

La maison de la rue du Ruissel.

L'hiver de 1858 fut particulièrement rigoureux à Rouen. Bien que l'on fût dans une époque et sous un régime que l'on est convenu de considérer comme prospère, la détresse fut grande parmi la classe ouvrière.

On cite une masure de la rue du Ruissel où il mourut trois personnes de faim. Nous devons raconter ce triste drame, car il se rattache à notre récit.

La maison en question était habitée par Pierre Garcin et sa famille.

Pierre Garcin était un honnête homme employé dans une grande menuiserie. Il luttait courageusement, et, bien qu'il eût six enfants à nourrir, sa femme parvenait avec beaucoup d'ordre et d'économie à nouer les deux bouts, comme on dit vulgairement.

Aux enfants était venu depuis un an s'ajouter une nouvelle charge. Le père de la femme de Garcin, qui habitait un village voisin de Rouen, avait perdu dans un incendie tout son petit avoir. Il avait cherché un asile auprès de son gendre qui l'avait bien accueilli.

— Bah! avait dit philosophiquement Garcin, quand il y a du pain pour huit, il y en a pour neuf.

L'honnête ouvrier comptait déjà un enfant qui n'était pas né, mais qui allait naître.

— Oui, lui répondit un de ses camarades, mais lorsqu'il n'y en a pas pour huit?... et cela peut venir...

Garcin frissonna. Il songeait qu'il pouvait tomber malade et ce fut ce qui arriva en effet par suite de l'excès de travail qu'il s'imposait.

La misère, cet horrible fléau que l'on était parvenu à tenir à quelque distance de la maison de la rue du Ruissel, s'y établit en maîtresse.

Bientôt ses ravages furent horribles. Tandis que le père était étendu sur un grabat, les enfants demandaient du pain à leur mère au désespoir.

Le vieux grand-père était, pour comble de malheur, presque paralytique Sans cela, disait-il, il serait allé solliciter la charité des passants.

Le pauvre homme était désolé de ce qu'il voyait. Assis sans cesse à côté du foyer éteint, il restait morne et silencieux, songeant au désastre qui l'empêchait d'arrêter tous ces maux.

Il ne tarda pas à prendre une résolution. Du moins, il n'aggraverait plus la situation s'il lui était impossible de l'améliorer.

Lorsque, par suite de la compassion des voisins qui eux-mêmes étaient loin d'être fortunés, quelque léger secours arrivait, il refusait d'en accepter sa part, prétendant que des douleurs d'estomac l'empêchaient de manger.

— Grand-père, avez-vous faim?

Il se contentait de faire un signe négatif pour toute réponse. Sa résignation était extrême. Oh! qu'il eût voulu que son sacrifice sauvât toute la famille!

Par moment il attirait auprès de lui un des enfants, il le regardait longuement, puis lui disait d'une voix tremblante :

— Sois sage!

L'ombre de la mort planait déjà sur lui, car cette existence sans nourriture ne pouvait pas durer.

Un matin on le trouva sans vie.

Sa tête aux cheveux blancs était penchée sur la poitrine. Il se mordait le poing comme s'il eût voulu étouffer une plainte, et, de fait, personne n'avait entendu son dernier soupir.

Ses yeux, démesurément ouverts, effrayèrent les enfants qui essayèrent en vain de l'éveiller.

Qui sait? Peut-être l'âme du vieux soldat s'affligea-t-elle de ne pas pouvoir répondre à leurs accents plaintifs?

Ce fut le premier cadavre qui sortit de la maison.

Le second fut celui d'une petite fille de cinq ans. La mort n'eut compassion ni de son âge, ni des supplications de son père et de sa mère.

Elle expira, et le corps resta trois jours dans la maison, les croque-morts n'étant pas pressés de venir rendre pour rien à la poussière ce qui était sorti de la poussière.

Trois jours! Pendant ce temps-là, le père et la mère eurent à supporter la vue de l'infortunée, les enfants appelèrent leur sœur comme ils avaient appelé leur grand-père.

— Louise, éveille-toi! Viens t'amuser avec nous! Louise, Louise, c'est demain Noël. Prête-nous tes sabots pour les mettre près des nôtres.

Mais c'est vainement que les petits placèrent dans la cheminée les sabots de la morte à côté des leurs. Le lendemain ils étaient encore vides. L'ange de Noël ne descend pas pour porter des bonbons et des jouets aux enfants pauvres.

La troisième victime fut peut-être celle dont la perte fut le plus sensible à Garcin et à sa femme.

Sans se l'avouer, ils avaient une préférence marquée pour un de leurs fils qui avait quatre ans et qui était plus malingre et plus chétif que les autres.

C'était sa frêle santé, en même temps que sa nature aimante, qui avait valu au petit Félix cette affection particulière.

Félix avait les cheveux châtain clair et les yeux noirs pensifs. Il aurait passé des journées entières sur les genoux de sa mère à la regarder, muet et sans bouger.

Son âme était douce et bonne. C'était aussi le favori du grand-père qui disait :

— Félix, lui, sera sage !

L'enfant mourut après la semaine la plus douloureuse qu'eut à traverser la malheureuse famille. On ne se levait plus pour ne pas songer à manger.

Lorsque quelques provisions arrivèrent, son estomac serré refusa ce qu'on voulait lui faire prendre et le lendemain le spectre sinistre étendait sur lui son suaire.

La femme Garcin ne voulait pas consentir à la séparation fatale. Elle semblait folle.

— Je lui ai donné la vie, je parviendrai bien à la lui rendre. Laissez-le moi encore ; je vais le réchauffer en le pressant contre mon sein.

Quand elle vit que ses efforts restaient infructueux, qu'il fallait donner à la terre ce qu'elle réclamait, elle eut une sombre résolution.

— Je le suivrai ! fit-elle.

On eut beaucoup de peine à la retenir.

Dieu parut enfin avoir pitié des Garcin. Il guérit le père.

A peine convalescent, ce dernier tenta d'obtenir de l'ouvrage. Mais sa place était prise dans son atelier et on n'avait besoin, nulle part, d'ouvriers de son état.

Garcin, qui avait espéré un moment, perdit de nouveau l'espoir.

Un soir surtout, il rentra désolé.

Tandis que les enfants demandaient à manger, il s'assit comme accablé sur une mauvaise caisse qui servait de siége.

— Fais-les coucher, dit-il, à sa femme.

Un moment après le silence régna.

La Garcin s'avança alors et regarda son mari.

— Eh bien!

— Toujours point de résultat.

— Que deviendrons-nous, mon Dieu?

Garcin se leva :

— J'ai été sur le port, aujourd'hui... Je me suis proposé pour aider à un débarquement. Sais-tu la réponse qui m'a été faite?

— Non.

— On m'a dit que j'avais trop l'air malade... C'est en vain que j'ai protesté, c'est en vain que j'ai supplié de me prendre à l'essai... On m'a refusé et peut-être avaient-ils raison...

— Alors, il nous faut tous mourir!

— Hélas!

— Mourir comme le grand-père, comme Louise, comme Félix.

— Ah! c'est atroce!

— Atroce, tu as raison, fit la Garcin avec amertume... Et quand cela finira-t-il?

— Je l'ignore.

Le mari et la femme gardèrent un moment le silence. Soudain la dernière partit d'un éclat de rire.

Garcin leva la tête.

— Ne fais pas attention, c'est la faim. Quand il y a quelque temps que je n'ai pas mangé, ça me produit cet effet. Il faut bien que les nerfs se détendent.

— C'est affreux! Mon Dieu, venez donc à notre secours!

— Tu invoques Dieu et tu espères qu'il te répondra. Allons donc! Depuis le temps que nous le supplions, il aurait bien, s'il existait, fini par nous entendre!

— Femme, tu blasphèmes!

— Je dis la vérité. S'il est réellement, si sa puissance est aussi grande qu'on le prétend, il faut qu'il soit bien cruel!

— Il veut nous éprouver.

— Et ceux que nous avons perdus a-t-il voulu les éprouver aussi?

— C'est vrai!

Garcin resta un instant pensif. La malheureuse femme qui partageait son sort gardait un morne silence.

L'ouvrier ne put s'empêcher de porter ses regards sur la misère qui l'entourait.

La maison menaçant ruine avait été abandonnée par ses autres locataires, et on s'étonnait que la négligence de l'autorité ne l'eût pas encore fait entièrement évacuer.

Les Garcin étaient installés dans la pièce la plus élevée de la masure. Il fallait se baisser en certains endroits pour ne pas heurter les poutres. On y parvenait par un escalier étroit et rempli de décombres.

Les pauvres gens n'avaient plus de meubles. Deux paillasses seulement leur restaient. L'une servait aux enfants qui y dormaient pêle-mêle. L'autre était la couche du mari et de la femme, couche sur laquelle les avaient tenus bien souvent éveillés le chagrin et l'insomnie!

La mauvaise caisse, sur laquelle Garcin était assis, était l'unique siége. Dans un coin, il y avait une cruche d'eau.

Les carreaux de l'étroite fenêtre qui éclairait cet appartement d'un jour douteux étant cassés, il y pleuvait comme au dehors. Encore le propriétaire menaçait-il à chaque instant de chasser cette famille parce qu'elle ne pouvait pas payer son loyer!

Garcin vit cette misère à laquelle il lui était impossible de se résigner et elle lui parut plus horrible que jamais. Il ferma les yeux comme pour en éloigner le souvenir de sa pensée.

Un mouvement de sa femme les lui fit rouvrir. Il regarda et s'aperçut qu'elle pleurait.

— Qu'as-tu? fit-il.

— Tu le demandes?

— Oui.

— Tu le sais!.. Je pensais encore à Félix... Car vois-tu, fit la Garcin, avec une sorte d'exaltation, jamais, jamais, je ne m'habituerai à la pensée que nous ne devons plus le revoir. Pendant le jour, j'ai sans cesse cette idée présente à l'esprit; pendant la nuit, je rêve également de lui lorsque je puis dormir.

— Console-toi.

— Je n'essaie même pas.

— Tu as tort!

— Est-ce parce que tu le prends bien à ton aise, toi?

— Ne dis pas cela, femme, ne dis pas cela!

— C'est vrai, mon homme, c'est vrai, je suis injuste car tu l'aimais beaucoup aussi. Je ne me rends pas bien compte de ce que j'éprouve depuis quelque temps, mais la douleur m'égare... Je me sens folle!

— Du courage!

— Il ne se serait pas couché, lui, comme les autres... Nous sentant dans la peine, il aurait voulu rester auprès de nous, le cher ange! Nous passerions les mains dans les boucles de ses cheveux, ses carosses enfantines nous feraient du bien...

— Te rappelles-tu le jour où il nous demandait du pain et où nous n'en avions pas? « Un petit morceau seulement, disait-il de sa voix douce, un tout petit morceau, petit comme le doigt. » Et il montrait son doigt mignon, et nous lui répondions : « Demain! » en lui cachant notre désespoir... A la fin il ne demandait plus rien.

— Il avait compris... Dis-moi, Garcin, cela ne te révolte-t-il pas qu'il y ait sur la terre tant de gens heureux lorsque nous sommes, nous si malheureux! A l'heure où nous souffrons ainsi, il en est qui jettent l'argent à pleines mains, qui le répandent pour leurs plaisirs.

— Ce sont les privilégiés.

— Ne te sens-tu pas pour eux de l'envie et de la haine?

— Non!

— Si j'étais homme, il me semble que j'agirais d'une autre manière que toi!

— Que veux-tu dire?

— Ne comprends-tu pas?... Eh bien! je ne souffrirais pas que mes enfants périssent!

— Est-ce ma faute?

— Oui!

— Femme, tu as raison de dire que la douleur te fait perdre la raison.

— En vérité!

— Que ferais-tu à ma place?

— Oh! je le sais bien!... Je me vengerais de ceux qui m'ont repoussé. Ah! misérables, vous dites que mon bras est débile pour le travail, voyez s'il l'est pour...

— Pour?..

— Pour vous demander par la force ce que vous refusez de me faire gagner à la sueur de mon front.

— Y penses-tu?

— J'oublie tout pour ne me rappeler qu'une chose, c'est que mes enfants n'ont presque rien mangé depuis deux jours, quoique hier j'aie été mendier... Mendier! Entends-tu?..

— Mon Dieu!

— Si cela dure, de ces pauvres êtres, si maigres qu'ils n'ont plus que la peau et les os, il ne restera rien. Je ne saurais trop te répéter cela : « Souviens toi de lui, souviens-toi de Félix! »

Garcin se leva brusquement.

— Mais que veux-tu donc, femme, que veux-tu?

On l'eût pris pour un fou; ses yeux sortaient de leur orbite et son visage était livide.

— Je veux du pain pour eux... Ils dorment, ajouta la Garcin, en désignant les enfants d'un geste farouche.

Dois-je les éveiller pour qu'ils t'en demandent encore?..

— Laisse-les, laisse-les!

— Tu es lâche!

— Ne m'insulte pas, car je ne sais vraiment pas de quoi je deviendrais capable.

— Ecoute. Il fait nuit. Les passants sont rares, mais tu peux choisir parmi eux. Il ne faut que la bourse d'un seul!...

— Tu me fais horreur.

— Et moi je te méprise!

La Garcin était dans un état affreux. Il fallait que le désespoir eût bien égaré cette pauvre creature pour qu'elle parlât ainsi.

L'infortunée avait un aspect farouche; ses cheveux dénoués flottaient sur ses épaules. Elle avait les dents serrées, la voix et la respiration sifflantes. Son regard lançait des éclairs, tandis qu'une sueur froide baignait ses tempes. Elle saisit son mari par le bras.

— Si je pouvais faire, moi, ce que je pense!

— Epargne-moi, de grâce!

Elle bondit comme une bête fauve.

La Garcin avait pris une résolution subite. Dans un coin était un énorme couteau de cuisine. Elle s'en empara.

— Que vas-tu faire?

— Les tuer eux! Il vaut mieux qu'ils meurent tout de suite, ces malheureux, qu'après une longue agonie.

— Femme, tu as réellement perdu toute ta raison.

— Eh bien oui, je suis insensée, et c'est toi qui en es la cause. Ne me retiens pas, autrement je te frappe le premier!

Garcin eut un frémissement. Un nuage de sang venait aussi de passer devant ses yeux.

— Tue-moi, tue-moi, je t'en supplie... Je te bénirai, murmura-t-il.

— Il préfère que ce couteau serve pour lui et pour ses enfants plutôt que pour d'autres!

L'ouvrier avait, à son tour, entièrement perdu la raison.

— Tu te trompes peut-être... Donne cette arme !...

— Enfin !

— Malheur à qui je rencontrerai !

— Va !

Elle lui ouvrit la porte en faisant entendre un rire sauvage. Son mari se précipita dans l'escalier.

Elle sortit, elle aussi, sur le palier où était une fenêtre qui donnait sur la rue. Elle l'ouvrit avec peine, puis regarda Garcin qui s'embusquait dans un coin sombre.

Un moment s'écoula. Personne ne passait.

Enfin, un bruit de pas se fit entendre.

Un homme apparut.

Il était enveloppé d'un ample manteau et marchait d'un pas assez rapide.

Le cœur de la malheureuse battait à se rompre.

— Ah ! c'est horrible, dit-elle, c'est horrible !

A ce moment, si elle eût pu retenir Garcin, elle l'eût certainement fait.

Cependant l'inconnu était arrivé devant l'endroit où se trouvait le mari.

Soudain Garcin s'élança et l'inconnu recula.

Un cri terrible se fit entendre. Puis plus rien.

La Garcin tomba évanouie.

CHAPITRE II

Le Débit.

L'obscurité avait empêché la Garcin de voir exactement ce qui s'était passé.

L'ouvrier s'était précipité vers le passant, en agitant son couteau.

— Votre argent! avait-il dit d'une voix sourde.

Le personnage auquel s'adressait le malheureux père avait d'abord éprouvé une sorte de saisissement.

Mais il s'était vite ravisé et avait engagé une lutte à la suite de laquelle il avait réussi à désarmer et à terrasser son agresseur encore faible et malade.

Ce fut Garcin qui poussa le cri qui avait tant ému la pauvre femme.

Le passant appuyait son genou sur la poitrine de l'ouvrier.

— Il faut être plus robuste que tu ne l'es, mon bonhomme, pour faire un semblable métier!

— Grâce!

— Relève-toi et viens avec moi chez le commissaire de police. Tu paieras cette petite affaire de vingt ans de pré... Oh! oh! cela n'a pas l'air de te faire beaucoup de plaisir!

L'exaltation de Garcin était passée; il voyait dans quel abîme il était tombé.

— Pitié! Pitié pour mes enfants!

— Allons, allons, il ne s'agit pas de tout ça... Nous la connaissons... Les enfants!... C'est le *débit*, c'est l'eau-de-vie, ce sont peut-être les femmes.

11.

L'inconnu saisit Garcin par le bras dès qu'il fut sur pied.

— Je vous assure, Monsieur, dit celui-ci que je ne vous mens pas, que je suis père d'une nombreuse famille...

— C'est possible, mais elle doit être le cadet de tes soucis...

— Au contraire...

— Ne crois pas m'attendrir en me parlant ainsi... Tu serais moins intéressant. Viens!

— Vous n'avez aucune compassion...

— Oh! certes non... Mais tu peux m'être utile et qui sait si le hasard qui t'a engagé à me demander ma bourse n'a pas bien fait les choses? J'ai besoin de t'examiner, car si tu n'as pas beaucoup de force, la bonne volonté ne me semble pas du moins te faire défaut, et quelquefois cela vaut mieux que le reste... Suis-moi et surtout ne songe pas à m'échapper... Je te rattraperais facilement et tu serais alors bien perdu!

— Je ne puis que vous obéir...

Ce fut près du port, dans une petite rue qui va de la rue de la Savonnerie au quai de Paris, que Garcin fut conduit par l'inconnu.

Celui-ci s'arrêta devant une boutique de cette rue, qui s'appelle rue de la Tuile.

La boutique était fermée, mais on voyait encore de la lumière dans l'intérieur par les fissures de la devanture. Un bruit de voix indiquait aussi qu'il y avait encore un certain nombre d'individus en cet endroit.

Le personnage avec lequel se trouvait Garcin frappa assez rudement.

Immédiatement le silence régna.

— Qui est-là? fit-on.

— Moi.

— Qui toi?

— Ami!

— Passez votre chemin... La boutique est fermée... Il n'y a plus personne.

— Ouvrez donc, père Printemps... Vous ne recon-
naissez donc plus la voix de Macaire?

— C'est différent.

La porte basse du magasin s'ouvrit aussitôt et les
deux nouveaux venus pénétrèrent dans le débit, car
c'en était un, et des plus mal famés.

A Rouen, les marchands de vin sont tout simplement
des *débits*, par la raison primordiale qu'on n'y vend
que rarement du vin.

Une odeur âcre produite par la fumée du tabac de
mauvaise qualité saisissait en entrant dans ce lieu. On
apercevait, au milieu d'un nuage épais, une réunion,
aussi nombreuse que peu choisie, qui consommait, debout
devant le large comptoir doublé de zinc où trônait le
père Printemps.

Cette réunion était composée de repris de justice,
de chiffonniers, de mendiants, d'individus exerçant des
professions peu avouées et peu avouables.

Du reste le patron avait une telle confiance en sa
clientèle qu'il enfermait sa recette dans des caisses
qu'il faisait enlever toutes les heures.

Le débit en question a disparu aujourd'hui, mais on
peut en voir actuellement un du même genre dans la
rue de la Savonnerie, au coin d'une ruelle qui va à la
place des Arts.

Comme dans celui où nous pénétrons, et qui était
son voisin, on boit en grande quantité de la *roulante*,
de la *commune*, ainsi désigne-t-on l'eau-de-vie ordinaire
qui débilite l'estomac, mais gratte agréablement les
gosiers peu délicats.

Le père Printemps paraissait plein de considération
pour Macaire, qui ne fit que traverser la première salle
du *débit* pour entrer dans une seconde où on était assis.

Quelques femmes, dont le débraillé faisait deviner la
profession, riaient et causaient librement avec les
clients. Elles consommaient aussi, mais elles laissaient
la *roulante* ou la *commune* aux hommes.

La plupart d'entre elles lui préféraient des liqueurs infiniment plus distinguées, telles que *l'huile de Vénus*, le *délice des dames* et le *parfait amour*. Cette dernière liqueur avait surtout du succès auprès de ces négociantes, qui n'avaient jamais pu probablement vendre semblable marchandise.

Le père Printemps fit évacuer une table, qui n'était occupée que par des femmes, pour la céder à Macaire et à son compagnon.

— Je vous demande pardon de vous avoir fait attendre, mais je suis obligé de fermer de bonne heure. Si la police savait que je reçois malgré cela des consommateurs, elle me mettrait en contravention. N'entendait-on pas de bruit au dehors ?...

— On s'apercevait fort bien que votre boutique était pleine.

— Vous voyez ça... on veut ma ruine décidément !

Le père Printemps, furieux, s'empressa d'aller gourmander les buveurs de la première salle...

Garcin et Macaire se trouvèrent assis l'un en face de l'autre.

Le complice de Dorgeval avait peu changé depuis l'époque où nous avons fait sa connaissance, c'est-à-dire depuis quinze ans environ. Il était toujours maigre, anguleux, et n'avait pas perdu son air à la fois goguenard et effronté.

Les cinquante mille francs qu'il avait touchés du négociant ne paraissaient guère lui avoir profité, car sa mise était loin d'être élégante. Si Garcin l'eût examiné avec plus de sang-froid, ou eût pu bien le voir dans l'obscurité, il ne se fût certes pas adressé à lui.

Tandis que le malheureux ouvrier obéissait machinalement à Macaire, celui-ci était heureux de son aventure. Son attitude vis-à-vis de son prisonnier était à peu près celle d'un chat qui joue avec une souris avant de la dévorer.

L'ancien employé de Dorgeval n'avait certainement

pas l'idée de livrer à la police le malfaiteur qui l'avait arrêté.

Il avait trop en horreur celle-ci et estimait que c'était à elle de faire son métier et non pas à des gens de son espèce de lui servir d'auxiliaire.

Son but était seulement de voir quel parti il pourrait tirer de cette rencontre.

Le bandit qui lui avait demandé son argent avec un couteau à la main serait-il susceptible de lui servir à l'occasion d'auxiliaire dans l'exécution de quelque plan ténébreux ?

Macaire avait toujours les mêmes idées, employer un autre pour accomplir les choses dangereuses et profiter du crime.

La fin prématurée de Thibert n'était pas faite pour l'engager à changer de ligne de conduite. Lorsqu'il pensait au médecin à la corde, il se disait qu'il avait été bien adroit de se servir de lui sans exciter les soupçons de la police et de faire taire ensuite ce triste personnage jusque sur l'échafaud.

Macaire fut peu satisfait de Garcin. Après un certain nombre de questions, il en arriva à se convaincre qu'il n'avait pas affaire à un malfaiteur convaincu, et à croire que la nécessité la plus cruelle avait en effet forcé un ouvrier jusque-là courageux pour le bien à descendre dans la rue.

Il devint alors très-dur avec le pauvre père, il lui fit de la morale à sa façon.

— Tu vois, lui dit-il, à quoi cela sert d'être honnête et comme la société vous en sait gré. On travaille pendant de longues années pour vivre tous les jours, puis, un moment, les forces vous font défaut, et croyez-vous qu'elle vous vienne en aide ?... Elle vous laisse mourir de faim... A quoi cela sert d'avoir obéi à ses lois ?

Garcin ouvrait de grands yeux. Il ne s'attendait pas à ce que son agression nocturne eût pour résultat de lui faire entendre un pareil langage.

Macaire fit apporter de l'eau-de-vie.

— Allons, bois cette tournée de *roulante* et va-t-en... Laisse-moi cependant ton adresse... Peut-être irai-je te voir et te trouverai-je en bonne disposition comme tu l'étais tout à l'heure...

Garcin absorba le verre plein qui était devant lui puis, un peu surpris par la force de l'alcool, il se leva en balbutiant quelques paroles de remerciement.

Macaire le regarda, d'un air de pitié, s'éloigner et sortir. Il secoua la tête comme s'il eût voulu dire : « Je n'obtiendrai jamais grand'chose de celui-là ! »

Il se fit ensuite servir d'un certain *genièvre brut* dont on faisait grande consommation dans ce temple de l'alcoolisme du plus bas étage.

CHAPITRE III

Charlot et la Rieuse

Pendant que Macaire buvait à petites gorgées son *genièvre brut*, liquide aussi gai que le *porter*, mais infiniment plus redoutable, un nouveau personnage faisait son entrée dans la salle.

C'était un grand garçon pâle et maigre, âgé de vingt ans, qui paraissait s'être glissé dans le *débit*, tandis que Garcin en sortait, et malgré l'opposition du père Printemps. Celui-ci, en effet, était fort irrité.

— Eh! Charlot, que viens-tu faire ici?...

— Vous voir!

— Je t'avais déjà dit que je ne voulais pas de tes visites. Quand me paieras-tu?

— Quand j'aurai de l'argent!

— Tu n'en as jamais!

— Pour quelques verres de poison que vous m'avez versés et que je vous dois, c'est bien la peine de faire tant de bruit...

— Tu es entré malgré moi...

— C'est vrai, vous n'êtes pas poli... Vous vouliez me fermer la porte au nez...

— Faudrait se gêner avec Monsieur!...

— Pourquoi pas?... J'en vaux bien un autre... N'est-ce pas?

Charlot adressait ces dernières paroles à deux ou trois des habitués. Il eut soudain une exclamation en remarquant seule à une table une fille qui avait devant elle une assiette et un gobelet d'étain.

— Ah! c'est toi, Marie la Rieuse !... Je croyais que le vieux pingre ne te laissait plus pénétrer ici... Tiens! on va même te servir de quoi manger !...

La fille à qui s'adressait Charlot devait avoir dix-neuf ans.

Son teint était pâle, ses yeux fatigués. Néanmoins elle était jolie avec ses cheveux noirs négligemment noués.

Les vêtements qu'elle portait étaient plus simples que ceux des autres femmes installées dans la taverne, mais ils étaient aussi plus propres et plus décents.

Elle avait un petit bonnet blanc sur le haut de la tête, une robe de laine grise et un large fichu à carreaux.

La Rieuse n'avait pas l'air effronté de ses compagnes.

Il y avait quelque chose de doux et de triste dans son visage malgré le surnom qu'on lui avait donné.

Elle tendit la main à Charlot.

— Je suis bien aise de te voir. Tu me tiendras compagnie.

— Tu as donc beaucoup d'argent, la Rieuse, pour que l'on te donne à souper, ce que le père Printemps ne permet pas d'habitude ?...

— Fais-toi apporter un couvert, si tu veux; je te raconterai tout.

Charlot frappa sur la table : un garçon apparut.

— Une assiette et une cuiller, Godinot! Je boirai dans ton gobelet, Rieuse, pas vrai ?...

— Comme tu voudras !...

Le garçon regarda de travers Charlot et alla transmettre à Printemps les ordres qui lui étaient donnés.

Celui-ci eut un geste énergique qui signifiait clairement : « Je ne veux pas ! »

Godinot revint d'un air railleur.

— Le patron me défend de servir Monsieur qui n'a qu'à évacuer l'établissement.

La Rieuse se leva.

— C'est ce que nous allons voir !

Elle se dirigea vers le comptoir du débitant de liqueurs et lui parla à voix basse avec animation.

— Cela ne me plaît pas, disait Printemps.

— Cela me plaît !

La fille finit par l'emporter. D'ailleurs elle prit elle-même l'assiette et la cuiller qui lui étaient refusés et les déposa devant Charlot.

Celui-ci riait !

— On te permet des libertés aujourd'hui, Rieuse. Avant-hier, on te mettait à la porte.

— C'est que les choses sont bien changées depuis avant-hier.

— Comprends pas.

— Figure-toi que ce filou de père Printemps s'est avisé de tomber amoureux de moi !

— Oh ! Oh ! La plaisanterie est bonne.

— Oui, me voyant l'autre soir sans le sou, il a essayé de me déclarer sa flamme.

— C'est bien drôle ! Le vieux bonhomme devait être beau. Rieuse, je ne te fais pas mon compliment. Tu pouvais rencontrer mieux... Que lui as-tu répondu ?

— Je l'ai repoussé de telle manière que, furieux, il m'a jeté à la porte sous prétexte que je n'avais pas d'argent. Il fut sans cœur, car il faisait bien froid et j'étais venue seulement pour me réchauffer...

— Ma pauvre Marie...

— Eh bien ! qu'as-tu, Charlot ?

— Rien. Tout aujourd'hui m'afflige...

— Voici qui va te rendre gai.

Le garçon mettait en effet sur la table une grande soupière laissant échapper une vapeur qui devait être terriblement appétissante pour un ventre affamé.

— T'as raison, Marie, fit Charlot en humant le parfum, ça me ragaillardit. Je suis mieux... Mais tu ne m'as pas raconté...

— Quoi donc ?

— Pourquoi l'abondance a, comme ça, succédé à la disette?

— Tu n'as donc pas compris?...

— Ma foi non.

— Ce que j'ai refusé avant-hier au père Printemps...

— Ah!

— Aujourd'hui... Mais qu'est-ce que tu as donc, Charlot?

Le jeune homme était devenu livide.

— Tu t'es donnée à lui?...

— Je lui ai vendu pour du pain...

— Le misérable!

— Que veux-tu?... Ce n'est pas le premier... Autant à lui qu'à un autre!

— La Rieuse... La Rieuse...

— Serais-tu jaloux?

— Moi, moi!

— Soupe donc alors...

Charlot repoussa son assiette.

— Ce n'est pas ma faute. Je n'ai plus faim, moi!

Il s'accouda et resta silencieux. La Rieuse fut surprise de voir que de grosses larmes sillonnaient son visage.

Il y avait maintenant beaucoup moins de monde dans le débit. Le père Printemps pressait les clients de la première salle de se retirer et n'ouvrait plus aux habitués qui frappaient à la porte.

Macaire ne s'était pas contenté d'un seul verre de genièvre. Il s'en était fait apporter un deuxième, puis un troisième et un quatrième. Il avait devant lui le cinquième qu'il buvait silencieusement tout en regardant la Rieuse qui ne lui semblait pas mal du tout.

— Charlot, disait celle-ci, je ne te comprends pas. Tu n'es pas amoureux de moi, cependant, et, si ça était, tu aurais bien tort.

— Ça me fait de la peine de voir une belle et bonne créature comme toi dans la position où tu te trouves.

— Crois-tu que j'y reste bien volontiers?

— Oh! pourquoi faut-il que tu y sois?

La Rieuse devint pourpre, puis pâle.

— Ne me parle pas de cela, Charlot. Tu ne tiens pas à me faire de la peine, n'est-ce pas?

— Loin de là.

— Une première faute a été commise par moi et je suis devenue... ce que je suis.

— Les pauvres filles trompées ne sont pas les plus coupables et souvent leur séducteur est beaucoup plus vil... Je le sais, moi, car ma mère avait été aussi abusée puis abandonnée lâchement. Elle est morte de chagrin et de misère, et cependant mon père est un homme riche dont elle a vainement imploré la charité!

— Ah!

— Je connais son nom; elle me l'a dit en mourant. J'étais bien jeune, mais je ne l'ai pas oublié...

Charlot ajouta avec expression :

— Je ne l'oublierai jamais!

— Tu le vois; ce sujet de conversation n'est agréable ni pour toi ni pour moi...

— J'aime à parler de ma mère, la Rieuse, car elle m'aimait bien... C'est une consolation lorsqu'on est seul sur la terre de songer que quelqu'un a eu du moins de l'affection pour vous...

— Pauvre Charlot!

— Cela lui faisait beaucoup de peine de me quitter, la chère femme, car elle me laissait absolument sans ressources. Elle devinait l'existence à laquelle j'allais être condamné.

— Comment as-tu vécu?

— Comme j'ai pu, mais beaucoup plus sur les quais que partout ailleurs. Je suis resté longtemps sans domicile, car le propriétaire du logis où ma mère était morte s'était empressé de me jeter dehors. Je couchais tantôt dans les *gondoles* du port, tantôt sur des ballots ou des colis dans les environs de la Douane. Mes déjeuners et mes dîners étaient vite faits : ils se composaient ordinairement d'une *hattignole* d'un sou [1]; aussi on ne m'a jamais vu ni en *riolle*, ni *sâ* [2]. On n'engraisse pas à ce métier!

— Tu n'as pas cherché à entrer dans quelque atelier?...

— Est-ce que l'on prend dans les ateliers les gamins sans parents et sans domicile. J'ai fait de tout excepté quelque chose de régulier. Maintenant je suis commissionnaire. J'attends les voyageurs au chemin de fer pour porter leurs paquets ou leurs bagages. Triste profession lorsqu'on n'a même pas pu être autorisé!

— Tu finiras par en trouver une meilleure.

— Je peux dire cependant une chose, la Rieuse, c'est que je n'ai pas à me reprocher la moindre mauvaise action. Tout petit, j'avais le vol en horreur et je n'ai jamais songé à m'approprier ce qui ne m'appartenait pas. Je n'ai jamais fait de tort à personne et, si je suis arrivé à devoir quelques tournées à Printemps parce que je suis venu cet hiver me réchauffer ici, quoique n'ayant pas d'argent, il peut être certain qu'au premier voyageur généreux que je rencontrerai, il sera payé.

— Je n'ignore pas que tu es un brave garçon.

— Je suis parvenu à avoir maintenant une chambre sur la place Gaillarbois... Si jamais tu es en peine d'un asile, quoique celui-là soit bien modeste...

— Oui, tu ferais de moi ta maîtresse! dit la Rieuse avec une certaine amertume.

— Non, non, Marie, ce n'est pas ce que je veux dire. Je ne t'adresse pas une proposition semblable parce

---

1. Produit culinaire tout rouennais que l'auteur ne recommande pas aux délicats. Cela se fait avec les raclures des billots de charcutier, les déchets du fromage d'Italie, boulangés et roulés en boule sur un lit de saindoux avec beaucoup de mie de pain et un peu de lait.

2. A Rouen on dit de quelqu'un qui a bien déjeuné qu'il est en *riolle*, et quand avec cela il a trop bien dîné qu'il est *sâ*. (*Ouvrage sur Rouen de M. Lucien d'Hura.*)

que, si tu étais à moi, je voudrais être aimé autrement que tu n'as aimé jusqu'ici... Ce serait pour la vie, entends-tu ?...

Charlot avait pris la main de la Rieuse et sa voix tremblait d'émotion. La jeune femme le regardait avec étonnement et se sentait plus touchée qu'elle eût voulu le laisser voir.

Soudain une voix railleuse, insultante, vint troubler leur tête-à-tête.

Une main se posa sur l'épaule de la Rieuse.

— Allons! c'est toi que je choisis ce soir...

C'était Macaire, tout à fait ivre, qui avait quitté sa place et s'était avancé en titubant.

La Rieuse repoussa avec dégoût l'ivrogne.

— Voyons! qu'est-ce que c'est? fit celui-ci. Croche-moi [1] et sortons, ou sinon je cogne...

— Charlot, protège-moi!..., dit la fille épouvantée.

— Sois tranquille.

Le jeune homme se leva.

— Allez-vous-en!... Malheur à vous si vous touchez à cette femme!

— De quoi donc tu te mêles, Gringalet! Ah! je comprends... Rassure-toi, je la paierai...

— Misérable!

Macaire voulut s'élancer sur Charlot; ce dernier lui donna un coup de poing qui le renversa.

— Partons, dit la Rieuse.

Mais Charlot était resté, les bras croisés, tandis que Macaire se dressait ..

— Tu vas me la payer, grommelait l'ancien employé de Dorgeval. Tiens!...

Avant que l'ami de Marie la Rieuse eût pu se douter de ce qu'allait faire son adversaire, celui-ci s'était emparé d'un énorme pot de bière et le lui avait jeté à la tête.

---

1. Terme rouennais pour « donne-moi le bras. »

12.

Charlot, grièvement blessé, poussa un cri et s'affaissa sur un banc. Tandis que le tumulte faisait accourir le père Printemps, la fille qu'il avait essayé de défendre se précipitait vers lui.

CHAPITRE IV

Une fête chez Dorgeval.

Le lendemain de la scène que nous venons de raconter, il y avait bal chez M. Dorgeval, le négociant de la rue aux Ours.

Comme le privilège du romancier est de passer des plus tristes logis aux plus luxueux, de pouvoir décrire les fêtes les plus brillantes après avoir fait assister aux drames les plus lugubres de la misère, nous allons pénétrer chez l'homme que nous avons vu jadis en proie aux plus terribles angoisses, et que nous retrouvons riche et heureux, du moins en apparence.

Au moment où nous entrons chez Dorgeval, le bal est dans son plus brillant moment.

Les salons sont splendidement ornés et éclairés. Ce n'est partout que lustres, dorures, glaces, fleurs. L'élite de la société rouennaise est réunie, et le luxe des toilettes, l'éclat des parures contribuent à rendre encore le spectacle plus éblouissant.

Il y a beaucoup de jeunes et jolies femmes que l'animation du plaisir fait paraître plus belles. La gaieté est sur tous les visages, et le maître de la maison lui-même, qui s'acquitte fort bien de sa tâche, semble se féliciter qu'on s'amuse chez lui.

Tandis que les accords d'une valse se font entendre, Dorgeval croit pouvoir cependant se réfugier dans une serre qui forme comme une immense rotonde de cristal au fond du grand salon.

Cet endroit était pour le moment désert ou du moins

il parut tel au négociant qui perdit aussitôt le sourire
qui était pour ainsi dire stéréotypé sur ses lèvres.

Une expression d'amertume remplaça son air content
et heureux. Il s'assit sur un divan placé dans un massif
d'arbustes et tomba dans une sorte de rêverie évidemment douloureuse et dont il ne fut tiré que par un
bruit de voix qui se fit entendre à côté de lui.

— Eh bien, disait un des causeurs, que pensez-vous
de cette fête?

— Je ne croyais pas qu'on déployât en province
autant de faste et d'élégance.

— Vous êtes singuliers, vous autres Parisiens; vous
vous imaginez avoir le monopole du luxe, parce que
c'est vous peut-être qui l'avez inventé. Nous avons
aussi de grandes fortunes...

—Oui, mais elles ne savent pas se montrer d'habitude.

— Vous voyez bien la preuve du contraire...

— C'est vrai... Cette maison Dorgeval est, m'a-t-on
dit, une des plus anciennes de Rouen et sa prospérité
est toujours allée croissant...

— Il y a eu un temps d'arrêt, paraît-il. Vers 1844 ou
1845, ses affaires n'allaient pas très-bien. M. Dorgeval
a même échappé avec assez de peine à la faillite...

— Comment a-t-il pu se sauver?

— On l'ignore... Au moment où l'on s'attendait à le
voir suspendre ses paiements, il s'est relevé tout d'un
coup. Son crédit s'est affirmé et est devenu plus considérable qu'il ne l'avait jamais été.

— Le négociant a été aidé en temps opportun.

— J'en doute, car, à cette époque, M. Dorgeval fils,
comme on l'appelait encore, n'avait pas beaucoup
d'amis...

— Il était malheureux... Cela ne me surprend pas.
Donec eris felix, etc...

— Il n'était pas sympathique. Sa fierté était insupportable; son caractère hautain... Il a bien changé
depuis...

— Les épreuves modifient les hommes....

— Je ne serais pas étonné que, dans la vie de celui-ci, il y ait eu une chose qui l'ait bouleversée. Il y a long-temps que j'observe et je suis physionomiste... Je dois l'être...

— Parbleu ! vous êtes magistrat...

— C'est mon métier en effet... Cet homme cache un secret... De quelle sorte ?... Je l'ignore, mais c'est pour lui un ver rongeur... Je l'ai observé avec attention...

— Pourvu que vous n'alliez pas vous figurer, mon cher instructeur, que notre hôte est un gredin et que le remords...

— Je ne dis pas cela; si je le pensais même, je ne serais pas ici...

— Je le crois sans peine...

— M. Dorgeval et le changement radical qui s'est opéré en lui me font, malgré moi, songer à une des plus curieuses affaires dans lesquelles j'ai été appelé à requérir...

— Racontez-moi donc.

—Il s'agissait d'un misérable qui, après avoir torturé sa femme de toutes les manières, avait fini par l'empoi-sonner. On ne se douta pas qu'il eût poussé aussi loin la scélératesse et il n'y eut même pas d'enquête... Que fit l'individu en question?

— Il se remaria.

— Précisément.

— Et il versa du poison à sa nouvelle femme?

—Non certes... Il fut le modèle des maris, des pères, jusqu'au moment où le remords le poussa à se dé-noncer.

— Je ne comprends pas la ressemblance...

—Je ne vous ai pas dit qu'il y en eût la moindre...

— Il avait fallu que mon individu commît un crime pour qu'il devînt tout à fait le contraire de ce qu'il avait été...

— Vous soutenez une thèse étrange.

— Encore une fois je ne soutiens rien...

— Mais alors...

— Je ne tire de mon récit qu'une seule conséquence, c'est qu'il faut une catastrophe quelconque pour modifier aussi complétement un homme que l'est M. Dorgeval... J'étais déjà à Rouen, en 1844, l'année de l'affaire Thibert, dite du médecin à la corde...

Les deux personnages s'éloignèrent sans se douter que leur bizarre conversation eût été entendue précisément de celui qui en était l'objet.

Qu'eussent-ils pensé s'ils eussent vu la pâleur affreuse qui avait couvert le visage du malheureux négociant?...

Ce dernier avait reconnu, dans le plus âgé, l'un des plus hauts magistrats de la cour d'appel de Rouen, et dans l'autre, une sommité médicale de Paris actuellement de passage et qu'il avait invitée à la demande d'un de ses amis.

Le malheureux était consterné. Ainsi, sans qu'il s'en fût douté jusqu'alors, il était l'objet d'une sorte d'examen de la part d'un de ceux que la société charge de punir le crime.

Sur son visage se lisaient donc les tortures de sa conscience! Le magistrat instinctivement avait aperçu le signe que Dieu avait imprimé sur le front de Caïn après le meurtre d'Abel et que ceux qui ont versé le sang portent tous!..

Cette marque fatale, il lui semblait que désormais chacun allait la voir!..

Voilà ce que, dans le délire qui s'emparait de lui, se disait Dorgeval, voilà l'épouvantable crainte qui l'agitait et le rendait fou lorsque soudain une radieuse jeune fille apparut dans la serre :

— Enfin, je vous retrouve, mon père... depuis que je vous cherche!

Dorgeval leva la tête et une lueur de joie et d'espoir passa dans son regard.

— Qu'avez-vous?... Vous paraissez triste, accablé!... Seriez-vous malade?...

— Non, Camille, je ne suis que fatigué!

La charmante enfant avait dix-huit ans à peine. Il était difficile d'imaginer beauté plus complète et plus originale à la fois.

Aimez-vous les rousses? Hélène, la plus belle femme de l'antiquité l'était, et les Grecs firent pour cette fille de Jupiter et de Léda la guerre de Troie.

Les cheveux de Camille étaient d'une nuance dans laquelle l'or et le fauve étaient mélangés. Ses yeux verts avaient aussi un jaune reflet.

Son teint était d'une blancheur d'ivoire et ses traits d'une délicatesse exquise.

Elle était grande, élancée. Son cou avait une grâce amoureuse. Rien de plus doux que son sourire.

Elle avait le port d'une reine, et, pour compléter la ressemblance, elle était couronnée d'un diadème de perles fines.

Sa toilette se composait d'une robe de satin blanc avec des perles semblables à celles qui ornaient sa splendide chevelure.

Elle se pencha vers Dorgeval et essuya avec son mouchoir brodé et parfumé la sueur de son front. Il sembla au négociant que c'était un ange qui mettait du baume sur ses blessures.

— Pauvre père, ces soirées qui me plaisent tant sont en effet bien pénibles pour vous, qui êtes obligé d'en faire les honneurs. Vous auriez pu vous faire remplacer un moment par Lucien qui en est bien capable...

Dorgeval souriait.

— Tu crois?

— Mais certainement... Vous doutez de lui?..

— Oh! non...

— A la bonne heure... Vous seriez injuste autrement... Je ne veux pas que vous le soyez.

— Cher despote!.. Tu tiens donc en toute chose à m'imposer ta manière de voir...

— Je ne m'en cache pas... Voyons... n'êtes-vous pas obligé de reconnaître presque toujours que j'ai raison?

— J'y mets de la bonne volonté.

— Méchant! Êtes-vous mieux maintenant?..

— Grâce à toi, grâce à ta présence... Nous allons rentrer dans le bal... petite fée, tu as dissipé mon malaise.

Un instant après, Dorgeval, souriant de nouveau, faisait sa réapparition dans les salons, et Camillo, invitée peu après par le fils du négociant pour une mazurka, disparaissait avec lui dans un flot de gaze et de dentelles.

CHAPITRE V

Propos de Bal.

— Alors cette ravissante créature n'est pas la fille de M. Dorgeval?...

— Il n'a qu'un fils : ce grand garçon de vingt ans que vous avez vu passer donnant le bras à Mlle Camille.

— J'aime ce nom de Camille. C'est le seul, je crois, que l'on puisse donner indifféremment à l'un ou l'autre sexe.

— Je le préfère, toutefois, porté par une jeune fille plutôt que par un jeune homme. Il donne quelque chose d'efféminé au jeune homme, tandis qu'à la jeune fille il lui prête une certaine grâce un peu mâle...

— Vous aimez donc les amazones ?

— Je les adore... quand elles sont jolies.

— Voyez-vous ça, Monsieur le président!

Les deux personnes qui se livraient à ces réflexions étaient le magistrat et le médecin, dont la conversation avait, dans la serre, produit tant d'impression sur Dorgeval.

Ils se sont maintenant réfugiés dans l'embrasure d'une fenêtre d'où ils peuvent assister au bal auquel leur gravité, et surtout leur âge, les empêchent de prendre part.

Devant eux, assises dans des fauteuils, se trouvent deux dames chez lesquelles les désavantages de la maturité sont compensés par une maigreur extrême, ce

13

qui ne les empêche pas d'être outrageusement décol-
letées.

Elles font galerie, comme on dit famillièrement, faute
de danseurs intrépides. De notre temps, le courage se
perd et l'abnégation n'existe plus, même dans la bonne
société.

Ces dames, justement mécontentes, se vengent en
disant du mal des invités qui défilent devant elles et
principalement des maîtres de la maison.

Un moment, leur conversation presque à haute voix
obligea, pour ainsi dire, le magistrat et le médecin à
écouter.

Elles parlaient de Camille.

— Mais enfin d'où vient-elle?

— Qui est-elle?...

— Ce n'est pas une parente...

— Dans ce cas on saurait son nom...

— Il paraît qu'elle n'en a pas... Elle s'appelle
mademoiselle Camille tout court.

— On m'a assuré que madame Dorgeval jadis l'a
recueillie...

— Dans quelque hospice sans doute?

— Les gens riches qui n'ont pas d'enfants se donnent
quelque fois le luxe d'aller chercher là, parmi les petits
malheureux...

— M. et madame Dorgeval ont un fils, cependant.

— Cela ne leur suffisait pas.

— En tout cas, c'est un mauvais service qu'ils
auront rendu à cette jeune fille... Ils l'ont élevée
comme si elle devait avoir une grande fortune... Ils lui
ont donné des habitudes de luxe et lorsqu'il lui faudra
les quitter...

— Elle a de la chance au contraire... On lui assurera
sans doute un avenir; elle aura une dot...

— J'estime que M. Dorgeval et sa femme n'ont pas
le droit de déposséder leur fils au profit d'une créature
sortie on ne sait d'où... Et je ne les crois pas assez

riches pour que le jeune homme ne se ressente
pas...

Une des interlocutrices baissa la voix.

— Ne trouvez-vous pas que cette jeune fille a une
position bien singulière dans la maison... Tant qu'elle
était enfant... Mais à présent...

— Il est bizarre qu'ils ne le comprennent pas...

Le médecin et le magistrat se regardèrent. Ils
voyaient les dames maigres carrément engagées sur le
chemin de la médisance, le plus court pour arriver à la
calomnie.

A ce moment même, Camille passait avec une de ses
amies. Elle eut un sourire des plus aimables pour les
deux duègnes qui lui répondirent avec obséquiosité et
qui recommencèrent leurs propos dès qu'elle se fut
éloignée.

— Quelle toilette!

— Elle vous a des allures de grande dame, cette
enfant trouvée!

— Elle l'est peut-être, ma foi!

— A moins que ce ne soit quelque fille de chambre
trompée qui en ait fait hommage à l'hospice.

— C'est même beaucoup plus probable.

— Tiens, mais n'est-ce pas mon frère qui lui parle?...

— Il lui demande sans doute une valse, car elle
l'inscrit sur son carnet.

— C'est drôle comme ces créatures attirent les
hommes.

— Il en est toujours ainsi.

Le médecin et son compagnon, fatigués de ces
paroles malveillantes, quittèrent leur place. Le médecin
ne tarda pas à avoir une exclamation de surprise...

— Je ne me trompe pas, c'est lui... C'est toi,
marquis... Rodrigues!

Le personnage ainsi interpellé se retourna brusquement et eut une exclamation de joyeuse surprise.

— Ah! c'est vous, mon cher maître! Je suis content, bien content de vous voir. Mais par quel hasard?

— Une consultation au Havre... J'ai eu l'idée, à mon retour, de m'arrêter à Rouen pour y serrer la main à un de mes amis les plus chers... Je ne croyais pas te rencontrer... Il est vrai que, depuis le temps que tu as disparu, il fallait bien que tu fusses quelque part...

— Oui, et ce qu'il y a de plus bizarre, c'est que moi aussi je suis médecin... J'exerce ici... J'y ai une clientèle!....

— Par exemple!

Rodrigues prit un instant le docteur à part et lui dit quelques mots rapides qui parurent fort l'étonner.

— Le seul nom que l'on sache c'est le prénom sous lequel vous m'avez désigné. Je ne veux pas que l'on en connaisse d'autre... Je vous expliquerai pourquoi... Puis-je compter sur votre discrétion?...

— Absolument.

Rodrigues parut satisfait. C'était un homme de haute taille qui devait avoir une quarantaine d'années. Il était brun, avait des yeux noirs et vifs. Son visage, sa personne entière portaient un cachet suprême de distinction.

En analysant les traits de Rodrigues, on y apercevait peut-être une teinte générale de tristesse et de mélancolie... Les passions avaient dû faire leur jouet de cet homme, car elles avaient laissé sur son front, près des tempes, leur marque indélébile.

Un flot de danseurs le sépara, ainsi que le médecin, du magistrat, ou peut-être ce dernier s'éloigna-t-il par discrétion. Ils s'aperçurent qu'ils étaient restés seuls.

Rodrigues entraîna alors son vieux professeur dans un salon écarté.

— Je ne vous raconterai pas tous mes malheurs, je souffrirais trop... J'ai une propriété près d'ici, à Croisset... J'y ai d'abord vécu cinq ans dans la solitude. Mais, depuis un nombre semblable d'années, j'ai eu

l'idée d'utiliser au profit de ceux qui souffrent la science
que j'ai acquise avec vous. C'est dans une pauvre demeure que j'ai rencontré madame Dorgeval et mademoiselle Camille qui apportaient des secours et des
consolations. Je suis devenu un peu leur ami et elles
m'ont invité dernièrement à cette fête... Je n'ai pas cru
pouvoir leur refuser, mais ce salon est le seul de
Rouen où j'aille, où je sois capable d'aller, et ma présence même y cause assez d'étonnement !...

Rodrigues ne se trompait pas. On était fort surpris
de ce qu'il eût fait une exception à ses habitudes casa-
nières en faveur des Dorgeval et on s'était même
livré à des commentaires à ce sujet.

— Vous avez donc beaucoup de pouvoir sur le docteur
Gratis pour l'avoir amené à accepter votre invitation,
disait, à ce moment, à madame Dorgeval, un vieux beau
qui sentait sa province d'une lieue.

Docteur Gratis! Rodrigues devait ce nom à ses
confrères qui, eux, n'avaient pas l'habitude de soigner
comme lui gratuitement les malades. Il est vrai que lui
ne voulait admettre que des pauvres dans sa clientèle.

Madame Dorgeval sourit.

— M. Rodrigues a une grande considération pour
ma fille et pour moi. Nous lui avons d'ailleurs promis,
en échange, de nous charger de la famille malheureuse
qu'il voudrait bien nous désigner. Et, tenez, je crois
qu'il vient réclamer l'exécution de notre promesse.

Le médecin des pauvres s'approchait en effet.

— Eh bien, Monsieur Rodrigues, voulez-vous me
donner l'adresse de vos protégés?

— Oh! très volontiers! Je les ai découverts ce
matin et, s'il ne leur fallait que de l'argent, je ne vous
les céderais pas, mais il leur faut plus encore, car ce
sont les victimes d'un effroyable destin. Figurez-vous
un père et une mère qui ont vu mourir de faim deux
de leurs enfants plus un vieillard. Pendant tout cet
hiver, ils ont souffert de la misère la plus atroce, ils se

13.

sont livrés au désespoir... Et cette infortune est immé-
ritée ! Le père est un brave ouvrier que la maladie a
privé de son travail... la mère, une honnête femme qui
a toujours fait son devoir !... Je puis leur venir en
aide... Je puis leur procurer du pain, mais qui les
consolera, mais qui pansera les blessures de leur âme,
leur rendra le courage et l'espoir ? C'est à vous,
madame, et à mademoiselle Camille que je réserve
cette noble tâche !

— Oh ! merci, merci...

— Je vous ai déjà vues à l'œuvre. Vous savez
trouver dans vos cœurs les paroles qu'il faut, celles
qui consolent et qui raffermissent. Nous autres hommes,
nous sommes trop brutaux... Nous n'avons pas cette
patience, cette mansuétude de la charité féminine.
Voulez-vous que je vous conduise chez les Garcin, à la
rue du Ruissel ?

— Quand il vous plaira, docteur. Le plus tôt
possible !

— Demain ?

— Demain, soit !

— Et mademoiselle Camille ?

— Camille y sera. J'aurais trop à craindre les reproches de cette chère enfant, si je ne l'associais pas...

— A toutes vos bonnes actions...! Les Garcin vont me
prendre pour le bon Dieu puisque je vais arriver chez
eux avec des anges!

— Docteur !

CHAPITRE VI

Histoire d'une Conscience.

Deux ou trois jours après la fête donnée par Dorgeval, nous le retrouvons dans le même cabinet de la rue aux Ours où se sont passées plusieurs scènes de ce drame.

Le négociant est sombre et préoccupé. Il songe à l'émotion qu'il a ressentie lorsqu'il a entendu un magistrat exprimer la conviction qu'il y avait un terrible mystère dans sa vie.

L'homme qui avait montré une telle perspicacité ne parviendrait-il pas à deviner de quel genre était le ver rongeur qui consumait son existence?

Quatorze ans s'étaient écoulés depuis que nous avons laissé le complice de l'assassinat de Georges Béraud sur la place même où l'on venait d'exécuter Thibert. Il avait éprouvé un soulagement immense quand la tête de l'immonde scélérat était tombée.

Celui-ci ne parlerait pas ! Le négociant était sauvé !... Mais la vue de Macaire lui avait vite rappelé qu'il y avait un autre homme possesseur de son secret.

Toutefois cet homme, quoiqu'il eût de sinistres plaisanteries, avait autant que lui intérêt à se taire. D'ailleurs, Dorgeval avait tenu vis-à-vis de lui tous ses engagements.

Après lui avoir compté, comme nous l'avons vu, la somme promise, il avait payé exactement à leur échéance les billets qu'il avait souscrits.

Macaire était resté quelque temps à Rouen, étonnant quelque peu les gens qui le connaissaient, par ses dépenses, son luxe qu'il prétendait devoir à un héritage, puis il avait disparu.

Dorgeval n'en avait plus entendu parler et il ignorait que le misérable était de retour depuis peu, ayant entièrement dépensé l'argent que l'assassinat lui avait rapporté.

Le négociant n'avait peur d'être trahi que par sa conscience qui, malgré tous ses efforts, criait hautement contre lui. Jamais adversaire plus redoutable, jamais ennemi plus acharné. Elle le poursuivait sans trêve ni relâche, l'assaillait dans les moments où il semblait la craindre le moins.

Elle lui enlevait le repos de ses nuits et, lorsqu'il s'endormait enfin d'un sommeil agité, elle lui faisait raconter le sujet de ses angoisses.

Oui, Dorgeval avait peur que l'on n'entendît ce qu'il disait dans ses rêves car il savait qu'il s'accusait, qu'il indiquait ce qui causait ses visions effrayantes.

L'infortuné était toujours sur le qui-vive. Il avait dû avoir pour lui un appartement séparé dans lequel il s'enfermait à double tour, ne permettant à personne d'arriver jusqu'à lui lorsqu'il espérait dormir.

Dorgeval voyait surtout l'image de Thibert. C'était bien lui, le médecin à la corde, avec son air fourbe, ses traits saillants, son rictus.

Parfois, il lui semblait que l'étrangleur passait ses mains autour de son cou. Il avait eu peur d'abord, puis l'idée lui était venue que c'était la fin de ses souffrances, qu'il allait dormir d'un sommeil sans cauchemar et sans terreurs, et il avait crié : Serre, mais serre donc !

Vaine espérance, espoir superflu ! Les doigts crochus s'étaient écartés d'eux-mêmes. Il ouvrait les yeux et il croyait entendre un long ricanement.

Chose étrange ! Georges Béraud n'apparaissait pas à l'homme qui avait payé Thibert pour qu'il lui donnât la mort. Ce n'était pas la victime qui venait le tourmenter, mais le spectre de l'assassin !

Une nuit cependant il vit le capitaine. Ce dernier était calme comme la première fois qu'il vint chez lui pour demander de bien vouloir accepter le dépôt de son argent.

— Dorgeval, lui dit-il, considère tout ce que tu as fait. Tu m'as dépouillé, puis tu t'es servi du plus infâme des scélérats pour m'arracher la vie. Il m'a enlevé à l'affection de ma femme qui a perdu la raison de désespoir, puis qui est morte... Il a privé ma fille encore en bas âge de mon appui... Qu'est-elle devenue? Tu l'ignores, toi qui l'as volée aussi, en t'appropriant la fortune de son père... Mon ombre n'est pas attristée cependant de ces catastrophes, car je sais que je serai vengé .. Oui, je serai vengé d'une façon terrible !

Le négociant s'était éveillé plus épouvanté qu'il ne l'avait jamais été par ses autres visions; mais depuis cette époque, et il y avait longtemps de cela, le capitaine ne s'était pas montré à lui.

Sans ses remords, Dorgeval eût été réellement heureux. Nous avons dit que ses affaires n'avaient cessé de prospérer, qu'il avait eu un bonheur inouï dans ses spéculations.

Le changement qui s'était manifesté dans son caractère lui avait rendu la plupart des anciens clients de la maison et lui en avait même procuré de nouveaux.

Il avait le modèle des femmes, l'excellente compagne que nous avons vue si aimante et si dévouée et dont il encourageait si peu l'affection.

Amélie ne tarda pas à se féliciter de le voir plus doux, plus confiant. Il approuvait maintenant ses bonnes œuvres au lieu d'être comme autrefois d'un égoïsme brutal.

Dorgeval mettait à sa disposition de l'argent pour secourir les malheureux.

Peut-être espérait-il désarmer la Providence, peut-être aussi croyait-il, en faisant bénir son nom, que cela l'empêcherait d'être maudit si, par une fatalité incroyable, on arrivait à apprendre qu'il était l'auteur d'un horrible forfait.

Lui qui avait si peu fait attention à son fils jusque-là, se sentait maintenant des entrailles de père!

Le négociant, en un mot, avait été entièrement transformé par les secousses qu'il avait subies. Il ne restait du vieil homme que les souvenirs, mais quels souvenirs, quels affreux regrets!

Camille s'introduisit dans la maison d'une façon assez bizarre.

Un soir d'hiver, Dorgeval rentrait chez lui lorsqu'il trouva dans l'escalier une petite fille qui dormait, pelotonnée dans un coin.

L'enfant était venue chercher là un abri, car la neige tombait à gros flocons dans la rue.

Le négociant la regarda un instant, puis il songea qu'elle devait avoir bien froid.

Jadis, il l'eût peut-être fait chasser, mais, à cette époque, la révolution que nous avons signalée commençait à s'opérer.

Le cœur de cet homme, qui autrefois avait refusé un morceau de pain à la femme qu'il avait séduite et abandonnée avec un enfant, s'émut maintenant de pitié.

Il éveilla le pauvre être qui eût d'abord peur et qui se rassura en entendant des paroles bienveillantes.

— Que fais-tu là? Où sont tes parents?... D'où vient qu'à cette heure tu n'es pas chez toi?... Comment t'appelles-tu?...

L'enfant, qui avait cinq ans, ne répondit qu'à la dernière de ces questions.

Elle dit se nommer Camille.

— Pourquoi as-tu quitté ta mère?

Elle resta silencieuse.

— Elle te maltraitait peut-être?

Il remarqua qu'elle avait des frissons, car elle n'était couverte que de loques et de haillons.

— On te faisait mendier sans doute ?

Elle fit signe que oui.

Il la prit par la main. Elle le suivit sans résistance.

Dorgeval la conduisit à sa femme qui éprouva aussi une grande compassion et qui, immédiatement, s'empressa de couvrir l'enfant puis de la coucher dans un lit bien chaud où elle s'endormit avec une touchante sécurité.

Le lendemain, on essaya de savoir ce qu'était Camille, et on sut qu'elle vivait avec une femme qui lui faisait solliciter la charité des passants.

Cette femme était celle que nous avons vue dans le taudis de la rue de la Rose et qui avait vécu longtemps maritalement avec Thibert.

Dorgeval apprit avec horreur, de cette créature elle-même, ce qu'elle était. Il l'interrogea néanmoins sur la petite fille, et il comprit que celle-ci n'avait rien de commun avec le scélérat et sa digne compagne.

Elle avait été cédée à la mendiante par une vieille qui exerçait la même profession et qui, selon toute probabilité, l'avait achetée ou volée à ses parents.

Cette dernière hypothèse était même la plus vraisemblable, Camille prétendant, dans son langage enfantin, qu'elle avait eu un père et une mère qui l'adoraient.

Le négociant et sa femme éprouvaient un vif intérêt pour elle.

Elle était si gentille, si mignonne. Son corps chétif portait la trace des mauvais traitements qu'elle avait endurés depuis peu.

Ils résolurent de la faire élever à leurs frais, de l'arracher à une misère épouvantable.

La maîtresse de Thibert la réclamait avec insistance. Ils eussent pu invoquer l'assistance de la police ; ils préférèrent compter à la mégère une somme d'argent qui la fit renoncer tout de suite à ses prétentions.

Camille fut mise dans un pensionnat, mais ils s'habituèrent à aller la voir comme si elle eût été leur propre enfant. Elle-même les considéra comme une nouvelle famille qui remplaçait celle dont elle n'avait plus qu'un bien vague souvenir.

Les jours de congé et pendant les vacances on l'envoyait chez eux. Son babil les séduisait et ils le préféraient presque à celui de leur fils qui s'imagina que Camille était sa sœur.

Ce fut ainsi que peu à peu elle prit sa place dans leur foyer. Lorsqu'elle quitta tout à fait le pensionnat, elle resta naturellement chez ses parents adoptifs qui songèrent d'abord à son avenir comme on songe à celui d'une fille.

Amélie tenait beaucoup à elle, mais Camille avait encore plus d'ascendant sur Dorgeval. Elle avait sur lui une influence étonnante, elle aurait pu, si elle avait voulu, en faire l'esclave de toutes ses volontés.

Il lui prodiguait les bijoux. Il satisfaisait ses moindres caprices, et sa femme elle-même, quand elle voulait obtenir quelque chose qu'elle pensait susceptible de subir la moindre résistance de sa part, se servait de l'entremise de Camille.

Peut-être une affection aussi grande eût-elle inspiré de la méfiance à une autre qu'à Amélie ; mais il est des êtres qui ne voient que le bien, de même qu'il en est d'autres qui ne voient que le mal.

Madame Dorgeval appartenait à la première catégorie.

Le négociant ressentait parfois une certaine émotion en regardant sa protégée. Il se disait que ses traits ne lui étaient pas entièrement inconnus et il se demandait qui elle lui rappelait.

Un jour il eut une douleur amère.

Oui, c'était son front, son sourire, son air franc et ouvert.

C'était horrible ! Son imagination troublée, sa conscience, donnaient à la jeune fille qui lui devait une existence paisible et heureuse les traits de sa victime !

Bien loin de lui il chassa cette pensée...

CHAPITRE VII

Menaces.

Dorgeval réfléchissait donc à ce que sa situation avait de pénible.

Il se demandait comment il imposerait silence à la voix terrible qui criait après lui et égarait même parfois sa raison, lorsqu'on lui frappa sur l'épaule.

Il leva la tête avec effarement et se crut de nouveau en proie au cauchemar.

Macaire était devant lui.

Le bandit tendit la main au négociant qui la prit en frémissant.

— Bonjour, cher patron, comment allez-vous, comment vont vos affaires?

— Pas mal...

— C'est-à-dire que tout va bien... J'ai pris mes renseignements.

— Ah!

— Vous êtes riche maintenant... Cela me fait un sincère plaisir...

— Merci...

— Dame! Je suis intéressé à votre prospérité...

— Vous!...

— Ne suis-je pas votre meilleur ami?...

— Vous raillez...

— Je ne plaisante pas... Est-il un homme qui vous ait été plus utile que moi?... Vous étiez perdu, vous étiez ruiné et je vous ai procuré les moyens de vous relever... Sans moi...

14

— Taisez-vous!

— Vous n'aimez-donc pas que l'on vous rappelle les bienfaits dont on vous a accablé, ingrat!

— Je vous ai payé...

— Allons donc! Vous me prenez pour un naïf... Il est des services qui ne se paient pas...

— Que voulez-vous?...

— Patience! Laissez-moi vous rappeler où nous en sommes restés l'un vis-à-vis de l'autre... Vous aviez besoin de deux cent mille francs, je vous en ai procuré deux cent trente mille.

— Moyennant une commission de cinquante mille francs...

— Vous paraissez trouver ce prix élevé... Quel est l'homme qui n'achèterait pas deux cent trente mille francs à de semblables conditions?

— Vous oubliez le reste...

— Quoi donc?... La mort de Georges Béraud!... Ce n'est pas vous qui l'avez tué... Ni moi... Nous avons employé un spécialiste célèbre...

— Misérable! comment as-tu le courage?...

— Je n'aime pas à prendre les choses au tragique... Je ne suis pas comme vous... Ma conscience est restée parfaitement tranquille et je suis persuadé que ce n'est pas votre cas...

— Oh! C'est vrai...

— Vous voyez les avantages de mon caractère... Mais, comme vous le pensez bien, ce n'est pas pour vous entretenir de la situation de nos esprits que je suis venu... Tel que vous me voyez, je n'ai pas été aussi heureux que vous... Tandis que vous vous enrichissiez, je continuais à être poursuivi par ma mauvaise chance et je voyais peu à peu disparaître toutes mes ressources... Il ne me reste plus rien aujourd'hui...

— Je comprends...

— Je m'étais dit cependant que je ferais fortune et, dans ce but, j'ai essayé de toutes les professions depuis

les plus simples jusqu'aux plus invraisemblables...
J'ai même vendu du bois d'ébène.

— Tiens...

— Oui, j'ai fait la traite des noirs et j'ai failli
réussir... Sans les Anglais... Perfide Albion! On apercevait déjà la terre où je pouvais me débarrasser de ma
marchandise avec quatre cents pour cent de bénéfice...
Tout d'un coup l'on signale entre la côte et nous une
frégate.... Me voilà obligé de faire jeter ma cargaison·
à la mer pour éviter d'être pendu!...

— C'est affreux...

— A ma place, vous verriez sans doute dans vos
rêves une cinquantaine de moricauds grimaçants et
gémissants comme vous voyez probablement le capitaine...

— Cessez de plaisanter ainsi...

— Je sais que je vous suis supérieur quoique ayant
eu moins de bonheur que vous...

— Vous êtes modeste...

— J'ai conscience de ma propre valeur... Enfin, je
n'ai cessé d'espérer en vous... Je suis consolé de mes
propres disgrâces en sachant...

— Vous voulez m'exploiter...

— Ce mot est vilain et ne s'emploie pas dans le style
élevé...

— Quelles sont vos prétentions?...

— N'auriez-vous pas besoin par hasard d'un associé?
Dorgeval eut un mouvement de colère...

— C'est trop fort...

— Eh bien oui, voilà mon ambition... Réunir nos
deux intelligences et participer à vos bénéfices... C'est
un projet que je caresse depuis longtemps...

— Je n'ai pas besoin de toi....

— Mais, moi, j'ai besoin de vous...

— Je ne pourrais supporter ta présence...

— Je n'aurais cependant aucune répugnance à vous
fréquenter...

— C'est de l'audace de ta part...

— *Audaces fortuna juvat...*

— Va-t'en !

— Eh bien, non, je ne m'en irai pas, ou, si je m'en allais, vous vous doutez de l'endroit où je me rendrais...

— Où te rendrais-tu?

— Chez le procureur impérial, ma foi... J'y suis déterminé... Si vous ne me procurez pas l'aisance, si vous ne me faites pas votre égal, je vous empêcherai de vivre de votre existence de bien-être et de sécurité... Je vous dénoncerai et nous serons dans une situation semblable, tous les deux poursuivis pour le même crime...

— Après tout, que m'importe? Tu feras ce que tu voudras...

— Ce n'est pas votre dernier mot.

— Je ne changerai pas de résolution.

— Vous refusez de m'intéresser dans votre maison...

— Je refuse.

Macaire eut une grimace de damné.

— Ne me tentez pas!...

— Ce sera peut-être un service... Je recouvrerai une tranquillité relative, je ne verrai plus...

— Détrompez-vous... Dans les prisons, dans les bagnes croyez-vous que les assassins ne soient pas encore poursuivis par le remords?

— On n'a plus la crainte de tomber entre les mains de la justice puisqu'on y est... On ne subit plus ton pouvoir!

— Vous vous révoltez !

— Oui...

— Et votre femme, et votre fils... Ils seront déshonorés!

— L'indignité d'un père, d'un époux, est plutôt considérée comme un malheur que comme une tache...

— Vous croyez?...

— J'en suis certain...

— Ils souffriront, car ils vous aiment...

— Qu'en sais-tu ?...

Macaire s'irritait de cette résistance inattendue...

— Je ne comprends pas votre opiniâtreté... Vos bénéfices sont considérables... vous m'en donnerez une part et je vous aiderai dans vos travaux.

Dorgeval eut un ricanement.

— Tu arranges bien cela... Non, je ne subirai pas tes caprices, non je ne resterai pas sous ta dépendance. Je ne te dois plus rien... Tu as eu ton argent... C'est assez !

— Il ne m'en reste plus... Je suis plus pauvre qu'avant...

— Tant pis pour toi !

Macaire s'était considérablement radouci.

— Il n'est pas possible que vous me laissiez ainsi.

— Dans tes entreprises, dans tes projets, tu n'hésitais pas à te montrer téméraire, te disant : « Si je ne réussis pas, je le retrouverai, lui, et il sera assez lâche pour me payer encore mon silence ! » Tu t'es trompé !

— Procurez-moi au moins un emploi.

— Ah ! tu es devenu plus humble ! Eh bien tu n'auras rien... Je connais ta théorie, tu me l'as jadis expliquée... Tu as beau dire, tu as autant à craindre de la cour d'assises que moi et, si nous y comparaissons, notre condamnation est inévitable à tous les deux... Qu'attends-tu ?.. Allons ! Le procureur impérial te recevra bien et te retiendra...

Le bandit était consterné.

— C'est incroyable ! murmura-t-il. Décidément, vous êtes bien changé... On m'avait déjà dit que vous n'étiez plus le même, mais je ne pensais pas que ce fût dans ce sens... Je m'imaginais que c'était la peur qui vous avait engagé à vous montrer généreux, charitable au point de recueillir chez vous une jeune fille...

— Ah !

— En voilà une qui va être bien surprise quand elle

14.

saura que le Saint-Vincent-de-Paul qui l'a élevée, qui lui a donné un asile, est un vulgaire assassin.

Dorgeval se sentit plus ému qu'il ne l'avait été jusqu'ici.

Macaire, sans se rendre compte de l'effet qu'il produisait, continua :

— Pas de chance de tomber sur un semblable père adoptif!... C'est vrai qu'elle viendra au tribunal et que ce sera une circonstance atténuante...

Le négociant paraissait ne plus entendre le bandit et cependant ces dernières paroles faisaient mille fois plus d'impression sur lui que toutes les autres menaces. Il n'avait plus qu'une pensée :

— Camille connaîtrait son crime, Camille qui le respectait, qui l'aimait peut-être, le mépriserait!

Il n'avait pas songé à cela...

Macaire ne se doutait pas combien la dernière inspiration qu'il avait eue était bonne pour la réussite de son plan. Il regardait cependant curieusement le négociant qui avait mis sa tête dans ses mains et s'était accoudé sur la table.

Voyant qu'il gardait le silence et découragé, il se disposait à s'en aller après avoir fait un dernier appel aux réflexions de Dorgeval lorsque celui-ci se leva et le retint :

— Reste... Je consens à tout...

CHAPITRE IX

Camille.

Nous avons vu ce qu'était la jeune fille qui avait acquis une si grande influence sur Dorgeval.

Il convient de compléter le portrait de Camille que nos lecteurs n'ont vue qu'au milieu d'une soirée, coiffée d'un diadème comme une impératrice ou une reine.

La fille adoptive du négociant joignait à la beauté que nous avons essayé de décrire un esprit enjoué, un cœur sensible et aimant.

Elle savait tout ce qu'elle devait à Dorgeval et à sa femme, et elle leur avait voué une affection profonde qui avait pour base la reconnaissance la plus vive.

Nous avons entendu dans le bal deux dames maigres et sans danseurs trouver singulière la position de Camille dans une maison où étaient deux hommes, dont l'un encore dans la force de l'âge et l'autre ayant vingt ans à peine.

Les deux dames ne faisaient pas ou ne voulaient pas faire attention qu'elle était, pour ainsi dire, couverte par Amélie.

Elles ne connaissaient pas sans doute l'âme pure de la charmante créature qui n'avait jusqu'ici considéré Dorgeval que comme un père, et Lucien, le fils de son bienfaiteur et de sa bienfaitrice, que comme un frère ou un compagnon qui jadis avait partagé ses jeux.

Aucun calcul intéressé n'avait été fait par Camille; elle était incapable d'en faire. Elle ne pensait même pas à l'avenir et se demandait peu ce que feraient les personnes qui lui avaient donné un asile.

Elle avait une confiance absolue en elles, et jadis certains propos de Dorgeval ne lui avaient même pas ouvert des horizons nouveaux.

Ce dernier, en effet, quand elle avait eu seize ou dix-sept ans, avait à plusieurs reprises dit devant elle :

— Il faudra bientôt songer à marier Camille.

— Cela ne presse pas ! s'était hâtée de répondre Amélie.

La jeune fille n'avait prêté qu'une oreille distraite à ces paroles. Une autre aurait rougi parce qu'elle aurait mieux compris de quoi il était question.

D'ailleurs le négociant avait cessé complétement de s'occuper de ce sujet, et lorsque sa femme maintenant y revenait, mais pas en la présence de Camille, c'était lui qui changeait la conversation.

Madame Dorgeval, ainsi que nous l'avons fait connaître, était sans méfiance, et quelle méfiance aurait-elle eue?... N'était-elle pas certaine de connaître toutes les impressions de sa protégée?... Nous le répétons, elle ne songeait pas qu'un danger fût possible même du côté de Lucien.

Celui-ci était considéré encore comme un enfant par ses parents. C'est une disposition naturelle des pères et des mères d'être les derniers à s'apercevoir que leur enfant est devenu un homme.

Lucien était un brave et loyal garçon doué de tous les dons du cœur. Jamais il n'avait éprouvé la moindre jalousie en voyant une étrangère posséder une partie de l'affection de M. et madame Dorgeval, affection qui eût dû lui revenir toute entière puisqu'il était fils unique.

Camille était sa sœur et il semblait ne pas se douter qu'elle pût devenir autre chose pour lui, quand, peu de temps avant la fête donnée par ses parents, il devint soudain plus enclin à la rêverie qu'il ne l'avait jamais été.

La jeune fille fut la première à s'apercevoir du changement qui s'opérait en lui.

Elle en fit part à madame Dorgeval qui crut comprendre que c'était la fin de ses études qui préoccupait son fils, ainsi que les derniers examens.

Pendant la soirée, à laquelle nous avons assisté, Lucien parut recouvrer sa gaieté. Il fut très empressé auprès de Camille, avec laquelle il dansa souvent. Celle-ci ne put s'empêcher de remarquer qu'il était plein d'aisance, élégant dans la plus complète acception du mot, et un des cavaliers les plus accomplis du bal.

Elle se sentait presque fière de lui et, sans se rendre compte pourquoi, elle était très flattée des attentions dont il la comblait.

Elle lui refusa néanmoins un moment une valse en lui disant :

— Mon cher Lucien, il y a d'autres demoiselles ici... D'ailleurs j'ai reçu un si grand nombre d'invitations que je suis retenue jusqu'à la fin.

Son visage s'attrista tellement qu'elle en fut touchée.

— Eh bien soit!... Je danserai la prochaine avec vous, mais on m'accusera peut-être de déloyauté...

Lucien n'eut garde d'oublier ce qui lui avait été promis, et Camille éprouva une émotion qu'elle n'avait jamais ressentie en se sentant enlacée par lui et en entendant le jeune homme murmurer tout bas :

— Camille! chère Camille !

Elle regagna sa place toute troublée et, sans remarquer que, pendant le temps qu'elle dansait, elle n'avait cessé d'être suivie du regard par Rodrigues, le médecin des pauvres.

Ce fut au tour de la jeune fille, après cette fête, de se montrer rêveuse, de chercher quelle était la nature du sentiment nouveau que lui inspirait Lucien.

Pourquoi l'image de celui-ci était-elle sans cesse présente à son esprit, et pourquoi avait elle été ainsi délicieusement agitée lorsqu'elle s'était sentie emportée dans ses bras? La musique de l'orchestre ne lui avait jamais paru plus suave qu'en ce moment. Souvenir plein de charme et qui lui causait aussi un vague effroi !

Les mots qu'il avait prononcés retentissaient à ses oreilles :

— Camille ! chère Camille !

Elle se surprit les répétant tout bas.

Camille avait souvent entendu Lucien la nommer autrefois, mais jamais, même en parlant d'elle avec amitié, il n'avait eu une telle inflexion de voix. Il y avait eu pour elle, dans son accent, toute une révélation. Et cependant qu'avait-elle compris ?...

Elle n'eût pu bien l'exprimer.

Elle eut un instant envie d'aller se jeter dans les bras de madame Dorgeval et de lui raconter ce qui lui arrivait, ce qui se produisait entre elle et son fils. Elle sentit qu'elle n'oserait pas, et d'ailleurs de quelles expressions se servirait-elle ?

Pour la première fois, elle cacha ce qui se passait en son cœur à sa bienfaitrice ; mais elle se promit de ne plus s'abandonner à des sensations semblables et de fuir toutes les occasions de se trouver seule avec le jeune homme.

Lorsqu'elle le revit, Dorgeval et sa femme étaient présents. Elle fut assez embarrassée. Les yeux de Lucien rencontrèrent un instant les siens. Ils avaient une expression qui la fit tressaillir.

Il y eut en elle un effet bizarre. Était-il possible qu'elle eût considéré aussi longtemps comme un frère celui dont la présence lui causait maintenant une semblable émotion ?

Elle eut l'idée que ce n'était plus la même personne qui était devant elle, ou du moins qu'il y avait eu un changement surprenant.

Et tandis qu'elle cherchait à analyser ce changement, Lucien se demandait également s'il était possible qu'il eût pris pour sa sœur aussi longtemps cette enchanteresse aux cheveux d'or ?

CHAPITRE X

La Visite.

La santé de madame Dorgeval était depuis quelque temps chancelante et Camille devait entourer sa bienfaitrice des soins les plus assidus.

Elle ne la quittait que fort peu. Plusieurs fois elle passa la nuit à son chevet.

La jeune fille ne voyait Lucien que lorsqu'il venait s'informer des nouvelles de sa mère. Cette dernière ne manquait pas chaque fois de faire l'éloge du zèle et du dévouement de sa garde-malade.

Dorgeval paraissait, lui, s'inquiéter de voir quelque fatigue sur les traits de Camille, qui avait en effet un peu pâli et dont les yeux s'étaient légèrement cernés.

Elle n'en était pas moins belle pour cela et le père et le fils la regardaient avec adoration. Sans qu'ils s'en doutassent, le sentiment que chacun éprouvait avait certainement quelque ressemblance.

Mais le négociant ne s'avouait rien encore, tandis que Lucien, qui ne cherchait qu'une occasion de faire part de son amour à Camille, avait de droites intentions, de loyales pensées. Il finit enfin par trouver une occasion de s'entretenir avec sa bien-aimée.

La famille Dorgeval possédait une villa près du Petit-Couronne, localité qui est située à quatre kilomètres de Rouen, sur la rive gauche de la Seine, et bornée au nord par la forêt de Rouvray.

Au Petit-Couronne existent encore un menhir, un

vieil if près de l'église et une maison de campagne qui
fut celle du grand Corneille.

Les environs de Rouen se font remarquer par leur
vigoureuse végétation et par leurs magnifiques points
de vue qui justifient fort bien la réputation de la
Normandie pittoresque.

La Seine, de Rouen à la Bouille, est semée, pendant
une certaine distance, d'îles plantées de saules et de
peupliers qui se mirent dans les eaux. En avant du
Petit-Couronne, il y en avait une notamment qui avait
été en grande partie couverte par le fleuve, pendant la
forte crue qui se produisit subitement au printemps de
1859.

Dans cette île était une ferme occupée par de braves
gens auxquels Camille et sa mère adoptive s'intéres-
saient d'une manière particulière et qui avaient été
éprouvés par l'inondation..

Madame Dorgeval et la jeune fille avaient beaucoup
regretté de ne pouvoir rendre visite à ces honnêtes cultivateurs immédiatement après le désastre qu'ils
avaient subi.

Camille avait cependant préparé un grand nombre
d'objets à leur intention, et, dès qu'elle vit qu'Amélie
allait mieux, elle exprima le désir de se rendre à l'île
d'où les eaux s'étaient retirées.

Le femme du négociant y consentit, et sa protégée
partit accompagnée du fermier de la propriété du
Petit-Couronne qui était venu précisément porter des
provisions chez les Dorgeval.

Camille devait revenir seule par un des bateaux à
vapeur qui font en une heure et demie le trajet de
Rouen à la Bouille et qu'un batelier accoste, en pleine
rivière, soit pour prendre les passagers à destination
du Petit-Couronne, soit pour faire embarquer les personnes qui quittent cette localité.

La visite de la jeune fille ravit ceux qui en étaient
l'objet. Elle était considérée par cette famille comme

un être d'une essence supérieure, une sainte qui les protégeait.

Tandis que le père et la mère lui manifestaient leur respect, les enfants sautaient de joie autour d'elle.

Hélas! le fleuve avait été bien cruel! Il avait couvert de sa vase jaunâtre la majeure partie de l'île et était entré dans la maison, laissant à peine aux habitants le temps de se réfugier à l'étage supérieur. Il avait emporté les jeunes arbres, couché presque tous les autres. Il ne restait plus trace de verger.

L'étable avait été entièrement détruite. La grande et belle vache, dont on offrait jadis du lait à Camille, n'avait pas échappé à la catastrophe.

Les enfants regrettaient surtout un biquet blanc, leur ami, dont on n'avait même plus retrouvé le corps. Ils pleuraient en pensant à lui, et la jeune fille n'était pas éloignée de mêler ses larmes aux leurs.

Elle défit le paquet qu'elle avait apporté, et les inondés virent que, si elle avait pensé à une foule de choses utiles, elle n'avait pas oublié des jouets pour les petits. Il se trouva même, parmi ces joujoux, un animal ayant des cornes dorées et qui ressemblait tellement au biquet que, bien qu'il fût inanimé, il fit un instant oublier celui qui avait été victime de la colère impitoyable de la Seine.

Les visages s'attristèrent lorsqu'elle manifesta l'intention de repartir. Elle avait le projet de passer par la villa avant de retourner à Rouen. On la transporta sur la rive gauche d'où elle put voir encore les habitants de l'île agitant leur mouchoirs en signe d'adieu.

Le fermier avait annoncé à la villa la prochaine venue de Camille.

La femme du fermier attendait la jeune fille.

— M. Lucien est dans le jardin, lui dit-elle presque aussitôt. Il m'a demandé si vous étiez arrivée.

— Ah!

15

— Il a laissé son cheval à l'écurie... Je crois qu'il est du côté de la charmille.

— Camille troublée eut envie de s'éloigner, mais elle songea à ce que penserait cette femme en la voyant fuir son frère adoptif.

— Mon père n'est-il pas aussi là ?...

— Nous ne l'avons pas encore vu, mademoiselle... Est-ce qu'il faut l'attendre ?...

— J'ignore...

Un bruit de pas retentit sur le gravier.

— Voici précisément M. Lucien, dit la fermière.

Le jeune homme était très ému quoiqu'il abordât Camille avec le sourire sur les lèvres.

Celle-ci eut un mouvement à sa vue..

— Je ne savais pas, lui dit-elle, que vous eussiez affaire au Petit-Couronne.

Il y avait une certaine ironie dans le ton avec lequel furent prononcées ces paroles.

— Je viens parfois ici... Cette propriété est si agréable... Ne voulez-vous pas voir le jardin ?

Elle hésita.

— Je dois rentrer bientôt...

— Vous avez le temps !... Le bateau à vapeur ne passe que vers quatre heures.

Il lui offrit son bras qu'elle n'osa pas refuser. La fermière s'éloigna. Ils ne tardèrent pas à être entièrement seuls.

Lucien avait montré jusqu'ici une certaine résolution ; mais, quand il se vit avec celle qu'il aimait, libre de lui parler, de lui exprimer ce qu'il ressentait, son cœur se mit à battre avec violence et il ne sut guère en quels termes s'expliquer.

Le cœur de Camille battait avec non moins de force et ils allèrent ainsi vers la charmille, se taisant, et sentant tous les deux qu'ils n'avaient guère leur présence d'esprit.

Elle fut la première cependant à troubler le silence.

— Je ne m'attendais pas à vous rencontrer ici, répéta-t-elle.

— Si vous l'aviez su, seriez-vous venue?...

Elle leva sur lui son regard clair.

— Non, dit-elle d'une voix assez ferme.

Il pâlit et lui demanda en tremblant :

— Pourquoi, Camille?

— Je n'ai pas à répondre, Lucien, si vous ne comprenez pas les devoirs qui s'imposent à moi et ceux qui s'imposent à vous...

— Je ne sais de quels devoirs vous parlez; mais ce soir je dirai à mon père et à ma mère que j'ai été à la villa parce que je savais vous y rencontrer et ils ne me blâmeront pas...

— Ils ont voulu que nous soyons frère et sœur, il est vrai...

Elle pencha la tête et, échappant à la pression du bras de Lucien qu'elle quitta, elle ajouta :

— Mais rien de plus !

Le jeune homme eut comme un mouvement d'impatience.

— Et si ce n'est plus possible maintenant?

— Il est nécessaire qu'ils le sachent alors!...

— C'est bien ce que je désire qu'ils apprennent... Et c'est pour cela...

Lucien saisit la main de Camille.

— Vous avez compris, n'est-ce pas, vous avez compris?... Une affection tout autre a succédé à celle que j'éprouvais pour vous depuis l'enfance... Je vous aimais jadis comme une amie, comme une sœur, maintenant...

Elle fit un signe pour l'interrompre, mais il continua :

— Maintenant, je t'aime !

Il tomba à genoux et elle n'eut plus le courage de le repousser. Il couvrait sa main de baisers.

Elle le fit relever et il essaya de la saisir dans ses bras.

— Camille! Camille!

— Lucien, songez à ce que vous êtes, songez à ce que je suis...

— Je n'ai rien oublié... Je n'oublierai rien...

Elle se dégagea de son étreinte.

— Et vos parents?... Et mes bienfaiteurs?...

— Ils nous uniront...

— Qu'en savez-vous?

— J'en suis sûr... Ils vous connaissent, ils apprécient vos aimables qualités... C'est un trésor que je leur demanderai de me confier...

— Ne pensez-vous pas qu'ils aient d'autres vues?... Je ne suis qu'une pauvre fille que les distances sociales séparent d'un riche héritier comme vous... Leur charité s'est exercée sur la petite orpheline qui implorait l'aumône des passants... Ne lui en voudront-ils pas quand ils sauront que... qu'elle a abusé de leur confiance?

— Vous vous reprochez comme une faute le pouvoir invincible que vous avez sur moi... Vous n'avez cependant rien eu à faire pour me plaire et c'est naturellement... Est-ce que je me rends bien compte moi-même comment mon amour est né, comment le changement dont je vous entretenais tout à l'heure s'est opéré?... J'étais bien jeune quand vous m'apparûtes comme une sœur encore plus jeune que moi... Les enfants ont des sensations parfois aussi profondes que les hommes... Je m'aperçus tout de suite que jusqu'alors quelque chose m'avait manqué et que ce quelque chose était une amie, un camarade de jeux... J'étais timide et mes condisciples m'effarouchaient un peu avec leurs bruyants ébats. Votre caractère s'accordait très bien avec le mien et même je trouvais quelqu'un qui avait besoin de ma protection. Cette villa où nous sommes aujourd'hui vous a vue bien souvent, effarouchée, invoquer l'appui de votre compagnon d'enfance!

— C'est vrai...

— Vous me releviez à mes propres yeux lorsque j'allais bravement vers la personne ou l'animal qui vous avait effrayée. J'étais donc courageux, puisqu'il y avait plus craintif que moi!... Au besoin de protéger se joignait aussi un besoin d'aimer... Il y avait mon père et ma mère pour lesquels j'avais une affection très-vive, mais ce genre d'affection procède de la reconnaissance, de la gratitude, du respect... Il est tellement un devoir que les lois divines et humaines l'ordonnent. On l'enseigne aux enfants en ajoutant qu'ils ne doivent avoir de la préférence ni pour l'un, ni pour l'autre, comme si le cœur n'avait pas le droit de choisir... Est-ce que les parents, eux, n'ont pas de préférences?... L'affection familière, nullement imposée, c'était celle pour petite sœur... Vous, Camille!

— Oh! je le sais!

— Que m'importait alors le plus ou moins d'authenticité du lien qui nous unissait?... Ce n'était pas à cause de ce lien que je vous aimais... Une fois cependant que je vous avais appelée ma sœur devant un garçon de ferme brutal et grossier, il me dit en ricanant : « Imbécile, ce n'est pas ta sœur! » Je me mis à pleurer et j'allai tout de suite raconter ces vilains propos à ma mère qui me consola en me répondant : « Qu'est-ce que cela te fait, mon Lucien, que ce ne soit pas ta sœur, puisque tu l'aimes comme si elle l'était? »

— Excellente mère!... Pourquoi cela n'est-il pas toujours resté ainsi?...

— Mais je ne regrette pas que cela soit changé, Camille!... Le frère et la sœur deviennent très souvent presque indifférents l'un à l'autre lorsqu'ils ont quitté la maison paternelle... Ils se marient et forment, chacun de son côté, une famille dont les intérêts sont rivaux parfois... En s'éloignant de la demeure où ils ont grandi, en marchant dans des routes opposées, on ne se rencontre plus guère... Tels les oiseaux qui ne se reconnaissent même plus quand ils ont abandonné le

nid... Je veux suivre la même voie que vous, que toi !...
Le veux-tu ?...

— Je ne vous répondrai pas...

— Je ne m'explique pas vos scrupules puisque mes
intentions sont droites...

— Il ne m'est pas permis de m'associer à vos projets
tant que...

— Quand nos parents approuveront, que répondrez-
vous ?...

— Je ne sais...

— Vous êtes cruelle... Au moins autorisez-vous une
démarche ?...

— Je n'autorise rien.

Evidemment elle faisait des efforts violents sur elle-
même pour avoir des paroles aussi froides.

Il poursuivit :

— Je le répète, je ne sais pas exactement comment
la révélation se produisit... Un jour, moi, qui avais
jusque-là peu fait attention à votre beauté, je la vis
telle qu'elle est, c'est-à-dire enivrante et radieuse. Je
me sentis pénétré. Tout me charmait en vous, votre
voix et votre sourire, la blancheur de votre teint et la
couleur de vos cheveux. Quand vos regards rencontraient les miens, une flamme inconnue passait en moi.
J'aurais donné ma vie pour vous presser contre mon
cœur, pour que ma bouche effleurât vos lèvres. Une
tristesse infinie s'emparait de moi à la pensée que vous
pourriez être à un autre et, au contraire, ma joie
était sans égale en songeant que, si vous y consentiez,
vous m'appartiendriez pour toujours !

Camille avait rougi et pâli en entendant ces paroles
brûlantes.

Elle partageait évidemment l'émotion de Lucien, et
vint le moment où elle fut incapable de cacher ses sentiments au jeune homme.

Celui-ci eut un cri d'allégresse lorsqu'il comprit
qu'il était aimé.

— Eh bien oui, dit-elle, oui...

Elle semblait accablée par le combat qu'elle avait livré à elle-même,

— Oui... mais pas d'autre question...

— Cela me suffit !

Et il baisa encore sa main avec ardeur.

— Agissez ainsi que vous l'entendrez, murmura Camille vaincue, et ne craignez pas d'être en rien démentie par moi... Parlez à vos parents et je me soumettrai à leur décision, si sévère qu'elle soit... S'ils m'acceptent une seconde fois pour fille, je serai heureuse, bien heureuse... Sinon vous n'entendrez plus parler de moi...

— Je ne saurais vivre sans toi...

— Vous aussi, Lucien, vous obéirez... Il faut me le promettre !...

— Ne plus te voir, mais ce serait affreux... Mes parents ne seront pas barbares ; ils ne feront pas notre malheur !

— Me jurez-vous d'être courageux comme il sera nécessaire, hélas ! en pareil cas, que je le sois ?...

— Camille, je ferai tout ce que vous voudrez lors même que vous exigeriez ma mort ?... L'existence sans vous aurait si peu de prix !

Le ton avec lequel il s'exprimait lui fit comprendre combien il était sincère dans la description qu'il faisait de la passion qu'elle lui inspirait. Elle n'insista plus et lui permit de lui parler à son aise de cet amour qu'ils ne savaient pas né sur le bord d'un abîme comme ces fleurs qui causent la perte des imprudents qui essaient de les cueillir.

Camille toutefois était moins confiante que Lucien. Elle avait d'étranges pressentiments qu'elle fut obligée de chasser un instant afin de partager l'ivresse du jeune homme.

La première, elle se rappela qu'ils devaient partir ;

mais, avant de quitter la charmille, elle permit à son amoureux de l'embrasser.

Ce baiser n'était pas le premier qu'elle eût reçu de Lucien, mais quelle différence avec ceux qu'il lui avait donnés autrefois. Il la fit frissonner...

Camille et Lucien sortirent de la villa et se dirigèrent lentement vers la station du Petit-Couronne.

Le soleil était à son déclin, mais le ciel était encore plein de sourires... Les oiseaux célébraient la chanson des fleurs et de la nature verdoyante... Concert suave qui avait le plus doux écho dans leurs cœurs!

En se rendant à l'endroit d'où le batelier devait transporter la jeune fille au milieu de la Seine, lorsque le bateau à vapeur serait annoncé, ils regrettaient de ne pouvoir rentrer ensemble à Rouen, Lucien étant obligé de prendre la voie de terre à cause de son cheval.

Il n'y avait pas d'autre voyageur sur la rive quand le jeune homme et Camille y parvinrent. Cette dernière monta aussitôt dans la gondole et son amant eut tout de suite une vague crainte lorsqu'il vit le frêle esquif gagner le milieu du fleuve, dont le courant était encore très rapide à cause des inondations récentes.

Le vapeur était en vue. Le bateau alla vers lui pour l'accoster; mais, au moment même où Camille se disposait à monter à bord de l'*Hirondelle*, une fausse manœuvre se produisit et l'embarcation qui la portait chavira.

L'infortunée disparut dans les flots.

Une clameur retentit sur le pont du bateau à vapeur. Le batelier reparut, presque immédiatement, suspendu à une corde que l'on avait jetée.

Lucien, qui avait suivi Camille du regard et qui la crut perdue, poussa, lui aussi, un cri rempli d'un horrible désespoir!

CHAPITRE XI

Place Gaillardbois.

Le nom de la place Gaillardbois, à Rouen, rappelle la plus mauvaise époque de la Ligue, lorsque les potences, dressées tour à tour par les partis, pliaient sous le poids du gibier humain.

Les Normands, toujours d'humeur joviale, considéraient comme *gaillard* le bois qui supportait de semblables fardeaux, et, à force d'assister à de semblables spectacles, ils finirent par appeler place du Gaillardbois ou Gaillardbois celle où ils voyaient pendre tant de malheureux.

Il est à remarquer que les catholiques étaient les plus impitoyables dans leurs vengeances.

Encore une fois, l'auteur de ce roman ne se porte pas garant de cette étymologie dont il n'est pas, d'ailleurs, l'éditeur responsable.

Charlot, le pauvre garçon que nous avons vu tomber blessé gravement par Macaire, habitait, ainsi qu'il l'avait dit à la Rieuse, une chambre sur la place Gaillardbois.

Aidé par la fille, un des clients du père Printemps avait transporté le jeune homme évanoui à son domicile et était allé chercher un médecin.

Comme il était très tard, il parvint difficilement à en faire lever un qui grommela en voyant le triste logis d'un malade qui, assurément, ne pourrait pas lui payer d'honoraires, mais constata cependant la gravité de la

blessure et se borna à ordonner quelques compresses.
Le lendemain il ne reparut pas.

La Rieuse, qui n'avait pas quitté le chevet de son
malheureux ami, songea au médecin des pauvres et le
fit prévenir.

Rodriguès accourut avec empressement, et non-seulement ne refusa pas ses soins, mais encore indiqua un
pharmacien où l'on pouvait gratuitement faire exécuter
ses ordonnances.

La jeune femme suivit rigoureusement ses prescrip-
tions et ne tarda pas à voir Charlot recouvrer ses sens.
Celui-ci eut un sourire rempli d'un ineffable bonheur en
la reconnaissant.

— Toi, Marie, auprès de moi!

— Oui, moi...

— Ne me quitte pas!

Il lui saisit la main.

— Sois tranquille, je resterai.

— Toujours?

Elle hésita, mais elle ne crut pas devoir lui refuser
cette satisfaction momentanée.

— Toujours!

Il eut comme un tressaillement de joie, puis le délire
ne tarda pas à s'emparer de lui...

Oh! qu'elles durent êtres terribles les visions qui
agitèrent son cerveau! Il parlait de sa mère et la
voyait sur son lit de mort, refusant de quitter cette
terre où elle laissait un orphelin sans ressources et
même sans asile. Il se figurait que Lucie, la fille séduite, luttait contre le spectre qui voulait l'emporter
et qu'il joignait ses efforts aux siens. Mais le spectre
restait vainqueur. Il réussissait à s'emparer de celle
dont il avait résolu de faire sa proie et Charlot retombait épuisé.

C'est une étrange chose, bien digne d'occuper les
physiologistes, que le délire, ce désordre des facultés

intellectuelles et des qualités morales qui revêt tant de formes et peut avoir tant de causes différentes.

Les auteurs se sont occupés à faire des descriptions détaillées de ses modes de manifestation et ont parlé des lésions du jugement, de la sensation, de la volonté, de la mémoire, de l'imagination, etc. ; mais on trouve dans leur langage beaucoup d'obscurité et de confusion.

Il est une chose qui, cependant, est certaine, c'est que, dans le *délire fébrile*, l'esprit garde encore l'empreinte des événements récents ou anciens qui ont causé sur lui une grande impression et s'efforce de servir de guide aux égarements du cerveau.

Nous avons vu Dorgeval, pendant la maladie qu'il fit après la condamnation de Thibert, retracer dans ses paroles les craintes qu'il éprouvait. Charlot voyait les événements du passé et particulièrement un des plus tristes épisodes de sa vie.

Il dut aussi sans doute songer au présent, car il appela souvent la Rieuse. Sa voix, lorsqu'il prononçait ce nom ou celui de Marie, avait une inflexion particulière. C'était celle qui avait tant ému la jeune femme lorsque le garçon lui avait dit dans le débit du père Printemps :

— Je voudrais être aimé de toi autrement que tu n'as aimé jusqu'ici... Ce serait pour la vie !

La Rieuse se souvenait de ces paroles et le doute ne lui était guère permis sur les sentiments de ce malheureux qui souffrait parce qu'il avait pris sa défense et avait empêché qu'elle ne fût maltraitée.

Elle réfléchit et se demanda ce qu'à son tour elle éprouvait pour lui ?

Evidemment elle était touchée de cette affection qui avait d'autant plus de mérite à être respectueuse qu'elle, la Rieuse, appartenait à une catégorie de femmes avec lesquelles on se gêne guère et avec qui toutes les libertés paraissent permises.

Charlot n'avait jamais été son amant et n'avait jamais cherché à l'être. Elle lui savait gré de cette délicatesse qui précisément empêchait de le confondre avec les autres hommes qui l'avaient trouvée à leur gré, et à qui elle n'avait d'ailleurs fait aucune résistance étant donnée sa triste profession.

Charlot l'avait distinguée au milieu de sa fange et, tout en s'attristant de l'état où elle se trouvait, n'avait pas songé à en profiter. Il la relevait, pour ainsi dire, à ses yeux ; il lui rendait une pudeur qu'elle avait perdue. Elle sentait qu'avec lui elle était tout autre. O poëte que tu étais grand et sublime quand tu as conçu ce vers où tu dis que l'amour a refait à Marion une virginité !

Lorsque de simples égards peuvent rendre à la fille perdue un peu de sa dignité, quelle révolution doit être susceptible d'accomplir en elle ce qui, excepté Dieu, est la plus grande chose ayant un nom dans la langue humaine, et la plus sainte et la plus intelligible en son mystère infini !

La Rieuse aimait-elle Charlot ?

Pas plus qu'elle-même nous ne pouvons encore répondre à cette question. Nous nous bornons à signaler sa joie lorsque Rodrigues annonça la fin prochaine de la crise et le rétablissement probable du jeune homme pour une époque peu éloignée.

Quelques jours après, lorsque le médecin des pauvres reparut, il trouva Charlot tout à fait en voie de guérison. Il était encore couché néanmoins et la Rieuse était assise auprès de lui.

La visite fut courte. Rodrigues prévint les jeunes gens que désormais ses soins étaient superflus et qu'il ne reviendrait plus.

Marie, en l'accompagnant jusqu'à la porte, le remercia avec effusion de la charité dont il avait fait preuve.

— Grâce à vous, monsieur le docteur, il sera bientôt sur pied.

— Et aussi grâce à vous!

— Je n'ai cependant pas fait grand'chose pour lui...

— Comment vous n'avez pas fait beaucoup?... Et que fallait-il de plus? Ne l'avez-vous pas veillé nuit et jour, lorsqu'il avait la fièvre et le délire? Vous ne l'avez point quitté, vous êtes restée comme un ange protecteur. C'est à vous qu'il doit d'être encore ici-bas... Mais vous êtes sans doute bien fatiguée... Soignez-vous à votre tour!

— Taisez-vous, taisez-vous, dit la Rieuse à voix basse, Charlot pourrait vous entendre!

Lorsque la jeune femme revint auprès du convalescent, la figure pâle de celui-ci portait les traces d'un attendrissement profond.

— Les paroles du docteur sont arrivées jusqu'à moi...

— Eh quoi?

— Elles ne m'ont rien appris de nouveau... Je savais déjà combien ta conduite a été belle, admirable.

— Oh!

— Je ne m'étais pas trompé sur ton compte! J'avais bien compris que tu valais mieux que les autres, que ton cœur était bon...

— J'aurais été la plus indigne des créatures si je t'avais abandonné alors que tu étais blessé à cause de moi...

— Tu t'exagères ce que j'ai fait... En t'insultant on m'insultait, moi, puisque j'étais avec toi... Tu ne peux t'imaginer ce que j'ai ressenti quand j'ai vu que cet ivrogne voulait t'emmener de force. Il y avait en moi de la colère, du dégoût et même de la jalousie...

— Je te jure que c'était la première fois que je le voyais!...

— Quand je pense que si tu avais été seule... Tu n'aurais jamais accepté, n'est-ce pas?

— Non, il m'eût fait horreur!...

— Cependant, le père Printemps...

La Rieuse baissa les yeux.

— Tu es cruel !

— C'est vrai, pardon, pardon, Mario... Mais si tu savais quand je pense... Combien je souffre !...

Ses yeux s'étaient remplis de larmes...

— Comment se fait-il que toi, Mario, toi !...

— Je ne te l'ai jamais raconté, en effet, car c'est un sujet de conversation bien triste... Cependant tu m'as fait connaître ton histoire... Il y a cette différence entre nous que toi tu es une victime de la destinée tandis que moi je souffre par ma faute... Tu vas me mépriser quand tu sauras que mes parents étaient honnêtes et qu'un effroyable malheur est survenu parce que je ne suis pas resté comme eux.

— Je ne pourrais pas te mépriser, Rieuse, lors même que je le voudrais...

— Tu es si bon !...

CHAPITRE XII

Un Drame de famille.

La Rieuse commença en ces termes :

« Mon père était mécanicien sur la ligne du chemin de fer de Paris à Rouen. C'était le meilleur et le plus généreux des hommes, si bon et si généreux qu'un de ses amis étant mort assassiné, il voulut se charger de la petite fille qu'il laissait, quoique lui-même eût beaucoup de peine à nourrir sa famille composée déjà de quatre personnes, sa femme, sa belle-mère et deux enfants. J'étais un de ces enfants et Frédéric, mon frère, était l'autre.

« Un jour se produisit une horrible catastrophe. Mon père fut tué dans un déraillement. Nous restâmes sans autre ressource qu'une faible pension que la compagnie du chemin de fer paya à ma mère. Celle-ci résolut de quitter Rouen, que nous avions habité jusqu'alors, et d'aller à Paris où elle s'était mariée avec mon père et où elle pourrait rentrer dans une maison qui l'avait occupée quand elle était jeune fille.

« Nous partîmes donc. Ma mère avait auparavant confié l'orpheline recueillie par mon père à des gens qui lui promirent de l'élever avec soin et qui, paraît-il, ne tinrent pas leur promesse car ils la cédèrent à d'autres personnes. Nous ne tardâmes même pas à ignorer ce qu'elle était devenue et nous le regrettâmes vivement car nous l'aimions tous beaucoup, et la nécessité seule nous avait obligés de nous séparer d'elle.

« A Paris, ma mère montra un courage inouï. A

force d'économie et de travail elle parvint à nous faire donner une certaine éducation. Mon frère, qui avait des aptitudes spéciales, devint mécanicien comme mon père; mais ma mère, par un sentiment bien facile à comprendre, ne voulut pas qu'il entrât dans une compagnie de chemin de fer. Moi, qui étais la plus jeune, je fus admise à quinze ans dans un atelier de modistes.

« Frédéric était le plus loyal garçon que l'on pût imaginer. Il tenait de mon père une droiture de caractère et une rigidité de principes qui étaient même peu en rapport avec son âge.

« Sa plus chère distraction était l'étude. Il aimait beaucoup aussi sa profession et, en peu de temps, il acquit une telle habileté que, de simple ouvrier, il ne tarda pas à devenir contre-maître.

« Il avait peu d'amis et de relations. Cependant il se lia intimement avec le fils même de l'un de ses patrons.

« Il est dans la vie de singuliers mystères. Pourquoi mon frère, qui avait tant hésité à donner sa confiance à quelqu'un, avait-il choisi précisément M. Etienne Laurent, ainsi se nommait le jeune homme, dont le caractère différait tant du sien?

« M. Etienne Laurent avait en effet des goûts frivoles. Il était élégant, mondain, dissipé. Il aimait le plaisir et les femmes.

« Peut-être Frédéric ne vit-il pas tout de suite ses défauts ou se laissa-t-il séduire par l'honneur de fréquenter une personne qui touchait de si près à l'un de ses chefs? Nous le vîmes avec étonnement changer jusqu'à un certain point ses habitudes pour jouir de la société de son nouvel ami.

« M. Laurent fils, qui venait quelquefois le chercher dans notre maison, me donna bientôt à entendre qu'il m'avait remarquée. Après s'être informé de l'atelier dans lequel je travaillais, il s'arrangea pour se trouver sur mon passage lorsque je m'y rendais ou que j'en sortais.

« Ces attentions me flattèrent, moi aussi. Quand il m'ont dit que je lui plaisais, que j'avais touché son cœur, je m'imaginai qu'il était sincère et qu'il avait l'intention de m'épouser.

« Inutile de dire qu'il ne songeait nullement à cela et qu'il n'avait qu'une pensée, celle de devenir l'amant d'une petite fille qu'il trouvait à son gré. Il ne faisait pas attention qu'elle appartenait à une famille dont l'honneur devait être le bien le plus cher et qu'elle avait pour frère un homme qui avait pour lui une affection sincère.

« Il n'épargna rien pour que je me donnasse à lui : ni promesses, ni serments que je deviendrais sa femme. Il cacha sous tant de fleurs le piége dans lequel il voulait me faire tomber que mon inexpérience devait succomber. Je devins sa maîtresse.

« Et, pendant ce temps-là, il continuait à serrer la main à mon frère et il l'entretenait même, parait-il, des différentes phases de ma séduction, sans lui dire, bien entendu, qu'il s'agissait de sa sœur!

« Quand je fus à lui, il trouva piquant de se vanter de ce qui se passait et de le raconter à des gens qui soupçonnèrent Frédéric d'une coupable complaisance et qui ne craignirent pas de lui faire connaître leurs pensées.

« Mon frère bondit sous l'insulte. On lui avait fait connaître le lieu de nos rendez-vous. Il s'y rendit et là, sous mes yeux, se produisit une scène terrible. Il souffleta mon amant en le traitant de lâche, de perfide, de voleur! Il lui demanda de se battre dans un duel à mort et, comme M. Laurent fils refusa, il sortit un revolver et lui fit sauter la cervelle.

« Il voulait aussi tourner son arme contre moi, mais je parvins à lui échapper. D'ailleurs, des voisins accoururent et se rendirent maître de lui.

« Je restai seule quelques instants en présence du corps de celui que j'avais follement aimé et il me

16.

sembla que la douleur et l'épouvante égaraient ma raison.

« On dut me transporter chez ma mère qui ne savait d'abord rien ; mais, lorsqu'elle apprit que j'étais perdue, que son fils était en prison, qu'un homme était mort à cause de ma faute, elle ne voulut plus me voir et me chassa.

« Je sortis de la maison, ne sachant plus ce que je faisais. Je dus errer jusqu'au moment où je rencontrai une gare. Là sans doute l'idée me vint de prendre un billet et d'aller loin de Paris qui venait d'être témoin d'un meurtre causé par mon inconduite. Le hasard me conduisit précisément dans la ville où mon père avait vécu si longtemps, respecté et honoré, et près de laquelle il était mort victime du travail et en accomplissant son devoir !

« Eh bien, dans cette ville où je dus tomber mourante au coin d'une rue, je ne trouvai un asile que dans un lieu infâme où l'on me recueillit. J'y fis une maladie de trois mois... Maintenant, veux-tu savoir comment le surnom de Rieuse m'a été donné?... Pendant ma maladie, j'eus le délire, et je ne cessai de rire aux éclats... Ne sachant pas comment je m'appelais, on me nomma la Rieuse. C'est à la souffrance et non à la joie que je dois mon surnom... »

— Pauvre Marie!

— Comment, tu me plains après ce que tu viens d'entendre?

— Et pourquoi ne te plaindrais-je pas?... N'as-tu pas été victime d'une fatalité inexorable?... Ton histoire, sauf la mort du séducteur, est à peu près celle de ma pauvre mère...

— Oui, mais ta mère a été courageuse après son abandon tandis que moi...

— Si tu avais eu un fils, toi aussi, n'aurais-tu pas fait comme elle? Dis...

La Rieuse se voila la face avec ses mains.

— Oh! je n'aurais jamais voulu rougir devant lui !

— Tu vois, Rieuse....

— N'importe!... J'ai descendu le dernier degré de l'avilissement... Je suis au fond d'un gouffre dont on ne peut plus sortir,....

Elle fit entendre un rire sec et douloureux semblable sans doute à celui qu'elle avait pendant sa maladie et qui lui avait valu son surnom.

— Va demander à la police, dit-elle à Charlot, si elle nous considère comme les autres femmes !

CHAPITRE XIII

Frédéric.

Charlot ne tarda pas à recouvrer entièrement la santé et à pouvoir reprendre ses occupations de commissionnaire aux abords de la gare.

La Rieuse, peu après la conversation dans laquelle elle lui avait fait connaître son histoire, avait voulu quitter le jeune homme.

— Que vas-tu faire? lui avait-il demandé avec tristesse....

Elle baissa la tête.

— Je ne puis rester à ta charge... Tu n'en aurais pas d'ailleurs les moyens,....

— Qui sait?... Peut-être les voyageurs seront-ils plus nombreux désormais et mes profits plus grands,....

— Il n'est quand même pas possible....

— Indépendamment de la reconnaissance, je te dois autre chose... Lorsque je suis tombé malade, il n'y avait pas un sou ici et il a fallu...

— Peu de choses, car M. Rodrigues a fourni les remèdes... Je me suis bornée à engager au mont-de-piété des boucles d'oreilles que l'on m'avait données la veille du jour où tu as été blessé... Je n'y tenais pas beaucoup!

— C'est égal!

— Tu les dégageras quand tu pourras... Ça ne presse pas!

— Tu m'avais dit que tu ne me quitterais plus...

— Tu souffrais... Il fallait bien répondre ce que tu désirais...

— Ainsi ce n'était que pour faire plaisir à un malade...

Charlot ne put achever tant il était ému. La Riouse ne répondit pas, mais elle aussi se sentait touchée. Tous deux gardèrent le silence.

Soudain, le jeune homme sembla voir renaître un peu de son énergie.

— Marie, dit-il, je n'ai jamais caché mes sentiments à ton égard... Tu sais que je t'aime...

Leurs regards se rencontrèrent et il vit une telle expression dans ceux de son amie qu'il eut comme un frisson de joie. Il y avait de l'attendrissement chez la jeune femme et peut-être plus...

Elle essaya aussitôt de lui cacher ce qu'elle ressentait.

— Charlot, je ne veux pas être ta maîtresse et je suis indigne d'être autre chose.

Il pâlit.

— Je te demande de nouveau ce que tu vas faire? fit-il avec un certain emportement... Je ne puis, entends-tu, je ne puis te voir encore ce que tu étais lorsque je t'ai rencontrée au *débit*. Je ne veux pas que tu sois à d'autres.... Ne souhaites-tu donc pas de changer d'existence?...

— Tu me connais bien peu, si j'ai besoin de te dire que c'est mon désir le plus cher!

— Eh bien alors?...

Il lui expliqua les projets qu'il avait formés... Il y avait d'autres appartements dans la maison de la place Gaillardbois. Elle en prendrait un et y vivrait non loin de lui. Le peu qu'il gagnerait, il le partagerait avec elle jusqu'au moment où elle trouverait une occupation honorable. Ce serait difficile dans une ville où la Riouse, hélas! était bien connue, mais cela ne serait peut-être pas impossible..... En tous cas, ils quitte-

raient Rouen dès qu'ils le pourraient et iraient s'établir dans les mêmes conditions, au Havre, par exemple,
où on ignorerait leur passé.

Il ne serait pas ainsi privé de la vue de celle qui
possédait son cœur. Un jour, sans doute, elle consen-
tirait à être pour la vie sa compagne légitime,
lorsqu'elle se sentirait elle-même assez purifiée par le
repentir et le travail et pourrait lui rendre amour pour
amour si cela devait venir.

Il parlait avec une chaleur, un accent de conviction
qui finit par persuader Marie, quoiqu'elle comprît ce
qu'il y avait de difficultés dans ce qu'il lui proposait.

Elle éprouvait la plus grande répugnance à reprendre
son existence d'autrefois. Elle craignait d'ailleurs de
faire trop de peine à Charlot en lui refusant, et elle
ressentait aussi une indéfinissable tristesse à la pensée
de s'éloigner de lui.

Celui-ci montra une satisfaction des plus vives
lorsqu'enfin elle consentit.

La chance, pendant les premiers jours, favorisa assez
le commissionnaire. Il gagna des sommes relativement
importantes.

— Tu vois, dit-il à la Rieuse, le bon Dieu est pour
nous !

Elle sourit.

— Il nous protégera encore plus quand tu seras...

— Tu sais bien que cela ne se peut...

Un soir, Charlot se montra particulièrement satisfait.
Une étrangère l'avait chargé de retirer à la gare de
nombreux bagages et l'avait largement payé.

— Devine sur qui cette dame m'a interrogé longuement, après m'avoir demandé son adresse ?...

— J'ignore, répondit Marie la Rieuse.

— Sur M. Rodrigues. Tu t'imagines aisément que je
n'ai pas perdu cette occasion de dire du bien de l'homme
qui consacre sa vie aux malheureux, du médecin des

pauvres qui a accompli tant de bonnes actions et à qui je dois...

— Tu aurais pu, à la liste déjà si longue, ajouter un nouvel acte de dévouement...

— En vérité ?

— Figure-toi qu'on m'a raconté aujourd'hui même qu'il avait sauvé la vie à une jeune fille.

— Une malade...

— Non. Il a fallu qu'il s'élançât dans la Seine et qu'au péril de sa vie... C'est près du Petit Couronne que cela s'est passé... Le bateau, qui fait le service de la station, a chaviré en accostant l'*Hirondelle* et une jeune fille, qui était dans cette embarcation, aurait été noyée si M. Rodrigues ne s'était jeté à l'eau. Il l'a arrachée à la mort !

— Cette jeune fille était sans doute quelque villageoise des environs ?

— Non, on m'a dit qu'elle était la fille adoptive d'un riche négociant...

— Comment s'appelle-t-il ?

— M. Dorgeval.

Charlot devint livide.

— Qu'as tu ? demanda la Riouse, connais-tu M. Dorgeval ?

— C'est mon père !

Il se tut un instant, puis il dit d'une voix sourde :

— Je t'ai dit que ma mère avait été séduite par un homme qui l'avait abandonnée ensuite, lui refusant non-seulement toute réparation, mais encore un morceau de pain pour son enfant. Je t'ai dit que cet homme s'est conduit lâchement et a été cause de la fin prématurée de la pauvre femme qui l'a maudit... Eh bien ! cet homme c'est M. Dorgeval, la Riouse ! Il est mon père, mais un de ces pères qui ont renié l'être qu'ils ont fait venir au monde et qu'ils ont condamné à une vie de misère et de souffrance ! Il est mon père de par le sang, mais je ne suis pas son fils, je suis son bâtard !

Charlot s'était animé, ses yeux lançaient des éclairs. Mario eut de la peine à le calmer.

Il sembla beau ainsi, dans son indignation, à la fille qui avait dû reconnaître peu à peu son cœur atteint par une étincelle de l'amour qui possédait le jeune homme.

Or, quand l'amour commence à naître, il se développe bientôt. C'est un feu dont les proportions finissent par égaler les plus grands incendies.

Dans une situation semblable, et malgré la réserve de Charlot qui avait tant fait d'impression sur la Rieuse, ils ne devaient pas tarder à être l'un à l'autre.

Ils s'adoraient et cette affection, entre deux malheureux placés l'un et l'autre au bas de l'échelle sociale, avait pris une tournure poétique. La Rieuse était plus jolie encore depuis que quelques roses avaient un peu dissipé la pâleur de son teint. Ses yeux avaient un doux éclat.

Charlot aussi avait perdu cet air souffrant qu'il avait eu jusqu'ici et qu'il devait aux privations, à la misère d'une pénible existence.

Il était heureux, ensuite, en voyant sa maîtresse remplie de gaîté. Un matin il l'entendit chanter.

— Mario, tu es joyeuse comme un rayon de soleil, contente comme une alouette.

— Je t'aime !

— Tu me sembles plus belle que jamais. Ton regard est à la fois plus vif et plus charmant ?

— Je t'aime !

— Tu as lissé tes cheveux... Pourquoi es-tu plus coquette ?

— Coquette ?

— Ce n'est pas un reproche que je te fais, au contraire..

— Je t'aime ! Et toi Charlot, tu parais aussi tout changé.

— Parce que tu es à moi, parce que tu vis avec moi parce que nous ne nous séparerons jamais !... Je t'aime, moi aussi !

C'était presque un poëme, on le voit. Et ceux qui le trouveront banal, nous les plaindrons, parce qu'ils ne connaîtront jamais cette chanson que ceux qui ont aimé réellement ont tous une dans leur cœur.

Cette liaison devait-elle toujours durer, ou plutôt le malheur ne devait-il pas la traverser? Hélas! Il n'est rien de stable ici-bas.

Charlot remarqua un jour, à son poste, près de la gare, un jeune homme, qui arrivait de Paris. Sa vue lui fit une impression particulière, parce qu'il crut remarquer en lui une certaine ressemblance avec sa maîtresse. C'était bien le même front, la même coupe de visage. Il eut un pressentiment et il rentra de meilleure heure pour interroger la Rieuse.

— Marie, lui dit-il, tu ne m'as jamais dit ce que ton frère était devenu?

— Je ne l'ai su que bien après ma maladie... Arrêté, il a été traduit devant la cour d'assises et y a déclaré qu'il avait vengé son honneur et qu'il ne regrettait qu'une chose, c'était de ne pas avoir puni la complice de M. Etienne Laurent. Il a été condamné à deux ans de prison, qu'il a dû subir depuis peu.

— Ah!... Et tu crois qu'il ignore que tu es ici?...

— Comment le saurait-il?... Ma mère aussi ne sait pas... Mais pourquoi m'adresses-tu ces questions, Charlot? Est-ce que tu aurais peur de quelque chose... Bien souvent je me suis dit que, si mon frère venait à savoir où je suis, l'existence d'opprobre que j'ai menée, il achèverait son œuvre... J'ai entendu dire, une fois, à mon père, le mécanicien Herman, que lorsque dans une famille, il y a une tache, on n'est pas criminel en cherchant à l'effacer. Ne suis-je pas cette tache?...

— Tais-toi... tais-toi...

— D'ailleurs je n'ai pas peur de la mort et si Frédéric veut me la donner je l'accepterai avec joie.

— Que dis-tu là? Tu me quitterais... Et moi?...

Deux ou trois jours s'écoulèrent sans que les soupçons de Charlot se justifiassent.

Une après-midi, la Rieuse sortit pour faire une commission. Elle rentra peu après dans la chambre de la place Gaillarbois et se mit à préparer le dîner de son amant.

On frappa à la porte. Croyant que c'était Charlot qui laissait son travail de bonne heure, elle ouvrit, mais elle recula aussitôt en poussant un grand cri :

— Frédéric !

C'était bien Frédéric Herman, le frère de la Rieuse. Celle-ci tomba à genoux.

— Grâce ! dit-elle, grâce !

Le soir, lorsque Charlot rentra, il fut tout étonné de ce que sa maîtresse n'y était pas... Il crut qu'elle était dehors et l'attendit d'abord avec patience, puis avec une terrible inquiétude.

Il s'informa auprès des voisins ; il se rendit à tous les endroits où il s'imagina qu'elle eût pu aller, puis remonta dans sa chambre.

Elle n'était pas de retour et ne revint pas...

CHAPITRE XIV

Le père et le fils.

Nous savons comment Camille fut sauvée. Rodrigues, le médecin des pauvres, était sur le bateau à vapeur. Il venait du Grand-Couronne, la station historique où les cendres de Napoléon 1er furent déposées à bord de la *Dorade*, et se rendait à Croisset où, ainsi que nous l'avons dit, il avait sa demeure.

Il se trouvait sur le pont de l'*Hirondelle* lorsque la catastrophe se produisit et il avait reconnu Camille dans la gondole.

La vue de la jeune fille avait même produit sur lui une certaine impression, car il était l'un des admirateurs les plus passionnés de sa beauté.

Nous l'avons remarqué dans la fête chez Dorgeval, ne la perdant pas du regard. Il éprouvait une sorte de dépit en la voyant sans cesse avec Lucien et danser toujours avec lui.

— L'aimerait-elle? se disait-il.

En rentrant chez lui, il s'était sérieusement interrogé sur ce qu'il avait ressenti, et, comme il n'était pas éloigné de s'apercevoir qu'il avait été jaloux des préférences marquées par Camille, il s'était livré à de sérieuses réflexions dont le résultat avait été qu'il devait, pour des motifs à lui bien connus, se rendre le moins possible chez M. et madame Dorgeval.

Toutefois, il avait précisément un rendez-vous pour le lendemain avec cette dernière. Il s'agissait d'aller chez les Garcin, les malheureux qu'il avait découverts le matin même du bal.

La jeune fille était naturellement de cette partie de charité, et vint un moment où Rodrigues fut obligé de lui offrir son bras. Il eut comme un tressaillement en la voyant aussi près de lui. Elle l'éblouissait, elle l'enchantait, et il lui semblait qu'il avait la voix altérée en lui parlant.

Camille le regarda plusieurs fois avec étonnement, mais sans doute elle ne se rendit pas compte de l'émotion du médecin.

L'admiration de celui-ci augmenta encore quand il la vit à l'œuvre avec les Garcin. Quelle grâce exquise elle avait en faisant le bien, et quelle douce sensibilité !

Amélie, quoique pleine de bonté et de mansuétude, n'arrivait pas à la hauteur de sa fille adoptive qui excellait à jouer les premiers rôles de la bienfaisance.

Au père, Camille promettait une place dans laquelle il gagnerait honorablement sa vie. Avec la mère, elle pleurait au souvenir du petit Félix dont on lui retraçait les derniers moments.

— Il est là-haut, disait-elle à la Garcin, il est plus heureux que nous... Vous le retrouverez aussi aimable, aussi gentil... En attendant, il vous protège...

— Oh ! oui, il nous protège puisqu'il vous a conduite vers nous !

Les enfants furent tout de suite familiers avec elle, et les enfants, on le sait, devinent vite les personnes pour qui ils peuvent avoir de l'affection.

Ceux des Garcin sentirent vaguement que si, à Noël, ils eussent connu cette belle jeune fille, leurs pauvres sabots ne fussent pas restés vides.

Le trouble de Rodrigues augmentait encore et il dut paraître singulièrement embarrassé lorsqu'il reconduisit madame Dorgeval et Camille chez elles.

— Il ne faut plus que je la revoie, murmura-t-il lorsqu'il les eut quittées. Ce serait d'autres souffrances

que je me préparerais. Et n'ai-je pas déjà assez souffert?

Il tint la promesse qu'il se fit à lui-même à cette
occasion. Camille n'avait pas été revue par lui depuis
sa visite chez les Garcin lorsqu'elle disparut dans la
Seine, sous ses yeux.

Rodrigues n'hésita pas. Il se débarrassa rapidement
d'une partie de ses vêtements et se jeta à l'eau.

L'anxiété fut vive à bord de *l'Hirondelle* pendant
qu'il luttait pour ravir au fleuve sa proie. Un cri de
satisfaction retentit enfin parmi les passagers. Le
médecin des pauvres venait de reparaître avec la
jeune fille.

Bientôt Camille fut sur le pont, mais inanimée et les
membres raidis. Ses yeux étaient fermés et de légères
teintes violettes altéraient déjà la blancheur de son
visage. Ses cheveux dénoués tombaient épars sur son
corps dont l'eau dessinait les contours charmants.

Elle était encore belle ainsi, quoique la mort parût
en avoir fait sa victime.

Rodrigues, dans un état indescriptible, ne songeait
qu'à la jeune fille. Il s'agenouilla auprès d'elle et, appelant tout ce qui lui restait de sang-froid à son aide,
s'efforçant d'obliger l'homme à céder le pas au médecin,
il chercha à découvrir quelques symptômes de vie.

Hélas! aucun indice ne lui apparaissait. Il donna
néanmoins ses ordres, puis, voyant que les remèdes les
plus élémentaires manquaient d'une façon générale
dans la boîte de secours du vapeur, il manifesta l'intention de faire transporter chez lui Camille dès que l'on
serait en vue de Croisset.

La plupart des passagers se mirent à la disposition
du sauveteur, et Rodrigues put, dans un temps peu
considérable, continuer ses soins avec plus de com-
modité et plus de succès à la fille adoptive de M. Dorgeval qui ne tarda pas, en effet, dans la demeure du
docteur, à indiquer, par un souffle imperceptible,

17.

qu'elle n'avait pas rendu le dernier soupir. Néanmoins il fut nécessaire de redoubler de zèle pour qu'elle finît par rentrer en possession de ses sens.

On devine que Lucien avait été vite là, et Rodrigues, à sa vue seule, au chagrin violent qu'il manifestait, eût compris qu'il avait en lui un rival, s'il ne s'en fût déjà douté.

Lorsque Camille revint tout à fait à elle, le jeune homme s'adressa au médecin :

— Oh! monsieur, je n'oublierai jamais ce que vous avez fait pour nous!

— Pourquoi? répondit Rodrigues d'un ton glacial... N'était-ce pas mon devoir?

— Vous vous êtes précipité dans la Seine... Vous avez failli périr...

— Je désirais conserver aux pauvres leur protectrice...

— Mon père va joindre ses remerciements aux miens et ils seront aussi chaleureux...

— Vous croyez?...

L'accent avec lequel Rodrigues avait prononcé ces dernières paroles était presque railleur.

Lucien sentit que le médecin lui était hostile, mais il ne chercha pas à se rendre compte du motif qu'il pouvait avoir. Sa pensée était toute à son amante qu'il avait failli perdre. Il la voyait maintenant regarder autour d'elle avec surprise.

Elle le reconnut tout d'abord.

— Lucien!

Un sourire ineffable illumina le visage de la pauvre enfant.

Rodrigues se meurtrit le sein de ses doigts crispés.

— Elle l'aime!

Lucien le désigna :

— Votre sauveur chez qui vous êtes actuellement, fit-il à Camille.

Celle-ci tendit la main au médecin des pauvres.

— Votre courage ne m'étonne pas... Oh! je me suis

bien cru perdue! Lorsque la gondole a sombré, l'eau
bouillonnait... Elle montait et s'est vite emparée de
moi... Quelle suprême angoisse quand j'ai senti que
j'appartenais au fleuve, à la mort!

— Vous deviez, mademoiselle, échapper...

— Grâce à vous!

— Si cela n'avait pas été moi, un autre... Il ne
manquait pas de personnes dévouées sur *l'Hirondelle*

— Oui, dit Lucien, mais nul mieux que vous n'était
capable d'affronter le danger... Que de reconnaissance!...

— Assez, je vous en prie.

— Et mon père?... Et ma mère?... demanda Camille
en parlant de M. et madame Dorgeval.

— Il serait nécessaire de les prévenir de votre retour
à la vie, dit Rodrigues; peut-être savent-ils l'accident
sans en connaître le dénoûment et leur inquiétude ne
peut manquer d'être grande...

Camille regarda Lucien d'un air suppliant et celui-ci
comprit ce qu'elle désirait.

— Je vais leur apprendre tout ce qui s'est passé,
mais je les rencontrerai probablement en route, s'ils
ont été informés...

Le jeune homme ne se trompait pas ou plutôt ne se
trompait qu'à moitié.

En allant à Rouen, il se trouva en présence de son
père qui accourait en voiture. Madame Dorgeval eût
voulu, elle aussi, partir pour Croisset afin d'y rejoindre
sa Camille, mais ses forces l'avaient trahie et elle était
restée fort alarmée dans son lit de douleurs.

Lucien sauta à bas de son cheval.

— Eh bien! lui demanda le négociant avec anxiété.

— Elle est sauvée!

Lucien vit Dorgeval comme débarrassé d'un poids
énorme.

— Béni soit Dieu! murmura ce dernier.

Il eut une pause.

— Est-elle toujours chez le médecin, à Croisset?

— Oui.

— Il faut qu'elle quitte le plus tôt possible cette demeure!...

— Pour quel motif?

— Ne comprends-tu pas que cet homme en est amoureux?

Lucien tressaillit, puis regarda Dorgeval avec étonnement. Il avait été frappé de l'accent avec lequel il s'était exprimé.

— C'est sa mère qui s'en est aperçue, poursuivit le négociant, le jour où elle est allée, avec Camille et lui, faire une visite de charité... Ta sœur ne peut pas rester là...

— Assurément non.

— Nous allons la ramener...

— Mais si elle n'est pas en état de supporter la route... Elle est encore bien faible!

— Nous ne devons par la laisser là...

Le visage de Dorgeval était contracté et Lucien se demandait si lui-même était susceptible d'éprouver une telle crainte en sachant son amante confiée à Rodrigues, qui pouvait n'avoir pas été insensible à sa beauté, mais qui avait un caractère loyal dont il n'était guère permis de douter et qu'il croyait incapable d'une bassesse.

Maintenant Lucien s'expliquait la froideur du médecin à son égard, mais c'était Dorgeval qui l'étonnait. Il y avait dans sa voix une jalousie tellement évidente une méfiance à un tel point soupçonneuse, qu'il était impossible au jeune homme de s'y tromper.

Il lui sembla qu'un abîme s'ouvrait devant lui. A quelle lutte, à quelle résistance ne devait-il pas s'attendre lorsqu'il voudrait épouser Camille?

Il se trouverait en présence de son père qui aimait sa fille adoptive, de même que lui était épris de celle qu'on lui avait donnée pour sœur!

Lucien eut le vertige en mesurant d'un coup d'œil l'étendue de cette nouvelle catastrophe.

Sa mère, sa sainte mère, avait pour rivale Camille. Et celle-ci ignorait tout! Que ferait-elle si elle savait ce qui avait lieu?

Lucien avait été jusqu'ici croyant et même candide. Il ignorait l'existence de certaines noirceurs. Une révolution subite se produisait en lui. Un éclair déchirait les nuages qui obscurcissaient sa pensée et lui révélait toute la vérité; quelque chose de redoutable et d'effrayant: le père et le fils amoureux de la même femme!

Quel genre d'affection avaient-ils l'un et l'autre? Il voulait, lui, faire son épouse de Camille, unir son existence à la sienne, passer ses jours à la chérir. Il sentait en Dorgeval un amour passionné, ardent, farouche.

Ce fut en très peu de temps que la lumière se fit ainsi dans le cerveau de Lucien. Il est des minutes dans lesquelles la fatalité, le hasard donnent une intuition particulière et où l'on apprend plus qu'en bien des années.

Néanmoins il était resté muet et comme interdit tandis que Dorgeval insistait sur la nécessité de rentrer le soir même, avec Camille, à Rouen.

— Qu'as-tu? demanda le négociant frappé du silence de son fils.

— Rien... Je suis surpris...

Il l'était certainement plus qu'il ne le disait. Il eût voulu maintenant retourner sur ses pas et accompagner son père à Croisset, mais il songea à sa mère qui attendait dans l'inquiétude. D'ailleurs, comment expliquer à son père son désir de le suivre?...

Il remonta donc à cheval et s'éloigna, dans la direction de la ville, le cœur rempli d'amertume et d'angoisses.

Camille quitta, peu après l'arrivée de Dorgeval, la demeure de celui qui l'avait arrachée à une mort certaine.

CHAPITRE XV

Où Macaire est châtié comme il le mérite.

Lucien essaya de douter de la découverte qu'il avait faite, mais tout contribuait à le convaincre qu'il n'avait pas commis d'erreur.

L'affection, d'abord toute paternelle de Dorgeval, avait dû se transformer comme la sienne, sous l'influence de la beauté vraiment peu ordinaire et des qualités aimables de Camille.

Rien n'avait pu empêcher ce changement : ni la distance d'âge, ni la situation de la jeune fille vis-à-vis d'Amélie.

Le négociant n'avait pas été arrêté par la raison, par sa propre dignité, par la sainteté du devoir conjugal. Il était d'ailleurs probable que lui-même ne s'était pas rendu compte tout d'abord de ce qui l'attirait vers sa protégée, de la nature du sentiment qu'elle lui inspirait. Connaissait-il maintenant la vérité? Telle était la question que se posait son fils et qu'il ne pouvait résoudre.

Lucien s'assura d'abord que tout le monde ignorait le fatal secret. Camille, la chère âme, n'en avait aucun soupçon et il la voyait embrasser devant lui sur le front, sans le moindre embarras, l'homme qui l'aimait d'un amour coupable.

Madame Dorgeval, toujours malade, incapable d'exercer une surveillance quelconque, avait une confiance absolue. Parmi les autres personnes qui fréquentaient la maison, nulle ne pensait sérieusement à mal.

Il y avait bien le nouvel associé de Dorgeval qui

portait ombrage à Lucien. Ce drôle le regardait d'un air insolent et provocateur; ses regards effrontés semblaient, lorsqu'il le rencontrait, chercher à lire en lui.

Le jeune homme haïssait instinctivement Macaire. Il se demandait comment il se faisait que son père avait intéressé dans ses affaires un misérable qui n'était bon à rien, qui n'avait évidemment fourni aucun capital et qui était un objet de méfiance et de mépris pour le négociant lui-même.

Il interrogea une fois à ce sujet Dorgeval ; mais celui-ci, en changeant de conversation, évita de lui répondre.

Un des plus vieux employés apprit à Lucien que M. Macaire avait été jadis un des compagnons du chef de la maison et que celui-ci avait gardé pour lui une grande amitié. Il n'y paraissait guère, et Lucien restait livré à ses suppositions.

Un jour, par hasard, il se trouva seul avec le misérable chez son père momentanément sorti.

Il allait se retirer aussitôt lorsque Macaire le retint et lui dit avec le ton ironique qui lui était habituel :

— Eh! jeune homme, vous avez donc peur de moi!

— Je n'ai peur de personne...

— Pourquoi vous retirez-vous si vite, alors?

— Parce que mon père que je venais voir n'y est pas.

— Il reviendra, que diable! Ne pouvez-vous pas l'attendre?

— Mes occupations...

— Dites plutôt que ma société vous gêne...

Lucien fut poli. Il se souvint qu'il était en présence de l'associé de Dorgeval.

— Nullement, répondit-il.

— Vous n'êtes pas sincère... Je sais bien que je ne vous plais pas. D'ailleurs, je fais ombrage un peu à chacun ici... C'est le sort des derniers venus, mais quand on me connaîtra mieux, cela passera et on verra si je suis bon enfant...

— Que m'importe!

— Il y a dans les paroles que vous venez de prononcer un dédain suprême... pour ne pas dire plus... Il vous importe plus que vous ne pensez que je sois gentil et notamment pas bavard, car je suis doué d'une pénétration singulière, et il n'est guère possible de me cacher grand'chose...

— Que signifie...

— A bon entendeur, salut!

— J'exige...

— J'ai de bons yeux pour voir et quand je vois, je comprends... Oh! c'est curieux, très curieux! Moi, ça m'amuse, mais prenez garde à vous... Il y a du danger!

— Monsieur!

Macaire allait sans doute continuer lorsque Dorgeval se montra. Il paraissait fort soucieux. Cependant il remarqua l'air animé de son fils.

— Qu'y a t-il?

— Rien, fit Macaire, ou du moins si peu de chose que cela ne vaut pas la peine d'y faire attention.

Dorgeval n'insista pas et Lucien se retira inquiet. Ce même jour, il eut une entrevue avec Camille qui ne se ressentait plus guère de l'accident du Petit-Couronne.

Le jeune homme et la jeune fille se rencontraient quelquefois dans la magnifique serre où nous avons vu Dorgeval se réfugier pendant la fête qu'il avait donnée. C'était le lieu habituel de leurs rendez-vous.

Camille était maintenant désireuse que Lucien fit part à ses parents de ce qui se passait. Les marques d'affection qui lui avaient été données par M. et madame Dorgeval récemment, lui avaient donné de la confiance dans le succès de cette démarche.

Elle s'étonnait du retard que le jeune homme mettait et de l'irrésolution qui paraissait avoir succédé à son ardeur première. Elle ne croyait pas son amour diminué. Elle attribuait à cet amour une crainte d'échouer qui arrêtait Lucien et lui faisait retarder le moment où on déciderait de leur sort.

Celui-ci lui avait, en effet, répété depuis peu :

— Ma Camille chérie, si vous ne deveniez pas ma femme, je ne survivrais pas à mon désespoir!

— Ayez confiance!...

C'était elle qui s'efforçait de lui donner du courage. Ah! si elle avait su ce qui arrêtait aujourd'hui son amant!

Le jeune homme fut naturellement, après le perfide langage qu'avait tenu Macaire, plus soucieux que d'habitude.

— Qu'avez-vous, mon ami? lui demanda Camille.

— Mon âme est remplie d'angoisses.

— Pourquoi êtes-vous ainsi?

Il l'aimait trop pour donner à sa tristesse d'autre explication qu'une prédisposition bizarre de l'esprit. Il déclara qu'il ne savait pas lui-même pourquoi il était nerveux, agité.

Il se leva :

— Votre présence même, ma chère âme, ne suffit pas à me calmer.

Il avisa dans la serre un massif de plantes des tropiques qui avaient été données depuis peu à Dorgeval par M. Moriceau, un de ses amis, amateur passionné d'horticulture. Ces plantes étaient le principal ornement de la belle rotonde de cristal. Leurs fleurs joignaient aux couleurs les plus vives une odeur pénétrante.

— Tenez, il me semble que le parfum de ces fleurs, si suave qu'il soit, n'est pas étranger à ce que j'éprouve... Me permettez-vous d'ouvrir tous les châssis?...

— Mais certainement. Vous avez sans doute raison, il faut de l'air ici... Pendant la nuit il serait très dangereux d'y rester enfermé.

— Ma Camille, avec vous, je ne redouterais pas

18

d'aller au-devant de la mort au moyen de ces fleurs, qui commencent par vous charmer et vous enivrer avant de vous ôter la vie.

Elle eut un sourire.

— Oui, mais auparavant vous ne voulez pas subir leur influence.

Lucien s'assit de nouveau auprès de la jeune fille et bientôt leur conversation prit une meilleure tournure. Au contact de Camille, le jeune homme oubliait tous les obstacles qu'il y avait entre eux.

Il sentait renaître son courage et arrêtait un plan de conduite.

— Je cesserai définitivement de cacher notre amour, dans peu de temps, dit il, le jour même de l'anniversaire de ma naissance. J'aurai vingt et un ans accomplis. Ce ne sera plus un enfant qui demandera qu'on vous confie à lui, et, si je suis l'objet d'un refus, je pourrai m'éloigner de cette maison, où l'on voudra mettre obstacle à mon bonheur, jusqu'au moment où la loi me donnera la faculté de passer outre...

— Vous ne doutiez pas, jadis, du consentement de vos parents. Est-ce qu'une circonstance nouvelle vous ferait penser qu'ils sont contraires?

Il baissa les yeux sous son regard plein de franchise, mais il n'en comprit pas moins la nécessité de mentir.

— Non certes...

— Alors pourquoi parler ainsi?

— Il faut songer à tout...

— Je vous l'ai dit, je vous le répète, je tiens à conserver l'affection et l'estime de mon père et de ma mère adoptifs. Je ne veux pas qu'il puissent me reprocher de les avoir récompensés de leurs bienfaits par la plus noire des ingratitudes, par la plus perfide des trahisons. Vous avez promis de vous incliner devant leur volonté et moi aussi j'en ai pris l'engagement au nom de la reconnaissance que je leur dois, au nom de ma dignité...

— **Vous consentiriez à faire mon malheur...**

— Lucien, je ferais le mien en faisant le vôtre.

— Oh! merci! merci! Votre cœur renferme donc un amour aussi ardent que le mien!...

— Aussi sincère... En doutez-vous après tout ce que je vous ai dit?...

— Je sais que vous êtes la loyauté même, Camille. Vous possédez toutes les vertus...

— Vous exagérez au moins...

— Je vous vois et j'admire votre visage... Je vous écoute et le son de votre voix me ravit. Vous parlez et ce que vous me dites me semble toujours juste. Vous faites quelque chose et ce que vous faites ne cesse pas d'être bien.

— Vous allez me donner de la vanité!

— Vous n'êtes pas capable d'un sentiment semblable...

— Vous croyez que je n'ai pas de défauts...

— Si vous en avez, je les aime comme votre personne, comme votre caractère, comme vos actions...

Il enlaça sa taille flexible et voulut l'embrasser... Elle le repoussa si faiblement que sa bouche put rencontrer celle de la jeune fille. Elle tressaillit et devint pourpre.

— C'est mal!

— Ma fiancée, mon amante, je t'aime...

, — Moi aussi. Lucien, vous le savez.

— Je t'adore!

Il essaya de la saisir encore, mais cette fois elle fut plus énergique et il ne put obtenir le second baiser qu'il désirait.

Elle allait même lui adresser quelque remontrance quand un odieux ricanement se fit entendre.

Lucien, un instant interdit, se précipita, d'un bond, vers une porte, l'ouvrit et se trouva en présence de Macaire qui, évidemment, avait écouté sur le palier, l'entretien des deux jeunes gens.

S'élancer à la gorge de l'espion et le souffleter, ce fut pour le fils de Dorgoval l'affaire d'un instant.

Macaire, surpris, essaya en vain de se dégager.

— Misérable, voilà ce que tu mérites!... Raille maintenant si tu peux...

Il secouait Macaire qui râlait et faisait des efforts surhumains pour se débarrasser de cette étreinte. Soudain le jeune homme lui imprima un vigoureux mouvement et le poussa dans l'escalier. Le bandit perdit pied et tomba de la hauteur de plusieurs marches.

Il se releva tout contusionné et dans un état de fureur extraordinaire, mais déjà son adversaire était rentré et avait fermé la porte sur lui.

Macaire montra les poings dans la direction où venait de disparaître son ennemi.

— Il faut que je me venge! dit-il... A bientôt!

CHAPITRE XVI

Projets de vengeance.

Le soir même, Macaire se dirigeait vers la rue du Ruissel. Dès qu'il y fut, il se mit à la recherche de la triste masure où les Garcin avaient tant souffert.

Il ne tarda pas à la découvrir, mais quel fut son étonnement lorsqu'il apprit que l'ouvrier menuisier avait maintenant son domicile rue du Figuier, près du clos Saint-Marc, ce marché qui est à Rouen, proportions gardées, ce qu'était le Temple à Paris, alors qu'on n'en avait pas fait une halle couverte.

Ce changement dérangeait les plans de Macaire. Il craignait quelque modification dans la situation de Garcin, mais il ne s'en rendit pas moins à sa nouvelle demeure.

La maison de la rue du Figuier n'avait pas la triste apparence de celle de la rue du Ruissel. Le bandit interrogea un boutiquier et il sut que l'homme qui, poussé par la misère, l'avait jadis arrêté, paraissait jouir maintenant de quelque bien-être.

— Bah! il aura fait un bon coup, murmura-t-il... On ne tombe pas toujours sur des gens comme moi!

Il se fit indiquer l'appartement occupé par Garcin. Au moment où il allait frapper, un bruit de cuillères et de plats lui apprit qu'on était à table.

— On mange ici maintenant! Ça devient de plus en plus de mauvais augure, car mon gaillard n'avait pas l'air tout à fait d'un volontaire... Qu'importe! Je ne risque pas grand'chose d'essayer...

18.

Il frappa.

Ce fut Garcin qui ouvrit; mais, à la vue de Macaire, il montra une émotion des plus vives.

— Lui! Lui! murmura-t-il.

L'associé de Dorgeval sourit.

— Ah! ah! je vois que l'on me reconnaît.

La famille de Garcin avait entouré ce dernier.

— Qu'as-tu? lui demanda sa femme.

— Moi... Rien, rien... Que désirez-vous, monsieur?

— Vous parler.

— Vous pouvez dire devant...

— Vous en seriez probablement bien fâché... Non, il me faut un entretien particulier... Le clos Saint-Marc est à côté... Venez... nous allons en faire le tour...

L'ouvrier se disposa à suivre Macaire.

— Tu ne resteras pas longtemps au moins! fit la Garcin inquiète de l'émotion qu'avait manifestée son mari...

— Sois tranquille!

Peu après, Macaire et Garcin étaient sur la place.

— Nous allons entrer dans un débit, fit le premier.

— A quoi bon?... Ne pouvez-vous me dire ici ce que vous me voulez?

— Vous étiez moins fier la première fois que j'ai eu le plaisir de vous inviter ..

— Pourquoi rappeler une circonstance malheureuse, un acte auquel j'avais été poussé par une misère sans exemple?...

— Il était donc vrai...

— Vous demandez si l'idée d'un crime m'était venue sans que la fatalité...

— Comment êtes-vous sorti de cette position?...

— Un homme bienfaisant s'est montré et nous a fait connaître à de dignes personnes qui se sont intéressées à nous et nous ont sauvés...

— Je croyais plutôt que, dans une autre tentative, vous aviez eu plus de chance qu'avec moi.

Garcin eut un mouvement d'horreur.

— Décidément, je me suis trompé, dit Macaire. Je vous en demande pardon... Alors, on vous fait de petites rentes?...

— Mieux que cela, on m'a procuré un emploi?

— Vous êtes...

— Garçon de bureau chez un client de M. Dorgeval...

— Tiens, tiens... Dorgeval !

— C'est sa femme, c'est sa fille à qui je dois le salut...

— Cela m'eût étonné que mademoiselle Camille n'eût joué aucun rôle là-dedans... Il sera dit que je la rencontrerai toujours.

— Vous la connaissez?

— Parbleu !

— Elle a été notre protectrice... Nous éprouvons pour elle la reconnaissance la plus profonde...

Macaire interrompit Garcin.

— Il ne s'agit pas de tout cela, mon bonhomme, fit-il bravement... Je t'ai dit que peut-être un jour je viendrais voir si tu étais encore en bonnes dispositions. Je ne me fie pas à ce ton hypocrite. Es-tu prêt à agir?...

— Je ne vous comprends pas...

— Tu as encore de la méfiance, je le vois... Je vais mettre les points sur les *i*. Est-ce que tu serais capable de refaire ce que tu as fait avec moi, mais avec des gestes plus accentués cette fois?...

— Oh!...

— Tu joues merveilleusement la tragédie... Tu oublies cependant que tu es en mon pouvoir et qu'il suffirait de raconter à la police...

— Moi aussi, je parlerai des propositions que vous m'adressez...

— On ne te croirait pas... Je suis un homme bien posé, associé d'un grand négociant, jouissant de la considération générale tandis que toi...

— Eh bien?...

— Tu es pauvre....

— La justice sait discerner l'homme riche malhonnête de celui qui n'a pas quitté le bon chemin...

— Tu crois cela?... Tu es d'ailleurs prétentieux après ce que je sais... Tu perdras au moins ta place!

— Savez-vous bien ce que vous osez me proposer?... Un crime! Et cela parce qu'une fois, égaré jusqu'à la folie, j'ai songé à la force pour procurer du pain à mes enfants... Deux étaient déjà morts de faim. J'avais une excuse alors... Cependant vous ne pouvez vous imaginer ce qui m'est resté de remords pour cette tentative funeste... Figurez-vous ce qu'il en serait si elle avait été suivie de résultats, si je n'étais pas tombé sur un misérable tel que vous!

— Tu me flattes!

— Vos discours me prouvent qu'il y a une Providence et qu'elle a dirigé vos pas vers moi alors que, semblable à une bête fauve, j'attendais une victime!... Dieu a voulu que la victime qui a su repousser le bourreau fût plus misérable que lui!

Macaire, qui d'habitude avait tant de sang-froid, sentait la colère s'emparer de lui.

— C'est ton dernier mot?

— Oui.

— Tu t'en repentiras!

— Jamais.... A mon tour de vous parler franchement... Vous méditez une action épouvantable, un assassinat! Si j'apprends qu'il s'en est commis un je n'hésiterai pas à vous l'attribuer et à raconter à qui de droit cette conversation!...

— Que le diable t'emporte!

— Vous êtes à votre tour en mon pouvoir...

— Maladroit!

— Vous avez raison de vous traiter ainsi... Prenez garde!

— Heureusement tu ne sais pas qui je suis...

— Il sera aisé de le découvrir...

Macaire étouffa un nouveau juron. Il se sentait suivant l'expression du bonhomme La Fontaine :

Honteux comme un renard qu'une poule aurait pris.

— Allons, mon compère, je vois que tu es rusé!... Bien que je ne me laisse pas tromper par tes airs de vertu, par tes paroles pompeuses, je n'insiste pas!... J'ai cependant le droit d'exiger de toi discrétion pour discrétion... Si tu jabotes, je jaboterai... Adieu!

Le bandit se retirait furieux. On devine qu'il avait imaginé un guet-apens dans lequel il voulait faire tomber Lucien. Il avait compté pour frapper celui-ci sur l'individu qui l'avait arrêté une nuit afin de lui demander de l'argent. Il s'était dit qu'en donnant une faible somme à ce malheureux il aurait à sa disposition quelqu'un prêt à agir, comme l'était jadis Thibert.

Il regrettait, non-seulement de s'être trompé, mais encore d'avoir révélé inutilement son secret à Garcin, qui avait menacé de le dénoncer.

Fallait-il faire le sacrifice de sa vengeance?..

Et cependant, il avait encore au visage la chaleur du soufflet qu'il avait reçu!... Il se sentait tout meurtri par sa chute!...

Non-seulement il brûlait du désir de punir son ennemi, mais encore il souhaitait de faire souffrir cette Camille qu'il détestait parce qu'elle paraissait n'avoir pour lui qu'indifférence et mépris.

Chaque fois qu'il s'était trouvé avec elle, en effet, la jeune fille s'était montrée froide et hautaine. Elle comprenait évidemment qu'elle était en présence d'un misérable et ne se donnait pas la peine de cacher sa répulsion.

— Qu'est-ce, se disait-il, que cette créature si fière et si dédaigneuse? Une enfant ramassée dans le ruisseau et qui a eu la chance de grandir dans une famille riche...

Heureusement il y avait une chose qui l'empêcherait de faire définitivement partie de cette famille. Macaire avait compris que Dorgeval avait été, lui aussi, séduit par sa pupille. Il s'en était douté lorsqu'il l'avait vu, après une longue résistance, accepter ses propositions d'association parce qu'il l'avait entendu dire que Camille mépriserait en lui un assassin.

Ses observations avaient confirmé, depuis, sa première découverte. Des épreuves attendaient donc les deux amants, mais ils les devraient à leur propre situation et non pas à lui, Macaire, qui avait une injure à châtier et peut-être aussi d'autres projets à servir.

Un instant, il songea à agir tout seul, à s'armer d'un poignard pour tuer Lucien, mais il abandonna vite cette idée.

— Non, non, je ne veux pas *travailler* moi-même. Ne changeons rien à mon système, qui est de faire travailler les autres.

Tout en se livrant à ces réflexions, Macaire avait gagné les quais qu'il descendit jusqu'à la cale Saint-Éloi. Là il s'arrêta brusquement, et, revenant sur ses pas, il se dirigea vers la place des Arts et le débit du père Printemps.

Parmi les habitués de ce tapis-franc rouennais, ne lui serait-il pas possible de rencontrer l'auxiliaire qu'il cherchait?...

CHAPITRE XVII

Contraste.

Macaire, en pénétrant chez le père Printemps, se dirigea vers le *salon* du fond où il aperçut tout de suite le jeune homme auquel il avait jeté un pot de bière à la tête et qu'il avait si dangereusement blessé, il y avait quelque temps.

Il n'en alla pas moins s'asseoir à une table vacante près de lui... Il constata que cet individu, qui avait devant lui du *genièvre brut*, était déjà aux trois quarts ivre.

Celui-ci reconnut Macaire et, loin de se fâcher, il se mit à rire d'un air hébété :

— Tiens, c'est toi... Touche-moi donc la main !

L'associé de Dorgeval ne crut pas devoir faire le difficile, et serra la main de Charlot.

Eh quoi, c'est Charlot que nous retrouvons dans cet état ! C'est Charlot, cet ivrogne au regard abêti qui fait des avances à celui qui l'a mis à deux doigts du tombeau après avoir insulté la Rieuse !

C'est que l'infortuné n'a pu résister à la douleur de perdre sa maîtresse.

Après l'avoir cherchée dans tout Rouen, il avait fini par se convaincre qu'elle avait quitté la ville pour ne plus vivre avec lui, qu'elle ne l'aimait plus, qu'elle ne l'avait jamais aimé !

L'instinct de la fille de joie avait dû se réveiller et elle était partie sans regarder derrière elle, sans faire attention au cœur qu'elle brisait.

Charlot avait eu la pensée de se jeter dans la Seine. Un de ses camarades des environs de la gare l'en avait empêché, en lui disant que cela ferait sans doute plaisir à l'infidèle qui pourrait revenir à Rouen et y recommencer à son aise l'existence qu'elle avait menée avant de s'établir place Gaillardbois.

Il rêva ensuite de se venger de celle qui s'était si outrageusement moquée de lui. L'idée ne lui vint même pas que la pauvre Marie s'était éloignée poussée par une impérieuse nécessité, et regrettant profondément de n'avoir pas le temps ou le moyen de l'avertir.

Le chagrin de Charlot était si violent qu'il égarait presque sa raison. Le malheureux garçon ne songeait qu'à une chose, chasser le souvenir de la traîtresse, de la misérable qui l'avait trahi.

Ce fut alors qu'il commença à s'adonner à la boisson. Il ne tarda pas à y prendre goût. La *roulante*, la *commune*, ainsi désignait-on dans le débit l'eau-de-vie ordinaire, grattait d'abord agréablement le gosier puis mettait dans l'estomac une chaleur qui montait au cerveau et entraînait l'oubli !...

Oublier, oublier Marie, oublier la Rieuse ! Tel était désormais son but et il dépensait chez le père Printemps, qui avait été un moment son rival, tout l'argent qu'il gagnait encore.

Sous l'empire de cette préoccupation constante et sous l'influence de l'alcool infernal du débit, l'âme de Charlot entra dans une telle nuit qu'il ne vit plus la lumière qui, jusqu'alors, même dans les heures les plus difficiles de sa vie, lui avait montré le droit chemin.

Les dernières recommandations faites, sur son lit de mort, par la pauvre fille séduite qui lui avait donné le jour s'effacèrent de sa mémoire. Et néanmoins il s'était bien juré de garder toujours présent à l'esprit les paroles de celle qui, après avoir commis une première faute, l'avait expiée par le travail, par l'accomplissement d'un devoir si rigoureux qu'elle avait succombé à la peine, mais régénérée par l'amour maternel !

Lucie, après avoir fait connaître au petit Charlot le nom de son père, lui avait demandé de bien se conduire. Elle avait ajouté : « Tu souffriras peut-être beaucoup, mais n'en reste pas moins honnête... Garde la dignité de toi-même ! »

Il n'avait pas d'abord bien compris , mais, plus tard, il avait fait tous ses efforts pour obéir à la voix suppliante qui retentissait encore à ses oreilles. Maintenant il n'entendait plus rien, rien...

Macaire ne laissait pas cependant que d'être étonné de cette absence complète de rancune.

— Tu as l'air d'un bon *zig*, fit-il. Qu'est devenue la poule pour laquelle nous nous sommes cognés?...

Charlot pâlit, mais il acheva de vider son verre.

— Je n'en sais rien... Elle m'a planté là !

— Ah ! c'est pour ça que tu ne m'en veux plus ! Sans doute elle t'a préféré quelque beau *mirliflor* ayant des écus... Toi, tu n'avais pas le son et tu étais jaloux. *Allais, marchais*, ça se vend le parfait amour ! Demande au père Printemps!...

Macaire riait de son jeu de mots et des intentions méchantes qu'il renfermait.

Les yeux de Charlot lançaient des éclairs.

— Tu la regrettes?...

— Non !

— Et vrai de vrai, tu ignores avec qui elle est partie?

— Entièrement.

— Si on te l'apprenait, que ferais-tu?...

— Est-ce que par hasard tu connaîtrais...

— Je n'ai pas prétendu cela...

— Alors que t'importe!...

Le bandit posa la main sur l'épaule de Charlot.

— Regarde-moi, mon vieux. Si je te disais que j'ai une dent, moi aussi, contre celui qui t'a enlevé la

Rieuse et que je ne te nommerais quasi tu me promet-
tais de faire son affaire...

— Oh! pour ça, vous pourriez être sûr...

— Bon... Voilà qui est parlé!

Macaire frappa sur la table :

— Garçon, du genièvre! Deux tournées : une pour
monsieur et une pour moi!

Il avait rapidement conçu un plan ingénieux qui consistait à persuader Charlot que c'était à Lucien Dorgeval
qu'il devait son malheur et à le pousser à faire ce que
Garcin avait refusé.

La pensée de se servir du garçon lui était si vite
venue qu'il ignorait encore comment il s'y 'prendrait
pour mener sa tâche à bonne fin, mais il comptait sur
son habileté et son adresse ordinaires.

Le hasard le servit de toutes les manières en faisant
entrer dans le *débit* une affreuse créature qui vint boire
à leurs côtés un verre d'absinthe et fumer une pipe.

Macaire la reconnut aussitôt, quoiqu'il y eût fort
longtemps qu'il ne l'avait vue, pour la maîtresse de
Thibert.

— Tiens, c'est toi, fit-il, tu t'offres quelque consolation ici?

Elle fit signe que oui.

— Tu le regrettes toujours!

— C'est vrai.

— Cela ne m'étonne pas, il avait tant de qualités
pour qui le fréquentait!

L'associé de Dorgeval s'était exprimé avec une in-
tonation railleuse qui échappa à la femme, ce qui fut
cause qu'elle le regarda avec une certaine reconnaissance.

Charlot, qui venait d'absorber sa part du genièvre
que l'on avait servi, interpella Macaire.

— Allons, dis-moi ce que tu sais!

La vieille regarda le commissionnaire et haussa les
épaules. .

— Je comprends bien ce qu'il voudrait qu'on lui dise, celui-là!

— Ah!

— Ça concerne la Riouse, n'est-ce pas?

— Est-ce que tu es capable de m'indiquer..... fit Charlot avec avidité.

— Dame! j'entends beaucoup parler....

— J'exige que tu me racontes vite...

— Ne nous pressons pas, au contraire.

— Où est-elle, où s'en est-elle allée?...

Charlot montrait une agitation extrême. Son ivresse paraissait avoir disparu. Il la trahit cependant lorsque, en se rapprochant de la vieille, il dut se cramponner à la table pour ne pas tomber.

Le nom de sa maîtresse avait agi seulement sur son cerveau, qu'il avait en partie dégagé des vapeurs alcooliques.

Macaire lui passa son genièvre auquel il n'avait pas touché, tenant ce jour-là à garder sa présence d'esprit.

— Je te le cède, avale!

— Non, non, pas avant que la vieille maudite m'ait instruit...

— Eh bien quoi? Je le répète, j'entends beaucoup parler...: Des anciennes amies de la Riouse, des chiffons de son genre, ont prétendu devant moi que tu étais devenu idiot parce qu'elle avait disparu et que tu n'avais plus qu'une idée : la retrouver pour la forcer de rentrer chez toi.

— Oh! ce n'est pas dans ce but... N'ont-elles rien ajouté sur l'endroit où elle est maintenant!...

— Il me semble qu'elles ont raconté qu'elles l'avaient vu s'embarquer, le jour même où elle t'a quitté, avec un jeune homme...

— Un jeune homme! murmura Macaire.

— Un jeune homme! dit à son tour Charlot. Qui était-ce?... Je veux que vous me le nommiez, l'un ou l'autre, puisque c'est possible.

Le garçon menaçait également le bandit et la vieille. Peut-être cette dernière allait-elle ajouter quelque autre renseignement quand Macaire, sans être remarqué de l'infortuné amant, fit un geste brusque pour qu'elle se tût.

— Tu es maintenant aussi au courant que nous, dit-il au garçon... La Rieuse s'est sauvée de chez toi comme si le diable l'emportait! Elle était avec le *mirliflor* que je t'ai annoncé. Pour le moment, c'est tout ce qu'on peut t'affirmer... Hier, nous ne nous intéressions pas à toi. Maintenant, c'est différent, t'es un ami pour moi, et bientôt on t'informera...

— Vous le promettez?

— Je te le jure!

— Malheur au mirliflor!

Charlot avait dépensé ce qui lui restait d'énergie à prononcer ces dernières paroles. L'ivresse reprenait le dessus.

Il essaya de balbutier encore quelques mots, mais sa langue épaissie lui refusa le service. Pour recouvrer la raison, il fit précisément le contraire de ce qu'il devait faire. Il vida encore le verre que Macaire avait poussé devant lui. Ce fut le coup de grâce et il glissa sous la table.

Macaire prit la vieille à part.

— Demain, il nous cherchera pour savoir qui a enlevé la Rieuse, car il n'aura pas perdu la mémoire de tout ce qui s'est passé ce soir. Cela lui sera resté dans la tête, car il a à cœur de découvrir l'individu qui lui a pris sa femme... Je vais te dire qui il faudra lui désigner...

— Que me donneras-tu pour cela?

— Cent francs, dont voici la moitié!...

La vieille s'empressa de prendre les pièces d'or que lui tendait Macaire.

— Je comprends, tu veux qu'il aille chercher querelle à quelqu'un qui te déplait et qu'il tuera!... Je l'ai vu dans son regard, quoiqu'il fût bien saoûl... Je m'y connais,... Pas vrai?...

— C'est juste!

— Qui lui nommerai-je donc?...

Il baissa la voix.

— Le fils de Dorgeval...

— Ah! par exemple, ça me va de faire de la peine à ces gens-là. J'ai de la haine pour eux...

— D'où vient?...

— Ne m'ont-ils pas, à l'époque, ruinée, privée de mon gagne-pain?...

— J'ignorais...

— Ils m'ont pris une enfant que j'avais dressée à mendier... Il est vrai qu'ils m'ont remis de l'argent, mais c'est égal!...

— Quelle était cette enfant?

— La belle fille qu'ils ont maintenant avec eux et qui fait la fière dans leurs voitures...

— Tiens, tiens... Et d'où avais-tu sorti cette petite?

— L'histoire est bonne... Désires-tu la connaître?

— Très volontiers.

La mégère se mit à donner à Macaire des explications qui lui parurent évidemment du plus grand intérêt, car il les écouta avec une attention surprenante. La joie la plus vive éclatait après cette déclaration sur son visage qui reflétait aussi les plus mauvaises passions.

— Et tu ne leur as pas appris quelle était la famille de Camille?

— Non, répondit la vieille.

. . . .

En quittant une première fois le débit de la rue de la Tuile, nous avons offert à nos lecteurs comme contraste la fête brillante de Dorgeval.

Nous allons nous rendre encore chez le négociant pour opposer une scène touchante à celle à laquelle nous venons d'assister et où nous n'avons rencontré que laideur morale.

10.

Le lendemain, en effet, de l'entretien entre Macaire et la femme qui avait vécu avec le médecin à la corde, Camille, à genoux près du lit de madame Dorgeval, crut devoir lui avouer l'état de son cœur et ce qui se passait entre elle et Lucien.

Amélie écouta avec surprise d'abord sa protégée, puis, comme elle gardait le silence, la jeune fille, toute tremblante, lui dit :

— Ma bonne mère, si je vous ai offensée, je vous prie de me pardonner. Je rachèterai ma faute en m'éloignant et il m'oubliera.

La malade se taisait encore.

Camille lui prit la main et la baisa.

— Si vous ne voulez pas qu'il devienne mon époux...

Madame Dorgeval l'interrompit avec émotion :

— Et pourquoi ne le voudrais-je pas, fille chérie, pourquoi ?... N'es-tu pas la créature la plus capable de faire le bonheur de mon Lucien ? En te donnant à lui, c'est un trésor que nous lui confierons...

— Que vous êtes bonne !

— Mon mari partagera, sans aucun doute, mon avis, car il y a peu de jours il ne tarissait pas d'éloges sur ton compte... Comme je lui disais que ton établissement me préoccupait, il me répondit que jamais nous ne trouverions personne qui fût digne de toi... Je vis qu'il lui serait très pénible de se séparer de son enfant...

— Je n'aurai, pour lui aussi, jamais trop d'affection...

— Il riait d'une demande qui nous a été adressée par M. Moriceau...

— Ce vieillard millionnaire qui a la passion des plantes ?

— Il paraît qu'il n'admire pas seulement les plantes, puisqu'il a des vues sur toi...

— Ah !

— Dorgeval n'a pas consenti à ce que l'on te parlât même de ce prétendant... Il y a aussi M. Rodrigues, le médecin des pauvres, qui est épris, et, bien qu'il ne nous ait pas fait encore part de ses sentiments, nous savons très bien qu'il a pour toi une vive admiration... Celui-là également, ton père ne le trouve pas à son goût, car, dit-il, on ignore d'où il sort, qui il est... Nos regards ne s'étaient pas portés plus près de nous, sur notre propre fils, et c'est bien extraordinaire que nous ne nous soyons doutés de rien... L'amitié fraternelle qu'il t'avait vouée s'est donc changée en amour !... La Providence a des voies impénétrables et profite de nos propres imprudences... Je le reconnais maintenant, nous avons été imprévoyants... Mais tout est bien qui finit bien... Je ne doute pas du consentement de Dorgeval...

Camille était ravie de ce langage plein de mansuétude et de bonté. Elle était heureuse de l'estime qu'elle avait inspirée à ses parents adoptifs et de leur attachement...

Amélie insista pour avoir des détails. Elle les lui donna avec une effusion qui témoignait de la satisfaction qu'elle éprouvait de soulager son cœur par des confidences à sa bienfaitrice. Elle s'était reprochée si souvent comme un crime de cacher à celle-ci ses pensées et ses plus chères espérances !

— Mais Lucien, pourquoi n'a-t-il pas dit ce qu'il ressentait ?...

— Il n'osait plus dans ces derniers temps...

— Comment, il craignait son père, sa mère surtout ?...

— Nous avions peur qu'un refus...

— Pauvres enfants !... C'est moi qui dirai tout à votre père. C'est moi qui, ce soir, lui ferai part de ce qui arrive et vous verrez qu'il vous tendra les bras ..

— Oh ! que je vous aime !...

L'excellente femme pressa Camille contre son cœur. Elle avait des larmes dans les yeux et celle-ci pleurait d'attendrissement.

L'orpheline se retira, l'âme pleine de bonheur. En

quittant la chambre d'Amélie, elle entra dans un salon qui communiquait avec une pièce où Dorgeval travaillait parfois.

Elle entendit un bruit de voix qui partait de cet appartement. Son protecteur avait une conversation très animée avec son associé Macaire, dont elle reconnut aussi la voix. Les paroles, d'ailleurs, lui parvenaient parfaitement distinctes.

Elle allait se retirer, quand on prononça plusieurs fois son nom de suite. Machinalement, elle écouta.

CHAPITRE XVIII

Un coup de pistolet.

Macaire s'était présenté ce jour-là à Dorgeval plus insolent que jamais.

En le voyant seulement, le négociant comprit que cet homme allait faire valoir des prétentions nouvelles et il eut une sorte de frémissement de haine, car il le supportait depuis quelque temps avec plus de peine encore que d'habitude. Il fallait bien que son complice lui rappelât quelles seraient les conséquences d'une indiscrétion de sa part et le menaçât de se servir du fatal secret dont il était possesseur!

Dorgeval venait d'examiner une magnifique paire de pistolets que nous avons déjà vus en sa possession et qui, on se le rappelle, étaient enfermés dans une boîte.

En tenant ces armes dans les mains, il s'était répété qu'une balle suffirait pour le délivrer de tous les ennuis, de tous les soucis dévorants, de tous les remords qui le poursuivaient.

Il avait chargé l'un des pistolets et l'avait approché de son front. Précisément, dans la nuit précédente, le médecin à la corde et le capitaine Béraud même lui étaient apparus. En pressant la détente, il se débarrasserait à jamais de ces funèbres images.

Macaire n'aurait plus la faculté de l'humilier. La mort serait un repos dont rien ne troublerait la tranquillité suprême.

L'instinct de la conservation lui fit replacer néan-

moins le pistolet dans la boîte qu'il n'avait pas encore
fermée, quand le misérable qui le persécutait se montra,
comme nous l'avons dit, d'un air provoquant.

Il entra et s'assit délibérément.

— Il me semblait, dit Dorgeval froidement, que j'avais
défendu ma porte et que le garçon de bureau avait ordre
de n'introduire personne.

— Il a pensé que moi, votre associé, j'étais excepté.

— Il a eu tort!

— Vous n'êtes pas aimable aujourd'hui.

— Je suis ce qu'il me plaît d'être...

— Je vois, cher patron, que vous continuez à me
considérer d'un mauvais œil et par conséquent à être
très peu juste à mon égard. Vous ne vous doutez pas
assurément de la satisfaction que je vais vous causer...

— De quoi s'agit-il ?...

— Devinez...

— Encore quelque prétention!... Oh! cette fois, je te
résisterai, car je suis fatigué...

— Vous êtes en effet peu disposé, comme toujours, à
m'être agréable... Néanmoins je vous serai reconnaissant de m'écouter avec attention... Je commence par
vous dire que, depuis que je suis de retour à Rouen,
vous m'avez forcé de vous admirer par votre conduite
vis-à-vis d'une orpheline qui, sans vous, serait problable-
ment dans le plus pénible état... Il me semble que je
vous en ai déjà parlé...

— Cela ne te regarde pas!

— Je vous adresse des éloges et vous les repoussez!

— Éloges ou injures, tout m'est indifférent de ta
part!

— Merci, mais j'ai le droit d'exprimer ma pensée et
même de proposer de me joindre à vous pour cette bonne
action...

— En vérité?

— Ne serait-ce pas un acte digne de louange de vous
aider à assurer l'avenir de la pauvre enfant, que vous

avez arrachée à la misère et au malheur, de vous
proposer de continuer votre œuvre et de vous délivrer
peut-être d'un souci?

— Un souci !

— Oui, celui de songer à l'établissement de mademoiselle Camille !

— Je ne comprends pas.

— En un mot, je vous prie de m'accorder la main de
votre pupille !

Macaire s'attendait à produire quelque effet sur
Dorgeval. Son attente fut dépassée, car le négociant
devint verdâtre. Il se leva et fut sur le point de s'élancer
sur ce coquin éhonté...

— Misérable bandit; être vil et méprisable ! Va-t'en,
va-t'en... Tu ne crains pas d'outrager la plus pure et
la plus douce des créatures, en songeant qu'il serait
possible qu'elle fût unie à toi...

— Je sais que vous la garderiez volontiers pour vous,
car vous êtes amoureux d'elle...

— Tais-toi, tais-toi...

— Vous l'aimez, vous marié, et croyez-vous que cette
affection ne soit pas plus une offense que la mienne?...

— Tu es un infâme capable de toutes les hontes...

— Oui, je pourrais monter sur l'échafaud... en votre
compagnie. Vous êtes dur pour vos rivaux... Heureusement, je ne suis pas le seul. Il y en a d'autres, parmi
lesquels un qu'elle aime !...

— Tu mens...

— Non... La preuve, c'est que je vais vous dire son
nom... C'est Lucien Dorgeval !...

— Oh !

— Aveugle, vous n'avez pas vu naître la passion de
votre fils pour la jeune fille à côté de laquelle il a été
élevé. La belle rousse n'a pas été longtemps insensible...
Elle ne désire plus qu'une chose maintenant : être à lui
pour toujours !

— Ce n'est pas vrai !

— Quel intérêt puis-je avoir à constater une telle affection, alors que Camille est destinée à être ma femme?

— Jamais!

— Allons donc!

— Tu feras ce que tu voudras, tu me dénonceras comme meurtrier... Plutôt le bagne, plutôt la mort que de te la donner!... .

— Vous la laisserez se marier avec Lucien?

— Lucien est un honnête garçon! Il est soumis et obéissant...

— Il vous a trompé, cependant, quoiqu'il sût ce que vous éprouviez...

— C'est une invention...

— Non, je suis perspicace, moi... Je suis observateur! Je vous affirme que je dis la vérité... Et voilà comment vous êtes récompensé d'une bonne action!...

Dorgoval était anéanti...

— Infortuné que je suis!

Sa main se posa sur la boîte de pistolets. Il ne se rendait plus compte de ce qu'il disait, de ce qu'il faisait... Cette Camille qu'il aimait plus que la vie, qui, sans s'en douter, s'était emparée de son cœur, de son âme, de ses pensées, de toute sa personne enfin, appartenait à son fils et désirait devenir son épouse... Un immonde scélérat lui révélait cet état de choses en faisant part de désirs, qu'il formulait comme des ordres, étant donné le pouvoir de le perdre qu'il possédait.

— Un peu de courage et accordez-la moi!

— Sur tout ce qui m'est sacré, sur ma tête et sur celle de Camille, qui m'est plus chère que la mienne, je te jure qu'elle ne sera jamais à toi... Je préfère, avant de la livrer, lui dire tout...

— Tout?... Même votre crime?...

— Oui... tout!

— Lui direz-vous aussi qu'elle est la fille de Georges Béraud?...

Dorgeval chancela comme frappé par un coup de massue.

— Assassin de son père, lui raconterez-vous, pour faire votre cour, combien vous avez donné au médecin à la corde?... Ce qui me rassure, c'est que j'ai entre les mains les moyens de créer un abîme infranchissable non-seulement entre elle et vous, mais entre elle et votre fils... Elle est perdue pour vous deux... Cédez-la-moi de bon cœur...

— Toi aussi tu as causé la perte de son père!

— Elle l'ignore, car, si elle devient ma femme, je me tairai...

— Est-ce que je rêve, mon Dieu?

— Voyons... Camille ne vous rappelle-t-elle pas votre victime, homme impressionnable? Ce front, ce regard, cette chevelure qui a comme un mélange des cheveux noirs de Georges, des cheveux blonds d'Adrienne et du sang qui a été versé, ne les avez-vous pas reconnus?... A moi la fille, à vous l'or du père!... Gardez-le désormais... Je ne vous le disputerai pas et j'aurai plus que vous encore intérêt à ne rien dévoiler à la justice.

— Elle n'est pas la fille de Béraud!

— J'ai appris cela de la maîtresse de Thibert, à qui vous l'avez prise. Par une étrange fatalité, l'enfant de la victime était devenue l'esclave de la compagne de l'assassin...

— Crois-tu que le père ne me pardonne pas s'il voit l'affection que je porte à son enfant?...

— Pardonner quoi? Sa ruine, son assassinat, la folie de sa femme, puis, la mort de celle-ci causée par le désespoir!

— Ma raison s'égare... Grâce!... Mais ces méfaits, tu en es le principal auteur!... On dirait que Camille le devine et que c'est le motif de la répulsion que tu lui inspires.... Moi au contraire, elle me respecte, elle me vénère... Elle a pour moi un amour tout filial....

20

— C'est pourquoi elle se sacrifiera si vous le lui demandez en faisant valoir une raison grave...

— Je serais donc une seconde fois la cause de son malheur!

— Je la rendrai heureuse. Elle a actuellement peu de considération pour moi parce que l'on m'a frappé et humilié devant elle... C'est précisément pour cela que je me suis juré que j'abaisserais son orgueil, qu'elle m'appartiendrait, cette belle enfant qui me regarde avec mépris. Je veux la voir tremblante et soumise dans mes bras... Une passion s'est éveillée en moi, passion étrange comme la vôtre et à laquelle je sacrifierais tout, excepté ma vengeance, car je n'en ai pas fini avec l'homme qui m'a outragé... En me voyant épouser Camille, il souffrira et ce ne sera pas encore assez... Mais elle, si elle sait me comprendre, elle obtiendra tout de son mari... Eh bien! quelle est votre décision?...

— Je refuse...

— Il ne vous est pas possible de me résister, car cette fois ma résolution est irrévocablement prise... Je préfère, moi aussi, l'échafaud à l'idée de renoncer à mon projet... Je le répète, si vous m'accordez ce que je vous demande, pour vous c'est la libération... Je vous rendrai la seule preuve irréfutable que j'ai conservée...

— Ah!

Macaire montra un portefeuille.

— Là se trouve le reçu que vous aviez fait au capitaine des 230,000 fr. qu'il vous avait confiés.

Dorgeval tendit la main.

— Patience! Je vous le remettrai après...

Le négociant eut un rire sardonique.

— Tu vas me le donner tout de suite!

— Aurai-je Camille?

— Non!...

— On vous le montrera alors à la cour d'assises...

Dorgeval, ne se possédant plus, sortit le pistolet.

— Le reçu! malheureux, le reçu!

Il dirigea l'arme vers Macaire.

— Vous voulez m'intimider, dit celui-ci... Vous me croyez donc un enfant?... Regardez... J'ai pris mes précautions...

Le bandit tira un poignard de son sein.

— Voilà qui est autrement dangereux que votre joujou qui fait du bruit... Je peux tuer en silence avec le mien, tandis que, si vous vous servez du vôtre, on accourra et vous serez immédiatement pincé... Serais-je désarmé, d'ailleurs, je n'aurais pas peur de vous, car vous êtes un lâche!...

A peine eut-il proféré cette injure qu'une détonation retentit et qu'une balle l'atteignit en pleine poitrine. Il porta une main sur sa blessure puis, de l'autre, agita le poignard.

Ses yeux prirent une expression effrayante. Il essaya de proférer un blasphème, de finir par une malédiction, mais il n'en eut pas le temps. Il tomba de toute sa hauteur et Dorgeval comprit aussitôt qu'il était mort.

Le portefeuille était par terre. Le meurtrier s'en empara et, comme jadis Macaire, lorsque Béraud avait été frappé d'une attaque d'apoplexie, il ne se préoccupa que de chercher la pièce dont le scélérat lui avait rappelé l'existence. Il la découvrit et la mit dans sa poche.

On venait au bruit causé par le pistolet. Pendant que le négociant entendait des pas rapides, il crut percevoir aussi un cri faible, une sorte de plainte. Il ouvrit la porte de l'appartement voisin et fut en présence de Camille étendue sur le parquet et privée de ses sens.

— Oh! elle écoutait... Elle sait tout... Je suis maudit! fit Dorgeval avec l'accent de la plus profonde douleur.

FIN DE LA DEUXIÈME PARTIE.

TROISIEME PARTIE

CHAPITRE PREMIER

La dame en noir.

La rue des Bons-Enfants, à Rouen, qui part de la place Cauchoise et qui est presque parallèle à la rue de l'Hôtel-de-Ville, n'aurait rien de bien remarquable si Fontenelle n'y était pas né, ainsi que l'indique une inscription qui donne en même temps la date du 14 février 1657 à laquelle cet esprit brillant, ce philosophe aimable, mais égoïste, vint au monde.

Non loin de la maison de Fontenelle habitait, en 1859, une dame nouvellement fixée à Rouen et qui avait le don d'intriguer quelques voisins et surtout quelques voisines ne dédaignant pas de s'occuper des affaires d'autrui.

Cette dame était arrivée de Paris et était descendue au *Grand-Hôtel*, type achevé de la vieille auberge normande dont M. Lucien d'Hura donne la description dans son intéressant ouvrage sur *Rouen, ses monuments et leurs souvenirs historiques.*

L'inconnue était restée assez longtemps au Grand-Hôtel, puis elle s'était informée si elle ne trouverait pas un appartement dans le quartier. On lui en avait,

20.

dans la rue même, procuré un qu'elle avait fait modestement meubler et où elle s'était installée, vivant d'abord tout à fait seule et évitant les relations.

Elle avait déclaré s'appeler madame Durand, mais on préférait la désigner sous le nom de « la dame en noir. » Celui de Durand paraissait réellement trop vulgaire pour sa physionomie aristocratique.

Elle portait du reste des vêtements de deuil qui justifiaient son surnom. Ils s'harmonisaient aussi avec sa beauté en faisant ressortir la blancheur de son teint.

La dame en noir devait avoir une trentaine d'années. Elle était d'une taille un peu au-dessus de la moyenne. Ses yeux étaient bruns avec une expression de mélancolie qui dominait d'ailleurs dans son visage.

Cette femme cachait évidemment un secret douloureux, mais ceux qui essayèrent d'en savoir quelque chose en furent pour leurs questions.

Une des voisines se montra particulièrement opiniâtre. Elle imagina de lui rendre un jour visite, sous un prétexte quelconque.

Madame Durand la reçut poliment, mais très froidement. La voisine lui demanda si elle était veuve. Elle répondit nettement sans paraître offensée de cette curiosité :

— Non, madame.

— Monsieur votre mari est-il en voyage?

— Non, madame.

— Il habite Paris?

— Non, madame.

La visiteuse commençait à éprouver quelque embarras.

— Avez-vous l'intention de rester peu de temps à Rouen ou de vous y fixer?

— Je l'ignore, madame.

— Vous vivez bien isolée, bien retirée. Il est certainement des personnes qui seraient heureuses de profiter de votre société et peut-être trouveriez-vous quelque consolation dans la leur.

— Je ne veux pas être consolée, madame.

Elle se leva comme pour donner congé.

La voisine se retira interdite.

Un véritable événement, ce fut lorsque, après une absence de trois jours, la dame en noir reparut avec un jeune garçon de onze à douze ans.

Cet enfant lui ressemblait autant qu'un fils peut ressembler à sa mère. Il était, comme elle, très discret et très réservé.

Madame Durand n'avait pas de domestique; elle sortait elle-même pour faire ses achats ou bien se servait d'un individu que l'on ne regardait pas sans dédain.

C'était une sorte de commissionnaire *marron*, qui se tenait aux abords de la gare, et qui paraissait, d'ailleurs, jouir de la confiance de l'étrangère depuis le jour même de son arrivée. Nos lecteurs ont peut-être reconnu Charlot, qui cessa de venir régulièrement pendant la période si triste de sa vie qui suivit le départ de la Rieuse.

Le jeune homme n'était ni bavard, ni importun, c'était probablement ce qui engageait madame Durand à l'employer. Il avait pu ensuite lui fournir divers renseignements dont elle appréciait l'utilité.

Charlot savait que la dame en noir était bonne et compatissante. Après une absence plus prolongée, comme elle lui en demandait les motifs, il lui avait raconté ce qu'il éprouvait, et elle l'avait consolé, lui disant que Marie avait sans doute été obligée, par des circonstances indépendantes de sa volonté, de le quitter sans l'avertir. Il en aurait tôt ou tard des nouvelles.

Elle n'avait éprouvé aucune répugnance à jeter un regard dans l'existence du malheureux jeune homme qui appartenait à une classe inférieure. Elle n'avait pas été non plus effarouchée par l'aveu qu'il lui avait fait, non sans quelques réticences, de sa situation ambiguë vis-à-vis de la Rieuse. Aussi continua-t-il à lui raconter ce qu'il apprenait.

Un jour, il lui dit avec expression :

— On me fera connaître ce soir avec qui elle est partie.

— En vérité!

— Je ne m'étais pas trompé. Elle a fui avec... un autre...

Elle fut frappée de son accent.

— Prenez garde qu'on ne vous trompe!

— Soyez tranquille!

Elle n'entendit plus parler de Charlot pendant quelque temps. Elle le regrettait vivement, car son enfant était malade et elle eût bien voulu qu'il allât lui chercher Rodrigues, ce médecin dont elle avait souvent parlé avec lui.

L'indisposition persistant toutefois et prenant même une apparence grave, elle résolut d'employer une autre voie pour faire prévenir le praticien. Elle ne voulait pas se rendre chez lui, bien qu'elle n'ignorât pas qu'il habitait à Croisset.

Elle s'adressa donc à un brave homme, demeurant dans la même maison qu'elle, et qui lui avait rendu quelques services sans chercher à l'interroger sur ce qu'elle était et sur les motifs qui l'avaient engagée à se fixer à Rouen.

— Je suis à votre disposition, madame, lui répondit-il, mais j'ai peur que M. Rodrigues ne consente pas à venir.

— Pourquoi donc?

— Parce que vous êtes trop riche...

— Qu'en savez-vous?

— Je... je suppose...

— Il n'en est rien...

— Il ne consent à donner ses soins qu'aux ouvriers et aux personnes dans l'indigence... Vous n'êtes pas dans ce cas...

— Eh bien, moi, je pense que si on lui disait qu'une pauvre femme, qui n'a confiance qu'en lui, lui demande la guérison de son fils, il accepterait...

— Vous connaissez déjà M. Rodrigues comme médecin ?

Elle hésita.

— Oui... oui...

— L'avez-vous déjà vu à l'œuvre ?... N'est-ce pas qu'il n'en est pas comme lui ?... Il est complaisant avec les malades, et bon, et compatissant...

— C'est vrai.

— Mais alors il vous a déjà fait des visites ici ou ailleurs. Je n'ai qu'à lui rappeler votre nom pour empêcher toute résistance de sa part.

— Il ne se souviendra pas.

Le voisin se rendit néanmoins à Croisset et obtint du médecin des pauvres qu'il viendrait chez madame Durand le lendemain.

Rodrigues tint sa promesse.

La dame en noir l'attendait avec une anxiété difficile à décrire.

Dès qu'il eut sonné à la porte, elle lui ouvrit.

Il entra ; mais, à sa vue, ses traits exprimèrent un étonnement profond.

— Vous ! fit-il... Vous, madame !

— Oui, moi !

Il y avait aussi du dédain et de la colère sur son visage.

Il manifesta l'intention de partir.

Elle devint toute tremblante.

— Vous serez donc toujours impitoyable... Grâce, dit-elle, grâce !

Elle le saisit par le bras et semblait vouloir se jeter à ses pieds. Il la repoussa.

— Vous ne me pardonnerez donc pas ?

— Jamais !

— Oh !

— Adieu, madame.

— Vous ne me demandez même pas ce qu'a votre fils pour qui je vous ai fait prier...

— Mon fils! dit Rodrigues avec un accent rempli d'amertume et de douleur.

— Oui, votre enfant, pour qui vous montrez une indifférence si grande et à qui j'apprends cependant chaque jour à bénir son père...

— Lequel?

— Vous, je le jure, vous qui êtes d'une cruauté sans exemple!

— Je ne crois plus à vos serments.

— Vous avez tort, car Dieu est témoin de la sincérité de celui que je vous fais aujourd'hui!

— Est-ce ma faute si j'ai perdu toute confiance et ne vois plus autour de moi qu'embûches et trahison?

— Vous fuyez cette maison! Et si celui que vous refusez de voir est en danger de mort?

— Je m'imaginais que c'était un nouveau mensonge.

— Une mère ne ment jamais avec ces choses-là.

— Je veux donc bien constater son état, mais à une condition... Il ne me connait pas?...

— Il ne vous a jamais vu, hélas!

— Vous ne lui révélerez pas qui je suis... Je l'exige!...

— Vous serez obéi.

Le médecin des pauvres suivit la dame en noir qui le conduisit vers la chambre où le jeune garçon était couché.

Il ne put se défendre, en voyant le petit malade, d'une émotion qu'il réprima cependant tout de suite.

Il lui prit le pouls, puis le tâta et l'examina longuement.

— Rassurez-vous, dit-il. Voici une ordonnance qui suffira pour le guérir.

— Vous ne reviendrez plus?

— Non, c'est inutile.

La pauvre femme pleurait.

Rodrigues eut un signe d'impatience, bien qu'il dût s'avouer qu'il était touché.

Il sortit de l'appartement accompagné de la mère.

— Si je vous suppliais de revenir une autre fois, lui dit-elle?

— Cela me serait impossible, car je quitte Rouen.

— Ah! c'est affreux... Vous ne pouvez donc plus rester dans cette ville parce que vous savez que j'y suis?...

— Peut-être...

Elle se tordit les mains avec désespoir.

— Rassurez-vous... C'est moi qui m'en irai, monsieur, dès que mon fils sera en état de supporter le voyage.

— Je vous remercie, car nous ne devons pas avoir le même séjour...

— Vous me détestez donc bien?

— Non.

— Vous me méprisez, alors?

Rodrigues ne répondit pas.

Elle se cramponna à la muraille pour ne pas tomber, car elle se sentait faiblir.

Le médecin des pauvres salua cérémonieusement.

— Il me méprise, il me méprise!... dit la malheureuse femme quand il ne fut plus là, je préférerais encore de la haine!

CHAPITRE II

Une formalité.

La mort de Macaire avait fait grand bruit à Rouen.

Dorgeval, mis en état d'arrestation, expliqua d'une manière assez habile au juge d'instruction de quelle manière il avait été amené à commettre ce meurtre.

Il avait comblé, dit-il, de ses bienfaits, l'ancien employé de son père, et même, malgré son inconduite, il l'avait intéressé dans ses affaires. Or, cet homme, qu'il avait toujours considéré comme un ami d'enfance, l'avait récompensé par l'ingratitude la plus noire.

Non content de ne lui être d'aucune utilité, il abusait de sa bonté, et manifestait sans cesse des exigences nouvelles.

Le jour de sa mort, il s'était présenté en état d'ivresse dans son cabinet et lui avait demandé une assez forte somme qui lui avait été refusée.

Furieux, Macaire avait sorti un poignard et en avait menacé son patron, son associé, qui avait dû se défendre contre cette agression. Il avait tué ce misérable qui voulait attenter à sa vie. N'était-il pas dans le cas de légitime défense?

Ce fut l'opinion du juge d'instruction, qui traita avec beaucoup de courtoisie le négociant, et le fit mettre en liberté, en l'invitant toutefois à se tenir à sa disposition.

L'enquête confirma les déclarations de Dorgeval. Les employés de ce dernier témoignaient des égards dont Macaire avait été comblé et de la mauvaise attitude de celui-ci.

Il fut établi qu'il s'adonnait à la boisson, et le père Printemps fut appelé lui-même à déclarer que ce client avait été plusieurs fois mis hors de son établissement tout à fait ivre. Il était alors d'une humeur fort querelleuse et avait même quelques mois auparavant assez grièvement blessé un jeune homme nommé Charlot, qui fut invité, lui aussi, à déposer.

L'amant de la Rieuse fut donc entendu, comme témoin à décharge, dans ce procès où son père était l'accusé. Il dut dire la vérité.

Le poignard que Macaire avait sur lui fut reconnu par l'armurier qui le lui avait vendu.

Quel intérêt avait ensuite Dorgoval à donner la mort à cet individu? Évidemment aucun. Il y avait lieu de tenir ses assertions pour vraies.

Néanmoins, la chambre des mises en accusation décida le renvoi devant la cour d'assises plutôt comme une formalité que pour que la société eût une satisfaction.

Avant sa comparution devant le jury, un grand malheur frappa Dorgoval. Sa femme mourut. Les émotions qu'elle avait éprouvées avaient aidé la maladie dans sa tâche.

Amélie avait été vivement impressionnée par la mort tragique de Macaire, par l'arrestation de son mari et par la disparition de Camille.

La jeune fille avait, en effet, quitté la maison immédiatement après la scène à laquelle elle avait assisté et l'on ne savait pas ce qu'elle était devenue.

Les recherches les plus actives avaient été effectuées. Dorgoval connaissait seul le motif qui avait poussé la fille du capitaine Béraud à s'enfuir.

Il le cacha naturellement à la justice, qui essaya d'abord de découvrir s'il existait quelque corrélation entre la mort de Macaire et ce départ soudain.

On avait vu Camille sortant de la maison peu après la détonation, l'œil hagard, l'air égaré; mais les personnes qui avaient assisté à ce spectacle avaient cru que, épouvantée, elle se réfugiait chez quelque amie, et n'avaient pas soupçonné de funestes desseins.

Maintenant ne fallait-il pas admettre, ou tout au moins étudier l'hypothèse d'un suicide? Plusieurs corps furent retirés de la Seine, mais aucun qui offrît quelque ressemblance avec celui de la pauvre enfant.

Le juge d'instruction, ayant adopté la version de Dorgeval relative à la mort de Macaire, ne considéra le départ de Camille que comme une chose secondaire plus ou moins déterminée par l'événement principal.

Il ne s'agissait, après tout, que d'une jeune fille jadis recueillie en état de vagabondage, et qui peut-être avait senti ses goûts d'autrefois se réveiller. Bien entendu on ne songea pas que ce fût pour reprendre entièrement sa vie passée qu'elle avait voulu recouvrer sa liberté. Une autre pensée vint au magistrat.

Il s'informa, auprès de Dorgeval, si Camille n'avait jamais manifesté quelque inclination, s'il n'avait pas remarqué qu'elle fût l'objet d'assiduités...

Le négociant répondit négativement. Il savait bien qui sa fille adoptive aimait. Ah! si Lucien eût disparu, si même il eût été indifférent, il eût eu, lui aussi, des soupçons.

Mais il voyait avec une sorte de joie égoïste son fils plongé dans la plus profonde douleur. Evidemment ce que lui, Dorgeval, éprouvait, le jeune homme, son rival, l'éprouvait également. Leurs angoisses étaient jusqu'à un certain point du même genre.

De plus, l'assassin de Béraud sentait que l'horreur que Camille avait éprouvée pour lui en apprenant son crime, avait dû rejaillir sur Lucien. Elle avait compris qu'elle ne pouvait plus épouser le fils de l'homme qui avait payé le médecin à la corde pour tuer son père!

Tandis que le juge d'instruction s'arrêtait sur cette idée que la jeune fille, profitant d'un moment de crise dans la maison où elle avait été recueillie, était partie avec quelque amoureux, Dorgeval restait dans une profonde anxiété sur le sort de celle qu'il aimait encore passionnément, malgré tout ce qu'il avait appris.

Lucien, comme nous l'avons dit, ressentait un horrible désespoir.

Il s'était, avec sa mère, perdu en conjectures. Ils n'avaient rien su, ils ne s'étaient doutés de rien. Dans la mort de Macaire, ils n'avaient vu que Dorgeval cédant à un fatal mouvement de colère.

Le jeune homme avait paru un instant accuser Camille; mais Amélie l'avait vite détrompé en lui racontant la scène où elle avait reçu l'aveu de cet amour si pur, si candide, qui l'avait à la fois surprise et touchée.

Évidemment, Camille avait été sincère et, si elle ne l'avait pas été, dans quel but ces confidences?...

Quel mystère affreux! Celle qui lui avait donné son cœur en échange du sien avait-elle été la victime d'un accident, d'un crime?...

Nous avons déjà fait connaître que la disparition de la jeune fille contribua puissamment à aggraver le mal de madame Dorgeval.

Avant de mourir, elle dit à son fils :

— Je sens que Camille n'est pas là-haut, que je ne vais pas encore la retrouver; mais je sais aussi qu'elle n'est pas coupable. Dieu l'éprouve ainsi que nous... Je vous bénis tous deux... Mes enfants, mes chers enfants...

Ce furent ses dernières paroles, et Lucien, en présence du cadavre de la digne femme, crut un instant qu'il allait perdre la raison. Il avait cette sensation d'un malheureux qui voit tout s'écrouler autour de lui.

Peu après, Dorgeval comparut devant la cour d'assises. Nous le répétons, ce ne fut qu'une formalité.

Dans cette affaire, la sympathie générale était pour l'accusé et la foule se rendait à l'audience avec la certitude qu'elle allait assister à son acquittement.

Cette belle salle des assises que nous avons déjà

décrite était bondée. On éprouvait, malgré tout, une curiosité de voir quelle attitude aurait ce millionnaire.

Les débats ne furent ni émouvants, ni passionnés. L'acte d'accusation se bornait à raconter les faits sans commentaires. On y mentionnait, néanmoins, les mauvais antécédents de Macaire et l'excellente réputation de Dorgeval. La victime était, contre l'habitude, maltraitée au profit du meurtrier et les articles du code, sous lesquels tombaient les faits pour lesquels le négociant était poursuivi, étaient énumérés sans conviction.

Dans son interrogatoire, Dorgeval ne fut pas une seule fois appelé accusé. Le président eut pour lui les égards qu'avait déjà montrés le juge d'instruction.

De même qu'on lui avait épargné la captivité, on lui épargna les gendarmes, et une chaise fut placée pour lui hors de l'espace réservé habituellement aux prévenus.

Le négociant était cependant pâle, défait. On expliqua cet air abattu par une émotion bien naturelle, et personne ne soupçonna tout ce qu'il éprouvait.

Il n'avait aucun regret d'avoir tué Macaire, et il savait d'avance qu'il allait être acquitté; mais cette affluence, la salle de la cour d'assises, la situation dans laquelle il se trouvait, évoquaient d'autres souvenirs.

Il se retraçait les péripéties du procès Thibert auquel il avait assisté avec tant d'anxiété, et même, un instant, il lui sembla qu'il était encore à l'époque où un aveu, un mot du médecin à la corde eussent suffi pour le perdre.

Tandis qu'avait lieu le défilé des témoins, il fut l'objet d'une étrange illusion, il crut que la lumière s'était faite et qu'il avait à répondre de l'assassinat de Béraud.

Son imagination s'exalta jusqu'au délire, et son teint, livide d'abord, s'empourpra peu à peu.

Il se figura qu'il n'était plus seul en présence de la cour et qu'il avait à côté de lui l'homme qui était mort sur l'échafaud et celui qui était mort de sa main. Il se débattait sous leurs dénonciations, sous leurs reproches. Ses regards se portèrent effarés du côté du public, et son cerveau troublé lui fit voir distinctement Béraud qui s'avançait appuyé sur l'épaule de Camille.

Il eut un gémissement, un cri rauque et s'évanouit.

Un long murmure s'éleva dans la salle. L'audience fut naturellement interrompue pour que des soins lui fussent donnés. On le transporta dans une salle, où il ne tarda pas à revenir à lui.

Son visage avait une expression d'épouvante qu'il perdit seulement lorsqu'il reconnut qu'il avait été le jouet d'une redoutable illusion. M. le président faisait prendre avec sollicitude des nouvelles de sa santé.

Les débats purent être repris, et une seule chose fit encore quelque impression sur Dorgeval.

Parmi les témoins qui restaient à entendre, était Charlot cité pour raconter l'acte de violence dont il avait été victime de la part de Macaire en état d'ivresse.

Suivant la coutume, le président lui demanda son nom.

— Charles Arduin, dit Charlot. Arduin est le nom de ma mère, car je suis enfant naturel.

Le négociant tressaillit, en entendant ce nom d'Arduin, et ses regards se portèrent sur le jeune homme.

Celui-ci le considérait également.

Le président continua.

— Etes-vous parent, allié ou serviteur de l'accusé?

Les yeux du garçon se rencontrèrent avec ceux du séducteur de sa mère.

— Répondez, fit le président.

Le fils de Lucie eut un air dédaigneux.

— Non! dit-il d'une voix forte.

21.

Charlot raconta ensuite l'agression dont il avait été l'objet de la part de Macaire, en présence de la Rieuse.

L'avocat général, qui occupait le siége du ministère public, demanda :

— Est-ce que cette Marie la Rieuse n'était pas une fille inscrite?

Charlot pâlit.

— Oui, répondit le défenseur de Dorgeval, et messieurs les jurés pourront apprécier quels étaient les gens que fréquentait la victime.

Le garçon crut voir une certaine expression de dédain glisser sur le visage de Dorgeval, et il regagna, profondément humilié, la place qui était assignée aux témoins.

Le reste du procès n'offrit plus d'incident. L'avocat général déclara purement et simplement s'en rapporter à la sagesse du jury. Il abandonnait presque l'accusation, comme jadis l'avocat de Thibert avait abandonné la défense.

L'avocat de Dorgeval fut au contraire chaleureux, éloquent. Il fit un éloge de toute l'existence d'honneur et de probité de son client. Il le dépeignit, dans l'affaire actuelle, victime de sa générosité envers un de ces misérables qui font repentir des bonnes actions.

Il établit la provocation, le cas de légitime défense. Dorgeval avait fait justice d'un homme qui voulait l'assassiner, lui, son bienfaiteur!

Le président, contre l'habitude, renonça à faire, de son résumé, un réquisitoire, et la délibération du jury fut des plus courtes. Son verdict était négatif sur toutes les questions et, un instant après, la cour prononçait l'acquittement. Quelques applaudissements retentirent dans la salle.

Lucien, qui, n'ayant pas cru devoir quitter son père en cette pénible circonstance, était resté assis auprès du défenseur, s'approcha alors pour embrasser Dorgeval que tous ses amis félicitaient.

Il fut surpris de la froideur avec laquelle son étreinte fut reçue.

— Ma mère serait bien heureuse, si elle était là, de voir votre innocence proclamée, dit-il cependant. Il ne nous reste plus maintenant qu'à retrouver Camille...

— Ah!

Une lueur passa dans l'œil du négociant et le jeune homme, se rappelant bien la découverte qu'il avait faite des sentiments de son père, crut s'apercevoir que ce dernier connaissait l'affection qui avait existé entre lui et la jeune fille.

Un autre soupçon lui vint. Celle-ci s'était peut-être enfuie parce que l'amour de Dorgeval lui avait été révélé d'une manière quelconque.

Plusieurs fois déjà, cette idée avait passé dans son esprit, mais elle n'y avait jamais laissé une trace aussi sérieuse que maintenant.

Il se demanda : Camille, instruite d'un sentiment qui était une injure pour sa bienfaitrice, un obstacle pour son union avec lui, ne s'était pas dévouée et, après avoir quitté la maison sous l'influence de la frayeur que lui avait causée la mort du bandit, n'avait pas pris la détermination de ne plus y rentrer?

Le jeune homme ne pouvait se douter de la profondeur de l'abîme qui avait été creusé par un assassinat que deux personnes connaissaient seules maintenant : celui des meurtriers qui survivait et Camille, la fille de Béraud, le malheureux étranglé pour une poignée de l'or que Dorgeval lui avait volé!

CHAPITRE III

Deux frères.

Charlot était resté dans l'état où nous l'avons vu quand il eut perdu la Rieuse. Le courage lui avait manqué pour se relever, et il était devenu un des consommateurs les plus intrépides du débit de la rue de la Tuile.

Il s'était même réconcilié avec le père Printemps, qui avait pardonné au client assidu les torts que le rival avait eus jadis envers lui.

Toutefois, il se gardait bien de faire crédit au commissionnaire qui, consacrant le peu qu'il gagnait au genièvre brut, était retombé dans le vagabondage, après s'être vu congédier du logement de la place Gaillardbois.

Charlot avait recommencé à dormir dans les embarcations du port, sur les ballots de marchandises. Il pouvait rarement se procurer un gîte dans quelque triste auberge, refuge de la misère et du crime.

Régulièrement, au contraire, vers une heure avancée, le garçon du débit le poussait dehors et il s'en allait, titubant, trop heureux lorsqu'une pluie glaciale ne le trempait pas jusqu'aux os.

Il était pâle, hâve, déguenillé. Les gens avaient raison d'hésiter à confier leurs bagages à ce misérable qui les sollicitait d'une voix rauque.

Nous le répétons, aucune étoile ne brillait maintenant dans sa nuit profonde et il allait, tâtonnant au fond de l'abîme, jusqu'au moment où il rencontrerait un abîme encore plus sombre, gouffre béant sous ses pas et ayant pour issue la honte, la prison ou la mort.

Le seul jour dans lequel le souvenir de sa mère lui revint un instant, ce fut celui où il se trouva en présence de Dorgeval, au milieu de la cour d'assises.

Avait-il menti en déclarant que cet homme ne lui était rien?

Le séducteur de Lucie, qui l'avait renié en désavouant la pauvre fille, se serait récrié si ce malheureux s'était dit son fils et tout le monde eût traité Charlot d'imposteur.

Le négociant avait entendu le nom d'Arduin et donné quelques signes d'émotion; mais il avait ensuite méprisé sans doute tout le premier ce personnage qui vivait dans l'avilissement.

Et cependant, qui était la cause première de cette situation, si ce n'était le père sans entrailles qui ne s'était plus préoccupé du triste fruit de sa débauche?...

Charlot avait lutté longtemps, puis, accablé par un abandon qui avait été pour lui une catastrophe, il s'était reconnu vaincu. L'éducation, la famille, ne lui avaient pas donné cette force morale qui permet quelquefois de résister aux plus grands maux. A qui la faute encore, si le courage avait fini par lui faire défaut?...

Le jeune homme n'avait pas été sans remarquer, à côté de l'avocat, Lucien Dorgeval, le fils légitime, qui avait pu, après l'acquittement, se jeter dans les bras de celui qui lui avait donné le jour.

Charlot comparait sa destinée à celle de l'enfant reconnu et qui avait eu le bonheur de naître pendant le mariage, tandis que lui était né en dehors. Il se disait peut-être, non sans raison, que la société, pour punir les liaisons que la loi n'a pas sanctionnées, a tort de frapper surtout l'être innocent, l'enfant qui n'a pas souhaité de venir au monde, et qui, en tout cas, n'eût

pas mieux demandé que d'être le fils de parents hono-
rés, au lieu de ne l'être que d'une fille perdue.

Cette société, si bienveillante pour les uns, est une
marâtre pour les autres, puisque, avec nos lois, le
délaissé ne peut même faire la preuve de sa naissance
et réclamer les droits que lui donne le sang et que
devrait lui donner l'équité.

Toutes ces réflexions achevèrent d'accabler Charlot.
Elles l'aigrirent en même temps; il devint querelleur
quand il avait bu.

Par un hasard singulier, depuis la mort de Macaire,
il n'avait plus revu la vieille femme qui avait jadis
vécu avec le médecin à la corde. Il l'avait cherchée
cependant pour la faire parler, car elle lui avait paru
réellement susceptible de lui fournir des renseignements
sur la disparition de la Rieuse.

Ce ne fut que deux ou trois semaines après l'acquittement de Dorgeval qu'il la vit entrer de nouveau dans
le *débit*.

Il alla aussitôt vers elle.

— Ce n'est pas malheureux que je te rencontre enfin!...
Où loges-tu?

— Je garde cela pour moi... Que t'importe?...

— Oh! ce n'était pas pour te dire des paroles d'amour
que je désirais te voir, sorcière!

— Tu pourrais t'adresser à plus mal... J'ai peut-être
ce qui remplace la beauté...

— Je sais que tu as ramassé pas mal d'argent en
exerçant toutes les professions...

— Je n'ai pas dit cela!

— Tu as peur d'être volée... Rassure-toi, ce n'est
pas pour essayer de découvrir où tu caches ton magot
que je t'interroge. Te souviens-tu de la conversation
que nous eûmes ensemble ici?...

— Il y avait un ami de Thibert qui a été tué le
lendemain, lui aussi... le pauvre Macaire...

— C'était une fière canaille!

— Tu me fais souvenir qu'il m'avait donné une commission et qu'il m'avait même payé... Sa mort m'avait tellement remuée que j'ai négligé... Et, d'ailleurs, il ne pouvait plus me remettre la seconde partie de la somme. C'est égal, je veux...

— Que m'importe tes affaires avec Macaire?...

— Elles t'intéressent plus que tu ne penses...

— Il n'est qu'une seule chose dont je désire être instruit... As-tu des nouvelles de la Rieuse?...

— Oui...

— Ah!

Le visage de Charlot s'était coloré légèrement.

— Où est-elle?

— Je ne peux pas l'indiquer exactement.

— Eh bien alors?...

— Mais ce que je connais, c'est le nom de l'individu avec qui elle s'en est allée, pour qui elle t'a abandonné!...

— Parle...

— Les anciennes amies de la Rieuse, qui m'ont appris qu'elle t'avait quitté, m'ont assuré qu'elles l'avaient vue le jour même partir pour Elbeuf!...

— Elbeuf!

— Elle a pris le bateau sur le quai Napoléon, en face la porte Guillaume-Lion... N'est-ce pas là que l'on s'embarque pour Elbeuf?

— En effet... Et elle était avec un jeune homme?

— Qui paraissait rempli d'attention pour elle.

— Tu as prétendu que tu savais qui il était...

— C'est vrai...

— Eh bien?

— C'est Lucien Dorgeval, le fils du négociant...

Charlot eut comme un rugissement...

— Oh! tu mens...

— On me l'a dit... je te le jure!...

— Qui ça la?...

— Macaire... Il était instruit de ce qui se passait...

N'était-il pas l'associé de celui qui l'a tué?... Il voyait dans la maison...

— C'est vrai! c'est vrai!

Le jeune homme se leva et se dirigea immédiatement vers la porte du débit.

La mégère le suivit du regard.

—Il fera un mauvais coup comme le désirait Macaire!... Si l'esprit de celui-ci peut encore assister à cela, il doit être content, car ce n'est pas ce que lui a fait le père qui doit lui avoir fait pardonner au fils... Moi aussi je voudrais qu'il leur arrivât malheur à ces Dorgeval du diable!

Il était nuit au moment où Charlot sortit de la boutique du père Printemps.

Il était en proie à une agitation extraordinaire, car il avait été entièrement dupe du mensonge de la vieille femme.

Il est des circonstances où celui qui est d'habitude méfiant se laisse facilement persuader à cause de la situation mentale dans laquelle il se trouve.

Charlot avait tout de suite reconnu un nouveau coup de la fatalité dans l'assertion qui lui avait été faite que la Rieuse était avec le privilégié, le fils légitime, que le hasard avait favorisé, tandis que lui était le paria, le maudit!...

Il se sentait plein de colère et de haine. Il avait des mots sans suite, car il ne savait comment exprimer son amère douleur.

Il allait, errant dans les rues, cherchant un endroit où trouver un soulagement à sa souffrance.

On était au mois de novembre. Une tempête sévissait dans le port; les navires s'agitaient avec des craquements lugubres, des bruits de chaînes et de poulies.

Impossible de recourir à l'asile habituel qui était offert par les gondoles. La pluie qui avait précédé le vent avait fait débarrasser les quais des ballots.

Et le vagabond n'avait pas sur lui une pièce de monnaie avec laquelle il eût pu se procurer un misérable abri! Il lui vint à l'idée de se constituer prisonnier au premier poste de police venu, de s'avouer sans domicile, c'est-à-dire tombant sous le coup de la loi qui punit ceux qui ne savent où reposer leur tête.

Il réfléchit qu'il lui fallait sa liberté. Il la lui fallait pour se venger.

CHAPITRE IV

Madame Rodrigues.

Nous avons déjà exprimé notre admiration pour les environs de Rouen, leurs pittoresques collines et leurs points de vue.

Le panorama de Bonsecours est un des plus beaux que l'on puisse voir, mais celui de Canteleu ne lui paraît pas inférieur.

Des hauteurs, en effet, où l'on a construit jadis une église, dont les touristes examinent avec intérêt les vitraux modernes et le transept aux fenêtres gothiques, on jouit d'un coup d'œil superbe formé par de vertes prairies, des masses d'arbres, au milieu desquels la Seine coule avec la majesté d'un grand cours d'eau qui a la gloire de baigner la première cité du monde.

Après avoir traversé la capitale de la France, visité Paris, le fleuve doit certainement s'enorgueillir de contribuer à la prospérité de la capitale de la Normandie qui apparaît de Canteleu tout entière avec ses quais, ses rues, ses édifices imposants, ses églises que signalent au loin leurs pinacles élevés.

Le hameau de Croisset est situé en bas d'un escarpement, au pied de la colline. Nous savons déjà que le docteur Rodrigues avait là sa demeure.

C'était une villa qu'entourait des peupliers élevés. Elle était près de la Seine et assez éloignée des autres maisons. On pouvait y vivre dans la solitude la plus complète.

Le médecin des pauvres y était resté cinq ans,

absorbé par une grande douleur, ne voulant recevoir personne.

Il n'y avait avec lui qu'une vieille gouvernante qu'il avait prise à Rouen. Un jardinier, qui ne s'occupait guère que de ses plantes, était aussi admis.

La gouvernante était du faubourg Martainville; elle aimait à parler.

Dès que Rodrigues s'aperçut de ce défaut capital, il eut envie de la congédier, mais il réfléchit qu'elle n'aurait pas, au dehors, à dire grand'chose sur son compte, et il la conserva.

Ursule essaya tout de suite de pénétrer le secret de son maître. Il faut lui rendre cette justice qu'elle fit preuve d'une certaine habileté, mais infructueusement.

Sa première pensée, — pensée fort judicieuse, — fut que Rodrigues devait sa tristesse à la perfidie d'une femme.

Un beau jour où elle le vit plus sombre que d'habitude, elle crut devoir intervenir :

— Oh! ne pensez donc pas toujours à elle, monsieur! Cela finira par vous faire mal !

Il tressaillit, arraché à ses réflexions, et la regarda fixement.

— Que voulez-vous dire ?...

— Vous êtes triste...

— Ceci ne regarde que moi...

— Ah! si elle était là, si je pouvais lui reprocher... Vous si bon!

— Que signifie?

Le ton de Rodrigues était sec et tranchant. Ursule vit qu'elle avait fait fausse route. Il y eut un instant de silence.

— J'ai déjà remarqué en vous une tendance à vous mêler de choses dont vous ne devriez pas vous occuper... Que ce soit la dernière fois!...

Il n'ajouta plus rien, mais Ursule comprit qu'il ne plaisantait pas. Néanmoins, elle ne se tint pas pour battue. Son courage et sa persévérance eussent mérité de meilleurs résultats car elle n'arriva même pas à connaître le véritable nom de Rodrigues.

Après ses cinq années d'isolement, Ursule l'avait vu avec déplaisir entrer dans une nouvelle voie, celle de soigner les indigents.

Pour comble de malheur, c'était elle qui avait contribué à faire de lui le médecin des pauvres. Cédant, une fois, à son besoin insatiable de parler, elle lui avait raconté qu'il y avait, à Croisset, un ouvrier qui allait mourir.

Voyant que Rodrigues l'écoutait, elle décrivit sa maladie et énuméra les remèdes prescrits par un officier de santé qui avait la clientèle du village.

Ursule, qui regardait ledit officier de santé comme un puits de science, essayait de faire partager son admiration à son maître, dont elle ignorait complétement les connaissances médicales.

— S'il ne le sauve pas, disait-elle, ce ne sera pas sa faute à ce bon monsieur. Il est si capable!

— C'est un âne! riposta brusquement le docteur.

— Ah!

— Il tue son malade et, comme je ne veux pas être le complice d'un assassinat, je vais chez celui-ci. Où demeure-t-il?..

Ursule croyait rêver. Était-ce possible ce qu'elle entendait? Son maître voulait sortir de chez lui, lui qui n'en sortait jamais... Il avait l'intention de se rendre auprès d'un individu, sous prétexte qu'il était mal soigné par le médecin qu'elle prisait tant!

Il fallait se rendre à l'évidence. Rodrigues, bien qu'il plût à torrents, se dirigea vers la maison de l'ouvrier, le vit, le soigna et au bout de huit jours l'homme, qui était aux portes du tombeau, entrait en convalescence.

On comprend que cette cure fit du bruit à Croisset.

Ursule contribua à répandre dans le pays le récit de cette guérison.

Bientôt une foule de malades assaillirent la grille de
la villa, venant demander à l'étranger des consulta-
tions. Celui-ci d'abord essayait de les éconduire, mais
il se laissait aisément toucher quand on lui disait que
c'étaient de pauvres gens qui sollicitaient ses soins.

Parmi ceux qui s'adressaient ainsi à lui, il en était
qu'il engageait à rester couchés chez eux, promettant
de les visiter. Ce fut ainsi qu'il commença à mener
l'existence dévouée à l'humanité que nous avons signalée. Rouen ne tarda pas à être son centre d'action.

La vanité d'Ursule fut d'abord flattée de l'empressement dont M. Rodrigues était l'objet. Il lui semblait
que l'admiration et la reconnaissance que l'on manifestait rejailliraient sur elle, mais elle ne resta pas
longtemps sans regretter la tranquillité d'autrefois.

Jadis elle n'avait que fort peu d'occupations et elle
jouissait d'une liberté presque absolue, tandis que
maintenant elle devait passer une grande partie de la
journée à répondre aux personnes qui désiraient voir
son maître. Il en était même qui avaient l'audace de
l'éveiller pendant la nuit. Monsieur avait la faiblesse
de se lever pour se rendre auprès de ces malades exi-
geants.

Encore si cela lui eût rapporté quelque chose, mais
il refusait des honoraires. Il était donc bien riche! Il
gronda sévèrement Ursule pour avoir une fois accepté
une corbeille de fruits que l'on avait offerte en guise
de paiement.

Le surnom de médecin des pauvres déplaisait aussi
à la gouvernante. Elle était incapable d'apprécier ce
qu'il avait d'honorable; elle eût préféré, par exemple,
que l'on appelât Rodrigues le médecin des riches.

Quelques semaines après l'époque à laquelle ce
dernier s'était décidé à sortir de la solitude par amour
de l'humanité et peut-être aussi par un besoin d'activité qui n'avait pas tout à fait abandonné un homme
jeune et d'une nature peu ordinaire, plusieurs méde-

22.

cins, dont la clientèle s'adressait à lui maintenant, portèrent plainte au parquet de Rouen, lui contestant le droit de guérir.

Quand Ursule vit des gendarmes qui étaient chargés d'inviter son maître à se présenter au procureur impérial, elle fut effrayée, puis dit :

— Cela lui apprendra de se donner tant de mal inutilement !

Quel fut son étonnement et quel fut le dépit des officiers de santé, ennemis de Rodrigues, quand ils apprirent qu'il avait exhibé un diplôme de docteur en médecine et qu'il pouvait, par conséquent, exercer partout où bon lui semblait.

Aucune autre vengeance n'était plus permise que celle de le traiter de *docteur Gratis*, comme nous l'avons vu dans la soirée de Dorgeval. On imagina cependant aussi de prétendre un moment qu'il agissait dans un but électoral, que c'était un ambitieux qui préparait une candidature, mais les élections vinrent et Rodrigues ne manifesta même pas l'intention de jouer un rôle politique quelconque. Il laissa ce soin à de faux industriels et à quelques avocats.

Les années s'écoulèrent. Le transport de Camille à la villa, après l'accident qui s'était produit sur la Seine, fut un des plus grands événements qui eurent lieu pour la gouvernante. Heureusement la famille adoptive de la jeune fille vint vite la chercher.

Ursule fit la remarque que Rodrigues, dont le chagrin semblait peu à peu s'être dissipé pendant sa vie active, était redevenu sombre et mélancolique après le court séjour de Camille. Elle se livrait à de nombreux commentaires, quand survint un fait qui la surprit profondément.

Un beau jour ou plutôt un soir, le docteur la fit appeler et lui d'un ton très affable :

— Ursule, voici une somme qui représente deux années de vos gages. Vous allez immédiatement réunir

vos effets et quitter la maison. Je n'ai plus besoin de vos
services.

Elle resta interdite.

— Je tiens à ce que vous vous éloigniez aujourd'hui
même.

— Que se passe-t-il?... Qu'ai-je fait?...

— Absolument rien, mais je n'ai plus besoin de vous...

— Comme ça!... D'où vient?...

— Je le répète... C'est nécessaire...

— Je mérite au moins une explication !...

— Toujours votre manie de questionner !...

— J'en ai bien le droit, cette fois!

— Est-ce que l'indemnité que je vous donne n'est pas
suffisante? fit-il avec douceur... Voici cinq cents francs
de plus.

— On croirait que j'ai commis quelque mauvaise
action... On m'en accusera!

— Je vais vous rédiger un certificat constatant que
je n'ai eu qu'à me féliciter... Dépêchez-vous.

— C'est bon... Où passerai-je la nuit?

— Vous m'avez raconté que vous aviez des parents
dans le faubourg Martainville... En tout cas, les hôtels
ne manquent pas à Rouen..

— Loger à l'hôtel!... Cela ne m'est jamais arrivé...
Quel affront!.. Voilà ma récompense... Après onze ans...

— Mon Dieu, Ursule, si ce que je vous remets n'est
pas suffisant, vous pourrez réclamer... Vous m'enverrez
votre adresse, mais, de grâce, n'insistez pas ce soir...

— J'obéis... Ah! je me doute bien!

— Vous vous doutez... De quoi?

— Vous ne voulez pas que quelqu'un me trouve chez
vous... Je sais qui...

— Vous savez qui...

— Oui. La personne à cause de laquelle vous avez
passé ici de longs mois dans le chagrin, à vous désoler
et vous lamenter... Elle revient donc, cette belle dame!

— Taisez-vous!

— Elle m'enlève mon gagne-pain... Ne m'est-il pas permis d'être irritée?...

— Vous vous trompez!...

— Vous craignez qu'elle ne s'offusque de ma présence... Je suis cependant honnête, moi, et mon âge et mon caractère...

Rodrigues ne put dissimuler un sourire.

— ... Devraient empêcher toute supposition de madame Rodrigues.

Le visage du médecin des pauvres se rembrunit.

— Assez!... Vous avez une heure...

— Au moins, accordez-moi la satisfaction de reconnaître que, si vous me renvoyez, c'est parce que vous avez compris que, votre femme étant de retour, ma présence était inutile.

— Qui vous a dit que je fusse marié?

— Pensiez-vous que je ne l'avais pas deviné?

— Eh bien, soit!

— Ne vaudrait-il pas mieux que je restasse pour la mettre au moins au courant des habitudes de la maison?

— C'est inutile!

Le ton de Rodrigues ne lui permit guère d'insister. Elle comprit que la résolution de celui-ci était irrévocablement prise, et qu'elle n'avait qu'à faire sa malle.

Elle se mit à l'œuvre en gémissant et en allant le plus lentement possible, dans l'espérance que madame Rodrigues arriverait et qu'elle pourrait la voir.

Elle employa donc deux heures au lieu d'une heure que son maître lui avait accordée, mais personne n'apparut et elle ne put satisfaire sa curiosité.

Rodrigues avait envoyé querir, par le jardinier, une voiture qui emporta Ursule et ses bagages. La vieille fille était désolée et elle exhala, pendant plusieurs jours, son désespoir d'avoir quitté la villa de Croisset, en racontant qu'elle avait dû céder la place à une épouse qui était de retour après onze ans d'absence.

La façon dont parlait la gouvernante déchue rendait Rodrigues quelque peu ridicule. Néanmoins, il ne démentit pas ces propos.

Ils vinrent aux oreilles de Dorgeval et l'empêchèrent de soupçonner que Camille fût allée demander un asile à l'homme qui l'avait jadis arrachée aux flots de la Seine.

CHAPITRE V

Un refuge.

L'inconnue, dont l'arrivée à Croisset avait été cause du départ de la vieille gouvernante, n'était autre que Camille.

Rodrigues avait jugé que l'on ne pourrait ignorer la présence de la jeune fille à la villa que si la bavarde Ursule s'éloignait.

Il n'avait pas, comme on l'a vu, hésité à la sacrifier et à la remplacer par la femme et la fille de son jardinier, qu'il savait très discrètes.

Le docteur avait promis à Camille que personne ne connaîtrait où elle s'était réfugiée, et lui-même aurait craint qu'on ne lui enlevât ce précieux trésor.

Il ne pouvait croire à son bonheur et se l'expliquer. C'était à la suite de circonstances si bizarres que Camille avait consenti à aller vivre avec lui, qu'il lui semblait par moment rêver.

Sans cesse il eût voulu voir, admirer celle qu'il avait aimée avec tant d'admiration et de respect, et qui maintenant lui appartenait...

Mais nous devons à nos lecteurs quelques explications.

Nous avons raconté la scène tragique entre Dorgeval et Macaire, scène qu'une fatale curiosité avait fait entendre à Camille, parce que l'on avait prononcé son nom.

Qui pourrait dépeindre ce qu'elle éprouva tandis que la vérité se révélait ainsi à elle?

Cet homme, qu'elle vénérait, avait pour elle une passion qui offensait, qui outrageait sa bienfaitrice. Elle devenait la rivale de la noble femme qui avait été pour elle une mère, et qu'elle appelait ainsi.

Il n'accorderait jamais sa main à Lucien. Il le déclarait! Et Macaire, ce malfaiteur, qui, grâce à un secret terrible dont il était possesseur, exigeait qu'on la lui promît pour femme!.. Elle, la femme de ce misérable?... Jamais!

Mais ce secret, quel est-il?

Dorgeval est accablé en apprenant qu'elle est la fille de Georges Béraud! C'est donc le nom de son père!

Macaire traite le négociant d'assassin... Assassin de qui?... N'est-elle pas la victime d'une horrible illusion?...

— Non, hélas! On parle d'un des crimes commis par ce Thibert, ce médecin à la corde, qu'elle n'a entendu nommer qu'en frissonnant, et dont une maîtresse l'a torturée elle-même. Ce misérable a étranglé l'homme qui a donné le jour à Camille. Et ses deux complices sont là?... Elle assiste à leur entretien.

Dorgeval n'est pas seulement un assassin, c'est un voleur! Il n'a agi ni par haine, ni par vengeance, mais pour s'approprier une fortune... Laquelle?... Ce Dorgeval, elle lui doit tout... Ses vêtements, ses parures, la vie même, car sans lui elle serait morte... Ce Dorgeval a pour fils Lucien, celui qu'elle aime!

Elle se sent maudite à cause de cet amour... Georges Béraud a dû frémir dans sa tombe le jour où elle en a reçu et fait l'aveu.

Est-ce du délire? Devient-elle folle ou bien est-elle en proie à un épouvantable cauchemar?...

Elle se cramponne pour ne pas tomber... Elle ne veut pas succomber à l'émotion... Pendant ce temps la discussion continue.

— A moi la fille, à vous l'or! dit Macaire.

Dorgeval veut l'un et l'autre. Il sort un pistolet. Un coup de feu retentit et un cadavre gît sur le plancher.

Elle perd ses sens...

Camille revint à elle très peu de temps après. Elle se leva; il n'y avait personne dans l'appartement, car Dorgeval avait refermé la porte et on ne s'était pas aperçu de son évanouissement.

Immédiatement sa situation apparut nettement à la jeune fille. Que devait-elle faire?

Une seule chose lui parut possible : fuir!

Il lui sembla qu'elle ne pouvait rester une minute de plus sous ce toit. Son père lui commandait impérieusement de s'en aller! Elle obéit à la voix du mort.

Ce fut alors que quelques curieux, qui stationnaient aux abords de la maison, l'aperçurent qui sortait. Elle prit la rue du Grand-Pont jusqu'à la place Notre-Dame, et, sans qu'on la remarquât, entra dans l'église.

C'était l'heure de l'office. Les chanoines, enfouis dans les vastes stalles du chœur, récitaient leurs psaumes avec des voix nasillardes qui auraient importuné le bon Dieu si heureusement la prière, qui sur la terre est une plainte, n'était pas dans le ciel un cantique.

Camille éprouva au plus haut degré, dans l'immense cathédrale, cette émotion qui vous saisit toujours quand on met les pieds sur les dalles sonores et qu'on lève la tête vers ses voûtes aériennes.

Elle tomba à genoux, comme elle fût tombée à genoux devant Celui même à qui le génie chrétien a élevé ce magnifique édifice, et elle l'implora longuement.

Sa bouche ne remuait pas; elle ne disait rien, mais elle n'en mettait pas moins à nu ses angoisses. Elle n'en racontait pas moins tout ce qu'elle ressentait, suppliant la divinité de lui venir en aide.

Il y avait de l'exaltation dans sa pensée, l'exaltation de la douleur. Pouvait-elle être plus éprouvée qu'elle ne l'était?.Tout lui avait été enlevé en un instant. Elle avait perdu une famille, un amant, la confiance dans le passé et dans l'avenir. Dans le présent, elle n'avait plus pour asile que cette demeure bien digne d'être celle d'un Dieu !

Elle resta là longtemps, fort longtemps, continuant à appeler à son secours, s'adressant particulièrement à Christ, parce qu'il a aimé et souffert... Sur les vitraux de la cathédrale de Rouen, ou le voit faisant toucher ses blessures à l'apôtre incrédule où apparaissant à Madeleine, la pécheresse qu'il avait embrasée de son divin amour.

Les chanoines ont fini l'office. Le silence règne maintenant, et le jour ne pénètre plus que faiblement dans le merveilleux sanctuaire, laissant régner une obscurité dont l'œil essaie vainement de sonder la profondeur.

Que nous cachent ces ténèbres, symbole des mystères de la religion? Ni le philosophe, ni le prêtre ne peuvent répondre d'une façon certaine. L'un vous dit : « Nie; » l'autre vous dit : « Crois. » Le doute ne vous quitte pas, à moins que vous ne soyez un illuminé, un saint ou un fou !

Sa longue pause dans l'église ne procura rien en réalité à Camille. Saisie d'abord par l'aspect imposant du temple, elle s'était imaginée, dans son exaltation, qu'en confiant tout à Dieu, il lui répondrait ou se manifesterait à elle d'une manière quelconque.

Mais lorsqu'elle vit qu'il restait muet, qu'il fallait se retirer sans avoir rien obtenu, elle sentit son désespoir renaître. Où allait-elle porter ses pas?

Elle eût regardé comme un crime de prendre quelque argent avant son départ!... Elle n'avait qu'une idée bien arrêtée, n'avoir plus aucun rapport avec tous ceux qui appartenaient à la famille du meurtrier de Béraud! Son devoir eût été peut-être même de le livrer à la justice. Mais elle sentait que sa bouche se refuserait à accuser Dorgeval qu'elle avait béni tant de fois.

23

D'ailleurs son père ne lui demandait pas ce douloureux sacrifice.

Ce qu'il exigeait impérieusement, c'était qu'elle renonçât à Lucien pour toujours. La fille de la victime ne peut pas devenir la femme du fils de l'assassin. Son affection pour son mari serait un sacrilége...

Camille sentait donc qu'en même temps qu'elle ne devait plus rien accepter de ceux qui l'avaient élevée, il lui était interdit de revoir l'homme qu'elle aimait encore malgré tout.

Elle eût voulu mettre, entre lui et elle, une distance si grande qu'il ne pût la franchir ou créer des obstacles tels que, si jamais ils se rencontraient encore, elle eût la faculté de lui répondre : « Vous voyez bien que ce n'est pas possible ! »

Elle comprenait que Lucien ne se douterait pas du motif réel de son refus. Elle était, de son côté, décidée à ne jamais lui dire la cause véritable qui remplirait de honte et de douleur ce cœur noble et généreux.

Camille était résolue à se sacrifier seule. Elle en avait vainement demandé à Dieu les moyens et, dans cette superbe cathédrale, où elle était entrée pour chercher un aide, elle n'avait trouvé qu'un refuge momentané !

CHAPITRE VI

De porte en porte.

Il faisait presque nuit lorsque Camille sortit de la cathédrale. Néanmoins, pour ne pas être reconnue, elle choisit les rues les plus sombres et les plus étroites qu'elle rencontra.

Elle arriva ainsi au Vieux-Marché, où elle prit la rue de Crosne, et entra dans le faubourg Cauchoise. Elle passa près de l'Hôtel-Dieu et traversa le Champ-de-Foire tout à fait désert.

Après avoir suivi une longue avenue, elle parvint à la route du Havre et de Dieppe.

Brisée par les émotions qu'elle avait éprouvées, elle s'assit sur une borne et essaya de réfléchir.

Elle arriva enfin à adopter un plan. Elle allait réunir tout son courage, rassembler toutes ses forces et marcher autant qu'elle le pourrait pendant cette nuit.

Le lendemain matin, elle s'adresserait à la première maison de campagne qu'elle apercevrait et demanderait si on n'aurait pas besoin d'elle. Elle était résolue à accepter les fonctions les plus humbles et les plus pénibles, pourvu qu'on voulût bien l'employer.

Si on la refusait, elle irait de porte en porte jusqu'à ce qu'elle eût trouvé un asile où on la gardât quelque temps, en échange de son travail.

Personne ne s'aviserait de la reconnaître sous l'humble costume de servante par lequel elle se proposait de remplacer les vêtements qu'elle portait, et qui étaient ceux de la classe où elle avait été adoptée.

D'ailleurs, elle s'en irait dès que cela lui serait possible. Elle gagnerait quelque grande ville où elle pourrait mener la vie d'une ouvrière et au besoin entrer dans quelque atelier.

La pauvre enfant se condamnait, on le voit, à une pénible existence, elle à qui depuis si longtemps le bien-être était familier!

Remplie de l'idée qu'elle accomplissait un devoir sacré, elle était résignée à tout plutôt que de rentrer dans la famille Dorgeval et surtout de se retrouver en présence de Lucien qui lui parlerait encore de cet amour qu'elle partageait à un si haut degré, mais qu'une destinée fatale avait impitoyablement condamné à jamais!

Camille passa une heure environ assise sur la borne.

Les ténèbres étaient maintenant d'autant plus complètes que le ciel était nuageux. Pas une étoile à cette voûte sombre!

La journée avait été chaude. Le soleil avait lui jusqu'au milieu de l'après-midi. Il s'était alors caché, et l'air était devenu d'une lourdeur insupportable.

Camille se remit en marche, se tenant sur les côtés du chemin pour éviter les véhicules qui passaient encore de temps en temps. Soudain elle tressaillit. Un éclair illuminait l'horizon.

Elle continua sa route. L'époque à laquelle elle mendiait, par l'ordre d'une mégère impitoyable, lui revenait à la mémoire.

Un certain nombre d'années s'étaient écoulées depuis cette époque. Elle avait grandi. L'enfant était maintenant une jeune fille, mais elle en était au même point.

Vagabonde comme jadis, elle n'avait plus la même insouciance. Elle craignait, autrefois, d'être battue et privée de nourriture si elle ne rapportait pas assez d'aumônes. Qu'était-ce que la crainte d'une punition corporelle à côté de ce qu'elle ressentait?

Ah! si elle n'avait pas, un jour où la neige tombait, alorsqu'elle ne savait où s'abriter, eu la malheureuse pensée de se réfugier dans une maison qui lui paraissait hospitalière, elle serait morte sans doute.

Elle ne serait plus qu'un peu de poussière dispersée dans un cimetière, mais elle ne connaîtrait pas des souffrances semblables à celles qu'elle endurait. Elle ne s'enfuirait pas comme un pauvre oiseau atteint par le plomb du chasseur. N'était-elle pas blessée dans ses croyances, dans ses affections, dans son amour?

La solitude ne tarda pas à régner sur la route. Elle était trop femme pour n'être pas peureuse.

La nuit l'effrayait. Et quelle nuit que celle-ci, coupée par des lueurs fulgurantes, qui, parfois, l'éblouissaient et la faisaient s'arrêter net.

Camille était depuis un instant dans l'ombre la plus complète lorsqu'elle aperçut, à quelque distance, une lumière qui paraissait à une certaine hauteur au milieu du chemin.

En réalité, celui-ci montait, en faisant un circuit, et cette lumière provenait du rez-de-chaussée d'une maison de cantonnier.

Quand la jeune fille s'approcha, elle vit, par la fenêtre ouverte, une famille à table. Cet intérieur était bien pauvre, car les ouvriers que l'état emploie pour l'entretien de ses voies ne sont ni bien logés ni bien payés.

Néanmoins, le père de cette famille semblait heureux. Il avait dû, par suite de quelque réparation urgente, rester plus longtemps que d'habitude à sa besogne, et c'était pour ce motif qu'il prenait son repas à une heure aussi avancée.

Son plus petit enfant était sur ses genoux, pendant que les autres, qui l'avaient attendu avec impatience, mangeaient avec un appétit qui eût fait envie à un de ces millionnaires qui n'ont plus faim parce qu'ils ont une trop bonne chère à leur disposition.

La mère se levait parfois pour prendre du pain, servir un des gamins qui sollicitait un supplément de nourriture.

Camillo envia la tranquillité de ces gens et songea un instant à leur demander de passer la nuit sous leur toit. Elle était sûre qu'ils ne lui refuseraient pas. Mais elle se souvint qu'elle n'avait pas fait beaucoup de chemin et qu'elle était encore bien près de Rouen.

Elle jeta donc un dernier regard sur le tableau qui lui était offert et elle s'éloigna.

Du reste, elle devait se repentir de ne pas avoir adressé sa requête à la famille du cantonnier...

Nous ne raconterons pas toutes les péripéties d'un voyage si pénible pour elle qui n'était pas habituée à la fatigue et qui avait toute la délicatesse d'une jeune fille entourée de soins.

Elle passa dans un hameau où tous les chiens se mirent à aboyer. L'un d'eux voulut même s'élancer sur elle et la mordit à la main.

Vers trois heures du matin, l'orage qui menaçait éclata et Camillo le subit en entier, abritée seulement par un arbre. Son effroi était vif alors que le tonnerre grondait et que les éclairs se succédaient sans relâche.

C'était un spectacle à la fois terrible et touchant que la malheureuse fille embrassant l'arbre avec épouvante, éclairée par les clartés livides du ciel.

Elle n'ignorait pas que les grands végétaux attirent la foudre, mais elle ne pouvait cependant aller en plein champ.

Quand le jour commença à poindre, il la trouva frissonnante et glacée.

La pluie avait cessé, mais elle n'en était pas moins extrêmement mouillée.

— Mon père, veuillez me donner du courage, mon père, venez à mon aide !

Et tandis qu'elle avait ces paroles sur les lèvres, il y avait une autre personne à laquelle elle songeait et qu'elle se dépeignait bien triste et bien alarmée de son mystérieux départ.

C'était Lucien.

Elle pensait aussi à madame Dorgeval qui se doutait si peu de ce qui avait eu lieu. C'était, on s'en souvient, après l'entretien où celle-ci l'avait bénie en l'appelant sa fille chérie que Camille avait fait l'horrible découverte qui l'obligeait à fuir.

De quelles suppositions était-elle l'objet tandis qu'elle errait sur les chemins dans un état aussi affreux?...

Elle avait quitté la grande route pour ne pas s'exposer à subir les injures ou les railleries de quelque roulier. Elle était décidée à mettre à exécution son projet de solliciter des occupations dès qu'elle rencontrerait une ferme ou une habitation quelconque.

Elle aperçut une maison de bonne apparence, mais ses habitants étaient encore dans le sommeil. Elle attendit sur la porte et vit enfin apparaître un individu qui lui demanda ce qu'elle désirait.

Ce personnage, qui était un palefrenier, se mit à rire grossièrement lorsqu'elle lui eut répondu qu'elle était à la recherche d'une place.

— Et c'est pour cela que tu bats la campagne à cette heure, dans cet accoutrement... A d'autres!...

Il lui passa la main sous le menton, mais elle le repoussa.

— Avoue que tu es une coureuse et que ce n'est pas du travail que tu cherches.

— Je ne vous comprends pas!

— Allons!... Suis-moi à l'écurie...

Se rendit-elle compte de tout ce qu'il y avait d'injurieux dans l'invitation de cet homme?... Elle fut effrayée aussi par son air insolent et ses manières brutales.

— Non, je m'en vais...

— Puisque je te dis de venir avec moi!...

— J'ai réfléchi... Adieu, monsieur !

— A ton aise !

Camille s'arrêta un quart d'heure plus tard devant une autre ferme. Elle se fit conduire à la maîtresse de la maison qui l'interrogea sur ses connaissances.

Elle répondit qu'elle savait un peu de tout : coudre, préparer des aliments, compter, écrire.

Cette femme eut une exclamation dédaigneuse.

— Ecrire, compter, cela n'est d'aucune utilité et cela ne regarde pas les domestiques en tout cas. Il vaudrait mieux que vous ayiez l'habitude de traire les vaches.

— Oh! pour ça, je crois que ce n'est pas difficile!

— Vous vous trompez... Il faut aussi les garder, les nettoyer, changer leur litière... Êtes-vous capable de travailler dans les champs, de sarcler, de bêcher, d'aider au labour, de porter des fardeaux ?... Non, n'est-ce pas? Vous n'êtes pas assez robuste et vos mains ne conviennent pas à une telle besogne... Je me doute de ce que vous êtes : une fille de chambre que l'on a renvoyée d'une villa voisine... Cherchez quelque chose du genre de ce que vous avez perdu, ma belle, mais ne vous adressez pas à des cultivateurs pour qu'ils vous prennent avec eux... Ils ne sauraient vous employer !

Camille baissa la tête et se retira.

Ailleurs on lui dit qu'on n'avait besoin de personne.

Dans une maison voisine on lui reprocha sa toilette qui n'était pas celle d'une servante.

On avait raison, quoique son costume eût été bien endommagé par l'orage qu'il avait supporté.

Elle eut à subir les insultes de quelques gamins qui la suivirent assez longtemps. On ne songea pas même à la défendre contre ces polissons. Au contraire, les paysans l'accompagnaient volontiers de leurs ricanements.

Elle sentait sa raison et ses forces l'abandonner. Le désespoir, qui n'avait jamais quitté son âme depuis la funeste scène à laquelle elle avait assisté, se réveillait plus profond que jamais. D'un autre côté, elle n'avait rien mangé depuis plus de vingt-quatre heures, et elle avait marché toute la nuit. La morsure qu'elle avait reçue la faisait cruellement souffrir.

Elle se soutenait à peine, quand on la chassa violemment d'une métairie.

Elle fit encore une trentaine de pas en se traînant, puis elle s'affaissa sur le bord d'un fossé.

La honte était sur son visage ainsi que la douleur. Elle ne put pas pleurer cependant, elle ne put pas faire jaillir quelques larmes qui eussent soulagé un peu sa poitrine oppressée.

Deux ou trois heures, elle resta ainsi. Lorsqu'elle se leva et recommença à marcher, ce fut comme un automate et sans avoir conscience de ses actes.

Le hasard la conduisit heureusement devant une belle ferme, sur la porte de laquelle se tenaient une jeune femme à l'air compatissant et sa petite fille.

— Vois, maman, cette pauvre dame comme elle paraît triste !

— C'est vrai. Sa figure est pâle et défaite. Va lui demander ce qu'elle a.

La petite fille s'avança.

— Vous souffrez, madame !

Camille tressaillit.

— Qu'avez-vous ?...

L'infortunée vit qu'elle était l'objet d'une marque d'intérêt.

Elle se pencha brusquement pour embrasser l'enfant qui eut peur et se réfugia du côté de sa mère.

Camille la suivit machinalement et, en présence de la jeune femme, tenta de prononcer quelques paroles, mais cela lui fut impossible. Si la bonne fermière ne l'eût pas retenue, elle fût tombée, car elle était dans un état de faiblesse extrême...

— Marguerite, appelle Jean. Que l'on m'aide à secourir madame !

La petite fille courut dans la cour de la ferme, et un

paysan, suivi de deux ou trois servantes, se montra immédiatement.

On transporta Camille sur un lit. Des soins lui furent administrés.

La malheureuse jeune fille ne discernait plus ce qui se passait autour d'elle. Elle murmurait néanmoins des mots sans suite, au milieu desquels un nom revenait souvent : Lucien !

La fermière mouilla ses tempes avec de l'eau et du vinaigre.

Camille ouvrit les yeux, mais les referma aussitôt avec un profond soupir. Une sueur froide couvrait tout son corps.

--- Revenez à vous... Des amis vous entourent... Si vous avez besoin de nous, vous pouvez compter sur notre secours !

Elle s'agitait, sans entendre cette voix qui exprimait la compassion la plus vive.

—Jeanne, allez chercher le médecin.

— Lequel ?

— Le bon, bien entendu... Racontez-lui ce qui s'est passé... Il viendra...

La servante sortit, et, presque en même temps, un homme, au visage ouvert, pénétra dans l'appartement.

C'était le mari de la charitable fermière.

— Qu'est-ce ? fit-il.

— Cette inconnue s'est trouvée mal près de chez nous.

—Et tu l'as recueillie ?...

—N'ai-je pas bien fait ?...

-- Certes...

— Regarde... C'est un chagrin violent qui doit être la cause de son état...

— Peut-être est-ce le besoin ?... la faim !...

— Nous le saurons quand le docteur sera là... J'ai fait prévenir M. Rodrigues...

— Tu as envoyé à Croisset ?

— Oui.

— Tu as eu tort... Il est précisément dans le village!

— Pourquoi ne le disais-tu plus tôt?...

— Savais-je ce qui se passait?...

— Il faut donc l'avertir... Dépêche-toi...

— C'est juste!

Rodrigues ne tarda pas à entrer dans la chambre.

Camille frappa tout d'abord ses regards. Elle était pâle et ses longs cheveux roux, dénoués, faisaient ressortir cette blancheur marmoréenne. Ils tombaient sur le côté du lit et touchaient presque le parquet, car ils eussent pu au besoin la couvrir tout entière et lui servir de virginale parure.

Le docteur la crut morte.

CHAPITRE VII

Une chute.

Rodrigues avait appris, la veille, le meurtre de Macaire commis par Dorgeval, et avait su presque en même temps que Camille avait quitté la maison du négociant.

Cette disparition l'avait étonné, mais il ne s'était pas douté de ce qui réellement était arrivé. Il connaissait l'amour que le père et le fils portaient à la jeune fille et avait compris que celle-ci aimait Lucien.

Il s'était donc imaginé que ce dernier avait peut-être voulu mettre Camille à l'abri de certaines entreprises, s'assurer un consentement qui lui eût été refusé, et ce départ avait dû ne coïncider que fortuitement avec la mort du bandit que Dorgeval avait accueilli dans sa maison.

C'était presque la même opinion que le procureur impérial, sauf que Rodrigues estimait profondément Camille et la croyait forcée par une impérieuse nécessité.

Dire qu'il ne fut pas douloureusement affecté serait néanmoins inexact. Comme nous l'avons dit, il éprouvait, pour celle à qui il avait jadis sauvé la vie, une affection passionnée qu'il avait essayé en vain d'étouffer, mais qui ne s'était que plus violemment emparée de lui.

— La destinée, se disait-il, m'avait encore préparé cette souffrance, car jamais sentiment ne fut plus inopportun. Elle est jeune, belle, et moi je suis déjà flétri. Elle a déjà, du reste, donné son cœur à quelqu'un

qui la rendra heureuse... Je n'ai qu'à m'effacer... Ah!
si elle avait un jour besoin de moi, si mon aide, mon
appui lui devenaient nécessaires... J'interviendrais
alors!

Il avait résolu, toutefois, de vérifier si Lucien avait
enlevé Camille, de voir le fils de Dorgeval et de lui
demander si ses intentions étaient réellement honnêtes,
au nom d'un intérêt qu'il expliquerait de son mieux.

Cette démarche, il avait décidé de la faire le jour
même où il était placé inopinément en présence de
Camille étendue sur son lit et dans un tel état qu'au
premier aspect il fut comme saisi et s'imagina qu'elle
avait rendu le dernier soupir.

Mais le médecin ne pouvait rester longtemps à
reconnaître que la vie n'avait pas abandonné ce corps
qui, à la suite d'une crise, gisait inerte.

Son émotion avait cependant frappé les personnes
présentes. On l'interrogea et il ne consentit à répondre
que lorsque les serviteurs se furent retirés et qu'il eut
reçu lui-même des explications.

— Je connais cette jeune fille, dit-il, et elle est digne
de ce que vous avez fait pour elle. Il est nécessaire que
l'on ne sache pas qu'elle est ici. Je compte sur votre
discrétion.

— Soyez tranquille! fit le mari.

Et il sortit pour donner à ses gens des ordres en
conséquence.

Le fermier et sa femme avaient en grande considération le docteur qui avait guéri leur petite Marguerite,
l'enfant que nous avons vue s'informer auprès de
Camille de ce qu'elle éprouvait. Ils ne demandaient pas
mieux que d'être agréables à Rodrigues et de lui obéir.

Rodrigues, satisfait, employa tous ses efforts à faire
revenir à elle la pauvre fille. Il ne tarda pas à y
réussir.

Les regards de Camille se fixèrent aussitôt sur lui.

— Vous!

24

— Oui, ma chère demoiselle, oui... Moi!

Elle se dressa sur son séant et regarda autour d'elle, d'un air étonné.

— Où suis-je?...

— En sûreté!... Vos parents seront prévenus si vous voulez...

— Eux!... Je... je ne veux pas, je ne veux pas!

— Quoi?... Pas même... lui?

— Lui!... moins que tout autre... Je vous en supplie!

A la seule pensée que Lucien serait averti, elle manifestait un trouble extraordinaire. Le médecin des pauvres éprouvait, de son côté, une surprise extrême.

— Que s'est-il passé?....

— Pas de question, mon Dieu!... Suis-je près de Rouen?...

— Quelques kilomètres seulement...

— Oh! je voudrais aller loin, bien loin...

— Comme vous êtes... Soyez raisonnable!

Camille, en effet, avait une nouvelle faiblesse et retombait sur sa couche.

Rodrigues recommença à prodiguer ses soins. Bien qu'il ne pût se rendre compte tout à fait de ce qui s'était passé, il comprenait que la jeune fille avait fui la maison de ses parents adoptifs.

Qu'avait-elle fait depuis la veille?... Elle paraissait avoir erré dans les environs de Rouen, par un temps affreux, jusqu'au moment où ses forces l'avaient entièrement abandonnée.

C'étaient une vive émotion, la fatigue, l'absence de nourriture qui étaient cause de la situation dans laquelle il la voyait.

— Il faut la déshabiller et la coucher, dit-il à la fermière. Si elle vous gêne trop, je la ferai transporter à Croisset.

Rodrigues ne pensait pas aux suites que la présence de Camille, chez lui, pourrait avoir. Il se rappelait seulement que déjà, dans d'autres conditions, elle y

avait été, après l'accident qui s'était produit sur la Seine.
Il sentait qu'elle serait mieux là que partout ailleurs,
mais il songea tout de suite à l'indiscrétion habituelle
d'Ursule et à la crainte que Camille manifestait que
ses parents adoptifs ne connussent sa retraite.

Ce fut alors qu'il eut l'idée de faire maison nette.
Toutefois, avant de prendre une décision, il tint à
consulter la jeune fille et à s'informer si elle n'avait
aucune répugnance à accepter une hospitalité loyale et
désintéressée.

Il fit sa proposition dans l'après-midi.

— Je vous respecterai comme on respecte sa fille ou
sa sœur... ous serez en sûreté et personne ne saura où
vous serez cachée...

— Personne! Je veux bien...

— Quand vous désirerez quitter l'asile que je vous
offre, vous serez libre...

— Je consens...

Nous connaissons ce qui se passa. Le soir même, à la
tombée de la nuit, une voiture déposait mystérieusement
Camille à la villa.

L'infortunée fut longtemps à se remettre de la
terrible secousse qu'elle avait éprouvée. Son esprit en
garda l'empreinte lors même que Rodrigues pût la
considérer comme rétablie.

Celui-ci l'entourait des plus grands égards. Il lui
avait consacré spécialement une aile de la maison de
Croisset dont nous avons dépeint la solitude.

Camille était libre de ne sortir de ses appartements
que lorsque cela lui plairait.

Sa position eût été évidemment des plus ambiguës
pour des esprits superficiels qui n'eussent examiné
qu'une chose : la présence d'une jeune fille chez un
homme seul, jeune encore, et qui éprouvait une
véritable passion.

Pour eux, Camille eût été compromise sans retour.
Eh bien, avec les dispositions prises par Rodrigues, elle

eût pu rester digne de devenir l'épouse de Lucien si la fatalité ne l'en eût pas séparée pour toujours.

Elle continuait à penser à lui presque sans relâche. Son image était sans cesse présente à ses yeux et la poursuivait, pour ainsi dire, car elle cherchait en vain à l'éloigner.

Quelquefois, il lui semblait entendre cette voix si chère qui lui avait dit jadis des paroles dont elle gardait, malgré elle, l'enivrement.

Elle était fort reconnaissante envers Rodrigues de ses bontés et de sa discrétion.

Il ne lui avait en effet adressé que fort peu de questions, car il avait compris que le récit des motifs qui avaient poussé Camille à s'éloigner de la maison où elle avait été élevée ne pouvait que lui être pénible.

Tout en lui sachant gré de sa réserve, elle ne fit aucune confidence.

Elle avait surpris un secret et, de ce secret douloureux, elle ne devait, croyait-elle, que prendre la part qui la concernait. Il lui était impossible aussi d'y associer quelqu'un. Elle aurait craint de recevoir un conseil qu'elle n'eût pas suivi, celui de venger son père en livrant à la justice le meurtrier qui survivait.

Nous le répétons. Elle n'estimait pas que Béraud exigeât de sa part le sacrifice de plonger dans la désolation la famille qui, par sa charité, lui avait créé aussi des devoirs.

Entre tous ces devoirs de si différente sorte, elle n'était impitoyable que pour elle-même. Sa tâche avait été déjà assez douloureuse. Elle avait donné à la mémoire de son père son bonheur, sa vie, son amour!

Son amour! Était-ce bien vrai qu'elle y eût entièrement renoncé? N'était-il pas toujours vivant, toujours tenace en son cœur?

Hélas! elle eut la preuve que ses efforts avaient été superflus pour se délivrer d'un sentiment qui la rendait coupable envers ses parents morts!

Si peu désireuse qu'elle fût de savoir ce qui se passait hors de sa retraite, elle n'en était pas moins accessible à l'ennui qui succédait aux moments de calme où elle échappait aux tourments causés par les souvenirs.

Sa plus grande distraction était alors de se promener dans le jardin, d'admirer les fleurs, de les aimer. Mais celles-ci sont de perfides sirènes qui savent plutôt éveiller le désir des joies de l'amour que les faire oublier !

Elle ne voyait Rodrigues que le soir. Il n'avait pas interrompu ses visites chez les malades des environs; on eût dit qu'il craignait d'être trop avec Camille et que la présence de celle-ci finissait par lui causer une peine secrète.

Elle n'ignorait pas ce qu'il ressentait pour elle et elle ne pouvait s'empêcher d'admirer cet homme qui ne se permettait jamais d'allusion, attendant peut-être qu'elle se montrât touchée par sa délicatesse et sa résignation.

Camille comprenait qu'il y avait eu aussi des luttes et des douleurs dans le passé de Rodrigues. Elle eut plusieurs fois l'idée de lui en demander la confidence, mais comment l'engager à ce qu'il lui confiât son secret alors qu'elle lui cachait le sien?

Elle redouta ensuite que, dans l'entraînement des aveux, il ne se découvrît à elle et ne lui déclarât ce qu'elle apercevait souvent sur ses lèvres et dans ses yeux.

Pourrait-elle, en ce cas, ne pas lui répondre qu'elle était toute à Lucien?

Oui, elle était toujours à lui et tout la ramenait à lui.

Le hasard ou plutôt la fatalité le lui fit apercevoir sur ses entrefaites. Depuis quelque temps elle avait l'habitude de monter à un des étages supérieurs de la villa d'où l'on découvrait la route.

Cachée derrière des persiennes, elle voyait les passants sans être vue d'eux.

Lucien faisait une promenade à cheval quand il

24.

frappa ses regards. Tout son être s'élança aussitôt vers lui et, sans réfléchir, elle écarta les persiennes pour l'appeler.

Quelle fut la force qui l'empêcha d'aller jusqu'au bout? Ne fut-ce pas plutôt l'excès de l'émotion qui l'arrêta?...

Lui ne se douta de rien. S'il eût seulement levé la tête, s'il eût regardé dans la direction de la villa, il eût pu reconnaître Camille, sa bien-aimée, dont il pleurait la perte!...

Mais non, sa tête resta baissée. La Providence, si souvent favorable aux amoureux, ne fit rien alors pour les réunir et ils restèrent séparés.

Camille remarqua qu'il était pâle. Pourquoi ce costume de deuil? Il ne lui vint pas à l'idée qu'Amélie n'était plus de ce monde et elle s'imagina qu'il portait son propre deuil à elle. Ne l'avait-il pas en effet perdue pour toujours?...

Quand Lucien se fut éloigné, quand il eut disparu, elle se crut folle, tellement était aiguë sa souffrance, puis elle eut horreur d'elle-même et resta épouvantée de cette passion qu'elle avait été incapable de maitriser.

Il s'en était fallu de bien peu qu'elle ne trahît son serment, qu'elle n'abandonnât ses résolutions, qu'elle ne reniât le souvenir de celui que Dorgeval avait assassiné.

Comment empêcher le retour d'une pareille défaillance?...

Comment créer un obstacle assez puissant pour éloigner d'elle, à jamais, la pensée même de Lucien?...

Elle crut avoir trouvé, et le soir, lorsque Rodrigues vint lui rendre sa visite accoutumée, il y avait en elle une résolution.

Elle lui prit la main et son regard se fixa sur le sien avec une expression singulière.

— Vous m'aimez? dit-elle d'une voix brève.

Il eut comme un frémissement.

— Vous m'aimez?... répéta-t-elle.

— Oui.

— Eh bien, épousez-moi!

Il porta la main à son cœur comme pour en comprimer les battements précipités et il pencha la tête :

— C'est impossible... Je suis marié!

Elle eut un geste d'effarement. Il tomba à genoux et lui raconta brièvement son existence.

Oui, il était marié, mais il avait été victime d'une indigne trahison. Il avait cru unir son existence à un ange, et cet ange n'était qu'un démon.

Son désespoir, quand il avait tout appris, avait été aussi violent que celui qui l'agitait maintenant que le bonheur se présentait à lui et qu'il ne pouvait l'accepter.

— Tu m'aimes, disait-il, tu m'aimes puisque tu m'offres d'être à moi pour toujours... Tu l'as donc oublié, lui?... Oh! ne réponds pas, laisse-moi mon illusion, quel que soit le mobile qui te pousse à me demander d'être ton mari... Mais je le voudrais, moi, mais je n'aurais pas de désir plus cher... Pourquoi faut-il qu'une loi barbare m'empêche de rompre un lien détesté, pourquoi faut-il que des préjugés me forcent à renoncer à toi?...

Il s'était relevé, il la pressait dans ses bras et elle essayait vainement de se dégager.

— Tu es la lumière qui éclaire, tu es le soleil qui vivifie, tu as ranimé mon âme qui n'aspirait plus qu'à la séparation de sa misérable enveloppe... Cet amour, que tu m'as inspiré, m'a régénéré et m'a rendu à l'existence... Je croyais que tu me dédaignais... Cela n'était donc pas!... Ah! ma raison s'égare... Tiens, laisse-moi t'embrasser... Je voudrais mourir à l'heure actuelle, je voudrais mourir!...

Il l'avait saisie, et, quand ses lèvres rencontrèrent les siennes, il fut tout surpris de la trouver insensible.

L'esprit de Camille était ailleurs.

— Lucien! murmura-t-elle.

Il eut un cri de rage.

— Oh ! je vais le tuer !

— Non c'est un adieu suprême, un dernier souvenir... Je suis à vous, je suis à toi!... A toi toujours !

Le lendemain, Camille dit froidement à son amant :

— N'est-ce pas que la maîtresse de Rodrigues ne peut désormais être plus rien pour Lucien Dorgeval?...

CHAPITRE VIII

Elle l'aurait approuvé!

Charlot avait résolu d'avoir un entretien avec ce frère qu'il avait vu seulement pendant le procès de Dorgeval et qui, à ses yeux, jouissait de toutes les faveurs du sort, tandis qu'il était condamné, lui, à une existence si misérable.

Il avait décidé de lui demander compte de la perte de la seule consolation que Dieu lui eût envoyée ici-bas : l'amour d'une femme, amour qu'il avait cru sincère et d'une éternelle durée.

Le raisonnement de Charlot, en admettant même qu'il eût eu un point de départ juste, que la Riouse fût la maîtresse de Lucien, eût été ridicule pour beaucoup d'autres que lui.

La fille qu'il avait connue, exerçant une bien triste profession, ne s'était après tout liée à lui d'aucune manière. Elle ne s'était engagée par aucun serment, et, en eût-elle, fait, l'on sait combien le vent emporte de serments pareils.

Elle l'avait aimé contrairement à son habitude. Elle le lui avait dit, du moins, et le lui avait jusqu'à un certain point prouvé. Puis elle l'avait quitté, ne voulant plus vivre avec lui, pour un motif ou pour un autre, peut-être pour ne pas rester dans un état voisin de la misère.

Avait-il le droit d'éprouver un aussi violent courroux contre elle et contre celui qui, lui assurait-on, avait obtenu ses nouvelles faveurs ?

Ce qui empêchait que l'irritation de Charlot ne fût banale, c'était la situation même du jeune homme. La douleur vraie chasse le ridicule, et la souffrance, quand elle a pour origine un sentiment profond, est digne de pitié.

Charlot, privé d'affection ici-bas, avait concentré tout ce que son cœur avait d'aimant sur une seule créature. Il lui avait tout donné : son âme, sa vie ; il croyait s'être élevé et purifié avec elle par la flamme de cet amour.

Il était retombé bien bas quand il ne l'avait plus eue à côté de lui, et il lui en avait voulu de la brutalité avec laquelle elle avait précipité sa chute.

Quoi! Rien. Elle n'avait rien fait pour qu'il fût moins meurtri. Pas un avertissement, pas un mot qui eût adouci son chagrin.

Elle n'avait même pas imaginé un mensonge qui eût laissé quelque espérance à l'infortuné... N'eût-elle pas pu, par exemple, lui dire que son frère Frédéric était venu la chercher? Il l'eût cru aisément, car on se souvient qu'il s'était imaginé avoir aperçu, peu de temps avant la disparition de la Rieuse, un jeune homme qui lui ressemblait.

Encore maintenant il se demandait parfois si Frédéric n'avait pas emmené sa sœur? Mais, en ce cas, celle-ci n'eût pas craint de lui laisser un mot d'avertissement ou de lui écrire plus tard.

Elle n'avait rien fait. Donc elle était coupable envers lui, et elle l'était d'autant plus qu'elle avait choisi pour amant Lucien Dorgeval. Charlot lui avait révélé en effet que le négociant était son père.

Le jeune homme, décidé à parler à son frère, ne voulait pas aller chez lui, franchir le seuil d'une maison d'où sa mère avait été chassée, se présenter, ayant toutes les allures d'un mendiant, au logis de l'homme même qui l'avait délaissé et renié avant sa naissance. Il lui aurait été trop pénible de risquer d'être, à son tour, expulsé de cette demeure.

Il résolut d'attendre Lucien sur la porte et de l'accoster dans la rue, mais il n'eut réellement pas de chance. Il dut perdre toute une journée à cette attente et, comme il n'avait pas d'argent, il la passa sans prendre la moindre nourriture.

La nuit vint. Il allait se retirer, quand, soudain, Lucien apparut. Charlot le suivit tout étonné de sentir son cœur battre d'une émotion singulière.

— Peut-être va-t-il chez elle, sa maîtresse? murmura-t-il.

Son frère se dirigeait vers le port. Sur le quai, en face le pont suspendu, Charlot se plaça brusquement devant lui.

— Que voulez-vous? fit celui-ci étonné, une aumône!

— Non, ce n'est pas cela.

— Auriez-vous de mauvaises intentions?...

— Je ne suis pas un malfaiteur!

— Je ne vous connais pas... Passez votre chemin!

— Je n'ai pas à vous obéir...

— En ce cas...

— J'ai à vous dire quelque chose.

— L'heure et le moment sont mal choisis, avouez-le.

— Etes-vous pressé?...

— Non, mais...

— C'est elle qui vous attend...

— Qui, elle?...

Ce doit être un fou! pensait Lucien.

Charlot changea presque subitement de ton.

— Pardon, fit-il, mais j'ai à vous demander un renseignement qui m'intéresse au plus haut degré, auquel tout mon bonheur présent et futur est attaché... Promettez-moi de me répondre avec sincérité...

— Parlez, dit Lucien, qui n'était pas cependant tout à fait revenu de son opinion qu'il était en présence d'un voleur ou d'un insensé.

Toutefois, l'accent avec lequel Charlot venait de s'exprimer n'avait pas été sans lui causer quelque impression.

— Une question résumera tout. Vous connaissez, n'est-ce pas, Marie la Rieuse?

— J'ignore quelle est cette personne.

— Oh! ce n'est pas possible... Vous mentez!

— Bien que vous ne soyez pas très poli, je vous affirme que je dis la vérité.

— Vous me le jurez, sur votre mère!

— Monsieur, dit Lucien d'un ton grave, ma mère est morte depuis peu. Vous me permettrez de respecter assez sa mémoire pour ne pas faire intervenir son nom dans cette affaire.

— Oh! c'est vrai, je vous comprends! C'est que, monsieur, je voudrais bien vous voir invoquer ce que vous avez de plus sacré. Vous ne vous imaginez pas quel prix j'attache à l'assurance que vous n'êtes pas l'amant de la Rieuse.

— Son amant!

— Oui... Je vous ai parlé de votre mère, parce que le souvenir de la mienne est pour moi ce qu'il y a de plus respectable... Je préférerais mourir plutôt que de le profaner... Ah! si vous me parliez de mon père!...

Lucien fut encore frappé de la manière dont Charlot avait prononcé ces dernières paroles. Il réfléchit un instant.

— Je suis un homme d'honneur, lui dit-il enfin, et j'estime que ma parole vaut quelque chose. Je vous la donne... Je ne sais quelle est la femme que vous m'avez nommée.

Le garçon eut un cri de joie et saisit la main de Lucien.

— Merci, dit-il, merci... Qu'avait-on prétendu? J'avais bien souffert en songeant que c'était vous, vous surtout...

— Vous me connaissez?

— Je ne vous avais vu qu'une fois... Je ne vous avais pas oublié, car vous m'aviez fait une impression...

Lucien était de plus en plus surpris.

— Je ne veux pas me faire meilleur que je ne suis, continua Charlot. Je vous ai envié lorsque j'ai su que c'était vous...

— Je ne vous comprends pas...

— Il est inutile que vous sachiez...

— Et si j'y tiens!

— Tout à l'heure vous m'avez pris pour un malfaiteur! Eh bien, imaginez-vous que je le sois réellement... Il est sûr que je n'avais pas de bonnes intentions... Repoussez-moi donc et ne m'interrogez pas... Vous avez cru ensuite que j'étais un fou... Que fait-on des insensés?... On les livre à la police pour qu'on les enferme dans un hospice... Faites-moi enfermer et ne m'adressez plus de question...

— Je vous ai satisfait tout à l'heure... A votre tour!... Que signifient vos réticences?...

— Qu'ai-je dit?... Que je vous ai envié... Et n'est-il pas naturel qu'un misérable tel que moi, vêtu de haillons sordides, regrette de n'être pas, comme vous, riche et bien né, au lieu d'être un objet de pitié ou de mépris, un vagabond, un bâtard ..

— Vous n'avez pas de père, dites-vous, mais vous en parliez tout à l'heure...

— Je le connais en effet, lui ne me connaît pas...

— Ah! Et pourquoi cette impression particulière que vous dites avoir ressentie la première fois que vous m'avez vu...

— Vous tenez donc bien à le savoir?

— Oui.

Lucien et Charlot s'étaient arrêtés près d'un bec de gaz.

L'amant de la Rieuse regarda les loques qui le couvraient et la tenue élégante du jeune homme. Il compara de nouveau leurs deux états.

Une pensée lui vint, une pensée de vengeance à l'égard de Dorgeval. Il lui sembla qu'il allait punir cet homme qui avait été sans cœur et sans entrailles en montrant à son fils légitime comment il s'était conduit jadis et quelles avaient été les suites de sa dureté impitoyable.

Lucien, insistant encore, lui dit :

— Qui êtes-vous ?

Charlot répondit :

— Je suis votre frère !

L'amoureux de Camille eut une exclamation.

— Aux yeux de la société, dit le vagabond, je ne vous suis rien, mais la nature a des lois autrement fortes que celles des nations. Nul ne peut les enfreindre. L'enfant qui naît en dehors du mariage est aussi bien le fils d'un homme que celui qui est le fruit de l'union légitime. Le fait brutal est le même. Votre père a eu beau abandonner la femme qu'il a séduite, je ne lui en dois pas moins d'être venu au monde, triste présent et dont je ne lui ai aucune reconnaissance.

— Il faut que vous me racontiez tout.

— Je ne vous ferai pas de demi-confidence, maintenant que j'ai commencé... Votre mère était une digne et sainte femme... Il est nécessaire que vous ne méprisiez pas la mienne parce que le malheur l'a choisie pour victime. Vous jugerez qui a été coupable, et s'il y a un arrêt à prononcer, vous le prononcerez. Mais peut-être, comme vous le disiez, le moment actuel est-il inopportun ?...

— Non... J'ai hâte... A moins que vous-même...

— J'ai passé toute la journée à attendre votre sortie... Mes heures de nuit sont aussi libres et aussi peu précieuses que mes heures de jour...

Charlot fit à Lucien le récit de sa naissance tel qu'il le tenait de sa pauvre fille envers qui Dorgoval avait été si cruel et si lâche. Il n'oublia pas la triste scène à laquelle nous avons assisté et où Lucie vint demander pour son fils en bas âge un peu de pain qui lui fut refusé.

Amélie l'avait secourue quand elle était tombée

évanouie sur le trottoir même de la maison et Lucien reconnut bien là l'inépuisable charité de celle qui n'était plus.

Il lui avait été épargné d'apprendre une chose pénible grâce à la délicatesse d'une infortunée. C'était à lui que l'épreuve était réservée de savoir combien son père avait été méprisable.

L'amant de la Rieuse pleura en retraçant les derniers moments de sa mère qui le laissait absolument sans ressources. Il décrivit ensuite sa pauvre existence, ses amours avec Marie, ce qu'il avait ressenti quand elle avait disparu et les angoisses qu'il avait éprouvées depuis.

Cette histoire émut profondément Lucien. Il comprenait que c'était la vérité tout entière qu'il entendait, et plaignait de tout son cœur le malheureux qui lui avouait, à son tour, ses fautes, ne dissimulant pas avoir été sans courage après que la Rieuse l'eût quitté.

Il ne put s'empêcher de faire un rapprochement entre la situation de Charlot et la sienne propre.

Dans des circonstances presque semblables, ils avaient perdu celles qu'ils aimaient. Ils étaient éprouvés de la même manière, et qui sait si Dieu n'avait pas voulu, pour donner un exemple, que le sort de deux frères nés dans des conditions si différentes fût le même?

Lucien voyait clairement l'œuvre de la destinée. Elle les avait condamnés l'un et l'autre aux mêmes tourments, et rien n'avait empêché, ni la conduite indigne de son père, ni la distance sociale qu'ils ne se retrouvassent un jour exactement frappés.

Le fils légitime eût envié le bâtard s'il eût su de quel crime il avait à supporter la responsabilité!

Charlot ne savait pas ce qui rendait Lucien silencieux. Il crut qu'il s'interrogeait sur la conduite qu'il devait tenir et voulut le délivrer de tout embarras.

— Et maintenant, dit-il, adieu ! Pardonnez-moi si quelque chose vous a affligé. Merci d'avoir bien voulu me rassurer, puis de m'avoir écouté.

— Qu'allez-vous faire?

— Je chercherai la Rieuse... Peut-être lui pardonnerai-je si elle a été coupable envers moi et si elle se soucie encore de mon pardon!

— Et si elle n'a pas été coupable?

— C'est qu'alors un malheur l'aura frappée. Pauvre Marie'...

— Ne vous alarmez pas!... M'est-il possible de vous être de quelque utilité?

— Vous êtes bon comme celle qui recueillit quelques instants ma mère et la traita comme une sœur!

— N'êtes-vous pas mon frère?

Charlot sentit les larmes lui venir aux yeux.

— Vous êtes un digne cœur, vous!

— Vous m'avez dit que vous étiez sans ressources, me permettez-vous de vous venir en aide?

Lucien tira un portefeuille de sa poche.

— Une aumône! A quoi en suis-je réduit?

— Un secours, un prêt, si vous voulez... Je n'ai pas l'intention de vous offenser... Acceptez donc...

— Non...

— Vous êtes dans le besoin et moi je suis riche... N'est-il pas naturel que je vous offre un peu du superflu dont je jouis, et que je ne dois pas à mon père, car ma mère avait aussi quelque fortune... Est-ce par fierté que vous ne voulez pas?

— Ne vous ai-je pas tout révélé?... De quoi donc serais-je fier?

— Alors je vous prie, je vous supplie...

— Plus tard, pas aujourd'hui... Si je vous rendais un service, je ne craindrais pas, à mon tour, d'en recevoir un autre de vous; mais actuellement...

— L'occasion de me servir, je vous la fournirai. .

— Quand?...

— Demain.

Lucien ajouta avec un accent profond :

— Moi aussi j'ai perdu quelqu'un que je veux retrouver. Je puis compter sur vous, mon frère....

Charlot tressaillit.

— Oh! oui....

Ils convinrent d'un rendez-vous pour le jour suivant. On devine que Lucien avait songé à employer Charlot pour rechercher Camille.

Il insista encore afin que le garçon prît de l'argent, mais ce dernier persista dans son refus avec obstination.

Nous savons qu'il n'avait d'autre domicile que le port ou la rue, qu'il n'avait rien mangé depuis la veille, mais il considéra comme un devoir de ne rien recevoir de son frère.

Par un accès de délicatesse, il eût cru s'abaisser en paraissant profiter d'un lien qu'il venait à peine de faire connaître.

Il avait, lui aussi, sa dignité à défendre. Le père était commun, mais, lui, Charlot, représentait la pauvre créature repoussée et chassée, tandis que Lucien était le fils de celle qui avait porté le titre d'épouse.

Au moment où il quitta son frère, il se demanda ce que sa mère aurait pensé de sa conduite en cette circonstance. Il resta persuadé qu'elle aurait fait comme lui en pareil cas et malgré la situation désespérée dans laquelle il était. Elle l'aurait approuvé!

CHAPITRE IX

Lettres.

De la Rieuse à Charlot.

Mon Charlot,

Tu as dû être bien surpris en ne me trouvant plus hier à la maison. Tu t'es sans doute alarmé ou peut-être m'as-tu accusée?.. Crois-moi, il a fallu une circonstance bien grave pour que je t'aie quitté ainsi précipitamment et sans t'avertir.

Tu ne t'étais pas trompé en croyant remarquer dernièrement une certaine ressemblance entre un jeune homme que tu avais rencontré et moi... Tu me demandas comment était mon frère... C'était lui en effet, c'était Frédéric que tu avais vu.

Il avait appris, par une ancienne connaissance qui m'avait aperçue, que j'étais à Rouen, et il était venu, non pour achever de punir, mais à la prière de ma mère bien malade.

Il passa deux ou trois jours à me chercher. Ah! s'il avait connu mon surnom de la Rieuse, il eût pu avoir vite des renseignements désavantageux, mais par bonheur il l'ignorait. J'espère qu'il l'ignorera toujours.

Ce fut seulement le hasard qui le fit me distinguer dans la rue, à une certaine distance, tandis que je faisais une commission. Il me suivit et, peu après, il frappait à la porte de notre chambre de la place Gaillardbois.

J'ouvris, croyant que c'était toi, et je poussai, à sa vue, un cri d'effroi. Je me jetai à ses pieds pour qu'il me fit grâce!

— Rassurez-vous, me dit-il, il y a assez d'un mort et je ne suis pas ici dans un but de vengeance. Je viens vous prendre afin de vous conduire auprès d'une pauvre femme qui désire ardemment vous pardonner avant de quitter cette terre...

— Où est ma mère? m'écriai-je.

— A Elbeuf... J'y ai trouvé de l'occupation après ma sortie de prison et elle m'a accompagné...

Je t'avouerai, mon Charlot, qu'en ce moment je n'eus d'autre préoccupation que l'état dans lequel était celle à qui ma faute avait causé une si cuisante douleur et qui elle-même s'était reprochée, je l'ai su depuis, la sévérité qu'elle avait montrée à mon égard.

— Quand partons-nous? dis-je.

— Tout de suite... Qui sait si nous arriverons à temps, car ce matin elle était bien faible...

— Oh! dépêchons-nous!

— Venez... Nous allons prendre le bateau...

Ce fut alors que ton souvenir me revint, que je me dis que tu serais inquiet et qu'il serait bon que je pusse te prévenir... Il crut que c'était de l'hésitation qu'il y avait sur mon visage.

— Qu'avez-vous? me demanda-t-il.

Il paraissait étonné, irrité presque. Je pensai qu'il serait sans doute dangereux de lui avouer que je vivais avec toi... J'eus peur aussi de t'exposer à son ressentiment.

— Je n'ai rien, lui répondis-je, et suis à votre disposition.

Je m'imaginais qu'il me serait possible de rencontrer, en allant au bateau d'Elbeuf, quelqu'un à qui je glisserais un avertissement pour toi, mais mon espoir a été déçu...

Nous sommes arrivés au bateau, nous nous sommes embarqués et nous sommes partis sans que j'aie eu le moyen de te faire prévenir.

Frédéric m'a introduit avec de grandes précautions dans l'appartement de ma mère. A ma vue, elle n'a eu que la force de lever ses mains tremblantes sur ma tête et de retirer la malédiction dont elle m'avait frappé.

Elle est retombée inerte; mais ce n'était qu'un évanouissement.

Aujourd'hui elle va mieux, et, tandis qu'elle repose, mon Charlot, je t'écris pour te demander pardon des angoisses que je t'ai causées, pour te dire que je ne suis pas coupable, que je t'aimerai toute ma vie.

Je t'écrirai dès que je le pourrai encore et t'indiquerai à quelle adresse tu devras envoyer ta réponse.

> Ton amie, ta maitresse,
>
> MARIE.

Cette lettre, que la Rieuse ne put elle-même jeter à la poste, n'y fut jamais mise par la personne qu'elle avait chargée de ce soin.

De la même au même.

Mon Charlot,

Quinze jours se sont écoulés depuis que je t'ai quitté. As-tu reçu la lettre dans laquelle je te raconte ce qui s'est passé? Je suis persuadée que, si tu as d'abord éprouvé de la colère contre moi, tu ne m'en as plus voulu quand tu as su pour quel motif j'étais partie précipitamment.

Ma présence, mes soins, ont influé beaucoup sur la santé de ma mère. Elle va beaucoup mieux et l'on peut espérer aujourd'hui la guérison de celle qui, lorsque je suis arrivée, semblait prête à rendre le dernier soupir.

Mon frère, quoique toujours froid à mon égard, parait me savoir gré de ce changement heureux. Au commen-

cement, il ne m'adressait pas la parole, maintenant, il me
parle comme à une étrangère, il est vrai, mais enfin il
me parle !

L'autre soir il a insisté fortement pour que je ne
passasse pas la nuit au chevet de la malade, ainsi que
j'en ai pris l'habitude. Il s'offrait à me remplacer et
s'inquiétait presque affectueusement de la fatigue que je
devais éprouver.

— C'est mon tour, disait-il, il ne faut pas que vous
succombiez à la peine !

Je lui ai répondu que mon secours était nécessaire,
que ma mère, qui m'appelait souvent, serait peut-être
alarmée en ne me voyant pas auprès d'elle, car son
esprit était encore très-faible; qu'il avait, lui, de son
côté, besoin de toutes ses forces pour son travail qui
est des plus pénibles.

Il se rendit à mes raisons, et je crus remarquer qu'il
me jetait, en s'éloignant, un regard attendri. Il ne m'en
veut plus, lui aussi, et cependant je l'ai déshonoré, je
lui ai fait commettre un crime, qu'il a expié en prison !

Il s'imagine sans doute que ma première faute a été
la dernière, et que j'ai lavé ma tache dans les larmes
et dans le repentir. Oh! il ignore sûrement ce qu'était
la Rieuse! S'il venait à le savoir, je mourrais de honte,
car la Rieuse n'avait aucune excuse.... Elle se vendit
sans pudeur... A cause d'elle, le nom d'Herman est
inscrit sur les registres de la police... Je suis encore
une prostituée!...

J'eusse dû me tuer plutôt que de mener l'infâme
existence à laquelle tu m'as arrachée !

Mais je ne te parle que de moi... Et toi, que fais-tu,
que dis-tu, que penses-tu?.. As-tu toujours de l'amour
pour moi?...

Je veux que tu m'écrives, que tu m'envoies des
lettres, poste restante, au nom de Marie. Je les lirai
avec bonheur, surtout si j'y reconnais que ton affection
pour moi n'a pas diminué.

Cette affection, mon Charlot, est certainement ce que j'ai de plus cher au monde après... j'allais dire après ma mère, mais j'allais mentir... Je tiens à toi par-dessus tout... Si j'ai tort d'être ainsi, que Dieu m'en punisse !

Ton visage est sans cesse présent à mes yeux... Je t'aime, mon Charlot, je t'adore !

MARIE.

La Rieuse jeta cette fois elle-même la lettre à la poste, mais Charlot avait été expulsé du logement de la place Gaillardbois, et on ne se donna même pas la peine de le chercher pour lui remettre ces lignes qui l'eussent sauvé.

De la même au même.

Mon Charlot,

Depuis une semaine, je vais tous les jours à la poste pour voir s'il y a une lettre de toi, et chaque fois mon espérance est déçue. On ne me remet rien. D'où vient cela, et pourquoi ce silence?...

M'en voudrais-tu de t'avoir précipitamment quitté et n'aurais-tu pas compris les raisons que je t'ai données?... Ne m'aimerais-tu plus? Mon chagrin est grand, car je ne sais que penser...

Ma mère va moins bien et mon frère est sombre. Lui aurait-on appris quelque chose de fâcheux sur mon compte?...

Je suis bien triste, et c'est toi qui es principalement cause de cet état de mon esprit.

Écris-moi donc, rassure-moi.

Je t'embrasse.

MARIE.

De la même au même.

En vérité, c'est par trop cruel. Je n'ai encore rien reçu. Si ma mère n'était pas sur le point de mourir, si les médecins ne nous avaient pas annoncé qu'il faut nous attendre d'un instant à l'autre à la perdre, je me serais rendue à Rouen afin d'avoir une explication avec toi.

Tu n'as plus d'amour pour moi, tu n'as plus d'affection, tu n'as même plus d'amitié !

Autrement me laisserais-tu dans ces angoisses?... Tu me fais payer cher les heures d'incertitude dans lesquelles je t'ai laissé. Mais n'as-tu pas compris que j'étais partie avec mon frère précipitamment et que j'avais vivement regretté de ne pouvoir te dire ce qui arrivait?...

Je suis bien malheureuse. Dieu m'éprouve de toutes les manières,

MARIE.

De la même au même.

Ma mère a perdu les sens · les derniers sacrements lui ont été administrés. Ne m'écriras-tu pas un mot pour me dire que tu prends quelque part à ma douleur?...

Frédéric est désespéré.

Hier, il était seul avec moi, et il m'a dit en me regardant d'une façon singulière :

— Depuis que notre père a péri dans l'accident du chemin de fer, nous n'avons pas eu une minute de bonheur. Nous avons d'abord lutté contre la misère et nous avons dû nous séparer de la petite Camille qu'il avait adoptée... La grand'mère est ensuite devenue paralytique, puis elle nous a quittés, nous disant qu'elle allait prier pour nous là-haut... Ensuite... Oh! ensuite, tu sais ce qui s'est passé! .. Je vois encore ce cadavre à mes pieds, celui de l'homme que j'avais cru mon ami... Tu es partie et moi on m'a mis en prison, puis condamné... J'étais dans une maison centrale avec des voleurs... A ma sortie, j'ai eu beaucoup de peine à trouver du travail, puis la mère est tombée malade... Maintenant, elle va, malgré tes soins, entrer dans un monde meilleur... Et nous, que ferons-nous ici-bas ? Nous sommes tous les deux flétris... Ne vaudrait-il pas mieux que nous la suivissions ?

Ses yeux brillaient d'un feu étrange... J'ai eu peur d'abord, puis lui ai répondu :

— Frédéric, aie du courage, de la résignation... Peut-être Dieu se lassera-t-il de nous éprouver ?...

Il eut un geste de découragement suprême...

— Il nous a maudits !... Voyons, qu'espères-tu, toi ?...

Je baissai la tête en pensant à toi qui étais tout pour moi et qui m'as délaissée...

Charlot, je te pardonne le mal que tu me fais.

MARIE.

De la même au même.

Elle est morte et je verse des larmes sur ce papier en t'annonçant ce malheur...

Ta vue seule pourrait me procurer quelque consolation...

Tout m'accable à la fois, car tu ne m'aimes plus et je t'aime encore !

MARIE.

Cette dernière lettre arriva à Rouen le jour même où Charlot eut avec Lucien l'entrevue que nous avons racontée. Comme les précédentes, elle resta place Gaillardbois où la Rieuse l'avait adressée.

..
..

Elle!

Lucien et Charlot se revirent le lendemain de leur première entrevue et les jours suivants. Il naissait, entre eux, une vive sympathie dans laquelle la ressemblance des situations entrait certainement pour quelque chose.

C'était la disparition de Camille qui désespérait Lucien ; c'était l'absence de Marie la Rieuse qui rendait Charlot si malheureux.

Ils se promirent de s'aider mutuellement, d'unir leurs efforts pour retrouver celles qui, par une étrange fatalité, avaient disparu presque en même temps, sans laisser de traces.

Quand ils se furent bien entendus, Lucien offrit encore quelque argent à son frère, mais celui-ci, qui avait pu gagner récemment une légère somme, refusa avec la même obstination.

— Comment voulez-vous que j'aie recours à vos services si vous n'acceptez rien de moi? dit le fils légitime de Dorgeval.

— Est-il bien nécessaire que je sois payé par vous?... Craignez-vous donc de me devoir quelque reconnaissance?...

— Non, mais si nos recherches vous détournent de vos occupations...

— Je vous le dirai et alors...

— Laissez-moi parler raison et excusez ma franchise.

Il faut, pour que vous inspiriez quelque confiance et que l'on ne vous refuse pas des renseignements, que vous soyez mieux vêtu, il faut que vous ayez du temps devant vous et que vous ne soyez pas exposé à chaque instant à perdre votre liberté !

— Ma liberté !

— Oui... N'avez-vous pas dit que vous n'aviez d'autre domicile que la rue ou le port ?...

— Il est vrai...

— Le premier agent de police venu peut vous arrêter... Oh ! croyez-moi, il me serait bien dur de voir condamner mon frère pour vagabondage parce qu'il n'a rien voulu recevoir de moi...

— J'ai de l'argent... Je vous l'ai montré...

— Ce n'est pas assez...

— Peut-être aurai-je une autre occasion avant ce soir...

— Puisque vous persistez dans votre refus, renonçons à nos projets, ne nous voyons plus, restons étrangers l'un à l'autre... C'est nécessaire...

Charlot était ébranlé.

— Je suis vaincu, dit-il avec émotion... Mais vous me promettez du moins que ce n'est qu'un prêt et que, lorsque je pourrai vous rembourser, vous ne ferez aucune difficulté...

— Soit !... Où logerez-vous ?... Il est indispensable que je le sache...

— Je vais voir si mon ancien logement de la place Gaillardbois est libre... On m'avait congédié uniquement parce que je ne pouvais payer, et on a gardé quelques effets m'appartenant ainsi qu'à...

Il ne prononça pas le nom de la Rieuse, car il venait de songer qu'il allait revoir peut-être l'appartement où il avait vécu avec elle, où elle lui avait dit qu'elle l'aimait et où il avait appris son départ.

Quand il quitta Lucien, il se dirigea vers la place Gaillardbois. Son cœur battait à tout rompre. Était-ce un pressentiment, mais il lui semblait qu'il se rapprochait de sa bien-aimée?

En vain essaya-t-il de vaincre cette émotion.

— Qui sait ce qu'elle est devenue? Peut-être est-elle morte?.. Alors qu'est-ce que je fais ici-bas?

Le hasard le fit prendre par la rue aux Ours. Au moment où il passait devant la maison de Dorgeval, il fut étonné de se trouver en présence de la maîtresse de Thibert, qui en sortait.

La vieille femme paraissait triomphante. Charlot, frappé d'un pressentiment, s'empressa de l'interroger.

— Que viens-tu de faire chez les Dorgeval? Je croyais que tu les détestais...

— J'ai beau haïr les gens, cela ne m'empêche pas d'encaisser chez eux quand l'occasion s'en présente.

— Ah! tu viens de toucher de l'argent chez le négociant?

— Un peu, mon neveu! Regarde!...

La vieille tira de son tablier sa main pleine d'or.

— Diable!

— N'est-ce pas que c'est de la belle monnaie? Elle rille, elle sonne que l'on dirait une musique!

— Les louis d'or te plaisent?

— Beaucoup.

— Qu'est-ce que tu as fait pour qu'il te paie auss cher?

— Je n'ai rien fait.

— Tu lui as vendu quelque chose?

— Peut-être.

— Des marchandises?

— Allons donc! Quelque chose que tu eusses pu découvrir comme moi, mais tu es bien trop maladroit!

— De quoi s'agit-il?

— Tu es trop curieux!

— C'est vrai. Et puis à quoi ça sert-il de te poser des questions? Tu mens avec un aplomb...

— Quand ai-je menti, moi?

— N'avais-tu pas prétendu que c'était Lucien Dorgeval qui avait enlevé la Rieuse?

— Eh bien?

— C'était faux, sorcière, et tu le sais...

— Ecoute, mon petit, je n'aime plus qu'une chose
depuis qu'on me l'a pris, lui !

— Qui, lui? Le médecin à la corde?

— Oui. Ce que j'aime, c'est l'argent. Pour m'en procurer, je dis la vérité au besoin et même ne la dis pas.
Je consulte souvent les tarots et ils m'en promettent
beaucoup, quoique depuis quelque temps ils deviennent
lugubres. Figure-toi que la mort se mêle de nouveau à
mes cartes!...

— On t'avait donc payée pour me faire croire que
c'était M Lucien...

La vieille fit un signe affirmatif.

— Qui ça?... Réponds.

— Je puis te le faire connaître, puisqu'il est tré-
passé.

— Ah!

— Il est bien difficile de lui chercher querelle à ce
pauvre Macaire !

— Macaire! J'eusse dû me douter! Il se trouvait en
effet avec toi dans le débit la première fois que tu m'as
parlé de la Rieuse.

— Ce soir-là tu avais rudement soif.

— Après m'avoir raconté sur Marie ce qui n'est pas,
ne me raconteras-tu pas ce qui est réellement? Elle a
pris le bateau d'Elbeuf. Qu'est-elle devenue depuis?

— Je l'ignore. Crois-tu que je n'aie que cela à faire
de retrouver les filles perdues. Une ça suffit.

— Tu en as retrouvé une?

La vieille se mordit les lèvres.

— Comment?

— Je veux que tu t'expliques.

— Je veux, je veux... T'as pas le droit de donner des
ordres, je pense.

Le garçon comprit que, par la violence, il n'obtiendrait rien.

— Viens, je te paie une tournée!

— Impossible maintenant!... Je suis pressée... Ce soir si tu veux...

— Ce soir, soit!... Chez le père Printemps...

— Chez le père Printemps...

Charlot ne laissa partir la mégère qu'avec regret, mais il se proposa, en la faisant boire, de reprendre cette conversation.

Il croyait comprendre qu'il s'agissait de Camille et que la vieille femme avait peut-être découvert sa retraite.

Il alla ensuite directement à la place Gaillardbois et pénétra avec émotion dans l'allée obscure de son ancienne demeure.

Le propriétaire du garni le reçut assez mal :

— Te voilà, toi!

— Oui, moi!

— Est-ce que tu viens me payer ce que tu me dois?

— Précisément.

Charlot sortit de sa poche plusieurs des pièces d'or que lui avait remises Lucien.

— Mon compte, s'il vous plaît!

Le logeur était abasourdi.

— C'est bon... On n'est pas si pressé que ça! J'ai toujours eu d'ailleurs confiance en toi!...

— C'est pour ça que vous m'aviez jeté à la porte... Mais passons... Mon appartement est-il libre?...

— Je crois bien... Personne ne l'a occupé depuis, et si tu avais bien voulu, nous te l'aurions laissé... Tu es vif seulement... Tu ne comprends pas la plaisanterie et tu as pris au sérieux un mouvement d'impatience de ma part...

— Qui consistait à me prendre par les épaules et à me pousser dehors en retenant mes effets...

— Tes effets, ils y sont encore chez toi, sauf ceux dont j'ai pu me servir... Ma femme aussi s'est adjugé une robe de la Rieuse... Veux-tu la clé?...

— Donnez!

Charlot commença à monter... Le nom de la Rieuse prononcé par le logeur l'avait encore remué.

— Marie! murmurait-il, Marie!...

Il entendit l'homme qui l'appelait d'en bas.

— Qu'y a-t-il?...

— Attends... Figure-toi qu'il est arrivé pendant ton absence une masse de lettres pour toi... Quatre ou cinq au moins... Tu es bien Charles Arduin dit Charlot?...

— Oui....

— C'est cela... Je ne savais où te les faire parvenir.

— Et ces lettres? fit Charlot d'une voix étranglée.

— Les voici...

Le garçon se retint à la rampe de l'escalier pour ne pas tomber. Il était devenu livide.

— Est-ce que tu souffres?

— Non.

Un seul coup d'œil suffit au pauvre amant pour s'assurer que l'écriture était celle de la Rieuse.

Il serra le paquet contre son cœur et acheva de gravir les marches qui le séparaient de sa chambre.

Oh! c'était bien elle qui avait tracé ces lignes! Qu'allaient-elles lui apprendre?... Il tremblait comme une feuille.

La première lettre qu'il décacheta était la plus ancienne. Il les lut avidement toutes par ordre de date. Quand il eut fini, de grosses larmes coulaient sur son visage.

Voilà donc la vérité. Ce qu'il avait souffert, elle l'avait souffert aussi; mais, tandis qu'il avait succombé à un incroyable abattement, elle était restée courageuse, accomplissant jusqu'au bout avec sa mère son dernier devoir.

Elle l'aimait donc encore, elle n'avait jamais cessé de l'aimer! Cette idée lui faisait relever la tête avec fierté.

Il lui serait bientôt possible de la revoir! Tout son être avait comme un tressaillement.

Il lui vint la pensée que la Rieuse devait être bien triste, bien désolée après la perte récente qu'elle avait subie. Pauvre Marie! Comme il eût voulu la serrer dans ses bras, lui prodiguer des consolations!

Il en était là de ses réflexions, quand il entendit frapper un léger coup à la porte. Il eut un mouvement brusque.

Qui cela pouvait-il être?... Encore le logeur!.. Non, son émotion ne redoublerait pas ainsi.

Si c'était elle?... Oh!

Cette pensée lui traversa l'esprit plus prompte que l'éclair.

On frappa de nouveau, mais un peu plus fort cette fois. Il ne fit qu'un bond et ouvrit. Il recula ensuite.

C'était elle... Elle!

La Rieuse, tout habillée de noir, lui sembla pâle, faible, amaigrie Elle se soutenait à peine.

Il n'eut qu'un cri qui se confondit avec celui de sa maîtresse.

— Marie!

— Charlot!

Il l'enleva dans ses bras et la porta dans la chambre près de la fenêtre où était un vieux fauteuil. Elle était toute tremblante.

Il l'assit, puis commença à la couvrir de baisers.

— Marie! répétait-il, Marie!

Elle ne disait rien, mais l'expression de son regard en disait plus que les plus éloquents discours. Son sein se soulevait avec force.

Lui continuait à rire et à pleurer.

— Perdue! Perdue! Je te croyais perdue!

Elle eut un mouvement de surprise.

— Je te raconterai ce qui s'est passé... Tu verras que nous avons été séparés par une incroyable fatalité. La Providence a voulu qu'il en fût ainsi, sans doute pour

que nous fussions ensuite plus heureux en nous retrou-
vant... Mon âme est ravie... C'est donc cela le bonheur?..

— Oui, mon Charlot.

— Tu t'étais imaginée que je ne t'aimais plus, mais
je t'aimais plus que jamais!

Il l'embrassait, il lui serrait la main, il la pressait
contre son cœur.

Il n'était pas éloigné de croire, le pauvre garçon,
qu'il était encore le jouet d'un songe semblable à
ceux que Dieu, lorsqu'il avait compassion de lui, lui
avait envoyés tandis qu'il dormait, pendant les tristes
mois qui venaient de s'écouler, dans les gondoles ou sur
les ballots du port. Il ne savait comment s'assurer que
c'était bien la réalité.

— Parle, Mario, que j'entende ta voix! Montre-moi
ton sourire... Oui, c'est bien cela, ce sont tes lèvres si
douces, tes dents si blanches qu'on les prendrait pour
des perles sorties de l'écrin d'une reine! Tu es ma
maîtresse chérie, tu es ma femme pour la vie!

Il s'interrompit.

— Oh! tu ne me quitteras plus, n'est-ce pas?

— Tu es tout ce qui me reste, car mon frère est parti
pour l'Amérique...

— Tu resteras avec moi toujours?

— Toujours!

CHAPITRE XI

Où est Camille?

Tandis que Lucien n'avait qu'une préoccupation : savoir ce que Camille était devenue, Dorgeval, lui aussi, n'avait pas d'autre but que celui de la retrouver.

Il réfléchissait à ce qu'elle avait dû faire lorsqu'elle avait appris la funeste vérité. Elle avait quitté sans doute la maison, poursuivie par le désir de ne pas rester plus longtemps sous le toit de l'assassin de son père.

Elle avait peut-être erré dans les environs de Rouen, formant mille projets et ne s'arrêtant à aucun. Cependant il avait bien fallu qu'elle finit par adopter un plan quelconque.

Ainsi raisonnait Dorgeval et, on le voit, il raisonnait fort juste. Il avait le choix entre trois hypothèses :

Ou elle s'était donné la mort en se jetant dans la Seine, et, à cette pensée, le misérable frissonnait.

Ou elle avait imploré un asile chez quelque connaissance de la famille.

Ou elle avait pris le chemin de fer et quitté Rouen.

L'enquête de la justice avait à peu près établi qu'il n'y avait pas eu suicide, ni départ pour une destination éloignée.

Dorgeval avait acquis la conviction que Camille n'avait emporté aucun argent, puisqu'elle avait même laissé une petite bourse dont elle se servait d'habitude et qui renfermait de la menue monnaie.

Chez qui avait-elle pu être recueillie sans expliquer les motifs qui la poussaient à s'enfuir? Le négociant pensait bien qu'elle ne le dénoncerait pas et cacherait soigneusement le crime qui avait été commis.

— Si ce n'est pour moi, ce sera pour Lucien !

Le bruit que Rodrigues avait repris chez lui sa femme avait empêché Dorgeval, comme nous l'avons dit, de soupçonner ce dernier d'avoir Camille dans sa villa de Croisset.

Ce fut surtout après son acquittement qu'il se préoccupa de celle qu'il aimait éperdûment, malgré les obstacles invincibles qui existaient entre elle et lui.

Il est utile de bien préciser l'état moral de l'homme qui n'avait pas hésité à payer le médecin à la corde pour l'assassinat du capitaine Béraud lui réclamant son argent.

Nous avons déjà fait l'histoire de cette conscience assaillie par les remords, de ce caractère que le souvenir d'un meurtre avait assoupli.

Nous avons vu Dorgeval en proie à des rêves, à des visions même, parlant dans son sommeil et obligé de s'isoler pendant la nuit pour ne pas être lui-même son propre dénonciateur

La mort de Macaire et ce qui avait suivi avaient rendu plus profond ce bouleversement

Le dernier complice n'était plus maintenant. Le coupable n'avait plus au-dessus de sa tête cette épée de Damoclès, mais il n'avait plus aussi la moindre consolation.

Sa bonne et digne femme, qu'il n'avait cependant jamais aimée autant qu'elle le méritait, avait quitté ce monde où, sans le savoir, elle avait été la compagne d'un criminel.

Il y avait un abîme désormais entre Lucien et lui, et ils ne se parlaient plus qu'avec une extrême froideur.

Enfin il ne la voyait plus, elle qui avait eu si longtemps le don de calmer l'agitation de son âme, comme la harpe de David avait le don de dissiper la noire mélancolie de Saül.

Un beau jour, le sentiment si doux et si paternel qu'elle lui inspirait avait changé de nature sans qu'il s'en aperçût.

Cette affection, Dorgoval, lorsqu'il raisonnait avec quelque sang-froid, la considérait comme un châtiment.

N'était-ce pas en effet une chose terrible? L'orphe-line de sa victime, restée sans asile, avait précisément été recueillie par lui, élevée par lui, dans sa maison.

Il était assez aveugle pour ne s'apercevoir de l'amour de son fils que lorsqu'il reconnaissait lui-même qu'une passion ardente s'était éveillée en lui. Et aussitôt Camille apprenait ce qu'elle aurait dû savoir la dernière, et elle disparaissait, laissant un trait em-poisonné en son cœur.

Évidemment, pour lui, un être supérieur, une Provi-dence vengeresse avait conduit cela et préparé ce supplice affreux auquel il était soumis et qui avait toute sorte de complications.

Ces réflexions n'amenaient en lui aucun changement. Il était persuadé qu'il lui serait inutile de résister et de lutter contre le courant qui l'entraînait. Il obéissait à une volonté inflexible, à une loi implacable.

Son imagination, au lieu de repousser l'image de Camille, se plaisait à l'évoquer ainsi que tous ses charmes. Il la voyait avec sa beauté radieuse, ses yeux clairs où semblait se refléter sa pensée limpide, et ses cheveux qui, dénoués, eussent fait à la jeune fille la plus belle des parures, un manteau pourpre qu'une impératrice eût envié.

Il nous est impossible d'entrer dans les détails de cette passion furieuse.

Où est-elle? se disait-il parfois avec une sorte de rage. Ma fortune à qui me dira où est Camille!

Il avait mis en campagne toute espèce d'individus sans résultat. Un de ses employés, qui pour la moralité avait quelque ressemblance avec Macaire, était devenu son favori parce qu'il paraissait s'occuper de la chercher

et était l'intermédiaire de Dorgeval avec des agents
tarés qui prétendaient avoir des indices.

Malgré cette préoccupation, le négociant n'en avait
pas fini avec les rêves délirants. Ceux-ci n'avaient pas
le moins du monde changé de nature, et, chose étrange,
continuaient à lui offrir plutôt les traits livides du
médecin à la corde que ceux de la victime.

A peine s'endormait-il, Thibert se montrait à lui. Il
bondissait sur son lit, puis lui mettait un genou sur la
poitrine. La pression était d'abord légère, puis elle
devenait de plus en plus lourde...

Et, pendant ce temps-là, l'horrible bandit ricanait.
Enfin, il sortait la corde et la passait autour du cou de
Dorgeval, qui essayait en vain de l'écarter.

Efforts superflus! Thibert serrait toujours. L'asphyxie commençait.

Le négociant sentait la respiration lui manquer et
son visage se congestionner. Des mains crochues
allaient achever l'œuvre de la corde quand il s'éveillait
dans un état impossible à décrire.

— C'est affreux, murmurait-il, c'est affreux de se
voir mourir si souvent lorsque, après tout, lui n'est
mort qu'une fois. Mais pourquoi est-ce Thibert qui me
persécute, tandis que les autres restent tranquilles?

Les autres, c'étaient Béraud et Macaire, tous les
deux tués par lui.

— Oh! fit-il, ils l'ont chargé de la vengeance comme
je l'avais chargé du meurtre!

Quelques heures avant le moment où Charlot vit
sortir de la maison de la rue aux Ours la maîtresse de
Thibert, l'employé à qui Dorgeval avait fait part de ses
projets lui annonça qu'il croyait avoir enfin trouvé
une femme qui savait ce que Camille était devenue.

Le négociant bondit de joie. L'employé lui amena la
vieille qui, en mendiant à Croisset, avait aperçu dans
le jardin de la villa la pauvre fille qu'elle avait torturée
pendant son enfance.

La mégère vendit une seconde fois Camille pour une poignée d'or, et Dorgeval s'occupa immédiatement de chercher les moyens de rentrer en possession de celle qui avait été sa protégée.

Le soir de ce même jour, Charlot, malgré son désir de ne pas quitter la Riouse, se rappela cependant la promesse qu'il avait faite à Lucien Dorgeval et le rendez-vous qu'il avait donné chez le père Printemps.

Il s'arracha avec peine des bras de sa bien-aimée, mais ce fut en vain qu'il attendit jusqu'à une heure assez avancée de la nuit celle qu'il supposait à juste titre connaître la retraite de Camille. Elle ne vint pas.

Toutefois, Charlot ne perdit pas pour cela son temps, car le hasard lui fit entendre les fragments de la conversation d'un groupe sinistre placé à une table voisine de la sienne.

CHAPITRE XII

L'épouse et la maîtresse.

Camille, devenue la maîtresse de Rodrigues, n'en continua pas moins à Croisset le genre d'existence qu'elle menait précédemment.

Elle habitait toujours un appartement séparé et vivait dans un isolement semblable presque à celui que nous avons décrit et qui avait précédé sa chute.

Si la possession n'avait rendu le médecin des pauvres que plus amoureux, elle était restée toujours aussi froide, aussi indifférente à son égard.

Elle n'avait plus pour lui cette reconnaissance qu'il lui avait d'abord inspirée, cette admiration pour son désintéressement et ses sentiments dévoués. Il avait en quelque sorte perdu son estime, bien qu'après tout il se fût conduit avec une loyauté absolue, avouant qu'il était marié au moment où elle s'offrait à lui.

Rodrigues souffrait beaucoup de cette situation. Il n'ignorait pas que Camille aimait Lucien avec autant de force que jadis, et il essayait en vain de percer le mystère de la conduite de la jeune femme qui avait fui celui qu'elle adorait et s'était donnée à un autre.

L'amour du père ne pouvait être ce qui l'avait poussée à se séparer d'une manière absolue du fils. Non, il y avait un fait occulte, un événement grave qu'il ignorait et qu'il eût vivement désiré connaître.

Camille éprouvait des tortures non moins réelles. Elle se rendait un compte exact de sa situation, se

considérant comme souillée et à jamais flétrie. N'avait-
elle pas en effet perdu l'honneur; n'avait-elle pas fait
le sacrifice d'une existence honnête et honorée? Et quels
avaient été les résultats obtenus?...

Elle songeait toujours à Lucien et se reconnaissait
aussi coupable envers la mémoire de ses parents.

Son amour s'était même développé, ou plutôt avait
pris un autre caractère. La jeune fille était devenue
une femme qui n'aimait plus seulement avec son imagination, mais avec ses sens.

Elle était obligée de subir la présence d'un autre
homme, à qui elle n'était cependant attachée par aucun
lien définitif, d'un autre homme qui se doutait au
moins de l'état de son esprit et tentait vainement de la
ramener à lui.

Bien que courbé sous le joug d'une passion qui n'était
pas la première qu'il eût ressentie, Rodrigues était un
cœur fier dont l'impétuosité, bien qu'atteinte, n'avait
pas disparu.

Il se révoltait parfois contre la situation présente, et
il y avait alors, entre Camille et lui, des scènes dans
lesquelles ces âmes blessées mettaient presque à nu
leurs plaies.

Chose étrange, c'était, à la fin de ces crises, l'être
fort qui pleurait et suppliait, tandis que l'être faible
faisait attendre le pardon et ne finissait par l'accorder
que parce qu'il découvrait des maux ressemblant aux
siens et dont, par conséquent, il lui était aisé d'apprécier la profondeur.

Une fois, Camille, plus nerveuse que d'habitude,
quitta brusquement Rodrigues et alla s'enfermer chez
elle. Son amant ne tenta pas de l'y suivre. Le lendemain,
elle fut la première à songer qu'elle l'avait vivement
froissé et elle se rendit dans son appartement avec
l'intention de lui exprimer des regrets.

Le médecin, appelé par un malade, était déjà sorti.
Elle fut contrariée de cette absence, et elle descendit

au jardin dans l'espérance d'y retrouver un peu de calme et de tranquillité.

Cet espoir ne se réalisa pas. Elle fut encore plus agitée, tourmentée même, par des pressentiments dont elle ne pouvait guère apprécier la nature. Il y avait en elle une vague inquiétude comme à l'approche d'un malheur. Que lui était-il encore réservé?

Quand elle rentra dans la maison d'habitation, la femme du jardinier lui dit qu'une dame avait tellement insisté pour la voir, qu'on l'avait introduite.

— Ah! fit Camille.

Elle sentit que c'était là le danger qui la menaçait, et elle se dirigea, fort émue, vers le salon où l'inconnue l'attendait.

Celle-ci n'était pas moins émue que Camille, car c'était la personne que nous avons présentée à nos lecteurs sous le nom même de la dame en noir, qui lui avait été donné par ses voisins de la rue des Bons-Enfants.

Madame Durand était encore vêtue de deuil. Elle se leva dès que la jeune femme se montra et parut surprise de son genre de beauté. Son œil eut comme un éclair.

Elle s'avança assez brusquement.

— J'ai demandé madame Rodrigues... Est-ce vous?...

— Mais... oui, madame.

— Vous mentez!

Camille pâlit... Ses traits exprimèrent la surprise et la douleur.

— Vous m'insultez!

— Je vous dis la vérité, moi... Je suis venue pour vous faire connaître ce que vous êtes et ce que je suis.

— Qui êtes vous?...

— Sa femme!... Je suis la marquise Rodrigues de Boismontier, qui réclame la place qui lui est due...

— Quelle place?

— Celle que vous occupez... Rendez-moi mon mari...

— Je ne vous l'ai pas pris, madame...

— C'est parce qu'il vous a auprès de lui qu'il est insensible à tout, qu'il ne veut plus entendre parler de moi..Oh ! j'eusse dû me douter que vous étiez là dernièrement, quand il m'a aussi maltraitée, quand il est resté insensible à mes prières, à mes supplications...

— Ne serait-ce pas parce que jadis vous l'avez cruellement offensé ?...

— Vous savez tout, il vous a tout dit et c'est vous qui l'avez encouragé à la résistance dans cette fatale entrevue où j'ai découvert qu'il n'avait pour moi que haine et mépris...

— J'ignorais...

— C'est bien possible, mais il pensait à vous... Vous êtes sa maîtresse, je suis son épouse... Mes droits sont supérieurs aux vôtres, ou plutôt j'en ai et vous n'en avez pas !

— Ces droits, madame, ne les avez-vous pas perdus ?...

— Oh ! c'est ainsi que vous lui persuadez que je ne suis plus rien pour lui...

— Je ne lui parle jamais de vous... Savais-je ce que vous étiez devenue ?... Il vous aimait de tout son cœur et vous l'avez forcé à vous mépriser... Il a souffert par vous...

— C'est vous qui le consolez maintenant !

— Non, madame, non... Je n'ai pas su accomplir cette tâche, car j'ai été égoïste et je ne me suis occupée que de mes propres malheurs... Tout à l'heure je me disais encore que j'étais coupable envers lui, mais non comme vous l'avez été, vous... Je ne l'ai pas trompé !...

— C'est vous qui me jetez l'insulte au visage...

—. Vous avez bien commencé... Je ne fais que me défendre...

— Pardon, mais, à votre vue, je n'ai songé qu'à une chose, c'est que, à cause de vous peut-être, un enfant n'a plus de père...

27.

— Vous faites erreur et vous avez tort de m'accuser...
Réfléchissez, madame... Il y a plus de douze ans, tandis
que moi...

— Il se serait laissé toucher il y a peu de temps...

— Vous pensez donc qu'il serait en mon pouvoir de
vous le rendre...

Depuis un moment des larmes coulaient sur le visage
de la marquise. Elle éclata soudain en sanglots.

— Oh! vous avez raison... Je l'ai bien perdu sans
retour!

Camille se sentit touchée. Elle oublia les paroles
dures qu'elle avait entendues ou plutôt les pardonna.

— Je souhaiterais avoir autant de puissance que
vous le croyez sur celui dont vous regrettez l'abandon.
Il reviendrait vers vous!

Les traits de madame de Boismontier exprimèrent
la surprise.

— Mais vous, vous!

— Je quitterais cette maison.

— Vous feriez cela!

— Pourquoi pas? Malheureusement pour vous il m'a
lui-même dit que vos torts sont si graves...

— Il n'a jamais connu toute la vérité. Je veux que
vous me jugiez, vous qui êtes femme et qui vous montrez
compatissante malgré votre situation. Mon histoire est
d'ailleurs bien courte. C'est vrai, j'ai faibli, j'ai été
parjure envers le plus noble des hommes.. Rodrigues
était si bon qu'il eût mérité de rencontrer une créature
qui l'adorât à deux genoux. Quand nous nous mariâmes,
il avait une affection très vive pour moi, tandis que je
ne l'acceptais que pour obéir à une volonté inflexible...
A cette époque, d'ailleurs, je n'étais déjà plus digne
de lui.

— En vérité!

— Mes parents appartenaient à une race aristocratique. Ils vivaient dans leurs terres... J'avais dix-sept ans
lorsque je rencontrai dans une fête un jeune homme

habitant les environs... Il n'avait ni nom, ni fortune, mais il me plut. Je le revis plusieurs fois... Il me dit qu'il m'aimait, et je le crus... M'ayant demandé s'il pouvait solliciter ma main, je l'y autorisai...

« Ce que j'aurais dû prévoir arriva... On le refusa à cause de sa modeste position... Notre désespoir fut grand... Il parvint à avoir une entrevue avec moi dans laquelle il me supplia de me laisser enlever par lui... J'eus la faiblesse d'écouter ses prières...

« Nous partîmes, espérant que mes parents accepteraient les faits accomplis et plus tard nous uniraient.

« Mon père s'attacha d'abord à étouffer le scandale. Il y réussit en racontant que j'étais chez une parente, puis il se rendit à Paris où nous nous étions réfugiés... Nous le vîmes apparaître, menaçant. Il intimida tellement mon amant que celui-ci le laissa me reprendre sans résistance.

« Je rentrai dans sa maison et vécus plusieurs mois dans les pleurs jusqu'au jour où ma mère et lui m'emmenèrent en Bretagne. Ils étaient invités à passer quelque temps dans le château d'un de leurs amis.

« Ce fut là que je vis pour la première fois M. Rodrigues de Boismontier. Il avait quelques années de plus que moi. Je ne tardai pas à apprendre que je lui plaisais et qu'on me le destinait pour époux.

« Il se mit en effet à me faire une cour assidue. J'essayai de me montrer très froide à son égard et je résolus d'avoir un entretien avec mon père pour lui déclarer que je n'avais pas l'intention de me marier...

« Mon père me traita fort durement.

« — Je le veux, moi, me dit-il, je le veux !

« — M Rodrigues sait-il ce qui s'est passé?...

« — Malheureuse ! Croyez-vous donc que tout le monde connaisse votre honte?

« — Mais lui, il est nécessaire qu'on ne le trompe pas?... D'ailleurs, je n'ai aucun amour pour lui !

« — C'est vrai, vous n'êtes capable d'en avoir que

pour des gens indignes de s'allier avec notre famille...
Et vous êtes ma fille !

« Ma mère, auprès de laquelle je cherchai un appui,
non-seulement me le refusa, mais encore m'engagea à
obéir à mon père. Bref, le mariage eut lieu....

« Je ne tardai pas à apprécier les hautes qualités de
Rodrigues et à me sentir touchée de l'amour qu'il me
témoignait. J'espérai un moment qu'il ignorerait toujours
le fatal secret de ma faute, lorsqu'il reparut, lui, mon
amant, celui qui m'avait détournée une première fois
de mes devoirs...

« Il arriva jusqu'à moi et se déclara plus épris que
jamais... Je le repoussai, lui disant que je ne m'appartenais plus... Il employa alors la menace, prétendant
que je ne m'imaginais pas jusqu'où irait sa passion
dédaignée... Il ne parlait de rien moins que de tout
raconter à mon mari et de le tuer ensuite...

« Je le priai, je le suppliai... Il fut inexorable... La
crainte et le désespoir me livrèrent encore à lui...
Dieu m'est témoin cependant que je n'éprouvais plus
que de l'horreur et du dégoût pour ce misérable !

« Pour l'honnête homme qui m'avait donné son nom,
mon cœur était au contraire rempli de respect... A l'indifférence qu'il m'avait d'abord inspirée, avait succédé
un sentiment naturel, légitime... J'aurais ardemment
désiré être la meilleure des épouses, et la fatalité me
condamnait à être la plus perfide...

« Rodrigues s'était aperçu du changement qui s'était
opéré en moi. Il était au comble du bonheur, car il
savait qu'il allait être père, quand tout à coup le hasard
lui révéla... »

La marquise saisit la main de Camille

— Quel effondrement! Quelle catastrophe irréparable!
Il sut que j'avais été à un autre avant mon mariage et
que je me livrais encore à cet homme...

« Son courroux égala sa douleur. Il me chassa de sa
maison...

« Un enfant naquit peu après... Je vous jure sur sa tête qu'il est bien le fils de Rodrigues, car je le portais déjà dans mon sein avant que mon amant reparût... Les années se sont écoulées... Mes parents, cause de mon malheur, sont morts, et je n'ai plus voulu revoir celui qui m'avait entraînée dans l'abîme... Il a du reste quitté la France pour toujours !

« J'ai tenté plusieurs fois de solliciter mon pardon, mais mon mari est resté impitoyable... Il me méprise plus qu'il ne me hait!..

« Il y a quelque temps que je suis à Rouen. J'ai essayé de l'attendrir, en le mettant presque par surprise en présence de son enfant malade... Il s'est montré impassible, il n'a pas éprouvé d'émotion... La voix du sang ne lui a pas même crié :

— Rends un père à cet orphelin !

« J'ai appris hier seulement qu'il ne vivait pas seul. On m'a assuré qu'il avait repris sa femme auprès de lui, et moi, qui savais bien le contraire, je suis accourue...

« Un moment, j'ai cherché à vous attribuer la dureté implacable dont il a fait preuve dans notre dernière entrevue... Je me suis fait quelque illusion, mais je reconnais maintenant que c'est entièrement à ma conduite que je dois mon malheur !

« Il vous aime, vous... Oh! vous êtes bien heureuse si vous l'aimez ! »

Camille, qui était restée muette pendant ce récit, qui avait écouté l'infortunée d'un air morne, interrompit la dame en noir :

— Rassurez-vous... Je ne l'aime pas !

CHAPITRE XIII

L'enlèvement.

Camille avait éprouvé des sentiments divers tandis que la marquise lui racontait son histoire, mais ce qu'elle ressentait avant tout, c'était de la honte.

Cette femme réclamait un époux qui était son amant à elle. Si coupable qu'eût été madame de Boismontier, elle n'en était pas moins la mère du fils légitime de Rodrigues.

Elle pouvait inspirer quelque intérêt. Que méritait la maîtresse, la concubine, celle qui n'avait pas même l'excuse de s'être donnée par amour?..

Camille n'avait jamais réfléchi qu'il lui arriverait de se trouver ainsi en présence de la femme, qu'une scène semblable à celle-ci aurait lieu.

Tant que madame de Boismontier avait réclamé fièrement ses droits, elle lui avait tenu tête et lui avait répondu fort justement, après tout, que l'indignité de sa conduite avait seule fait son malheur.

Mais madame de Boismontier s'était humiliée. Elle avait pleuré, elle avait ouvert son cœur et révélé toute l'étendue de ses souffrances.

La malheureuse femme n'était pas sans excuse. Elle avait d'abord péché par ignorance, trompée par un séducteur qui, probablement, l'avait choisie pour base de calculs avides. Elle avait été ensuite entraînée par ses parents, puis elle avait craint pour son mari et elle avait, en quelque sorte, perdu la raison.

Le courroux de Rodrigues était naturel, mais n'était-elle pas digne de quelque indulgence de sa part pour les longues années qu'elle avait passées dans la douleur?...

N'y avait-il pas du vrai dans la première supposition de la marquise que c'était parce qu'elle était là, elle, que le médecin était resté si sévère, surtout quand elle l'avait mis devant son fils?

Camille rougissait du rôle qui lui était dévolu. Elle cherchait en vain, pour expliquer à madame de Boismontier sa présence auprès de Rodrigues, une raison autre que la véritable, qu'elle ne pouvait pas dire. Elle eût voulu presque avoir la faculté de répondre à ce moment :

— Vous l'avez torturé, moi je le rends heureux. Vous ne l'aimiez pas et vous l'avez trahi; moi je l'aime et je lui suis fidèle!

Hélas, elle savait bien qu'il lui était interdit de s'exprimer ainsi sans mentir, et elle parlait autant à elle-même qu'à la marquise quand elle déclarait que son cœur n'appartenait pas à Rodrigues.

Ces paroles auraient dû être suivies d'une explication, car, aux yeux de madame de Boismontier, la situation de Camille, maîtresse d'un homme pour lequel elle n'avait pas d'amour, devenait méprisable. La jeune femme n'ajouta rien cependant, et il y eut un moment de silence après sa réponse.

La marquise ne réussit pas tout à fait à cacher du dédain.

— Je comprends alors que vous soyez capable de quitter sans regret cette maison.

La résolution de Camille fut vite prise.

— C'est ce que je ferai, madame.

Madame de Boismontier parut surprise. Elle remercia néanmoins sa rivale.

— Soyez franche, ajouta-t-elle, quelle impression croyez-vous que cette séparation fera sur Rodrigues?

— Il en sera bien affecté, et si je ne veux pas qu'il

s'attache à mes pas, il faudra que je m'en aille sans le prévenir...

— Excusez mon indiscrétion... Où irez-vous?

— Le sais-je, moi!

— Ah! comment vous ignorez?...

— Je ferai ainsi que j'ai déjà fait lorsque... La Providence me viendra peut-être mieux en aide qu'alors.

La marquise éprouvait de l'embarras.

— Si vous consentiez... si je vous facilitais les moyens...

Camille rougit et regarda fixement madame de Boismontier.

— Non! fit-elle d'un ton sec.

La femme légitime de Dorgeval se retira peu après.

La dernière parole de Camille fut :

— Je tiendrai ma promesse, madame.

Aussitôt après le départ de la dame en noir, elle monta dans sa chambre et essaya de faire cesser la confusion qu'il y avait dans ses idées.

Son esprit était assailli par une foule d'impressions différentes.

Rodrigues ne lui appartenait pas, puisqu'une autre avait le droit de le réclamer... Après tout, c'était vrai... Il n'était pas son mari et il était celui d'une infortunée qu'elle avait pour devoir de plaindre... Cette femme avait un enfant qui peut-être aurait retrouvé son père si ce dernier n'avait pas eu une maîtresse à laquelle il sacrifiait tout...

Pour mettre un obstacle entre elle et Lucien, elle avait commis une mauvaise action... Elle s'était, de plus, avilie... Tout cela inutilement... Elle devait encore faire le désespoir d'un homme qui l'aimait avec passion.

Partout où elle passait, elle ne laissait donc que ruines et chagrins dévorants! Et Georges Béraud qui assistait à cette lutte! Il n'avait pas le pouvoir de l'aider... Sa mère était morte folle... Deviendrait-elle folle, elle aussi?...

Ce que Camille endurait était en effet bien capable d'égarer sa raison...

Au milieu de ce chaos, elle n'avait qu'une résolution prise : quitter la villa! Sa situation mentale ressemblait beaucoup à celle dans laquelle elle avait été après la mort de Macaire. Elle n'avait alors songé qu'à une chose : quitter aussi le toit maudit de l'assassin de son père !

Elle avait fui précipitamment. Devait-elle agir cette fois de la même manière?

Non... Elle avait promis de s'en aller... Elle le voulait, mais il y avait ici une certaine surveillance autour d'elle, puis elle savait, par l'expérience d'une première fois, que, sans ressources, il ne lui serait pas possible de se rendre bien loin.

Si elle n'avait pas rencontré jadis Rodrigues, elle serait retombée certainement au pouvoir de Dorgeval.

A quoi s'arrêter?... Quel plan former? Il lui était nécessaire d'avoir devant elle quelques heures, d'attendre au moins jusqu'à la nuit... C'était cela; il fallait qu'elle demandât à la nuit son ombre pour abandonner cette demeure.

Et cependant elle frissonnait au souvenir du soir de sa première fuite, de ce chemin dans les ténèbres par un temps d'orage... Elle se revoyait cherchant un abri sous cet arbre que menaçait la foudre, ayant devant elle un horizon en feu.

Puis elle se rappelait les injures qu'elle avait subies dans la matinée où elle avait fini par succomber à la fatigue devant la porte d'une ferme.

A quelles terribles épreuves était-elle encore destinée?... Que d'épines cruelles sur la route qu'elle était condamnée à suivre!

Pauvre Camille! Quelle différence entre la jeune fille rayonnante que nous avons vue, dans une fête, éveillant

sur son passage l'admiration et l'envie, et cette femme
à la figure contractée qui cherche en vain à ne pas
tomber dans un gouffre béant!

Eh bien, même dans le paroxysme de la douleur, elle
eût paru belle. Dieu, lorsqu'il chassa du Paradis les
anges révoltés, ne les dépouilla pas de tous leurs
rayons!...

Camille, déchue, avait un autre genre de beauté que la
Camille qui avait inspiré à Lucien une affection si
chaste et si pure!

Un moment, au milieu de ses tourments, une pensée
fatale lui vint, une pensée de suicide. Autrefois elle
l'eût repoussée avec horreur... Malgré les suppositions
diverses qui avaient pu être faites quand elle avait fui
la maison Dorgeval, nous savons qu'elle n'avait pas
songé un instant à se donner la mort.

Maintenant elle admit presque ce moyen de trouver
le repos, et elle se dit qu'elle serait peut-être obligée
d'y recourir!

Camille, après avoir décidé qu'elle s'en irait définitivement le soir, réfléchit qu'il lui serait pénible de se
retrouver avec Rodrigues. D'ailleurs cela pourrait être
un obstacle à ses projets.

Elle chercha une raison pour éviter de le voir. Le
hasard la favorisa, car le médecin fut retenu auprès du
malade pour lequel il était sorti de bonne heure, le matin,
et lui envoya un billet afin de la prévenir qu'il ne rentrerait qu'à une heure avancée.

Ce billet était très affectueux et ne renfermait aucune
allusion à la scène de la veille.

La jeune femme remarqua la délicatesse de l'homme
qu'elle se disposait à quitter et qui ne parlait pas dans
sa lettre de ce qui s'était passé, sans doute parce
qu'elle avait eu les torts principaux.

— Il souffrira d'abord, dit-elle, et il m'oubliera
ensuite... C'est égal!... Il est nécessaire que j'aie de
l'énergie pour accomplir ce devoir!

Camille passa le reste de la journée dans une agitation fébrile. A la tombée de la nuit, elle prétexta une légère indisposition pour se retirer dans sa chambre.

Elle avait eu soin de se procurer la clé d'une porte du jardin de la villa. Cette porte donnait sur un chemin écarté qui ne rejoignait la grande route qu'à une certaine distance.

La pauvre fille n'avait aucun préparatif à effectuer, car elle se faisait un scrupule d'emporter le moindre effet. Elle hésita à prendre une petite somme que peu de jours auparavant Rodrigues l'avait forcée d'accepter et à laquelle elle n'avait pas touché.

Elle résolut enfin d'en garder une partie sur elle pour avoir au moins, en cas de nécessité, un abri, et faciliter son éloignement.

N'était-ce pas à son dernier amant qu'elle se sacrifiait cette fois ? Peut-être, s'il pardonnait à sa femme et remplissait ses devoirs de père, rencontrerait-il un bonheur qu'il n'aurait jamais eu avec elle dont le cœur restait tout à Lucien ?

L'émotion de Camille fut vive quand elle sentit approcher le moment fatal. Elle avait eu peur d'être trahie par un chien qu'on lâchait dans le jardin et qui faisait d'ordinaire bonne garde. Chose singulière, cet animal avait disparu depuis la veille. Le jardinier en avait exprimé devant elle son étonnement à sa femme.

La fugitive resta un instant à sa fenêtre pour s'assurer que tout était calme et tranquille. Si Rodrigues entrait par hasard, il ne passerait pas par le chemin qu'elle suivrait et par la porte dérobée.

Camille regarda le ciel qui était étoilé, quoique sans lune. Il lui parut propice à son dévouement.

Elle tremblait, cependant, tandis qu'elle descendait l'escalier en retenant sa respiration... Elle avait une peur si grande de faire du bruit ! Elle fut enfin dans le jardin.

Elle se dirigea vers le fond, mais, arrivée devant la porte dont elle avait la clef et qui était cachée par un massif d'arbustes, elle fut très étonnée d'apercevoir une lumière et de reconnaître que cette porte était ouverte.

La lumière était produite par les lanternes d'une voiture attelée de deux chevaux.

A sa vue, l'individu qui les gardait eut une exclamation. Trois autres, qui avaient déjà pénétré dans le jardin et qui sans doute au bruit de ses pas s'étaient d'abord cachés, apparurent.

— Elle! C'est elle... dit un de ces personnages... Par quel hasard?

Il s'approcha et la salua.

— Mademoiselle, est-ce que vous auriez su ce que nous devions faire?... Viendriez-vous de bonne grâce?...

Surprise, effrayée, elle tenta de s'éloigner, mais on la saisit brusquement.

— Au secours!

— Nous ne sommes pas ici pour vous faire de mal.

— Pitié!

— Vous allez venir avec nous?

— Non...

— Montez dans la voiture.

— Laissez-moi...

L'épouvante arrêta la parole dans sa gorge. Elle essaya de se soustraire à l'étreinte de l'inconnu.

— Mon bel oiseau, tu ne m'échapperas pas.

Il fit un signe et un mouchoir se posa sur la bouche de la malheureuse fille. Des bras puissants l'enlevèrent et la déposèrent dans la voiture.

Deux des ravisseurs montèrent à côté d'elle et s'empressèrent de baisser les stores pendant que les chevaux partaient.

CHAPITRE XIV

Les Rivaux.

Charlot, par quelques lambeaux de phrases entendus dans le débit du père Printemps, avait cru comprendre que Camille n'était pas bien loin de Rouen et que Dorgeval avait payé des gens pour s'emparer d'elle.

Toutefois, l'amant de la Rieuse n'avait aucune certitude. Il ignorait où l'enlèvement devait avoir lieu, dans quelles conditions il s'effectuerait, le jour et l'heure.

C'était une sorte d'intuition qui lui avait fait deviner qu'il s'agissait de Camille; car il n'avait entendu ni son nom, ni celui du négociant.

Tout ce qu'il savait de positif, c'était que les individus qui devaient opérer auraient, avant d'agir, une dernière réunion dans le même cabaret où il avait en partie surpris leur secret.

Charlot se garda bien de faire part à Lucien de ses données. Celui-ci n'aurait vu qu'une chose : c'était qu'un danger menaçait peut-être sa bien-aimée. En voulant agir avec précipitation, il aurait sans doute empêché son frère d'agir avec efficacité.

Néanmoins, voyant croître un jour le chagrin du jeune homme, Charlot lui dit :

— Espérez, j'ai retrouvé mon amie.... Vous reverrez la vôtre. Tout me porte à croire que cela ne tardera pas...

— Est-ce que vous auriez quelque indice?...

— Qui sait?...

— Parlez, parlez, je vous en supplie....

28.

— Je n'ai rien de certain, mais il me semble que....
que nous finirons par... être plus heureux...

Lucien secoua la tête avec doute.

Il y avait eu cependant quelque chose qui lui avait
fait impression dans l'accent avec lequel Charlot s'était
exprimé.

Une après-midi, contrairement à son habitude, ce
dernier vint le prier de lui remettre quelque argent.

Le fils légitime de Dorgeval s'empressa de le satisfaire en exprimant même le regret qu'il ne voulût pas
en accepter plus souvent.

— Il faut, répondit le garçon, que je provoque les
confidences de quelqu'un...

— Relativement à Camille?...

— Oui...

— Vous êtes sur une piste?...

— Oui, mais pas un mot de plus, pas d'autres
questions.

— Oh!

— Tenez-vous prêt à agir, c'est tout ce qu'il est
nécessaire que vous sachiez...

— Mon Dieu, mon Dieu, vous me faites mourir!...

Lorsque Lucien rentra chez lui, il fut étonné de voir
son père qui l'attendait sur la porte.

— Je désire vous parler, mon fils.

— Je suis à vos ordres...

Le jeune homme s'apprêtait à monter.

— Venez plutôt avec moi dans mes bureaux du quai
de la Bourse.

Dorgeval avait en effet récemment séparé ses comptoirs
de sa maison d'habitation et les avait transférés sur le
port, à une distance d'ailleurs peu considérable de la
rue aux Ours.

Sans doute, la maladie mentale qui le dévorait était
entrée dans une nouvelle phase, car il cherchait l'isolement le plus absolu.

Il avait, à la mort de sa femme, renvoyé la plupart

dos domestiques. Ces jours-ci, il avait fini par achever
de les congédier, ne gardant pas même un valet de
chambre nommé Urbain, qui était avec son père et qui
avait vu naître Lucien.

Celui-ci avait intercédé en vain pour le vieux serviteur.

Le négociant avait persisté dans sa résolution. La
maison de la rue aux Ours, jadis bruyante et animée,
était devenue silencieuse comme une tombe.

Il n'y avait plus qu'une femme procurée par le commis,
en qui Dorgeval avait confiance. C'était elle qui préparait
le repas et faisait les appartements du père et du fils.

Le cabinet du négociant était, sur le quai de la Bourse,
assez isolé des autres bureaux.

Depuis quelque temps, Dorgeval s'enfermait toujours
lorsqu'il y restait seul. Il avait fait poser de gros
verrous qu'il était obligé de tirer à chaque instant de la
journée.

Ses employés avaient remarqué ces bizarreries de
leur patron et croyaient généralement que les épreuves
par lesquelles il avait passé, le chagrin qu'il avait
éprouvé en perdant Amélie, avaient détraqué un peu
son cerveau.

Lorsque Lucien et Dorgeval se trouvèrent seuls
dans le cabinet, ce dernier prit la parole :

— Mon fils, votre arrière grand-père était négociant,
votre grand-père également et moi-même je le suis.
sommes une famille de commerçants. Je désire que Nous
vous le soyez aussi.

— Mon père, j'ai réellement bien peu de goût pour
cette profession.

— Le goût pour elle vous viendra avec les premiers
bénéfices...

— Ne sommes-nous pas déjà assez riches ?...

— On ne l'est jamais assez.

— J'avais espéré, lorsque je me suis fait recevoir
avocat...

— Que je vous laisserais défendre la veuve et l'orphelin...

— Pourquoi pas?

— Non, mes idées étaient tout autres, et je ne m'attendais pas, je l'avoue, à une résistance.....

— Oh! mon père, je ne vous résiste pas, et puisque vous y tenez absolument, je m'incline devant votre volonté...

— C'est bien, dit le négociant radouci, je n'attendais pas moins de vous, mais ce n'est pas tout... Vous n'avez appris l'anglais qu'au lycée, c'est-à-dire fort mal. Nos voisins sont un peuple pratique qu'il est nécessaire de bien connaître lorsqu'on est appelé à avoir avec eux des relations journalières d'affaires... J'ai écrit à mon correspondant de Douvres pour savoir s'il consentait à vous garder pendant deux ans auprès de lui... Il accepte... Vous partirez ce soir...

Lucien pâlit...

— Impossible!

— Qu'entends-je?

Le jeune homme fit avec résolution :

— Mon père, je ne peux pas partir.

— Pour quel motif? demanda le négociant, avec irritation.

Lucien releva la tête.

— Je ne crains pas de l'avouer... Le jour même où une catastrophe se produisit dans notre maison, où, vous défendant contre un misérable, vous l'avez tué, celle que vous m'avez donnée pour sœur disparut... Elle prit la fuite, cédant à la frayeur et peut-être aussi décidée par une découverte qu'elle venait de faire... Vos recherches, les miennes ont été impuissantes à la trouver depuis, mais nous n'avons, je pense, renoncé ni l'un ni l'autre à la revoir...

— Eh bien?

— Pour cela il faut que nous ne nous arrêtions pas dans nos investigations...

— Je continuerai moi-même...

— Quelqu'un m'a assuré être en ce moment sur ses traces...

Il y eut une lueur dans le regard de Dorgoval.

— En vérité?... Donnez-moi vos renseignements, abouchez-moi avec cette personne, et seul...

— Cela ne se peut...

— Ah! Et pour quel motif?...

— Parce que je ne dois pas m'éloigner en confiant à un autre cette tâche sacrée, parce que je suis plus intéressé que qui que ce soit à savoir la retraite de Camille, car je l'aime, mon père, je l'aime!

Ces mots prononcés avec chaleur avaient rendu Dorgoval blême. Lucien fut frappé de l'expression de son visage.

— Vous l'aimez! dit le négociant d'une voix étranglée...

— Je l'aime, et elle m'a avoué qu'elle m'aimait aussi...

— Quand?

— Avant son départ!

— Et cela ne l'a pas empêchée de s'en aller!

— Qui sait, mon père, si ce n'est pas son amour même qui l'a poussée à s'éloigner, si ce n'est pas un scrupule exagéré...

— Ce serait bizarre, dit le négociant avec ironie.

— Non... Peut-être Camille a-t-elle cru que cette affection vous déplairait pour un motif ou pour un autre...

— En effet...

— Répondez-moi au contraire qu'elle s'est trompée ou qu'on l'a trompée... Moi aussi j'ai fait erreur...

— Que voulez-vous dire?... Depuis un moment vous êtes d'une obscurité ..

— Épargnez-moi d'achever...

— Je l'exige...

— Pour quelle cause vous seriez-vous donc opposé à

notre mariage, vous qui la considériez comme un ange, vous qui l'aviez élevée dans votre propre demeure... Pour quelle cause l'auriez-vous déclarée indigne de moi, vous qui étiez plein d'admiration pour sa grâce, sa beauté, sa candeur... Elle était pauvre, mais moi j'étais appelé à avoir de la fortune pour deux...

— Ma fortune à moi!

— Oui, et celle de ma mère... Les enfants ne sont-ils pas destinés à succéder dans les biens à leurs parents?..

— Ainsi, j'aurais travaillé toute ma vie pour que ce soit toi qui en profitasses avec Camille?

— Je l'aurais prise pour femme alors que vous m'eussiez imposé de me livrer à un dur travail pour la nourrir...

— Même à cette condition, je ne te l'aurais pas laissé prendre!...

— En ce cas, j'aurais attendu l'âge où les jeunes gens par des actes respectueux...

— Malheureux, tu m'aurais désobéi...

— Ma chère Camille a voulu éviter cette lutte dont quelqu'un, Macaire peut-être, lui a révélé le motif...

— Il y a quelque chose de particulier...

Lucien fit un signe affirmatif.

— Pas de réticences, alors!... N'est-ce pas dans ton intérêt que je t'eusse empêché de t'unir à une enfant sans fortune, que j'ai trouvée jadis mendiant sur la porte de notre demeure?

— Mon père, n'exigez pas que je réponde!

— Je l'exige, au contraire.

— Eh bien, je suis persuadé que Camille nous a quittés ainsi parce qu'elle a eu peur que sa présence n'entretînt des sentiments qui étaient un outrage pour sa bienfaitrice...

— Misérable!

— Pardon si je me suis trompé, pardon! A moi également on a fait entendre des insinuations perfides...

Lucien voulut saisir la main de son père... Celui-ci la repoussa, puis eut comme un ricanement.

— Après tout, quand cela serait?... Ta mère est morte maintenant!

Le jeune homme, à qui l'indignation du négociant avait fait espérer un instant être victime d'une erreur, redressa la tête.

— Mais alors?...

— Mon cher, voilà toute la vérité!... Nous sommes rivaux!

Lucien était tombé sur un siége et avait couvert son visage de ses mains, tandis que les plus mauvaises passions se lisaient sur celui de Dorgeval.

— Tu es tout interdit, n'est-ce pas? Il te semble que ce n'est pas la réalité!... C'est bien elle... Ta mère, de son vivant, a été respectée et honorée par moi, mais, qui m'empêche d'avoir une autre affection, aujourd'hui qu'elle n'est plus?

— Je vous ai dit que Camille m'aimait autant que je l'aime!

— Amour d'enfant!... Une jeune fille veut toujours se marier à un jeune homme qu'elle croit devoir être riche plus tard...

— Ces calculs intéressés sont indignes d'elle!

— Qui sait si elle ne réfléchirait pas quand elle apprendrait qu'il n'est plus d'obstacles entre elle et moi et qu'elle peut avoir immédiatement une fortune à sa disposition?..

Ce cynique langage, ces suppositions, que Dorgeval savait lui-même fausses, révoltèrent Lucien au plus haut degré.

— Je vous jure que vous l'insultez, mon père, et qu'elle ne sera jamais à vous!

— Et moi je te jure qu'elle refuserait d'être à toi!...

— Que signifie?...

Il y avait chez Dorgeval un égarement étrange.

— Insensé, qui ne sait pas que, si je lui fais horreur, il ne lui en fait pas moins.... L'abîme qui existe entre elle et moi existe entre elle et toi... Mais assez comme cela, n'insiste pas...

— Je désire tout connaître....

— C'est ton arrêt...

— Je soupçonne une effroyable machination... Si elle n'a plus pour moi cet amour si pur et si tendre qu'elle éprouvait, il faut que quelque odieux mensonge... Et c'est vous peut-être...

— Tu m'insultes, mais je vais te châtier... Allons donc ! est-ce qu'on épouse le fils du meurtrier de son père ?...

— Vous...

— Oui, j'ai donné de l'argent pour que son père mourût... C'était mon créancier... Le payer, c'était la ruine !... J'ai préféré qu'on l'étranglât !

— Oh !

— Elle est la fille du capitaine Béraud, et je suis le complice du médecin à la corde...

— Mon Dieu, mon Dieu, est-ce que je deviens fou ?

— Ta bien-aimée sait tout et c'est pour cela qu'elle est partie... Va me dénoncer, apprends à la justice que Thibert agissait par mon ordre et on me condamnera, et je monterai sur l'échafaud... Mais songe que mon infamie rejaillira sur toi...

Dorgeval était dans un état affreux. Un damné n'eût pas été plus effrayant à voir.

Lucien était comme foudroyé par cette effroyable révélation.

Il y eut un long silence pendant lequel le négociant fit cependant deux ou trois fois entendre un rire sec.

Dorgeval parut enfin se calmer un peu.

— Il vaut mieux que tu te taises et que tu tâches d'oublier, dit-il. Pars-tu pour l'Angleterre ?...

Lucien ne répondit pas.

Son père insista.

— Va donc à Douvres.

Le jeune homme se redressa.

— Je n'irai pas, et, ce soir, j'aurai abandonné pour toujours votre maison !

CHAPITRE XV

La prisonnière.

Il est difficile de décrire l'épouvante de Camille, tandis qu'elle quittait la villa, au pouvoir de gens dont elle ne devinait pas les desseins.

Où la conduisait-on? Que voulait-on faire d'elle? Quelle était la cause de son enlèvement?... Elle ne s'en doutait pas, et d'ailleurs son esprit troublé ne pouvait guère se livrer à des conjectures.

Lorsque la voiture fut en marche, un des individus, qui étaient à côté d'elle, lui enleva le bâillon qui l'étouffait, en lui disant :

— Si vous poussez le moindre cri, mademoiselle, nous serons obligés de vous le remettre. Toute résistance est inutile.

Elle comprit que cet homme disait vrai, et elle resta muette. Les chevaux, pendant ce temps-là, allaient à toute vitesse.

Soudain, leur allure se ralentit, puis ils s'arrêtèrent.

Celui des ravisseurs qui était sur le siége à côté du cocher, sauta et vint dire quelques mots à ses compagnons.

L'un d'eux eut un énergique juron.

— Diable! nous n'avions pas songé à cela. Plutôt que de la laisser jaboter, je lui casserais la gueule!

— Tu oublies donc qu'il nous a recommandé les plus grands égards...

— Faut donc nous laisser pincer, alors?...

— Bah! avec quelque adresse...

— Soit! Jouons le tout pour le tout...

Celui qui venait de parler s'adressa à Camille, tandis qu'on repartait.

— Mademoiselle, faut remettre le mouchoir et être sage, ou sinon...

Elle tenta d'écarter le bâillon. Il la saisit d'un bras vigoureux et, avec l'aide de son camarade, la mit, malgré sa vive résistance, hors d'état d'appeler du secours.

La jeune femme aperçut, à travers les stores, des lumières. La voiture s'arrêta de nouveau, et le personnage, qui commandait aux autres, descendit.

La captive entendit un bruit de voix. Elle fit un mouvement afin d'essayer de s'approcher de la portière, mais aussitôt l'individu qui était resté avec elle la retint. Il se pencha ensuite vers elle :

— Ne tentez rien maintenant, lui dit-il tout bas, on ne sait pas ce qui arriverait. Rassurez-vous, on veille sur vous. Bientôt vous serez sauvée...

L'accent avec lequel ces paroles furent prononcées ne laissa pas que de faire quelque impression sur Camille. Elle regarda avec surprise celui qui lui parlait. C'était un jeune homme dont il lui était impossible de distinguer les traits...

— Vous n'avez rien à craindre, continua-t-il, car il m'a chargé de vous protéger, celui qui vous aime et qui a tant souffert de votre absence...

Les pourparlers étaient terminés. Le ravisseur remonta dans la voiture qui s'éloigna rapidement.

— Nous l'avons échappé belle! fit-il avec satisfaction; il voulait d'abord visiter... Il y a renoncé, quand nous lui avons parlé d'un malade... Il a bien fait, du reste, de ne pas insister, car Tafiou lui aurait donné un coup de couteau.

— Puis-je lui enlever le mouchoir?...

— Oh! oui, maintenant... Il est tard... nous n'avons rien à craindre ici.

Camille comprit, au bruit que faisaient les roues sur le pavé, qu'on était dans Rouen.

On était entré par un faubourg, le faubourg Cauchoise, sans doute, et on ne tarderait pas à se trouver dans la ville, silencieuse aux heures de la nuit.

— Nous voici bientôt arrivés!... Mademoiselle, cette fois, c'est sur les yeux que nous allons vous poser un bandeau.

La jeune fille, qui n'avait jusque-là rien dit, prit pour la première fois la parole :

— Vous abusez de votre force sur une femme... Je suis obligée de vous laisser faire.

Malgré le ton ferme de Camille, elle n'en tremblait pas moins lorsqu'on lui fit quitter la voiture. Conduite par deux de ses ravisseurs, elle entra dans une maison et monta des marches.

— Courage! murmura à son oreille la voix amie qui déjà lui avait donné de l'espoir.

Quand elle fut au haut de l'escalier, on ouvrit des portes et on lui fit traverser des appartements. On lui ordonna ensuite de s'asseoir dans un fauteuil, puis une femme entra et les hommes s'éloignèrent.

— Vous pouvez enlever votre bandeau.

Elle obéit et eut aussitôt une exclamation de surprise. Elle était dans sa chambre de jeune fille de la rue aux Ours. Rien n'était changé dans l'ameublement.

On eût dit qu'elle l'avait quittée le matin même et qu'elle la retrouvait le soir. Il y avait même, sur la cheminée, la bourse qu'elle n'avait pas prise.

Son premier mouvement fut d'aller vers la porte qui faisait communiquer cette pièce avec l'appartement de madame Dorgeval. La porte était fermée et Camille essaya en vain de l'ouvrir.

Elle se dirigea vers la grande porte du fond. Elle était fermée également. Les abat-jour des fenêtres étaient solidement cloués. Impossible d'ailleurs de demander du secours, car la chambre donnait sur une cour intérieure.

Elle était prisonnière, en un mot, dans l'endroit même qui avait été témoin de ses doux rêves, où elle avait si longtemps coulé des jours heureux.

— C'est affreux, dit-elle, c'est affreux!

Elle s'adressa à la femme qui était restée avec elle :

— Pourquoi m'a-t-on conduite ici, madame?... A quelle épreuve veut-on me soumettre?...

— Je l'ignore...

— Où est madame Dorgeval?... Où est Lucien? Les verrai-je bientôt? Approuvent-ils cette manière d'agir?...

La servante ne fit aucune réponse.

— Mais vous ne savez pas que vous vous rendez complice d'un enlèvement?...

— Mademoiselle n'a-t-elle pas d'ordre à me donner?

— Je veux sortir d'ici.

— Mademoiselle ne désire-t-elle rien prendre? Je dois lui servir tout ce qu'elle désirera... Je suis entièrement à son service...

— Qui m'aidera à quitter cette maison?

— Si mademoiselle veut que je la déshabille pour se coucher?

— Non, je ne me coucherai pas... Croyez-vous que je dormirais?...

— Comme mademoiselle voudra... Quand mademoiselle aura besoin de moi, elle n'aura qu'à sonner...

La femme se retira et Camille l'entendit refermer à double tour la porte du fond par laquelle elle était sortie.

Les angoisses de l'infortunée redoublèrent.

Loin de la rassurer, sa présence dans la maison de Dorgeval l'alarmait plus encore, car elle sentait cet homme capable de tout.

Ne l'avait-elle pas entendu dans cette scène avec Macaire qui avait fini par un meurtre? Il l'aimait, et c'était lui sans doute qui l'avait fait enlever. Mais qu'étaient devenus Lucien et celle qui avait été sa bienfaitrice?

On se souvient que Rodrigues ne lui avait pas appris

la mort d'Amélie. Dans l'existence de recluse que Camille avait menée, les bruits du dehors ne lui parvenaient pas.

La pauvre enfant prévoyait les luttes les plus terribles, les dangers les plus menaçants.

Elle avait peur; et, dans cet appartement, où elle s'endormait autrefois avec tant de confiance, elle passa la nuit entière les yeux ouverts, tressaillant au moindre bruit, craignant à chaque instant d'avoir à se défendre contre les plus monstrueux attentats.

Le jour glissa enfin à travers les persiennes.

La servante la trouva assise dans un fauteuil et mortellement abattue.

— Mademoiselle n'a pas voulu se reposer : elle n'a pas été raisonnable. Que lui faut-il pour déjeuner?

— Rien...

— Ce n'est pas bien de se laisser abattre comme cela. Je vais servir mademoiselle; elle réfléchira.

La domestique reparut en effet, peu après, avec un plateau qu'elle déposa sur un guéridon, mais Camille ne regarda pas même ce qu'elle apportait.

Une partie de la journée s'écoula sans qu'elle consentît à accepter quelque chose.

La femme finit par s'alarmer de la voir sans cesse immobile, d'une pâleur marmoréenne, les yeux fixes, les dents serrées.

Elle lui demanda si elle souffrait. La captive ne lui répondant pas, elle courut prévenir Dorgoval, car on sait que Camille ne s'était pas trompée et que c'était lui qui avait employé la force pour rentrer en possession de celle dont on lui avait révélé la retraite.

Le négociant ne tarda pas à se présenter, inquiet et troublé. En l'apercevant, la jeune fille eut un geste d'horreur et se détourna pour ne pas le voir.

Le père de Lucien fut vivement impressionné par cet accueil. Elle le haïssait donc bien! Il s'exprima avec l'accent de la plus vive sollicitude.

— Qu'est-ce qu'on me dit, Camille, tu refuses de prendre quelque nourriture?... Pourquoi?... Qu'as-tu? N'es-tu pas ici en sûreté? Réponds, chère enfant... Dédaignes-tu maintenant celui pour qui jadis tu avais une si grande affection, celui qui t'a servi de père?

Il voulut s'approcher d'elle. Elle se leva :

— Oh! laissez-moi, laissez-moi...

— Tu étais jadis ma consolation; tiens-tu aujourd'hui à être mon désespoir?

Il lui avait pris la main. Elle essaya de se débarrasser et n'y réussit pas. Une flamme étrange passa en lui et il tenta de l'embrasser.

Elle le repoussa avec une force dont il ne l'eût pas crue capable, et le visage empourpré, les yeux étincelants, elle le regarda en face :

— Assassin! fit-elle.

Il tomba à genoux.

— Grâce! pardon! Tu es sans pitié... Tu ne sais donc pas ce que j'ai souffert?... Tu n'as personne à venger, car le châtiment a certainement été plus cruel que le crime... J'ai donné la mort, répondras-tu, et je vis encore, mais il vaudrait cent fois mieux pour moi que je fusse couché dans la tombe...

Le misérable avait des sanglots dans la voix.

— Tu ne peux t'imaginer ce que j'ai enduré, car il faudrait que tu connusses le remords. On l'a comparé à un ver rongeur... Aucune douleur physique n'est capable de donner une idée de cette douleur morale, qui était d'abord étouffée en moi par la crainte que le meurtre ne fût dénoncé, mais qui n'a pas tardé à dominer la frayeur. Elle m'a rendu alors la proie de ma victime et surtout d'un de mes complices... Cet infâme Thibert!... Tiens, il me semble qu'il se place entre nous deux, qu'il me regarde en ricanant... Qui me débarrassera du médecin à la corde?

Dorgeval avait les yeux égarés...

— Je ne te décrirai pas mes nuits sans sommeil,

l'agitation fébrile de mes jours... J'étais mauvais, j'ai essayé de devenir meilleur pour me délivrer de ces fantômes... Toi seule, que la Providence sembla avoir placée exprès devant ma porte, eus le pouvoir de les éloigner quand tu fus auprès de moi... Pourquoi ton père a-t-il permis que son enfant fût élevée dans ma maison?... Est-ce pour me prouver qu'il oubliait ou est-ce pour que sa vengeance fût plus complète?... Il doit, dans ce dernier cas, être bien satisfait!... Mais non, il aurait eu, au moins, compassion de toi!... En quittant cette terre, on n'est plus accessible aux passions, on n'a plus ni rancune ni haine. Son courroux, s'il avait persisté, se serait d'ailleurs effacé devant les tortures auxquelles je suis soumis.

Camille paraissait ne pas entendre cette voix suppliante.

— Réponds-moi... Dis-moi ce que tu penses?... Toi qui avais tant de cœur autrefois, n'en as-tu plus?... As-tu épuisé tout ce qu'il renfermait de compassion... N'en reste-t-il pas pour l'homme qui t'a chérie comme sa fille?... Tu m'en veux de t'avoir, par la force, fait amener ici, mais c'était le seul moyen de me retrouver en ta présence, d'entendre encore ta voix, de pouvoir te proposer...

Elle le regarda froidement :

— Que voulez-vous?...

— J'étais insensé! J'avais espéré que tu te serais laissé fléchir lorsque je t'aurais montré ma faute expiée par le repentir et par la souffrance; j'avais espéré que tu aurais consenti à rester avec moi, à devenir ma compagne... La véritable charité est celle qui s'exerce envers les coupables...

— Mais n'avez-vous pas auprès de vous une sainte, capable d'obtenir le pardon de Dieu?...

— De qui parles-tu?

— De celle dont je n'oublierai jamais les tendres soins...

— D'Amélie! Mais ne sais-tu pas, malheureuse enfant, qu'elle n'est plus?...

— Morte!....

Les larmes de Camille coulèrent aussitôt. Elle oublia tout un moment, pour ne plus songer qu'à sa bienfaitrice.

Dorgeval s'enhardit.

— Veux-tu la remplacer? fit-il...

Elle sentit son horreur se changer en mépris...

— Sortez, dit-elle, sortez! ..

L'accent avec lequel elle prononça ces paroles éveilla en lui la colère.

— Prends garde, dit-il, d'un ton menaçant.

Il s'était dressé.

Pour la seconde fois, leurs regards se rencontrèrent. Elle fut surprise du sauvage éclat du sien. Il s'élança pour la saisir.

— Assassin! assassin! répéta-t-elle?

Il s'arrêta soudain et ses yeux s'agrandirent comme si des ombres sinistres, passant devant eux, remplissaient son âme de terreur.

— Encore Thibert! Encore lui!... il est entre nous, ainsi que le capitaine... Béraud!... Je m'en vais... Adieu!...

Il s'enfuit, laissant Camille vivement impressionnée par cette scène cruelle.

CHAPITRE XVI

Tentative d'évasion.

Depuis que Charlot avait retrouvé sa chère Rieuse, depuis que celle-ci lui avait juré de ne plus le quitter, le jeune homme n'avait qu'un désir : rendre à Lucien celle dont il regrettait si profondément la perte et sur le sort de laquelle il était anxieux.

Nous avons vu le commissionnaire hésiter à faire part de ses espérances à son frère pour ne pas l'exposer à des inquiétudes nouvelles ou à une déception et se borner à lui recommander d'avoir de l'énergie. Il se tint sur la même réserve quand il eut acquis la certitude que c'était bien de Camille qu'il s'agissait.

Il manœuvra de manière à être le confident des individus payés par Dorgeval. Ils lui proposèrent de devenir leur complice.

Ce fut quelques heures seulement avant l'enlèvement qu'il sut que la jeune femme était chez Rodrigues et qu'on la conduisait chez le négociant. Il était trop tard pour éviter à Camille cette épreuve.

Il accepta de se joindre aux ravisseurs et c'était lui qui, chaque fois qu'il l'avait pu, avait glissé dans l'oreille de la prisonnière des consolations ou des paroles susceptibles de relever son courage.

Lucien, en quittant la maison de son père, avait loué provisoirement un appartement meublé et n'avait pas manqué d'informer Charlot de son nouveau domicile.

Celui-ci, malgré l'heure avancée, s'y rendit dès qu'il eut laissé Camille dans la rue aux Ours.

Il raconta tout ce qui s'était passé.

— Oh! il faut, dit Lucien, l'arracher des mains dans lesquelles elle est tombée!

— C'est mon avis.

— Il est utile d'agir tout de suite...

— Oui, mais comment? A cette heure avancée!... Demain seulement, il nous sera possible...

— Comme elle doit souffrir!

— J'ai fait naître l'espérance en elle quand je lui ai parlé de vous...

— Ah! vous ne savez pas tout!

— Quoi donc?

— Votre maîtresse vous chérissait, vous, et son bonheur a été grand lorsqu'elle vous a revu... Camille maintenant me hait et me haïra toujours...

— Qu'entends-je?

— N'était-il pas surprenant que, m'aimant comme je croyais qu'elle m'aimait, elle eût quitté la maison de mon père sans m'avertir, et que depuis...

— Vous vous expliquiez cela...

— Il y avait un autre motif, une chose terrible que j'ai apprise...

— En vérité!

— Je comprends... Eperdue, après avoir eu connaissance d'un effroyable secret, elle a accepté le premier asile venu... Ce Rodrigues avait de l'amour pour elle!... Il est marié, dit-on!... Camille est restée pure, j'en jurerais... Il ne se peut pas qu'elle soit à un autre... Oh! cela ne se peut!...

L'agitation de Lucien était des plus vives.

— Charlot, nous lui rendrons la liberté!... Elle partira ou elle reviendra chez son protecteur...

— J'ai oublié de vous parler d'une chose... Au moment où nous l'avons enlevée, ont eût dit qu'elle se disposait à quitter la villa de Croisset.

Lucien sembla étonné.

— Peut-être ne s'éloignait-elle que momentanément...

— Elle paraissait fuir...

— Soyez persuadé qu'elle acceptera tout désormais
plutôt que mon amour... La fatalité a mis un abîme
entre ceux qui avaient juré d'être l'un à l'autre pour la
vie !...

— Racontez-moi...

— Non, non... Je ne puis...

— Vous vous exagérez probablement...

— Hélas ! mon pauvre Charlot !... Mais ne songeons
actuellement qu'à son salut...

— C'est vrai...

Après avoir recherché quelle était la meilleure
manière de délivrer Camillo sans scandale, sans bruit,
ils arrêtèrent une ligne de conduite, et Lucien remit à
son frère une assez forte somme d'argent qui devait lui
servir à opérer.

La première chose que fit le commissionnaire fut de
se rendre à la maison de la rue aux Ours et de gagner
la domestique de Dorgeval.

Cette femme avait consenti provisoirement à servir
Camille, mais elle avait mission de trouver une
servante plus jeune, qui l'aiderait, et sur la discrétion
de laquelle elle pouvait compter.

Elle dit que la prisonnière refusait toute nourriture,
et Charlot comprit la nécessité de placer, auprès de
celle-ci, une personne qui pût la protéger, si besoin
était, lui inspirer de la confiance et donner le temps
d'agir extérieurement.

Cette mission était très délicate. Néanmoins, Charlot
crut avoir la personne qui lui fallait pour le soir même.
En effet, le premier jour de la captivité de Camille, peu
après la scène à laquelle nous avons assisté, la servante
présentait à Dorgeval une jeune femme que ce dernier
acceptait après l'avoir interrogée.

Cette jeune femme, qui n'était autre que la Rieuse,
entra en fonctions tout de suite et fut bientôt auprès
de Camille qui continuait à être plongée dans le désespoir le plus absolu.

Après l'avoir introduite, l'autre femme se retira. La Rieuse s'approcha de celle qui avait été la radieuse fiancée de Lucien et que la fatalité semblait avoir brisée.

La captive fut surprise de l'air doux et bienveillant de la nouvelle venue. Marie était simplement vêtue, mais elle n'en était pas moins jolie. Ses yeux noirs exprimaient la sollicitude.

— Mademoiselle, lui dit-elle, ne vous laissez pas abattre ainsi au moment même où l'on s'occupe de votre délivrance...

Un éclair de joie passa sur le visage de Camille, mais elle eut peur d'un piège.

La Rieuse continua à voix basse :

— On m'a chargée de vous dire d'avoir un peu de patience, que l'on sait tout et que l'on veut empêcher M. Dorgeval de vous retenir ainsi malgré votre volonté. Demain, probablement, vous recouvrerez votre liberté si vous secondez nos efforts, si vous vous confiez à nous...

Sur la figure de la maîtresse de Charlot, il y avait tant de franchise et de loyauté, que Camille sentit s'évanouir, en partie, sa méfiance.

— Qui vous envoie ?

— Ai-je besoin de le dire ?...

La Rieuse se rappela une recommandation qui lui avait été faite de ne parler de Lucien qu'avec beaucoup de réserve. Les demi-confidences du fils de Dorgeval avaient, on se le rappelle, appris à Charlot qu'il existait entre les deux amoureux quelque chose de grave.

Faire connaître au nom de qui on agissait, était une difficulté, car il était à craindre que Camille ne refusât le secours du jeune homme.

— Ne vous en doutez-vous pas ? fit cependant la Rieuse.

Camille rougit.

— Lui !... Lucien !

Son premier mouvement fut de se réjouir. Elle pâlit ensuite et baissa la tête.

Marie, qui naturellement ne se doutait pas de ce qui avait fait décider la jeune fille à sacrifier son amour et qui avait vu l'impression produite sur elle par sa réponse, crut devoir plaider la cause du frère de Charlot.

Elle raconta ce qui s'était passé, depuis la fuite de Camille, ou du moins ce qu'elle savait par son amant. Elle dépeignit le chagrin de Lucien, ses inquiétudes, ses recherches. Il n'avait su où elle s'était réfugiée qu'après avoir appris son enlèvement et il ne se préoccupait plus maintenant que de la délivrer.

Il la laisserait aller où elle voudrait et prendre telle décision qu'elle entendrait dès qu'elle aurait quitté la maison.

La Rieuse crut devoir ajouter quelques mots pour dépeindre l'affection si profonde du jeune homme, affection dont Camille devait être touchée, quoi qu'il ait pu se passer entre eux.

Elle sentait qu'elle la remuait vivement, mais elle ignorait certes quel genre de lutte il se livrait chez l'infortunée.

Hélas! il ne s'agissait pas d'émouvoir le cœur de la jeune fille; il était déjà assez atteint! Ce qu'il eût fallu, c'était lui enlever le souvenir de cette horrible conversation qu'elle avait entendue et dans laquelle Macaire avait raconté l'assassinat du capitaine Béraud.

Malheureusement, c'était impossible! Il est des souvenirs qui ne s'effacent jamais de la mémoire, des secrets qui tuent ceux qui les possèdent, comme il y a des poisons qui font éclater le vase qui les renferme.

Un moment, l'atroce combat qui avait lieu en la jeune femme fut tel qu'elle dit à la Rieuse avec l'expression de la douleur la plus navrante :

— Vous ne voyez donc pas que vous me torturez?... Laissez-moi, de grâce, laissez-moi!...

Marie la regarda avec la surprise la plus profonde.

— Du moins, mademoiselle, accepterez-vous quelque nourriture?...

30

— Eh bien, oui, mais ne me parlez plus...

La Rieuse se retira un instant, puis dressa la table dans la chambre ; mais Camille ne prit que très peu de chose. Son estomac était serré.

— Cette nuit, je vous servirai...

— C'est inutile, je n'ai besoin que de repos...

— Mademoiselle veut-elle que je la déshabille?... Je resterai auprès d'elle.

— Retirez-vous, au contraire. Il est nécessaire qu'il n'y ait personne auprès de moi.

Lorsque la Rieuse fut sortie, Camille fut loin de sentir le calme renaître en elle. Ses souffrances morales augmentèrent, au contraire; elle se tordait sous l'étreinte de la douleur. Les pensées les plus désordonnées assaillaient son esprit et, au milieu de ce chaos, elle avait conservé cette idée fixe qu'elle reparaîtrait devant Lucien, flétrie, déshonorée.

Après s'être donnée à un autre pour lui échapper, elle était au contraire à lui plus que jamais. Toutes ses aspirations étaient pour lui, tout son être soupirait après lui. Et elle se trouverait en la présence de cet homme qui l'aimait et qu'elle aimait toujours!

Que se passerait-il quand il serait là?... Elle serait à bout de forces, vaincue, et son père, dont l'ombre éplorée criait vengeance, serait témoin de sa défaite et de sa lâcheté!

Elle crut soudain entendre du bruit du côté de l'appartement qu'avait occupé jadis madame Dorgeval. Elle se dressa sur son séant et prêta l'oreille. Le bruit ne se renouvela pas; elle crut s'être trompée.

La nuit était venue. Elle se leva et alluma une bougie, puis elle s'assit et songea plus que jamais à son triste sort.

Elle était condamnée à rester dans cette chambre, à se soumettre à une destinée menaçante. Le père ou le fils : elle devait subir l'un ou l'autre!

A Dorgeval, elle savait qu'elle résisterait, qu'elle ne

céderait pas; mais il était à redouter qu'il n'employât la violence.

Oh! si elle avait pu fuir comme elle l'avait fait déjà en deux circonstances! Mais, cette fois, on veillait sur elle. Elle était gardée par les personnes mêmes à qui on avait confié le soin de la faire évader.

Distraîtement, pour ainsi dire, elle s'approcha de chacune des portes et essaya de les ouvrir. Quel fut son étonnement quand celle de la chambre de sa bien-faitrice, auparavant fermée, céda maintenant.

Son cœur battit à tout rompre. Est-ce que, grâce à la connaissance de la maison, elle allait pouvoir gagner la rue ?..

Elle n'hésita pas, répara à la hâte le désordre de sa toilette, puis, prenant la bougie, entra dans l'appartement où sans doute celle qui avait eu tant de bonté et de bien-veillance pour elle avait rendu le dernier soupir.

Camille eut un souvenir pieux pour Amélie. Elle se rappela que c'était aussi dans cette pièce que, peu avant la catastrophe, elle avait avoué son amour.

Les autres portes étaient également ouvertes. L'une était située sur le palier du premier étage, mais Camille réfléchit que l'on entrait par ce palier dans la chambre de Dorgeval, ainsi que dans une salle où étaient souvent les domestiques.

Elle préféra sortir par une porte qui donnait accès au grand salon. La jeune fille savait qu'il y avait un escalier de service dont on usait peu et qui allait directement dans la cour. Il lui était facile de se sauver par là.

Elle traversait le salon, quand des pas retentirent. Une émotion inexprimable s'empara d'elle. Elle déposa la lumière sur un guéridon.

Quelqu'un apparut du côté de la serre, et elle n'eut pas besoin de voir cette personne pour connaître que c'était Lucien qui la surprenait au milieu de sa nouvelle tentative d'évasion.

CHAPITRE XVII

La serre.

Lucien, dévoré par l'inquiétude, s'était introduit dans la maison de son père afin d'y voir la Rieuse, que Charlot lui avait raconté avoir placée auprès de Camille, et s'informer de l'état de celle-ci.

Il était venu, non-seulement dans ce but, mais poussé par un inexprimable pressentiment, auquel il n'avait pu qu'obéir.

On comprend ce qu'il ressentit quand il la rencontra. Si elle perdit presque ses sens, si la vie fut en quelque sorte suspendue pour un moment en elle, il n'en ressentit pas une secousse moins forte. Une de ses mains se posa sur son cœur, tandis qu'il se retenait, de l'autre, à la muraille comme s'il eût craint de tomber.

Quelques minutes s'écoulèrent pendant lesquelles il leur fut impossible de maîtriser leurs sensations.

Ce fut Lucien qui troubla le premier le silence.

— Il faut, dit-il, que je vous parle... Où alliez-vous?...

— Je partais...

— Vous partirez après... Venez!

— Où?

— Dans un endroit où personne ne troublera notre entretien... Je vous en supplie!...

Il prit la lumière et se dirigea vers la serre. Elle le suivit.

En pénétrant dans la grande rotonde de cristal dont nous avons fait la description, ils ne s'aperçurent guère de l'état dans lequel on laissait ce lieu jadis si agréable.

Dorgeval n'avait plus depuis quelque temps de jardinier pour soigner les arbustes qui dépérissaient et mouraient. Seules, plusieurs des plantes exotiques avaient bien résisté à la sécheresse. Elles avaient même continué à se développer et à s'élever en forme de dôme.

Il y avait une espèce qui était particulièrement vivace. Elle avait des feuilles minces et dentelées, striées de vert et de blanc.

L'amateur d'horticulture, qui l'avait donnée, disait que c'était le pandanus de Java, une variété de baquois.

Les châssis mobiles de la serre étaient ouverts. Néanmoins, l'atmosphère était chargée de senteurs végétales.

Lucien et Camille ne firent aucune remarque. Ils ne songeaient qu'à leur situation présente. Il eût été difficile d'analyser ce qu'ils éprouvaient, le premier mouvement de surprise passé. Cependant, tandis que sur le visage de l'une il y avait une sorte de résolution farouche, il y avait plutôt, sur le visage de l'autre, une expression de tristesse.

Il s'assit près d'elle et la considéra. Elle regardait droit devant elle, la tête légèrement détournée, comme s'il n'eût pas été à ses côtés.

Les mains tremblantes de Lucien cherchèrent à prendre les siennes, mais, comme elle les retira, il n'insista pas.

— Camille, dit-il, je sais tout!

Elle tressaillit.

— Oui, je connais le crime et l'assassin. Je sais que je suis désormais pour vous marqué au front d'une tache indélébile qui vous oblige à me haïr. Je sais que je suis condamné à renoncer à vous et que le destin qui me frappe est inexorable... Je vous fais horreur, moi qui considérais votre amour comme le bien le plus

30.

précieux,... Je n'essaierai pas de vous inspirer de la pitié pour ce que me fait éprouver une aussi grande perte... Je ne vous parlerai pas de moi, mais de vous..

La jeune fille avait baissé la tête et était froide en apparence.

— Pardon de m'occuper encore de votre personne, mais je ne puis entièrement oublier ce que vous avez été... Qu'allez-vous devenir quand vous aurez quitté cette maison où votre honneur même est menacé, sans que je puisse verser mon sang pour le défendre?... J'avais tout préparé afin que demain on vous conduisît où vous auriez voulu. Seriez-vous allée retrouver Rodrigues?

Elle répondit vivement :

— Non !

— Cet homme vous a protégée cependant, n'est-ce pas, et il ne pouvait être votre fiancé, car il est marié...

Elle eut un regard cruel.

— J'étais sa maîtresse !

Il se leva, et eut un geste menaçant.

— Eh bien oui, fit-elle, frappe-moi et tu me feras plaisir... Je demande ardemment au Ciel de mourir de ta main, car enfin je n'outragerai personne en étant ta victime... Ce n'est plus une jeune fille que tu as devant toi, c'est une femme, et je le suis devenue pour m'éloigner de toi...

Lucien était retombé livide sur son siége. Elle eut peur et s'élança vers lui.

— Lucien, Lucien, regarde-moi... Veux-tu que j'appelle du secours?

Il eut la force de la retenir,

— J'ai eu tort de te dévoiler ma honte; mais puisque je l'ai fait, il faut bien que je te dise tout. Je ne mentais pas, autrefois, quand je te disais que je t'aimais. C'était une affection pure, sereine... Je sentais que je t'appartenais et j'en éprouvais un bonheur ineffable... J'aspirais après le moment où je serais ta femme, quoique je sentisse que déjà j'étais entièrement à toi:.. Soudain, l'affreuse découverte s'est faite. . Cet amour, qui me semblait si beau, que ta sainte mère venait de bénir, était un outrage pour la mémoire de mon père mort... Je devais le chasser et je ne le pouvais pas, Lucien, entends-tu, je ne le pouvais pas... Tu étais devant mes yeux, sans cesse... J'ai voulu à jamais te proscrire...

— Malheur à cet homme!

— Je te le répète, tue-moi et tu feras mon bonheur, car, malgré tout, je t'aime, je t'aime encore.

Elle prononça ces paroles avec un tel accent de passion, que le jeune homme se sentit remué jusqu'au fond des entrailles. Il la saisit et elle ne lui résista pas. Il la repoussa, puis la saisit encore ; leurs lèvres se rencontrèrent. Il sembla à Camille qu'elle avait été brûlée avec un fer rouge.

— Infâme, infâme que je suis!...

— Camille!

— Lucien, c'est à toi de me maudire, puis que je n'en ai pas la force, moi... Je dois revenir sur ce que je disais tout à l'heure. Ce n'est pas vrai que je sois encore à toi, je le jure! Et la preuve, c'est que je ne dois plus être ni ta femme, ni ton amie...

Le jeune homme était tombé à genoux près d'elle.

— Qu'avons-nous fait pour être si éprouvés!

— Oui, qu'avons-nous fait ...?

— Il n'y a donc pas de Providence!

— S'aimer et être condamnés à se fuir!

— Je ne pourrai pas vivre ainsi...

— Ni moi...

Ils se regardèrent. Une idée sinistre venait de naître en eux.

— Non, Camille, dit Lucien, je ne veux pas... A ton âge, belle comme tu es...

— L'existence m'est insupportable. M'en aller d'ici-bas serait un bonheur!

— Et moi qui t'ai perdue sans retour?...

— Tu pourras trouver une autre femme digne de toi.

— Tu sais bien que je suis maudit!

Ils se turent, ayant tous deux le même désir, mais l'un craignant pour l'autre. Et cependant ils comprenaient que c'était le seul terme possible à leur douleur. Le cadavre, que le père de Lucien avait jeté entre eux, était là, menaçant sa fille, qui se rappelait aussi les paroles qu'elle avait prononcées après sa chute :

— La maîtresse de Rodrigues ne peut désormais être plus rien pour Lucien Dorgeval!

En effet, elle ne pouvait être plus rien pour lui, mais il y avait un voyage qui s'offrait à eux, voyage dont le but était le suprême repos.

Leurs âmes se perdraient-elles dans le néant ou iraient-elles s'unir dans des régions éthérées?...

C'était la question sans cesse posée de l'éternelle vie ou de l'éternelle mort. Ils n'essayaient pas de la résoudre, mais, quoi que ce fût qui devait suivre, cela leur faisait envie.

Peu à peu les deux amants sentirent comme une torpeur les gagner. Était-ce l'ivresse du suicide ou l'influence du parfum des plantes tropicales?

Ils s'étaient rapprochés l'un de l'autre sur le divan de la serre.

Lucien disait : « La vie est une route hérissée d'épines, une seule fois on aperçoit une fleur charmante et embaumée. Cette fleur suave, c'est sa possession qui vous aidera à surmonter tous les dangers, à vaincre tous les périls, à écarter les épines. J'ai voulu cueillir cette fleur, mais déjà un abîme sans fond s'était placé entre elle et moi. »

Camille murmurait : « Mon père, finir ensemble, c'est le contraire de vivre ensemble. S'unir dans le trépas, ce n'est pas s'associer pour la lutte. Vous serez vengé, puisqu'il y aura eu deux victimes pour une. Et si, dans votre colère implacable, vous vous trouvez encore offensé parce que je suis morte avec le fils de votre ennemi, eh bien! j'accepterai l'arrêt qu'il vous plaira de prononcer! »

— Mourons, ma bien-aimée Camille.

— Mourons, mon bien-aimé Lucien.

— Mais comment?

Il regarda autour de lui... A la lueur vacillante de la bougie, il vit le pandanus de Java et les tanghins de Madagascar. Pour la première fois, il songea à leurs terribles propriétés.

Les âcres senteurs qu'elle et lui respiraient, si l'air pur cessait de s'y mélanger, entraîneraient promptement l'asphyxie. Ils avaient à leur portée une arme redoutable pour la destruction.

Il expliqua à Camille l'idée qui lui venait de fermer les châssis de la serre. Elle accepta avec joie.

— Ce sera d'abord une torpeur, puis le délire, puis la délivrance...

— Je la bénis!... Te rappelles-tu, Lucien, le jour où tu me dis qu'avec moi tu ne redouterais pas la mort au moyen de ces plantes?

— Et cependant, alors, nous étions heureux!

— Oui, nous ignorions...

Elle se tut un instant.

— Pousse donc ces châssis, Lucien.

— Tu le veux?

— Si tu ne tiens pas à la vie, je te le demande comme le bien le plus précieux... sinon, laisse-moi, laisse-moi seule ici !

— Tu t'en irais sans moi et je resterais dans cette vallée de larmes! Si j'hésitais, le désespoir aurait vite accompli son œuvre.

Lucien ne fit qu'un bond et ferma aussitôt les fenêtres. Il alla ensuite vers les portes, dont il prit les clefs, et revint vers son amante.

Elle lui parut plus belle que jamais. Ses cheveux flottaient sur ses épaules et ses yeux verts brillaient d'un éclat étrange.

Il la pressa contre son cœur avec passion, et elle lui rendit son étreinte.

Il l'embrassa, et elle lui donna à son tour un baiser de feu.

— Je t'aime !

— Je t'adore !

Ils ne purent que se répéter ces mots, dont l'éloquence est si grande, et qu'ils ne trouvaient pas néanmoins assez expressifs pour rendre leur pensée.

. . . .

— Tu es à moi, maintenant, dit Camille avec une sorte d'énergie sauvage, et rien, rien ne pourra nous séparer !

— Rien, rien !

En ce moment déjà, le monde n'existait plus pour eux, s'ils n'allaient plus être pour le monde.

Les parfums de la végétation orientale exaltaient leur cerveau. Camille fut la première en proie au délire, et ce fut lui qui, ensuite, céda le premier au sommeil fatal. Il s'endormit sur son sein nu, tandis qu'elle l'embrassait encore avec ardeur.

Puis sa tête se pencha, à elle aussi, puis ses yeux déjà voilés se fermèrent tout à fait.

Ce n'était pas encore la mort, mais elle approchait.

. . . .

Les esprits des deux amants durent ensemble abandonner les régions terrestres pour aller à cet infini qui est le grand problème !

CHAPITRE XVIII

Hallucination.

La Rieuse ne s'aperçut qu'à une heure très avancée de la disparition de Camille.

Peu après le départ de la jeune femme, elle était entrée dans la chambre; mais, n'entendant aucun bruit, voyant que l'obscurité régnait, elle s'était retirée doucement, croyant que la prisonnière avait trouvé enfin quelque repos.

Quand elle reparut, elle avait une lampe et elle constata avec consternation que Camille n'y était plus. Elle avertit la domestique de Dorgeval, qui crut d'abord que ceux qui l'avaient payée avaient réussi dans leur dessein; mais la Rieuse la détrompa.

Il n'était pas difficile de se rendre compte par où Camille était sortie, mais qui avait ouvert cette porte?

La servante se rappela qu'ayant à chercher son maître que l'on était venu demander, elle l'avait trouvé dans l'appartement de sa défunte femme. Evidemment c'était lui qui avait involontairement contribué à l'évasion de Camille, mais dans quel but?... Peut-être Dorgeval avait-il été dérangé dans des projets qu'il allait mettre à exécution.

Le négociant n'était pas rentré. Probablement il s'était rendu à Paris où ses affaires l'appelaient quelquefois à l'improviste.

Un moment, la servante eut l'idée que Camille et lui étaient partis ensemble, mais on les eût vus quitter la maison.

Les deux femmes repoussèrent cette idée et se livrèrent à des recherches. Elles passèrent devant la serre et essayèrent en vain d'y pénétrer. Voyant que toutes les portes en étaient closes et qu'il n'y avait aucune clé, elles s'imaginèrent que cet endroit, où l'on n'allait plus maintenant, avait été fermé par le jardinier congédié qui était venu récemment prendre des instruments de travail oubliés.

Le lendemain, au point du jour, la Rieuse courut prévenir Charlot qui, s'étant rendu chez Lucien, apprit avec stupéfaction que le jeune homme n'était pas rentré depuis la veille.

Dorgeval arriva de Paris à midi. Il parlait d'un ton très animé, sur la porte de sa maison, avec Rodrigues, quand on le prit à part pour lui annoncer la disparition de Camille.

Le médecin des pauvres comprit-il ce qui se passait? Il s'élança dans la maison à la suite du négociant qui recommença lui-même les recherches.

Dorgeval savait bien, lui, que, la veille, la serre était ouverte. Il fit prévenir un serrurier et ne tarda pas à voir le funèbre spectacle des deux corps inanimés.

Rodrigues reconnut tout de suite qu'ils avaient rendu le dernier soupir depuis plusieurs heures. Il resta morne et désespéré, tandis que Dorgeval était terrifié par cet épouvantable drame.

Il n'était pas besoin de chercher les causes de la mort. Les poisons flottaient en quelque sorte dans la serre et l'atmosphère était irrespirable. Les châssis mobiles durent être promptement disposés pour le renouvellement de l'air.

Lucien et Camille, malgré leur pâleur, paraissaient calmes et heureux dans l'éternel repos. Leurs traits avaient dû se détendre, car la fin de l'agonie que procure le pandanus n'est pas sans d'atroces souffrances.

L'âme, d'abord engourdie, a généralement une tentative de révolte avant de s'éloigner du corps.

Rodrigues fut arraché à sa douleur par un éclat de rire strident.

Le négociant avait l'œil fixe, et sa main désignait un spectre que lui seul apercevait.

— Ah! dit-il, j'étais bien sûr qu'ils n'avaient pas recouru au suicide et que c'était lui qui les avait étranglés! C'est bien Thibert sorti exprès de la tombe avec le capitaine Béraud... Ce dernier est aussi menaçant!... Grâce, grâce, c'est le médecin à la corde et non moi qui ai assassiné ta fille!

Le visage de Dorgeval s'était empourpré. On le soutint pour l'empêcher de tomber et on l'arracha à cette vue lugubre.

On le conduisit dans son appartement où il sembla retrouver un peu de calme. Alors il se leva et annonça l'intention de se rendre au parquet. Il avait, disait-il, une importante communication à faire.

On le fit suivre. Il se rendit en effet au palais de justice. Sur sa demande, il fut immédiatement introduit auprès du procureur impérial.

Ce magistrat le reçut avec les égards dus à un homme qu'un cruel malheur venait de frapper.

— Monsieur, dit Dorgeval, ce n'est pas du double suicide qui a eu lieu ce matin chez moi que je viens vous entretenir. Ce suicide, d'ailleurs, n'en est pas un, c'est un crime, mais l'auteur ne peut plus tomber sous le coup de la justice, ayant déjà été frappé par elle...

— En vérité!.... Comment s'appelle-t-il?

— L'homme qui a étranglé mon fils et ma fille adoptive se nomme Thibert, dit le médecin à la corde... Vous avez au moins dû entendre parler de cette affaire... Il a été guillotiné, à Rouen, le 27 avril 1844...

— Et vous dites que c'est lui...

— Il a quitté le lieu réservé dans le cimetière aux suppliciés pour commettre ce nouveau forfait...

— Est-ce bien possible? Réfléchissez...

— J'en suis absolument sûr, car il est là, car il m'a accompagné jusqu'ici, ainsi que... Mais ce n'est

31

pas de cela qu'il s'agit... Il y a un autre coupable à punir...

— Ah!

— Ce coupable, c'est moi...

— Voyons... Qu'avez-vous fait?...

— J'ai été le complice de Thibert dans l'assassinat du capitaine Georges Béraud. Je lui avais, par l'entremise d'un nommé Macaire, fait remettre une somme pour qu'il donnât la mort à ce marin dont j'étais le débiteur.

— Vous lui deviez?...

— Deux cent trente mille francs que je me suis appropriés...

— Et dans quel but venez-vous faire cet aveu?...

— Ce n'est pas volontairement, c'est forcé par le capitaine. Il me tient le poignet et il me force à parler... Soyez tranquille, il va confirmer tout ce que je vous raconte... N'est-ce pas?...

L'état de Dorgeval faisait pitié. Il roulait des yeux hagards...

Le procureur impérial se montrait vivement touché, car il ne se doutait certes pas que le négociant venait de lui raconter la vérité. Il croyait avoir uniquement affaire à un cerveau en délire. D'après lui, Dorgeval sans doute avait jadis été fort impressionné par le crime auquel il essayait aujourd'hui d'établir sa participation.

L'honorable chef du parquet eut la pensée de rendre un peu de tranquillité au malheureux. Il n'entreprit pas de lui démontrer qu'il s'accusait à tort, sachant que la contradiction ne réussit pas avec ceux dont la raison s'égare, mais il tenta de le consoler et de ramener en lui l'espoir.

Il lui dit d'avoir de la force, du courage, que ses épreuves étaient grandes, mais qu'il n'en devait pas moins réunir toute son énergie pour les supporter.

Le négociant écouta, la tête basse, puis il dit :

— Vous allez me faire conduire en prison?

— Non, vous devez rentrer chez vous...

— Vous ne me croyez donc pas?...

— Je n'ai pas de motif pour douter de la vérité de vos paroles, mais je désire que vous restiez prisonnier dans votre maison. Un sergent de ville sera chargé de votre surveillance et il vous accompagnera... jusqu'à votre domicile.

— Ce n'est pas d'habitude ainsi que vous en usez avec les malfaiteurs... Ils ont des chaînes aux mains... On les fait transporter dans des voitures cellulaires... La plus grande surveillance est exercée sur eux.

— C'est que l'on a peur qu'ils ne s'échappent...

— Croyez-vous que je ne ferai pas tous mes efforts pour m'évader?

— Si vous aviez cette intention, vous ne le diriez pas...

— Vous verrez.

Dorgeval, en rentrant chez lui suivi par le sergent de ville et Charlot, qui s'était imposé la triste mission de veiller sur ce père qui s'était si peu occupé de lui, entra dans un magasin où il demanda une corde large comme le petit doigt et longue de deux brasses avec une fiche assez forte.

Le marchand n'avait pas de fiche; il lui remit une corde. Dorgeval s'en contenta et continua sa route vers son domicile.

Il avait été jusqu'ici assez calme; mais, arrivé dans la rue aux Ours, il tourna précipitamment dans la rue de la Vicomté et gagna le quai qu'il traversa en courant pour se précipiter dans la Seine.

L'agent de police et Charlot étaient à sa poursuite, toutefois ils ne purent l'empêcher de mettre à exécution son dessein.

Le commissionnaire n'hésita pas. Il se jeta à l'eau; une lutte s'engagea dans le fleuve entre Dorgeval et lui. On vint heureusement en bateau à leurs secours et on les ramena sur la rive; mais le père de Lucien, en proie à ses hallucinations, voyant toujours Thibert et sa victime, s'imaginant lutter contre eux, avait tous les symptômes de la folie furieuse.

On fut obligé de le conduire à une maison d'aliénés où il mourut trois mois après. Profitant d'un défaut de surveillance, il se pendit avec son mouchoir et finit comme la plupart des victimes du médecin à la corde.

. . . .

Rodrigues, eut une année après, une nouvelle entrevue avec sa femme et il se laissa toucher par ses pleurs. Il ne pouvait oublier le passé, mais il y avait un fils qui n'avait pas de père et qui avait droit au moins à sa compassion.

Charlot regretta profondément Lucien dont il avait pu apprécier les qualités, l'âme généreuse et noble. Il pleura aussi, avec la Rieuse, cette belle Camille qu'avait poursuivie le malheur avec un si incroyable acharnement.

La conduite de Charlot, dans le sauvetage de Dorgeval, attira sur lui l'attention et on lui procura une place honorable. Son affection pour Marie ne cessa jamais.

D'après la Genèse, le créateur fit l'homme d'argile, mais cette argile se purifia par sa volonté céleste. Dans la boue quelquefois, cette flamme divine qui s'appelle l'amour embrase une créature infime, et son contact l'élève, l'ennoblit.

L'amour avait régénéré une fille perdue, et, cette fois, la nature vint à l'aide de l'amour. Le jour où la Rieuse sentit tressaillir, dans son sein, un être qui était le fruit de leur union, elle ne put refuser de devenir la femme légitime de Charlot.

FIN.

TABLE DES MATIÈRES

PREMIÈRE PARTIE

DEUXIÈME PARTIE

TROISIÈME PARTIE

FIN DE LA TABLE.

www.ingramcontent.com/pod-product-compliance
Lightning Source LLC
Chambersburg PA
CBHW050322030726
47505CB00003B/817